Van Maeve Binchy verschenen eerder:

Vluchtige ontmoetingen
Het hart van Dublin
Verhalen uit Dublin
Terug naar Mountfern
En vergeet niet te leven
Zilveren bruiloft
Echo's
Onder de oude beuk
Vrienden voor het leven
De spiegel van het meer
De avondschool
Dit jaar zal het anders zijn
Een zaterdag in september
De terugreis
Het huis op Tara Road
Het hart op de tong
Pijntjes en kwalen
Verhalen uit Ierland
Quentins
Regen en sterren
Star Sullivan
Wit bloeit de meidoorn
Hart & ziel
En toen kwam Frankie
Hotel aan zee

www.boekerij.nl

Maeve Binchy

Verhalen uit Chestnut Street

Uit het Engels vertaald door Annemie de Vries

H&W

VAN HOLKEMA & WARENDORF

ISBN 978-90-225-7147-7
ISBN 978-94-023-0210-3 (e-boek)
NUR 304

Oorspronkelijke titel: *Chestnut Street*
Vertaling: Annemie de Vries
Omslagontwerp: Andrea Barth | Guter Punkt, München
Omslagfoto: Valda | Shutterstock.com
Zetwerk: ZetSpiegel, Best
Auteursfoto: Liam White

Voorwoord

De plaatsen die Maeve in haar romans en verhalen heeft gecreëerd – Knockglen, Castlebay, Mountfern en al die andere dorpjes en steden – zijn voor haar lezers even werkelijk geworden als de plekken in het echte Ierland. De Ierse VVV heeft zelfs vaak aan toeristen moeten uitleggen dat ze er geen bus of trein naartoe konden nemen.

Ook Chestnut Street is verzonnen, maar het Dublin dat erin wordt afgeschilderd is echt: een stad die in de loop der jaren verandert. Die veranderingen komen tot leven in de verhalen over de bewoners van Chestnut Street en hun gezinnen.

Maeve heeft deze verhalen verspreid over enkele decennia geschreven, waarbij ze steeds de stad en de mensen van het moment liet zien. Ze is altijd van plan geweest om er op een dag een verhalenbundel van te maken, met Chestnut Street als middelpunt. Ik ben heel blij dat haar redacteuren deze verhalen nu hebben gebundeld zoals ze had bedoeld, om dit verrukkelijke nieuwe Maeve Binchy-boek alsnog te laten verschijnen.

Gordon Snell
Dalkey, Dublin

Inhoud

Dolly's moeder

Dat haar moeder zo mooi was, maakte het alleen maar moeilijker. Was Dolly's moeder maar een ronde, mollige vrouw geweest, of een klein rimpelig mensje, dan was het voor Dolly misschien gemakkelijker geweest, dat hele opgroeien. Maar nee, wat dat betreft was er voor haar weinig om troost uit te putten. Haar moeder was lang en elegant en als ze glimlachte, glimlachten andere mensen ook, en als ze lachte, keken wildvreemden blij op. Haar moeder wist altijd precies wat ze moest zeggen en zei dat dan ook; ze droeg haar lange lila zijden sjaals zo gracieus dat het leek of ze met haar meedreven terwijl ze liep. Als Dolly een sjaal probeerde te dragen, leek het of ze een verband om had, of werd ze aangezien voor rugbyfan. Als je gewoontjes was en stevig gebouwd en weinig kleur of elegantie bezat, kon je moeder soms haten.

Maar nooit lang en het was geen echte haat. Niemand kon haar moeder haten en zeker niet haar eigen plompe dochter, die ze als een prinses behandelde. Ze had het altijd over Dolly's goede kanten. Haar prachtige diepgroene ogen. In die ogen kunnen mensen zich verliezen, had haar moeder gezegd. Dolly betwijfelde dat – ze had geen enkele aanwijzing dat iemand lang genoeg in die ogen zou willen kijken om te beseffen dat ze groen waren, laat staan dat iemand kans zou zien om hopeloos in hun diepten te verdwalen. Haar moeder deed altijd een beroep op haar vader om de prachtige structuur van Dolly's haar te bewonderen. 'Kijk nou toch,' zei ze dan opgewonden.

'Kijk hoe dik het is en hoe gezond; we gaan nog meemaken dat de shampoofabrikanten onze Doll komen smeken om reclame voor ze te maken.' Dan kwam vader gehoorzaam kijken, een beetje verbaasd, alsof hij was geroepen om naar een ijsvogel te komen kijken die net was weggevlogen. Hij knikte dan enthousiast, om zijn vrouw en dochter een plezier te doen. O ja, zei hij dan instemmend, een mooie bos haar, zeker, en absoluut geen haaruitval.

Dolly bekeek dan vreugdeloos haar saaie bruine haar. Het enige positieve dat je ervan kon zeggen, was dat het een dikke bos was. En dat was dan ook wat moeder zo trefzeker had ontdekt en waarop ze zich had gericht met haar buitensporige complimenten.

Alle meisjes op school waren dol op Dolly's moeder – ze was zo aardig, zeiden ze, ze had zoveel belangstelling voor hen. Ze kende al hun namen. Ze vonden het heerlijk om op zondagmiddag naar het huis in Chestnut Street te komen. Dan mochten ze van Dolly's moeder met haar oude make-up spelen: lippenstiftstompjes, kleine, bijna lege potjes oogschaduw, een doosje met nog een randje poeder. Er was een grote spiegel met goed licht waarvoor ze konden experimenteren. Dolly's moeder stond er alleen op dat ze met crème en tissues elk spoortje make-up verwijderden voordat ze naar huis gingen. Ze hield hun voor dat dat de manier was om je huid gezond en fris te houden; en Dolly's vriendinnen vonden het schoonmaken bijna net zo leuk als het beschilderen van hun jonge gezichtjes.

Dolly's vriendinnen. Waren het echt vriendinnen, vroeg ze zich vaak af, of mochten ze haar alleen vanwege haar moeder? Op school trokken ze zich weinig van haar aan. In de pauzes zat Dolly vaak alleen, terwijl anderen arm in arm rondliepen. Zij was nooit het middelpunt van een lachende groep op het schoolplein, niemand vroeg haar om mee te gaan winkelen na schooltijd, ze werd meestal als een van de laatsten voor een sportteam gekozen. Zelfs die arme Olive, die dik was en grote ronde brillenglazen had, werd vaak nog eerder gekozen dan Dolly. Als haar moeder er niet was geweest, was ze misschien totaal onopgemerkt gebleven op die school. Ze moest heel, heel dankbaar zijn dat zij, anders dan bijna alle anderen om haar heen, een ouder had die iedereen goedkeurde en aardig vond. Ze moest dankbaar zijn en meestal was ze dat ook. Ze voelde zich het gelukkigst als ze met haar kat speelde.

Moeder bakte altijd een grappige taart voor de bazaar op school, niet zo'n grote opzichtige, die je in verlegenheid zou brengen, niet zo'n miezerig kleintje, waarvoor je je zou schamen, maar bijvoorbeeld een die helemaal overdekt was met Smarties, of een met Oost-Indische kersbloemen erop – en met een krantenknipsel erbij waarin stond dat je die veilig kon opeten. Haar moeder had prachtige dingen uitgeleend voor het schooltoneel en er niets van gezegd als die gescheurd terugkwamen. Haar moeder had juffrouw Power om het breipatroon van haar vest gevraagd en ze had dat ook echt gebreid en tegen juf Power gezegd dat ze wel een andere kleur wol had genomen, want anders zouden ze net een identieke tweeling zijn. Die arme juf Power, een grijze muis en niet elegant en mooi, zoals haar moeder, had een kleur gekregen van genoegen en menselijker geleken dat ze haar ooit hadden gezien.

Voor Dolly's zestiende verjaardag wilde haar moeder iets heel speciaals organiseren. En bij elke stap overlegde ze eerst met haar dochter.

'Je moet echt tegen me zeggen wat je leuk zou vinden en wat de andere meisjes doen. Niets is zo suf als een moeder die de plank totaal misslaat en met jullie naar de bioscoop en McDonald's gaat, terwijl dat veel te kinderachtig voor jullie is.'

'U zou nooit de plank misslaan, moeder,' zei Dolly somber.

'Natuurlijk wel, lieve Doll. Ik ben honderd jaar ouder dan jij en je vriendinnen. Mijn ideeën komen uit de vorige eeuw. Daarom heb ik jou nodig om me te vertellen wat je wilt.'

'U bent geen honderd jaar ouder dan wij.' Dolly's toon was vlak. 'U was drieëntwintig toen ik werd geboren; u bent nog geen veertig.'

'O, maar wel bijna.' Moeder zuchtte en bekeek haar volmaakte gezicht in de spiegel. 'Bijna een rimpelig, krom, excentriek oud besje van veertig.' Ze lachte klaterend en Dolly moest ook lachen. Het idee was zo belachelijk.

'Wat deed u zelf toen u zestien werd?' vroeg Dolly, in een poging om het moment uit te stellen waarop ze zou moeten zeggen dat ze niet wist hoe ze haar verjaardag moest vieren en dat ze er hoe dan ook als een berg tegenop zag.

'O, lieverd, dat is zo lang geleden. En het was op een vrijdag, dus we deden gewoon wat iedereen in die tijd deed: we keken naar *Ready, Steady, Go!* op televisie en aten worstjes en verjaardagstaart en draaiden de Beatles op mijn platenspeler. En daarna gingen we naar een koffiebar, kopjes schuimige koffie drinken en giechelen, en toen met de bus naar huis.'

'Dat klinkt enig,' zei Dolly verlangend.

'Nou ja, het waren de middeleeuwen,' gaf moeder spijtig toe. 'Tegenwoordig kan er veel meer. Ik neem aan dat jullie naar een disco willen? Wat hebben de anderen gedaan? Jenny is zestien, Mary moet ook al wel zestien zijn, en Judy?' Moeder keek haar opgewekt aan terwijl ze de namen van Dolly's vriendinnen opnoemde, oplettend en belangstellend. Vol zorg dat haar dochter deel kon hebben aan wat er ook maar gaande was.

'Ik geloof dat Jenny alleen maar naar de film is gegaan,' zei Dolly.

'Ja, maar zij had natuurlijk ook Nick.' Dolly's moeder knikte begrijpend. Ze was de vertrouwelinge van alle meisjes.

'Ik weet niet wat Judy heeft gedaan,' zei Dolly stug.

'Maar dat moet je toch wel weten, schat. Ze is je vriendin.'

'Toch weet ik het niet.'

Moeders gezicht verzachtte. Dolly zag dat ze het over een andere boeg probeerde te gooien. De toon werd nu sussend. 'Natuurlijk, natuurlijk en het kan trouwens ook best zijn dat ze helemaal niets heeft gedaan. Of alleen maar een familiefeestje. Nee, er is geen reden waarom je dat zou moeten weten.'

Nu voelde Dolly zich nog veel ellendiger. Haar moeder wist nu dat zij iemand was met vriendinnen die feestjes hielden zonder haar, iemand die zo zielig was dat ze zelf een of ander afschuwelijk feest moest geven om hun vriendschap te kopen. Dolly's hart was zwaar. Ze wist dat de uitdrukking op haar gezicht ook zwaar was en treurig. Kon ze het maar opbrengen om te glimlachen tegen haar opgewekte en prachtige moeder, die zo haar best deed haar te helpen en die haar altijd zo steunde, aanmoedigde en bewonderde. Maar de glimlach wilde niet komen.

Moeder had alle reden om de martelaar uit te hangen en haar dochter monsterlijk ondankbaar te vinden. Maar zo gedroeg moeder zich nooit. De moeder van Judy zei voortdurend dat haar dochters een nagel aan haar doodskist waren en haar tot waanzin dreven. De moeder van Jenny leek wel een politieagent, zo wantrouwig deed ze, zelfs over de meest onschuldige activiteiten. De moeder van Mary was net een middeleeuws schilderij van de lijdende Madonna; ze leek zwaar gebukt te gaan onder de verantwoordelijkheid voor een tienerdochter. Alleen de moeder van Dolly zat altijd vol optimisme en plannen. Wat een pech voor haar dat juist zij, toen de kaarten werden gedeeld, die suffe Dolly had gekregen in plaats van een dochter die kleurrijker en levendiger was en die wel kon meegaan in haar enthousiasme.

'Waarom doet u toch zo aardig tegen me, moeder?' vroeg Dolly serieus. Daar was ze echt benieuwd naar.

Haar moeders gezicht vertoonde nauwelijks verbazing over die vraag. Ze beantwoordde hem even opgewekt en met dezelfde soort lach als ze bijna alles begroette...

'Ik doe niet aardig, lieverd, ik doe gewoon... Het is je zestiende verjaardag en dat hoort een heerlijke dag te zijn die je nooit vergeet, al wordt hij zo dwaas als die van mij was. Ik ben hem in elk geval niet vergeten, met onze idiote kleren en kapsels. Dat wil ik voor jou ook, een heerlijke dag.'

Dolly dacht even na. Ieder meisje dat ooit bij hen thuis was geweest, was weg geweest van haar moeder. Ze hadden allemaal gezegd dat ze net een geweldige grote zus was – je kon haar alles vertellen, ze begreep je altijd.

'Moeder, laat nou maar. Echt, het wórdt geen heerlijke dag.

Echt niet. Dagen zijn voor mij niet heerlijk, zoals ze voor jou waren, zoals ze voor jou zijn. Ik klaag niet. Zo is het gewoon.'

Ze wenste vurig dat ze geen tranen in haar ogen zou krijgen, ze bad dat haar moeders gezicht enig begrip zou tonen. Het toonde grote zorgzaamheid, maar Dolly wist dat dat iets anders was dan begrip. Het was gewoon meer van hetzelfde. Zoals het altijd was geweest.

Haar moeders woorden spoelden over haar heen, geruststellende woorden, dat iedereen zich somber voelde op zijn vijftiende, nog niet groot, maar ook niet meer klein, nog meer geruststellende woorden, binnenkort zou alles er weer veel rooskleuriger uitzien, dan zouden Dolly's prachtige groene ogen weer stralen, haar mooie, dikke, glanzende haar zou dansen als ze wegholde, een en al opwinding over het leven en alle avonturen die dat voor haar in petto had. Dolly zat daar maar, mistroostig, terwijl haar moeder haar hand streelde.

Ze keek neer op haar moeders lange, slanke witte vingers met hun volmaakte lange parelmoerroze nagels, ze zag haar moeders ringen, die niet heel groot waren, maar ervoor zorgden dat moeders kleine hand nog teerder leek onder hun gewicht. De hand streelde Dolly's vierkante handen, met hun afgekloven nagels, hun inktvlekken en schrammen van de braamstruik.

Dolly wist dat het aan haar lag, haar moeder was zo goed; zij was zelf degene die slecht was. Slecht en zelfzuchtig, diep vanbinnen. Diep in haar harde, hoekige, lelijke hart.

Vader zag er vaak een beetje sneu uit, vond Dolly, een beetje gebogen en moe, als hij vanaf het station de heuvel op kwam lopen met zijn aktentas, maar zodra hij moeder zag, klaarde hij op. Dan wuifde ze naar hem vanachter een raam op de bovenverdieping en rende lichtvoetig de trap af om hem te omhelzen zodra hij binnenkwam. Ze gaf hem dan niet zomaar een snel kusje, maar sloeg allebei haar armen hem heen, met jas, avondkrant, aktentas en al. Of soms was ze in de keuken en dan liet ze alles vallen en holde hem tegemoet. Dolly zag hoe blij en ook een beetje verrast hij elke keer weer was. Zelf was hij geen man van spontane gebaren, maar hij reageerde erop als een bloem die zich openvouwt voor de zon. De zorgelijke blik van de vermoeide forens na een dag werken verdween. Moeder belastte hem nooit met problemen op het moment dat hij thuiskwam. Als er een leiding was gesprongen, kreeg hij dat later wel te horen. Veel later.

En dus, zoals Dolly wel had verwacht, werd het onderwerp van haar zestiende verjaardag gebracht als iets spannends, niet als een probleem. Haar moeders ogen straalden van opwinding. Een meisje dat zestien werd – het was een symbool, een baken, een mijlpaal. Er moest speciale aandacht aan worden besteed. Wat zouden ze doen om er een heerlijke dag voor Dolly van te maken?

Dolly zag hoe het gezicht van haar vader verzachtte. Ook hij kende vast andere gezinnen waar de moeders niet zo waren als deze. Waar ruzie werd gemaakt over feestjes van de kinderen. Hij wist hoe hij bofte, dat híj de enige uitzondering had, getrouwd was met de enige vrouw ter wereld die het echt belangrijk vond om de verjaardag van een tienermeisje te vieren.

'Kijk eens aan,' zei hij stralend. 'Jij boft maar, Dolly, dat is zeker. Nou, nou, een feestje voor je zestiende verjaardag, dat is niet mis.'

'Ik vind het niet erg als we het ons niet kunnen veroorloven,' begon Dolly.

'Natuurlijk kunnen we ons dat wel veroorloven. Waar werken we anders voor, je moeder en ik, als we niet af en toe iets extra's kunnen doen?'

Weer voelde Dolly zich schuldig, want nu vroeg ze zich af of dat echt waar was. Maakte haar vader elke dag die reis naar dat anonieme kantoor waar hij 's avonds zo moe van thuiskwam, alleen maar om een verjaardagsfeestje te kunnen betalen? Nee toch zeker? En haar moeder, die elke ochtend in een grote bloemenwinkel werkte, was dat allemaal om een spaarpotje te hebben, voor dit soort extraatjes? Dolly had altijd gedacht dat ze het fijn vond om tussen al die mooie bloemen te werken en daarna te gaan lunchen met haar vriendinnen daar en verlepte bloemen mee te nemen naar huis, waar ze vaak weer tot leven kwamen. Ze dacht dat vader naar zijn werk ging omdat dat nou eenmaal was wat mannen deden. Zij zaten op kantoor en hielden zich bezig met dossiers. Ze realiseerde zich dat ze over veel dingen heel weinig wist. Geen wonder dat ze niet zulke geweldige gesprekken met mensen kon voeren, zoals haar moeder. Laatst nog had ze haar moeder met de postbode horen praten over gelukkig zijn. Stel je voor: praten over zoiets enorms als geluk, met een man die de post kwam bezorgen. En hij had erg geïnteresseerd gedaan en gezegd dat te weinig mensen over dit soort dingen nadachten.

'Moeder, ik weet nooit wat mensen willen en wat niet. U bent daar wel heel goed in. Wat denkt u dat mijn vriendinnen leuk zouden vinden?'

Dolly voelde zich ellendiger dan ooit. En wie ter wereld zou ook maar een greintje medelijden met haar hebben? Een verwend nest, dat zouden ze haar vinden. Een meisje dat alles kreeg aangeboden en niets kon aannemen. Haar moeder wist niets van deze gedachten. Ze was veel te hard bezig met behulpzaam zijn.

'Wat denk je van een lunch?' vroeg ze opeens. 'Een lunch op zaterdag in het Grand Hotel – dan kunnen jullie je mooi aankleden en samen een flesje wijn drinken, als jullie tenminste ook heel veel mineraalwater drinken. Dan kunnen jullie van de menukaart kiezen... wat je maar lekker vindt. Wat denk je daarvan?'

Het had zeker mogelijkheden. Het was zo totaal iets anders.

'Komt u dan ook mee?' vroeg Dolly.

'Onzin, schat, je vriendinnen willen toch niet uit eten met een oud mens als ik...'

'Alstublieft?' smeekte Dolly.

Haar moeder zei dat ze op zaterdag toch moest werken, dus dan kon ze best een feesthoedje opzetten en na het werk iets met ze komen drinken... of zoiets.

Dolly's vriendinnen vonden het een geweldig idee. Jenny zei dat ze haar nieuwe pakje zou aantrekken en dat Nick groen zou zien van jaloezie als hij hoorde dat zij in het Grand had geluncht. Mary zei dat ze een kijkje op de menukaart zou gaan nemen, zodat ze vast konden bedenken wat ze wilden bestellen. Judy zei dat er misschien wel scouts voor de film in het hotel zouden zijn, of mannen die een modellenbureau hadden. Ze zeiden dat het geniaal van Dolly's moeder was om dit te bedenken.

'Hoe komt het toch dat jouw moeder zo fantastisch is?' vroeg Jenny belangstellend.

'Terwijl ik dat helemaal niet ben, bedoel je?' zei Dolly.

'O, doe toch niet zo stomvervelend, Dolly,' zeiden Jenny en Mary tegelijk en ze liepen weg, zodat Dolly alleen achterbleef in het lokaal en wenste dat de wereld verging. Plotseling, als een grote zonsondergang. Wat had je eraan om in een wereld te leven waarin het blijkbaar normaal was dat je ouders veel geld betaalden om mensen mee uit lunchen te nemen die je recht in je gezicht zeiden dat je stomvervelend was? Jufrouw Power kwam het lokaal binnen en vond haar daar.

'Zit niet zo te lanterfanten, Dolly. Ga naar buiten, de frisse lucht in, dan krijg je wat kleur op je wangen en, in vredesnaam, kom niet op school met een scheur in je jasje en een gat in je trui. Je moeder was vast niet zo op jouw leeftijd.'

'Nee, volgens mij was ze toen ook al volmaakt.' Dolly's stem klonk zuur en gekwetst. De lerares keek haar na en schudde teleurgesteld haar hoofd.

Haar moeder had een afspraak voor haar gemaakt bij Lilians kapsalon op de zaterdagochtend voor de verjaardagslunch, om haar haar en haar nagels te laten doen. Dolly had dat niet gewild, net zomin als ze de tegoedbon voor een nieuwe outfit wilde die ze had gekregen.

'Het valt toch tegen, moeder,' zei ze. 'Zoals alles.'

Hadden haar moeders ogen een iets hardere uitdrukking gekregen, of verbeeldde ze zich dat maar?

'Zal ik dan iets voor je uitzoeken?' had haar moeder gezegd. En natuurlijk had ze iets moois gevonden, in precies dezelfde kleur groen als Dolly's ogen, had ze gezegd, en het paste en de andere meisjes vonden het enig; natuurlijk, realiseerde Dolly zich, vandaag waren ze wel beleefd tegen haar, want ze nam ze mee naar het Grand Hotel. Maar ze leken echt te vinden dat ze er goed uitzag. En haar haar glansde en haar nagels, hoe kort ook, waren roze en netjes en het meisje had haar iets gegeven dat je erop kon smeren, zodat je er niet meer op kon bijten.

De manager van het hotel begroette ze hartelijk; de reservering stond op Dolly's naam.

'En je mooie moeder komt straks ook nog,' had hij gezegd.

'Ja, ze moet werken, begrijpt u,' legde Dolly uit.

'Werken?'

'In de bloemenwinkel,' verklaarde Dolly.

Om de een of andere reden vond hij dit grappig. Hij lachte en stelde haar vlug gerust. 'Natuurlijk. Geweldige vrouw, je moeder. We zien haar af en toe hier. Niet vaak genoeg.'

Toen haar moeder verscheen, leek het wel alsof iedereen bewonderend naar haar keek. Ze ging zo enthousiast bij het groepje meisjes zitten, dat je zou hebben gedacht dat dat wel het meest chique gezelschap van het land moest zijn, in plaats van vier onhandige tieners, verloren in een wereld van al te veel pracht en praal.

Opeens kreeg de lunch vaart, er mocht een heel klein beetje wijn geschonken worden om op de nieuwe zestienjarige te proosten. De meisjes voelden zich volwassen en alsof ze hier hoorden. Dolly zag dat ze nu zelfverzekerder om zich heen keken. Dit zou een dag zijn die ze niet zouden vergeten. Zou zij hem zelf vergeten? Zou zij er na jaren en jaren nog over praten, zoals moeder over platen draaien en tv kijken en naar een koffiebar gaan?

Moeder had voorgesteld dat ze na de lunch samen nog een wandelingetje zouden maken, om naar de muzikanten en dansers bij de fontein te gaan kijken. Daarna had zij nog een paar dingen te doen – dus dan zou ze hen weer aan elkaar overlaten. De meisjes voelden zich heel volwassen en baas over hun eigen bestemming en gingen hun jas uit de garderobe halen.

Dolly had geen jas bij zich – haar zachte groene jasje en rok waren warm genoeg. Ze bleef staan wachten terwijl de anderen zich nog een beetje optutten en duwde zonder bepaald doel de deur van het kantoor open waar haar moeder door naar binnen was gegaan om persoonlijk de rekening te gaan betalen. Ze wilde haar moeder bedanken, haar echt hartelijk bedanken en zeggen dat het geweldig was geweest en dat ze heel blij was met het groene pakje. Haar moeder en de manager stonden heel dicht bij elkaar. Hij had zijn ene arm om moeder geslagen en met zijn andere hand streelde hij haar gezicht. Zij lachte heel innig tegen hem.

Dolly slaagde erin zich terug te trekken, maar de deur bleef openstaan. Ze ging op een van de brokaten sofa's in de hal zitten.

Binnen een paar tellen hadden ze blijkbaar de open deur opgemerkt en kwamen ze naar buiten. Haar moeder bloosde helemaal, net als de manager. Hun angst om betrapt te worden werd nog erger toen ze het meisje zagen dat stijf rechtop op de sofa zat. Op hetzelfde moment kwamen de babbelende klasgenoten tevoorschijn, dus was het een en al dank u wel en tot ziens en de deur uit met haar moeder, op weg naar de stad voor nog meer plezier. Jenny, Judy en Mary liepen voorop. Dolly liep in gedachten verzonken naast haar moeder.

'Waarom heet ik eigenlijk Dolly?' vroeg ze.

'Nou, we hebben je Dorothy genoemd omdat je vader dat graag wilde, naar zijn moeder, maar ik vond dat geen mooie naam en je was net een pop, dus werd het Doll – of Dolly.' Ze had antwoord gegeven zoals ze elke vraag beantwoordde, eenvoudig en zonder schuldgevoel.

'Doet u alles om anderen een plezier te doen en blij te maken, moeder?'

Haar moeder keek haar even aan.

'Ja, ik geloof het wel. Dat heb ik al jong geleerd; het maakt de reis door het leven veel makkelijker als je anderen blij maakt.'

'Maar dat is niet eerlijk tegenover je eigen gevoelens, toch?'

'Niet altijd, nee.'

Dolly wist dat ze een antwoord zou krijgen als ze haar moeder zou vragen naar de hotelmanager. Maar wat zou ze willen vragen. *Houdt u van hem? Gaat u bij vader weg en met hem samen-*

wonen? Zijn er nog meer mannen die u in hun armen nemen? Is dat wat u bedoelde toen u zei dat u nog dingen te doen had?

En opeens wist Dolly dat ze geen vragen zou stellen. Geen enkele vraag. Ze wist dat ze zou moeten nadenken over de vraag of haar moeders manier inderdaad de juiste manier was – het leven was kort, waarom zou je niet lachen, waarom zou je andere mensen niet blij maken... mensen zoals haar oude grootmoeder, Dorothy, die nu al lang dood was; zoals juffrouw Power op school door een vest te breien; zoals vader door naar het hek te hollen als hij thuiskwam; zoals haar lompe, norse dochter door haar een verjaardagsfeestje te geven.

En toen ze haar arm door die van haar moeder stak om samen naar de fontein te lopen, besefte Dolly met een schok dat ze haar zestiende verjaardag nooit zou vergeten. Die zou er altijd zijn, voorgoed in haar geheugen gegrift als de dag waarop ze volwassen werd. De dag waarop ze inzag dat er veel wegen zijn waaruit je kon kiezen en dat die van haar moeder maar één weg was. Niet per se de beste en zeker niet de slechtste. Gewoon een van de wegen die voor je openlagen.

Het is maar een dag

Het was geweldig, zoals ze altijd wel iets hadden om over te praten. Schoolmeisjes in een kleine stad. De nonnen dachten dat ze het over hun carrière hadden en over plannen om een christelijk leven te leiden. Hun ouders dachten dat ze praatten over de mooie cijfers die ze op hun eindexamen zouden halen. De jongens bij de broeders dachten dat Maura en Deirdre en Mary het over kleren hadden en over grammofoonplaten, want daar leek het altijd over te gaan als je een groep meisjes in schooluniform tegenkwam.

In werkelijkheid hadden ze het over de liefde en het huwelijk. Met alles wat daarbij hoorde. Het liefdesgedeelte zou natuurlijk aan het huwelijk voorafgaan. En je had allerlei soorten liefde – de prille liefde natuurlijk en valse liefde en bedrogen liefde en onbeantwoorde liefde en liefde die door een moeilijke fase ging. Maar dat zou allemaal worden bekroond met het huwelijk.

Over de liefde na het huwelijk praatten Maura en haar vriendinnen, Mary en Deirdre, niet zo vaak, want als je eenmaal zover was, ja dan was het klaar. Dan zou alles op zijn plek vallen. Nou ja, je zou natuurlijk nog lang en gelukkig leven. Wat had je eraan als dat niet zo was?

En zou het niet geweldig zijn om getrouwd te zijn? Je eigen huis – je mocht zo laat thuiskomen als je wilde. En eten waar je zin in had. Je kon zeven dagen per week naar de snackbar gaan als je dat wilde. En mensen zouden je cadeaus geven; je kreeg allemaal nieuwe spullen. Geen kussens waar al generaties op hadden geslapen, of braadpannen met zwartgeblakerde bodem. Alles glom als je trouwde. Natuurlijk, het zou geweldig zijn om getrouwd te zijn als je eenmaal verliefd op hem was geworden en hij op jou.

Ze waren veertien toen ze zo dachten. Toen je dacht dat zo laat thuis mogen komen als je wilde het mooiste was wat er bestond.

Op hun vijftiende praatten Maura en Mary en Deirdre over het type man waarop ze verliefd zouden worden en ze waren het erover eens dat de vijver waarin ze moesten vissen op geen stukken na groot genoeg was; in feite was de keus wel heel beperkt, als je goed om je heen keek. Zelden hadden jonge vrouwen zo'n dunbevolkt jachtgebied gehad.

In films speelden duizenden acteurs, in films reden knappe vreemdelingen zomaar de stad binnen. In het ware leven had je alleen die types van de pub die je uitlachten en je achterna riepen. Daar kon je echt niet verliefd op worden.

Op hun zestiende kwamen ze aan de technische details toe. De echte fysieke kanten van de liefde, hoe je het deed en hoe het allemaal moest.

Ze praatten voornamelijk over de eerste nacht, want de eerste huwelijksnacht zou ook de eerste keer zijn dat je met iemand naar bed ging. Je kon het een niet los zien van het ander. Zelfs nu, in de moderne, wereldwijze jaren vijftig zou alleen een dwaas doen wat die arme Orla O'Connor had gedaan. Haar kerel was ervandoor gegaan naar Engeland, zodra hij het nieuws hoorde. En dan had je nog Katy, die zo haastig met de oudste jongen van Murphy had moeten trouwen. Katy zat nu thuis voor haar enorme baby te zorgen, de baby die te vroeg was geboren na zes maanden huwelijk en ze ging nooit ergens heen, ook al dronk haar man tot in de vroege uurtjes als een tempelier. Nou ja, hij was toch met haar getrouwd? Hij had zijn plicht gedaan, verantwoordelijkheid genomen. Je kon nu geen kritiek meer op hem hebben. Katy zou geen woord van kritiek uiten op de man die haar trouw was gebleven in haar schande. Ook al trok hij laveloos langs alle pubs in de wijde omtrek.

Dus dit waren vreselijke waarschuwingen voor Maura en haar vriendinnen Mary en Deirdre. De twee levende voorbeelden in hun eigen geboorteplaats, de futloze Orla en de dankbare, in de val zittende Katy, hadden een sterker en afschrikwekkender effect dan duizend waarschuwende woorden vanaf de kansel, op school of thuis.

Voor Maura, Mary en Deirdre was het zo klaar als een klontje. Je had er niets bij te winnen en alles te verliezen als je eerste nacht van seks of liefde of wat het ook was, niet samenviel met je eerste huwelijksnacht.

Alsof ze een toneelstuk gingen opvoeren, bespraken ze telkens opnieuw wat er zou gebeuren als ze in het hotel aankwamen op de eerste avond van de huwelijksreis. Vermoedelijk zouden ze hun koffers uitpakken en misschien een beetje zoenen en kletsen, was het geen heerlijke dag geweest?

'Maar vergeet niet, je bent getrouwd, je hoeft niet uit te pakken, je hoeft helemaal niks,' zei Mary opgewonden.

'Ja, maar je moet toch je kleren uit de koffers halen, anders zijn ze verschrikkelijk gekreukeld voor je huwelijksreis,' zei Deirdre, die van hen drieën het best gekleed ging.

'En straks denkt hij nog dat hij met een slons is getrouwd of zo,' zei Maura, wier moeder veel belang hechtte aan wat de mensen zouden zeggen of denken.

Dus werden ze het erover eens dat je zou uitpakken en dan iets geschikts zou aantrekken voor het diner. Dan ging je met z'n tweeën naar de eetzaal van het hotel, waar de kelner meneer en mevrouw tegen jullie zei. Bij die gedachte moesten ze alle drie giechelen. En dan, tja, je kon natuurlijk niet voor eeuwig aan tafel blijven zitten, dus ging je weer naar boven… en nu liepen de ideeën uiteen.

Ging je als eerste de gang af naar de badkamer en als je terug was, wachtte je dan tot de man dat ook had gedaan en zo ja, ging je dan al in bed liggen of leek dat al te gretig? Of zag je er stom uit als je op een stoel bleef zitten?

Of liet je hem eerst naar de badkamer gaan, zodat jij nog frisser was en nog minder opdringerig leek als het moment daar was? Dat was een mogelijkheid, maar ze hadden een keer een verhaal gehoord over een stel waarvan de man al in slaap was gevallen toen het meisje uit de badkamer terugkwam en zij wist niet of ze hem wakker moest maken of niet en het was allemaal afschuwelijk geweest.

Zou het pijn doen, vroegen ze zich af, zou het lang duren of kort, zei je dank je wel na afloop, of zei hij dat, of misschien zei je allebei wel iets als: 'Dat was geweldig!'

Ze probeerden zich ook uitentreuren voor te stellen hoe het huwelijksfeest zelf eruit zou zien.

Mary zou het menu kiezen waarbij je meloen met gember vooraf kreeg, in plaats van soep. Dat was een shilling duurder dan het menu met de champignonsoep, maar het was wel heel chic.

Deirdre zou de soep nemen, want haar familieleden verslikten zich vast in de gember en dat was te gênant. Ze zou onder het eten een accordeonist laten spelen om de stiltes in het gesprek te verbloemen en later om het lawaai te overstemmen wanneer mensen wat drukker werden.

Maura wilde dat alle vrouwen op haar bruiloft een hoed droegen. Een grote, breedgerande hoed met bloemen en linten. Niet zo'n klein, nauwsluitend, donkerblauw of wijnkleurig fluwelen hoedje zoals oudere vrouwen in de kerk droegen, maar een grote, kleurige hoed, van stro of zijde, zwierig, zoals je ze wel zag in een film of een bioscoopjournaal over een bruiloft of over mensen uit de showbusiness of van een koningshuis. En ze wilde dat alle mannen in de kerk een bloem in hun knoopsgat droegen.

Mary zei dat ze gek was – wie zou zich hier nou zo uitdossen? Volgens Deirdre zou iedereen denken dat ze niet goed bij haar hoofd was en probeerde de Britse aristocratie na te apen. Mannen zouden gewoon in hun nette pak komen en na de tweede borrel hun boord losmaken en hun das afdoen, zoals ze dat altijd deden. De vrouwen zouden iets nieuws kopen en misschien een klein bijpassend hoedje, maar waarschijnlijk niet, gewoon een sjaaltje voor in de kerk en daarna niets meer op hun hoofd. Dat tuinfeestidee was meer iets voor in je dromen.

Daar was Maura ook bang voor, maar op haar beurt zag ze de meloen met gember en de accordeonist tijdens het eten net zo goed voor zich als voortbrengselen van de fantasie.

En toen waren ze zeventien en gingen ze ieder hun eigen weg. Deirdre werd leerling-verpleegkundige in Wales, Mary ging een boekhoudopleiding doen en daarna bij haar ouders in de winkel werken, Deirdre ging naar Dublin, waar ze een secretaressecursus volgde en zich als avondstudent bij de universiteit inschreef.

Elke zomer zagen ze elkaar weer en dan lachten en praatten ze weer eindeloos, net als vroeger.

Deirdre vertelde dat iedereen in Wales seksverslaafd was en dat niemand, maar dan ook niemand wachtte tot de huwelijksnacht en dat ze gewoon dingen zeiden als:

'Blodwyn gaat trouwen.'

'O, ja? Ik wist niet eens dat ze zwanger was.'

Mary en Maura luisterden vol verbazing naar de verhalen over zo'n vrije en makkelijke samenleving.

Mary zei dat ze konden zeggen wat ze wilden over Paudie Ryan, maar dat zijn pukkels nu weg waren en dat hij heus een prima jongen was.

'Paudie Ryan?' herhaalden Deirdre en Maura vol ongeloof in koor. Maar Mary wilde van geen wijken weten. De twee anderen waren naar Wales en Dublin gegaan en hadden haar achtergelaten. In vredesnaam, ze moest toch met íémand naar de film gaan? De vader van Paudie Ryan was eigenaar van de andere kruidenierswinkel in het stadje. Deirdre en Maura voelden dat er een fusie in de lucht hing.

Maura's moeder bevestigde dat een huwelijk tussen Mary en Paudie er dik in zat. Ze knikte daarbij zo goedkeurend dat Maura er woedend van werd.

'Het beste voor hen allebei. Heel verstandig van ze. Precies wat nodig is voor hun familie. Voor hun toekomst.'

Haar hoofd bleef maar op en neer gaan, als een uurwerk. Maura barstte uit in woede.

'Goeie hemel, mam, u praat over ze alsof het de gekroonde hoofden van Europa zijn.'

'Ik praat over ze als twee zelfstandige kruidenierszaken, in een tijd waarin we te maken hebben met de dreiging van de grote supermarkten. Waarom zouden we daar niet blij om zijn?'

Maura wist dat het weinig zin had om met haar moeder over liefde te praten. Dat was geen vruchtbaar onderwerp voor een gesprek. Het eindigde altijd op dezelfde manier, met minachtend gesnuif. 'Ach, liefde. De liefde heeft heel wat narigheid op haar geweten, daar kan ik je alles over vertellen.'

Ze vertelde er nooit over. En Maura wilde het ook niet echt weten. Het leek alleen maar te bevestigen wat ze altijd al had vermoed: dat haar eigen ouders elkaar hooguit verdroegen, dat ze samenleefden in een moeizaam bewaarde verstandhouding en dat als hun lot beschouwden.

Liefde leek in elk geval weinig te maken gehad te hebben met wat ze kennelijk had samengebracht: haar moeders bruidsschat en haar vaders vermogen om een ijzerwarenhandel te runnen. Dit was niet iets wat ze met haar familie kon bespreken. Maura's oudere zuster was non, haar oudere broer, die even zwijgzaam was als haar vader, werkte in de winkel.

En haar jongste broer, Brendan, het nakomertje dat niet zo genoemd mocht worden, twaalf jaar jonger dan zij, was een nachtmerrie.

Met het verstrijken der jaren ging voor Maura haar echte leven zich steeds meer in Dublin afspelen. Ze verdiende haar brood door de afstudeerscripties van mensen uit te typen, of zelfs de manuscripten van hun boeken. Ze leerde het soort mensen kennen dat ze thuis nooit zou zijn tegengekomen. Professoren, schrijvers, mensen die vaak overdag urenlang in een pub doorbrachten en de hele nacht opbleven om te schrijven of te studeren. Mensen die niet naar de kerk gingen. Mensen die een vriendin hadden in plaats van een echtgenote, een vriend in plaats van een echtgenoot. Ze ontmoette mensen die voor radio of tv werkten, acteurs en politici en merkte dat die heel normaal en gemakkelijk in de omgang waren en een erg spannend leven leidden, waarin ze niet elke avond naar hun eigen huis terugkeerden.

In het begin deed Maura net alsof ze hier niet geschokt door was en later hoefde ze niet meer te doen alsof: het waren de jaren zestig, per slot van rekening, en zelfs Ierland veranderde.

Ze werd verliefd op een man die getrouwd was, maar zei tegen hem dat ze niet meer met hem kon omgaan omdat dat het eind van zijn huwelijk zou betekenen en dat zou niet eerlijk zijn. Vol woede zag Maura dat hij na haar nog een hele reeks andere vriendinnen had en dat zijn vrouw nog steeds aan zijn arm op premières en cocktailparty's verscheen. Dat reduceerde het hele idee van liefde en huwelijk tot flauwekul. Maar misschien waren zij en haar vriendinnen, Mary en Deirdre, wel heel kinderachtig geweest, toen in die vreselijke, ouderwetse jaren vijftig.

Na een eindeloos lijkende verkering ging Mary eindelijk met Paudie Ryan trouwen. Deirdre kwam over uit Wales in een erg kort rokje waar heel wat commentaar op kwam en Kitty, de verschrikkelijke zus van Paudie Ryan, was bruidsmeisje. Kitty droeg een bijzonder afschuwelijke kleur roze en dat deed Maura plezier; blijkbaar was Mary in elk geval een paar van haar principes trouw gebleven – namelijk dat je een vijandig bruidsmeisje zo lelijk mogelijk uitdoste. En er was meloen in plaats van soep.

Maura's onmogelijke broer Brendan en zijn vreselijke vrienden vroegen de hele tijd aan Maura en Deirdre of zij nu overgeschoten waren en of ze misschien een spelletje Oude Vrijster wilden spelen. Dat was al erg genoeg, maar de oudere mensen waren minstens zo onbeleefd en bemoeizuchtig.

'Hoog tijd om je ook eens te settelen,' zeiden ze en dan wiegden ze met hun hoofd op zo'n manier dat Maura het wel uit kon gillen.

'Te kieskeurig, dat zijn ze,' zei Maura's vader somber.

'Zou toch maar niet al te lang wachten,' zei Maura's moeder.

'Is er toevallig een ijzerwarenhandel in de buurt waar ik in kan trouwen?' snauwde Maura en ze had er onmiddellijk spijt van.

'Je zou het slechter kunnen treffen,' zei haar moeder, met haar mond in een harde rechte streep.

Later op de dag fluisterde Deirdre Maura toe dat zij misschien ook ging trouwen, maar dat Davids familie protestants was en een hekel had aan al dat gedoe met priesters en dat het allemaal heel ingewikkeld lag. Ze gingen naar Mary's kamer terwijl die zich omkleedde voor haar huwelijksreis.

'Nou, ik ben dus de eerste die het te weten komt,' zei ze opgewonden.

'Die wat te weten komt?'

'Over de eerste nacht,' zei Mary, alsof dat vanzelf sprak. Het was midden in de vrije jaren zestig, de swingende jaren zestig zelfs.

Deirdre, zeven jaar in tolerant Wales, keek onthutst.

Maura, zeven jaar in vrijgevochten Dublin, met in totaal drie geconsummeerde relaties achter de rug, keek Mary vol ongeloof aan. Maar het was de huwelijksdag van hun vriendin en dus herstelden ze zich snel. En ze begonnen alle drie te giechelen, net als tien jaar geleden.

'Stel je voor,' zeiden ze. 'Stel je voor.'

Maura vond haar familie een ergere beproeving dan ooit, dat weekend van Mary's bruiloft. Haar zuster de non was thuis uit het klooster en vroeg haar het hemd van het lijf over de ceremonie – had Mary beloofd dat ze zou gehoorzamen? Ja? Goed, goed. Daar werd tegenwoordig zoveel onzin over beweerd, zei haar zuster. Die mensen die voor vrouwenemancipatie waren, deden meer kwaad dan goed.

Maura snauwde haar toe dat nonnen dan misschien een gelofte van gehoorzaamheid aflegden, maar dat dat nog niet betekende dat de helft van de mensheid – de gehele vrouwelijke helft – dat ook moest te doen. Haar zusters ogen kregen een harde en gekwetste uitdrukking, maar Maura zag hoe haar moeder achter haar rug afschuwelijke signalen gaf aan haar zus. Alsof ze wilde zeggen: 'Pak die arme Maura liever niet te hard aan – ze is duidelijk heel jaloers op Mary omdat die trouwt.'

Dat maakte haar nog bozer.

'Wat betekenen al die kunstjes, mam?' wilde ze weten.

'O, o, wat zijn we prikkelbaar,' zei haar moeder.

Haar oudere broer zei: 'Die vriendin van je, Deirdre, dat is nogal een los type – volgens mij zet ze aardig de bloemetjes buiten daar in Wales.' Maura had hem het liefst willen neerslaan. Hij was tot dit inzicht gekomen nadat hij zijn hand onder Deirdres korte rokje had gestoken en als antwoord een knietje in zijn kruis had gekregen.

Haar jongere broertje Brendan, die anders altijd een hele rits liedjes had dat hij toonloos zat te zingen terwijl hij onmuzikaal op een gitaar tokkelde, had nu maar één liedje en het refrein daarvan was 'Dan sterf ik als oude vrijster op zolder'.

Haar vader zei niets, zoals gewoonlijk, hij had nergens een mening over en het gezicht van haar moeder vertoonde zulke harde, afkeurende lijnen dat het niet meer op een gezicht leek, eerder op een grafiek.

Maura snakte ernaar om naar Dublin terug te gaan. Naar Dublin en naar Larry. Larry, de liefde van haar leven. Maura had thuis niets over Larry gezegd en ze gaf Larry een nogal aangepaste versie van het leven thuis. Niet dat ze geheimzinnig deed of met opzet twee verschillende levens probeerde te leiden, zich anders wilde voordoen tegenover verschillende mensen, het was alleen dat het vocabulaire ervoor haar ontbrak. Er waren geen woorden om tegen haar moeder te zeggen:

'Luister, maak je alsjeblieft geen zorgen over mij. Ik ben absoluut niet jaloers op die arme Mary die met dat rund van een Paudie Ryan trouwt. Ik heb zelf een fantastische man in Dublin en we wonen vrijwel samen, ik ben heel vaak bij hem thuis en hij bij mij, en het is allemaal geweldig.'

Ze kon net zo goed tegen haar moeder zeggen dat de marsmannetjes geland waren in de ijzerwarenhandel en een bestelling voor een ruimteschip hadden geplaatst.

En al kon ze met Larry overal over praten en konden ze het in alle opzichten goed met elkaar vinden, het lukte haar niet om haar nieuwsgierige moeder te verklaren die automatisch op haar vingers tot negen ging tellen als ze over een zwangerschap hoorde, om na te gaan of het allemaal binnen het juiste tijdsbestek was gebeurd. Hoe kon ze Larry vertellen over haar zuster, de non, die met een dodernstig gezicht zei dat de vrouwenbeweging heel wat op haar geweten had, of over haar zwijgende vader, of haar ontevreden broer die vrouwen probeerde te betasten omdat hij bang voor ze was. Of over Brendan, dat kwaadaardige, verwende joch dat overal mee wegkwam.

De werelden zouden gescheiden moeten blijven. Maura zuchtte terwijl ze in haar auto stapte om naar Dublin terug te rijden.

'Ik vraag me af of sommige mannen niet vinden dat autorijden een beetje te ver gaat,' zei haar moeder, die hier blijkbaar over nagedacht had.

'Dat vraag ik me ook af,' zei Maura, die met moeite haar woede bedwong door een holle grijns op haar gezicht te prenten.

'Het zal toch niet zo zijn dat dat de mannen afschrikt,' speculeerde haar moeder.

'Misschien moet ik de auto op het plein zetten en hem symbolisch verbranden; zou dat helpen, denkt u?' bood Maura aan, nog steeds met die idiote lach op haar gezicht.

'O, wacht maar tot je net zo bent als je tante Anna – dan zing je wel een toontje lager,' zei haar moeder.

Maura reed terug naar Dublin en onderweg vroeg ze zich af of haar moeder ooit ook maar een sprankje liefde had gevoeld voor de zwijgende man in de ijzerwarenhandel. Waarom hadden ze samen vier kinderen gekregen, van wie één op een leeftijd waarop je zou denken dat ze dat nu wel achter zich hadden. Het was een raadsel.

Larry maakte een maaltijd voor haar klaar. Hij zei tegen haar dat ze mooi was als ze moe was. Hij vertelde dat er weer een kort verhaal van hem was geaccepteerd. Hij zei dat ze op vakantie moesten gaan naar Griekenland. Hij vertelde haar over het prachtige licht op de Griekse eilanden. Hij zei dat hij van haar hield. En ze viel in zijn armen in slaap.

Een paar maanden later kreeg Maura de brief van Deirdre. Zij en David gingen trouwen. Davids vader en broer waren dol op vissen; als ze het konden combineren met een week aan een rivier, wilden ze de katholieke ceremonie wel slikken en met de auto naar Ierland komen. Wilde Maura bruidsmeisje zijn? Ze mocht aantrekken wat ze wilde, echt, ze zou haar heus niet zo onzinnig uitdossen als een zuurstok, zoals Mary die arme ongelukkige zus van Paudie had aangedaan. Alsjeblieft, zou Maura dit voor haar willen doen – het zou maar één dag in hun leven zijn en daarna konden ze weer gewoon verder leven zoals ze zelf wilden. Voorgoed.

Maura las de brief vele malen. Iets erin had haar geraakt. Deirdre, snelle Deirdre, die zo'n vrijgevochten leventje leidde in Wales, zou haar ouders de dag bezorgen die ze zo wanhopig graag wilden, de dag die ze tot fatsoenlijke burgers in hun gemeenschap zou maken; ze zouden een dochter weggeven in de parochiekerk in het plaatselijke hotel, iedereen zou komen luisteren hoe ze hun trouwbeloften aflegden. Voor Deirdre zelf hoefde het niet; ze woonde al twee jaar met David samen, ze zou na de bruiloft niet in haar geboorteplaats gaan wonen, het ging haar niet om de goedkeuring van de buren.

En deze David uit Wales stemde ermee in, ook al vermomde hij het als een visvakantie. Maura voelde een steekje vanbinnen. Ze vond het heel oneerlijk van zichzelf om de gedachte zelfs maar in haar hoofd toe te laten. Larry en zij hadden er van het begin af aan hetzelfde over gedacht. Liefde had geen ketenen nodig. Ceremonies en rituelen waren eigenlijk hekken en sloten. Het was alsof je ermee tegen de maatschappij zei: goed dan, we hebben het in jullie bijzijn beloofd en nu kunnen we niet meer terug. Jullie hebben gezien dat we de koop sloten, dus als een van ons nu vals speelt, dan kan de openbare afkeuring met volle kracht over hem of haar heen komen.

In het openbaar trouwbeloften afleggen met die oude dode woorden en dat betekeningloze ritueel, maakte van de liefde een soort poppenkast met holle frases.

Larry en Maura hielden van elkaar – natuurlijk zouden ze geen anderen begeren, natuurlijk was het voor goede en voor slechte dagen, in gezondheid en in ziekte. Larry had de vakantie in Griekenland betaald van zijn nieuwe honorarium; Maura had hem niet alleen gelaten toen hij longontsteking kreeg – ze had aan zijn bed gezeten tot hij weer beter was.

Liefde was geen contract met kleine lettertjes, aangegaan door twee wantrouwige partijen die allebei dachten dat de ander zou proberen onder de deal uit te komen.

Het huwelijk minachtte de liefde.

Larry en Maura kenden te veel getrouwde mensen die meer naar de letter dan naar de geest van het contract leefden. Zij zouden hun liefde niet op die manier laten neerhalen.

En dus, omdat dit zo overduidelijk waar was, voelde Maura zich schuldig toen ze zich afvroeg waarom zij haar vader en moeder niet die dag kon geven, alleen maar die ene dag, in hun hele leven. En haar zuster kon dan overkomen vanuit het klooster en Brendan, nou, misschien kon ze Brendan wel omkopen om zich te gedragen. Maar het ging in tegen alles waarin ze geloofden, dus zette Maura de gedachte vastbesloten uit haar hoofd. Ze schreef Deirdre terug dat ze het een eer vond om bruidsmeisje te mogen zijn en dat ze een citroengeel linnen pakje zou dragen en een grote witte hoed met citroengele linten. Deirdre schreef blij terug dat Maura altijd gek was geweest op hoeden, als kind al, toen ze nog bij de nonnen zaten.

'Ik ben erg benieuwd om je in die kleren te zien,' zei Larry.

'Ik zal een modeshow voor je geven voordat ik vertrek.'

'Ga ik dan niet met je mee?' vroeg hij.

Hier schrok Maura van. Ze hadden het samen fijner dan ooit. Ze woonden het grootste deel van de tijd in Larry's huis in Chestnut Street; sinds ze uit Griekenland terug waren leek het onzinnig om niet bij elkaar te zijn. Langzaam maar zeker had ze haar kleren, haar foto's, haar boeken hierheen verhuisd. Ze stond op het punt om haar eigen etage aan iemand anders onder te verhuren.

Alles wat Larry schreef, werd gepubliceerd en Maura's typebedrijfje was zo'n succes dat ze nu een kantoor had en iemand had aangenomen om haar te helpen.

Hun leventje was zo mooi in evenwicht, waarom wilde hij

dat verstoren door met haar mee naar haar geboorteplaats te gaan?

'Dat zou je niet leuk vinden. Al die rituelen, gewoon feodaal,' zei ze.

'Nou, jij moet dat doorstaan voor je vriendin, dus ga ik mee om je hand vast te houden.'

Hij snapte het echt niet. Hij besefte niet hoeveel verwachtingen zijn komst zou wekken, hoeveel erover hem gepraat, naar hem geïnformeerd, over hem uitgezocht zou worden, hoe vaak zijn naam voortaan in gesprekken zou opduiken.

Voor hem lag het anders. Larry's moeder was lang geleden gestorven, zijn broers en zussen woonden ver van elkaar, zijn vader was een vage, teruggetrokken man, die wel enige blijdschap toonde als hij zijn zoon zag, maar zich nooit zorgen over hem leek te maken. Hoe kon hij weten dat zijn bezoek aan haar familie zoveel opwinding zou veroorzaken?

Maar hij hield vol.

'Ik hou van je, ik wil erbij zijn als je daar vooraan in de kerk staat, helemaal in het citroengeel en met een grote hoed op en dan wil ik zien hoe iedereen bewonderend naar je kijkt. Laat me meegaan, ik zal zo trots op je zijn.'

Ze keek hem gefrustreerd aan. Hij zou trots op haar zijn in het citroengeel, dus waarom dan niet in het ivoorwit, in de hoofdrol; het was maar een dag, één dag in hun hele verdere leven.

Dan zou haar moeder haar met rust laten, de nonnen in het klooster van haar zus konden ophouden met hun novenen, Mary, nu de kalme mevrouw Paudie Ryan, zou haar niet meer steeds vertellen over een of andere erg leuke handelsreiziger die toe was aan een gezin, haar broer Brendan zou haar niet meer vragen, zoals hij nu met misselijkmakende regelmaat deed, of hun familie wel normaal was: zijn ene zus was non, zijn broer een verstokte vrijgezel en zijn andere zus een oude vrijster.

Ze zou hem vragen. Ze zou Larry ten huwelijk vragen. Nu meteen. Het enige wat hij kon zeggen was nee.

'Zouden we zelf ook kunnen trouwen, denk je?' hoorde Maura zichzelf vragen, door het bulderende geluid in haar oren heen.

Hij keek niet geschokt, hij keek niet schuldig of verwijtend. Hij deed zelfs helemaal niet verontschuldigend. Hij was alleen maar geïnteresseerd.

'Waarom?' vroeg hij.

'Om de dingen glad te trekken, min of meer,' zei ze slapjes.

'Meen je het?'

'Half, ja.'

'Maar ik hou van je, jij houdt van mij, waarvoor is het dan nodig?'

Het gezicht waarvan ze zoveel hield was eerlijk en open. Hij was echt in verwarring.

'Je kunt het ook zo zien,' begon Maura langzaam, 'dat als je echt van me houdt, en ik geloof dat je dat doet, dat je het dan niet erg vindt om één dag door te maken van rituelen en geloften en gedoe, zoals wij het zelf misschien zien, alleen om andere mensen tevreden te stellen.'

'Maar het is ons leven!' riep Larry. 'Wij hebben altijd gezegd en gevonden dat de wereld is zoals hij is, omdat mensen allerlei dingen doen zonder er zelfs maar over na te denken wat die betekenen, alleen maar om andere mensen te plezieren. Zo verliest de liefde haar betekenis.'

'Ik weet het.' Dat meende ze met heel haar hart.

Ze wist het en ze was het met hem eens. Ware liefde had niets te maken met Deirdre die tegenover Davids familie deed alsof het alleen maar een visvakantie was, zodat Deirdres familie dan rustig kon slapen.

Het volgende weekend ging ze naar huis en ze zei tegen haar moeder dat ze een gast mee zou brengen voor de bruiloft.

'Dan moet ze bij jou op de kamer slapen,' zei Maura's moeder. 'Je zuster komt dat weekend ook thuis, je weet hoe heerlijk ze het vindt om naar een bruiloft te gaan.'

'Het is een man,' zei Maura en ze genoot toen ze haar moeder van kleur zag verschieten.

'Waarom heb je dat in hemelsnaam niet eerder gezegd, dan hadden we een kamer in het hotel kunnen boeken. Nu zit dat vol met mensen uit Wales die voor de bruiloft komen.'

‘Kan de heilige non niet bij mij op de kamer? Het is maar voor één nacht.’

‘Maura, ik zou het prettig vinden als je je zuster en de geloften die ze heeft afgelegd, niet belachelijk maakt – je weet dat ze met niemand een kamer kan delen, sinds ze die kloostercel in is gegaan.’

‘God, mam, het maakt niets uit waar hij slaapt. Hij kan toch in de eetkamer slapen?’

‘Dat kan hij niet. En zeg eens, is hij eigenlijk je vriendje?’

‘Mam, ik ben vijfentwintig, bijna zesentwintig, zo noem je dat tegenwoordig niet meer.’

‘Hoe noem je het dan wel, als ik vragen mag?’

‘Een vriend, Larry is een vriend.’

‘Het hoort niet, je met zo’n man inlaten en zeggen dat hij een vriend is. Ik weet echt niet wat je vader zal zeggen.’

‘Ik weet niet wat dat betekent, “je inlaten met” iemand, en jij en ik weten allebei precies wat mijn vader zal zeggen: hij zal niets zeggen, zoals hij al meer dan dertig jaar doet.’

‘Jij ben een erg lastige vrouw, Maura. Het verbaast me niet dat geen man je tot nu toe de baas heeft gekund.’

‘Mam. Larry komt naar Deirdres bruiloft. Het kan me niet schelen of hij bij u slaapt of bij mij of bij de non, maar kunnen we ophouden met preken?’

En later zei Larry: ‘Ik verheug me er echt op. En als er iets is wat ik kan doen om te helpen, moet je het zeggen.’

Het was te laat om te zeggen dat het beste wat hij kon doen was in Dublin blijven, dus Maura lachte zwakjes.

‘Vermaak de mensen uit Wales,’ zei ze. ‘Dat zou wel eens de beste hulp kunnen zijn.’

Maura en Larry reden er samen heen. Er was nauwelijks tijd om iedereen aan elkaar voor te stellen, voordat Maura weg moest om Deirdre te gaan helpen met de voorbereidingen. Deirdre was veel te zwaar opgemaakt, haar witkanten jurk een beetje wijd rond de taille, om het bijzonder goede nieuws dat een paar maanden geleden was bevestigd, te verhullen.

'Ik hoor dat je een geliefde hebt meegebracht,' zei ze, terwijl ze haar oogschaduw opdeed.

'Een soort geliefde, ja,' gaf Maura toe, die niet durfde te denken aan de gesprekken die nu plaatsvonden tussen haar moeder en Larry. 'Je ziet er prachtig uit, Deirdre.'

Maar de bruid had weinig tijd voor complimenten.

'Bid maar dat de familie van David in een goed humeur blijft,' zei ze. 'Je hebt ze nooit gezien terwijl ze zaten te mokken, dat is iets verschrikkelijks.'

Deirdre had een accordeonist gehuurd, zoals ze al die jaren geleden al van plan was geweest, het was een man met een erg, erg rood gezicht en sommige mensen hadden hun twijfels over zijn uithoudingsvermogen.

'Maak je geen zorgen over hem,' zei Maura tegen Deirdre. 'Hij zal het prima doen, als het zover is.'

Het leek haar niet nodig om de bruid, die op het punt stond naar de kerk te vertrekken, te vertellen dat de accordeonist al in het hotel op een hoge kruk in de stemming zat te komen. De eerste klanken die hij voortbracht waren zo'n afschuwelijk gekrijs dat er een rilling van gêne door de bruiloftsgasten ging. Ergens diep in de eetzaal vroeg Larry rustig of er iemand een gitaar had en tot haar afgrijzen zag Maura vanaf haar plek bij het hoofd van de tafel hoe haar minnaar en haar verraderlijke jongere broertje Brendan samen de zaal uit gingen. Dit was wel het ergste scenario dat had kunnen gebeuren. Minuten later zag ze vol ongeloof hoe Larry op de gitaar begon te tokkelen en met een aarzelende, bibberige stem 'Men of Harlech' inzette. Als bij toverslag zwol de borst van iedere Welshman in de zaal op en het geluid van een mannenkoor dat uit volle borst zong galmde door de eetzaal. Ze namen nauwelijks de tijd om de soep door te slikken en daarna de geroosterde kip, terwijl ze zich door 'The Ashgrove' en 'We'll Keep a Welcome in the Hillsides' heen bulderden. Larry bewaarde 'Bread of Heaven' tot vlak voor het aansnijden van de bruidstaart en de toespraken. Tegen die tijd was de bruiloft zo'n doorslaand succes dat Davids familie nauwelijks meer zin had om te gaan vissen, ze wilden een hele week in dit hotel blijven zingen.

Maura dronk normaal gesproken niet veel, maar vandaag had de spanning heel wat van haar gevergd en zo kwam het dat ze in gelukkige onwetendheid verkeerde van de regeling dat Larry, de enige echte liefde van haar leven, op één kamer sliep met haar broer Brendan, de meest stinkende en afschuwelijkste persoon in heel Ierland.

Maura sliep een dronken, onrustige slaap en werd wakker met een onverklaarbare dorst en erge behoefte om haar vochtbalans te herstellen, zonder te weten dat Brendan Larry geheel op de hoogte had gebracht. Hij dacht dat Larry bij het contingent uit Wales hoorde. Dus probeerde hij Ierland aan Larry te verklaren. Hij vertelde over de ijzerwarenhandel en dat zijn vader thuis nooit veel zei, maar het heerlijk vond om met boeren over tractors te praten.

Hij vertelde dat zijn oudste broer niet wist hoe hij een meisje moest krijgen en altijd aan ze probeerde te zitten, wat ze verschrikkelijk vonden. Hoe zijn oudste zuster visioenen kreeg in het klooster en hoe zijn andere zuster de boot had gemist. Hij wist ook niet welke boot, maar er was een boot die ze ergens had moeten nemen en dan zou ze getrouwd zijn, net als haar vriendinnen, en al haar moeders vriendinnen kwamen steeds naar hun huis om hun medelijden te betuigen omdat Maura de boot had gemist.

Brendan zei dat hij zelf een beroemde gitarist wilde worden en was erg geïnteresseerd in het idee dat hij misschien wat basisakkoorden zou kunnen leren en wie weet ook ooit muziek kon leren lezen.

Larry en Maura vertrokken rond lunchtijd, Maura met een ongebruikelijke kater, Larry met een nieuw begrip van het leven in een kleine stad.

Maura's moeder liep als een kloek om de auto heen.

'Zien we je nog eens terug? Ik bedoel, komen jij en... eh... Maura nog eens samen terug?' vroeg ze, terwijl haar ogen van het ene gezicht naar het andere schoten.

Maura wilde haar hand de auto uit steken en met alle kracht die ze nog in haar zwakke lijf bezat, haar moeder buiten westen slaan met een voltreffer op haar kin.

'Hij woont in Wales,' zei Brendan, vol verbazing dat iemand zo dom kon zijn.

'Niet de hele tijd,' zei Larry diplomatiek. 'En als u me uitnodigt, wil ik erg graag hier terugkomen en nog eens en nog eens en jullie leren kennen, zoals, hoop ik, Maura en ik elkaar ook zullen leren kennen.'

Maura keek hem zwakjes aan; dit was erger dan ze voor mogelijk had gehouden – nu zouden ze helemaal torenhoge verwachtingen hebben. Vijf kilometer verderop stopte hij en vroeg hij haar ten huwelijk.

'Dat vraag je uit medelijden,' zei ze.

'Nee, ik vraag het omdat het goed is,' zei hij.

'Vraag het nog maar eens als ik me beter voel,' zei zij.

'Nee. Geef me nu antwoord.'

'Het is maar een dag, één dag in ons leven, gisteren was niet zó erg.'

'Als je dat een mooie trouwdag vond, dan weet je niet wat je nog te wachten staat!'

Hij zei tegen haar dat hij wilde dat de kerk vol zou zitten met mensen met grote hoeden op, zoals de hoed die zij had gedragen.

Het was maar een van de vele onderdelen van de droom die ze samen deelden.

Fays nieuwe oom

Fay wist nauwelijks dat ze een oom hád. Hij was niet op haar vaders begrafenis geweest, hij had nooit contact opgenomen met haar of haar broer Finbarr, over wat dan ook. Niemand in hun familie had het ooit over hem gehad.

Dus het was een volkomen verrassing toen ze de brief kreeg van een wijkverpleegkundige aan de andere kant van de stad met de vraag of Fay wilde komen praten over de situatie van haar oom, meneer J.K. O'Brien die woonde op Chestnut Street 28. De heer O'Brien lag op dit moment in het ziekenhuis en was nogal zwak. Hij kon alleen ontslagen worden na een gesprek met een familielid. Haar naam was opgegeven als het enige nog levende familielid.

Eerst wilde Fay zeggen dat het een misverstand was. Ze kende niemand in Chestnut Street, maar ze heette wel O'Brien en in het trouwboekje van haar vader en moeder stond James Kenneth O'Brien geschreven als naam van de getuige. Hij zou een broer van haar vader kunnen zijn. Maar waarom zou hij nu contact zoeken?

Fay zou op haar volgende verjaardag vijfentwintig worden. Wat kon de stilte, de koelte en de afstandelijkheid van een kwart eeuw verklaren? Ze zou het haar broer Finbarr kunnen vragen, maar die was weg. Hij werkte als steward op een cruiseschip en was vaak maandenlang van huis.

'Raak er alsjeblieft niet bij betrokken, Fay,' raadde haar vriendin Suzanne haar aan. 'Jij bent te aardig, te meegaand. Die ouwe kerel wil natuurlijk dat je zijn huis schoonmaakt, zijn ondergoed wast, boodschappen voor hem doet, allemaal vanwege de familieband. Maar waar was híj toen je hem nodig had?'

'Ik heb hem niet nodig gehad,' zei Fay.

'Jawel, toen je vader was gestorven en ze je gewoon uit je huis zetten.'

'Om eerlijk te zijn, er waren veel schulden en hij had al een tijdlang de huur niet betaald,' zei Fay.

'Ja, maar een paar honderdjes van oom James Kenneth zouden best handig zijn geweest.'

'Misschien had hij dat geld niet.' Fay klonk verdedigend.

'Als hij in Chestnut Street woont, heeft hij het heus wel. Die huizen worden met de dag meer waard, denk daaraan, voordat je allerlei klusjes voor hem gaat opknappen, Fay.'

De meisjes waren al sinds hun schooltijd met elkaar bevriend. Ze werkten samen bij een stomerij en droomden dat daar op een dag twee knappe, rijke Amerikanen zouden binnenkomen om hun elegante pakken te laten persen. Hun ogen zouden de ogen van Fay en Suzanne ontmoeten en daarop zou een etentje volgen en bijna meteen daarna de bruiloft en daarna een leven vol extase in Malibu.

Maar die mannen verschenen nooit, dus deelden Suzanne en Fay samen een eenkamerflatje en legden ze elke week wat geld opzij voor een vakantie op Ibiza, voor het geval de Amerikaanse filmmannen met hun snelle pakken daarheen gingen.

'Ik ga toch met die wijkverpleegster praten,' zei Fay.

Zuster Williams was opgewekt en doortastend. Meneer O'Brien had een lichte beroerte gehad, ze moesten er zeker van zijn dat er iemand was die een oogje op hem hield, ervoor zorgde dat hij zijn medicijnen innam, dat hij gezond at en zichzelf goed verzorgde. In veel gevallen was er sprake van een depressie na een beroerte en om dat te vermijden wilden ze zeker weten dat hij niet aan zijn lot werd overgelaten.

'Ik geloof dat u het niet helemaal begrijpt, zuster. Dit is niet een liefhebbend lid van de familie. Ik heb de man nog nooit van mijn leven gezien en hij heeft ook nooit aan mij of mijn bestaan gedacht, tot hij me nodig had.'

'Hij wist wel van uw bestaan en hij vond het pas na veel aandringen van onze kant en nadat we hem uitgebreid hadden verzekerd dat het voor u geen belasting zou zijn, goed dat we contact met u opnamen. We hebben tegen hem gezegd dat het alleen maar een formaliteit was.'

'En is het dat? Een formaliteit bedoel ik?' vroeg Fay.

'Nee, eerlijk gezegd denk ik dat het wel wat meer inzet vraagt, tenzij u iets met de buren kunt regelen.'

'Hoe zijn die?'

'Nou, in dat opzicht treft meneer O'Brien het niet. De buren aan beide kanten zijn afwezige huisbazen, mensen die eigenaar zijn van het huis, maar het verhuren, dus er is veel verloop. Een tiener die op nummer 18 woont, geeft zijn kat te eten. Ik weet dat er een aardig, maar nogal vreemd hippiemeisje vlakbij woont op nummer 26 en een vrij stug echtpaar op nummer 25, maar misschien kunt u zelf verder informeren.'

'Hoe noemen ze hem? James? Jim? Kenneth?' vroeg Fay.

'Ik ben bang dat ze hem meneer O'Brien noemen en wij ook. Dat is wat hij wil,' zei zuster Williams verontschuldigend.

'Iedereen?'

'Ja, iedereen.'

'Joepie,' zei Fay.

'Ik ben de dochter van Martin O'Brien, Fay,' zei ze tegen de kleine man in het ziekenhuisbed.

'En waar haalde hij zo'n naam voor jou vandaan?' vroeg de man.

'Mijn moeder en hij hebben me Mary Faith gedoopt. Ik heb zelf Fay gekozen.'

'Huh,' zei hij.

'En hoe noemen de mensen ú?' vroeg ze.

'Dat doet er niet toe, je bent toch zo weer weg,' zei de man.

'Bent u tegen iedereen zo charmant of doet u tegen mij extra uw best omdat ik de dochter van uw broer ben?' vroeg Fay.

'Erg grappig, hoor, erg bijdehand,' zei hij. 'Net als je moeder.'

'Dat moest ze ook wel zijn om te kunnen overleven zonder een cent van Martin O'Brien. Die zette het huishoudgeld, de huur en het geld voor de elektriciteit op alles wat geen richtinggevoel en vier slappe benen had. Dat was het systeem.' Fay zei het zonder bitterheid of spijt. Het was gewoon zoals het was.

'Je hoeft alleen maar je handtekening te zetten onder mijn ontslag hier – dan kun je daarna weer je eigen gang gaan.'

'Het spijt me, maar ik heb een erg groot plichtsgevoel. Ik kan u niet alleen laten, zodat u dood neervalt.'

'Ik ben niet van plan om dood neer te vallen. Ik ben nog een jongeman, ik ben pas vierenzeventig, denk daaraan.'

'U was waarschijnlijk ook niet van plan om een lichte beroerte te krijgen. Kunt u me de sleutels geven? Dan ga ik met zuster Williams naar uw huis om te kijken wat eraan gedaan moet worden.'

'Jij blijft met je handen van mijn huissleutels af.'

'Goed, meneer O'Brien, hou uw sleutels dan maar, blijf hier liggen, ga dood in het ziekenhuis, laat dat kind uw kat te eten geven tot die ook doodgaat. Wat kan mij het schelen? Ik heb tot nu toe mijn hele leven geen moment aan u gedacht en u ook niet aan mij. Waarom zou dat nu veranderen?'

'Ben je tegen iedereen zo charmant, of doe je extra je best omdat ik de broer van je vader ben?' vroeg hij.

Even schemerde bij hen allebei een glimlachje. Ze hield haar hand op.

'De sleutels dan, meneer O'Brien?'

'Ik heet Jim, Mary Faith,' zei hij schaapachtig.

'Ik heet Fay, Jim,' zei zij en ze ging op weg naar Chestnut Street.

'Bereid je er maar op voor dat het vreselijk is in het huis – dat heb je soms.' Zuster Williams was door de wol geverfd.

'En wat doen we dan?'

'Als het echt heel erg is, komt de reinigingsdienst,' zei zuster Williams en ze drukte een zakdoek tegen haar gezicht terwijl

Fay de deur van nummer 28 openmaakte. Maar het huis was keurig op orde, sober, bijna karig ingericht. Er hingen weinig schilderijen aan de muren, de stoelen waren nooit gemakkelijk of mooi geweest. Een piepkleine televisie en een grote ouderwetse radio stonden naast elkaar op een tafel. Op een kruk lag een hoge stapel opgevouwen kranten. Verbleekte en verwassen theedoeken hingen over de rugleuning van een paar stoelen. Het rook er niet naar eten of bederf.

In een erg klein koelkastje lagen alleen boter en margarine. In een keukenkastje stonden veel pakjes en blikjes.

J.K. O'Brien van Chestnut Street 28 mocht dan op nog zo'n chic adres wonen, hij leefde er niet bepaald op los. Fay dacht aan het huurflatje waar haar moeder haar en haar broer had opgevoed. Dat was hierbij vergeleken heel armoedig, maar in elke vloerplank zat meer leven dan in dit hele huis.

Waarover hadden de twee broers toch ruzie gekregen? Zou Finbarr het weten? Hij was ouder dan zij, misschien kon hij zich een ruzie herinneren. Maar goed, ze moest zich bezighouden met het probleem van nu.

'Het is eigenlijk te groot voor één persoon. Zou het niet beter zijn als hij het verkocht en een appartement in een beschermde omgeving zocht?' vroeg Fay.

'Natuurlijk zou dat beter zijn, maar denk je dat hij dat zal doen?' Zuster Williams wist hoe gehecht mensen waren aan hun eigen plek. 'Welnee, hij blijft hier tot hij erbij neervalt.'

'Kan hij niet beter beneden gaan wonen? Het is duidelijk dat hij die zitkamer toch niet gebruikt en hij zou een douche kunnen laten aanleggen in de garderobe beneden.'

'Dat gaat hij toch niet doen, Fay – we moeten het zelf regelen, voor we hem uit het ziekenhuis ontslaan.'

'Maar wie zal dat betalen? Hij lijkt me niet veel geld te hebben. Ik heb helemaal niks.'

'Hij zou genoeg geld hebben, als hij de bovenverdieping zou verhuren, maar wie zou er bij zo'n ouwe brombeer willen wonen?' Zuster Williams zocht hardop naar een oplossing.

'Wat deed hij voor werk voordat hij met pensioen ging?'

'In zijn dossier staat geloof ik dat hij bij de post werkte.'

'Daar moet hij een pensioen van hebben, dus die douche kan hij best betalen. Kan iemand van jouw organisatie het geld voorschieten? Dan vertellen we hem wel dat hij het moet terugbetalen.'

'Dat lijkt mij ook het beste. Ik zal doen wat ik kan,' zei zuster Williams.

Meneer O'Brien was woedend, toen hij thuiskwam en hoorde dat hij de douche moest betalen.

'Als je een gewoon mens was, Jim, zou je dat geld binnen een maand terugverdienen door de bovenverdieping te verhuren als woning. Dan zou je die douche er zo uit hebben.'

'Maar wie zou er boven me komen wonen?' Hij klonk gekrenkt en boos.

'Ja, wie? Ik kan niemand bedenken die hier langer dan vijf minuten zou willen blijven,' was Fay het met hem eens.

Jim O'Brien keek verward. 'Maar jij en die bazige zuster zeiden toch dat de bovenverdieping veel geld zou opleveren?'

'Ja, dat is ook zo, maar alleen voor een normaal mens, voor iemand die niet over elk wissewasje gaat zeuren, zodra de deur opengaat.'

'Jullie hebben me in de val gelokt!' riep hij.

'Nee, zuster Williams en ik dachten dat je normaal was; dat zijn de meeste mensen namelijk. Daarin hebben we ons vergist.'

'Waarom dachten jullie dat dan?'

'Omdat we je niet kenden, Jim, omdat we niet wisten dat je altijd je neus in andermans zaken steekt en overdreven geheimzinnig doet over jezelf. Je hebt me al over iedereen hier in de straat iets verteld, dat Kevin en Phyllis van nummer 2 zo dol op elkaar zijn, dat Lilian op nummer 5 het hele gezin onderhoudt, dat juffrouw Mack blind is geworden, dat Mitzi op nummer 22 jaren geleden vreemd is gegaan, dat de moeder van Dolly op nummer 18 haar dochter totaal overschaduwt.'

'En dat is allemaal waar,' pochte hij.

'Maar waar het om gaat is dat niemand van hen ook maar iets

over jóú weet,' zei Fay. 'Ze weten niet waar je vandaan komt, wat je vroeger voor werk deed, hoe lang je hier al woont. Ze wisten niet dat ik familie van je ben; ze dachten dat ik de maatschappelijk werkster was.'

'Dat gaat ze niks aan,' sputterde hij.

'Nee, maar het ziekenhuis heeft mij wel gevraagd om uit te zoeken of jij hier in je eentje kunt wonen.'

'En, wat heb je ontdekt?' Hij probeerde niet te laten zien hoe bezorgd hij was.

'Dat het veel beter voor je is dat je nu gelijkvloers woont en dat ik mijn telefoonnummer bij je zal achterlaten, voor noodgevallen en dat ik elke maand even bij je langskom. Je mag hier blijven wonen, Jim.' Ze grijnsde tegen hem.

'Je bent toch wel aardig geweest,' zei hij. 'Slecht opgevoed natuurlijk, geen manieren enzo, maar dat komt door háár. Maar je bent gekomen toen je nodig was – dat moet ik je nageven.'

Fay keek hem een tijdje zwijgend aan. Toen sprak ze.

'Ik weet niet wat je tegen mijn moeder hebt. Finbarr en ik hebben alleen maar goede herinneringen aan haar. Ze hield van je broer; ze zei dat ze wel wist dat hij gokte toen ze met hem trouwde, dus dat het haar eigen schuld was. Ze werkte hard, maakte de hele dag vloeren en trappenhuizen schoon, zodat we te eten hadden en de huur werd betaald.'

'Het was een grove vrouw die grote glazen bier dronk,' zei J.K. O'Brien, alsof de zaak daarmee was afgedaan.

Fay keek hem verbijsterd aan. 'Ze werkte haar handen stuk met schoonmaken om haar "verzetje" zoals zij het noemde, te kunnen betalen, wat inhield dat ze mijn vader op zaterdag mee naar de pub nam, waar ze ieder twee glazen bier dronken. Dat heeft ze gedaan tot een week voor ze stierf. En hij overleed een jaar later aan een gebroken hart. Wat je ook voor slechts over haar hebt gehoord, dat kwam niet van je broer.'

Nu zei hij niets meer.

'Dus, zijn we nu weer voor een maand van elkaar af, Jim? Het telefoonnummer van mijn werk staat op dit velletje papier. Ik heb geen telefoon thuis en ook geen mobiel.'

'Waar is thuis?' vroeg hij opeens.
De eerste vraag die hij over háár stelde, na al die dagen onderhandelen over hem en zijn gezondheid, zijn huis en zijn toekomst.
'Ik deel een flatje met mijn vriendin Suzanne, met wie ik werk.'
'Hoeveel kost dat?' vroeg hij.
Ze vertelde het hem.
'Is het een mooi huis?' vroeg hij.
'Nee, het is nogal armoedig, eigenlijk.'
'Willen jij en Suzanne dan hier komen wonen, tegen een lagere huur?' bood hij aan.
Fay zweeg even. 'Voor helemaal geen huur, dan wel,' zei ze.
'Géén huur?'
'We zouden een oogje op je houden, boodschappen voor je doen, de tuin onderhouden en elke week op zondag een lunch voor je maken,' bood ze aan.
'Ik zou een fortuin kunnen vragen voor boven. Dat hebben jij en die bazige zuster zelf gezegd,' klaagde hij.
Fay haalde haar schouders op. 'Je zóú er een fortuin voor kunnen vragen, als je een normaal mens was, Jim.'
'Ja, dat kan best zijn. En wat hebben jij en Suzanne voor plannen? Of willen jullie voorgoed in die tent blijven werken?'
'In welke tent, Jim?'
'Die tent waar je werkt, een wasserij of zoiets, toch?'
Hij had het bijna onthouden.
'Een stomerij, maar je was warm.'
'Nou?'
'Nou, we hopen dat we allebei een fantastische man tegenkomen die met ons wil trouwen en ons verlost van al die stoom en dat gerommel in smerige kleren.' Fay wist een opgewekte glimlach tevoorschijn te toveren, zoals altijd als ze het over hun werk had en wat ze daar moesten doorstaan.
'Waar gaan jullie heen om die mannen tegen te komen?' vroeg hij belangstellend.
'We komen ze niet echt veel tegen, Jim. We dénken dat we ze gaan tegenkomen, of we ontmoeten mannen die het net niet zijn, zoals op Ibiza elk jaar in mei.'

'En wat is ervoor nodig om wel aardige, knappe mannen tegen te komen?'

'Ik weet het niet. Misschien zou het schelen als we zelf wat knapper waren, slimmer, je weet wel, beter opgeleid, met een betere achtergrond, maar we kunnen onszelf niet veranderen, dus moeten we maar hopen dat we ze kunnen inpakken met ons gevoel voor humor!'

'Ik meen het, zouden jullie niet boven willen wonen?'

'Alleen als we geen huur betalen, Jim, want als jij geen gewone huisbaas bent, kunnen wij geen gewone huurders zijn.'

'Maar die badkamer dan?' kermde hij.

'Zal de waarde van je huis enorm doen stijgen, Jim.'

'Wanneer kunnen jullie erin trekken?' vroeg hij.

'Eerst moet Suzanne zien wat voor vlees ze in de kuip heeft.'

'Nee, Fay, nee. Dan moeten we straks zijn teennagels knippen en hem pap voeren. Néé!'

'We krijgen een fantastische woning, voor niets. Ga eerst mee kijken.'

'Niets is voor niets. Dat weten we allebei.'

'Het is een heel keurig adres; mannen zullen ons veel meer de moeite waard vinden als we in Chestnut Street wonen en niet driehoog boven een snackbar. En we krijgen allebei een eigen kamer – denk je eens in wat dat kan betekenen.'

'Zweer je dat hij zich niet met ons leven zal bemoeien of ons eindeloos over vroeger gaat zitten doorzagen?'

'Dat zweer ik, want dat zal niet moeilijk zijn,' zei Fay.

Ze stelden huisregels op. De meisjes konden als ze thuiskwamen meteen doorlopen naar boven en hoefden niet elke keer eerst bij Jim O'Brien te gaan kijken. Ze zouden hem nooit vertellen hoe laat ze weggingen of thuiskwamen. Ze zouden geen lawaai maken boven en geen feestjes geven zonder toestemming. Ze zouden elke zondag een viergangenlunch voor hem klaarmaken en dan elke keer een of twee buren uitnodigen, zodat hij een sociaal leven zou krijgen.

Het werkte wonderwel.

Het betekende dat Jim O'Brien ook in andere huizen werd uitgenodigd, wat nooit eerder was gebeurd. Vol verhalen over de verschillende huishoudens waar hij was geweest, kwam hij thuis.

De meisjes stelden voor om met zijn drieën een wasmachine en een droger te kopen en ze leerden die ook alle drie te bedienen. Ze kochten een wasrek en brachten hangertjes mee uit de stomerij.

'Je gaat toch niet zijn overhemden strijken, hè,' smeekte Suzanne, dus leerde Fay hem om dat zelf te doen.

Na een paar maanden kochten ze samen ook een vriezer. Dat vond Jim leuk en hij maakte etiketjes voor alles wat ze erin legden.

Hij vroeg ze naar hun leven. Hij was geïnteresseerd in Fays broer, Finbarr, de varende steward.

'Heb jij hem wel eens ontmoet?' vroeg hij aan Suzanne.

'Nee, hij is eigenlijk nooit thuis, snap je. Wat een leven!' zuchtte ze.

'Hij komt heus wel een keer naar huis. Dat doen ze allemaal. Huisje-boompje-beestje. Wie weet val je wel voor hem.'

'Waarom zou ik?'

'Nou, je bent een vriendin van zijn zus, dus jullie hebben iets gemeenschappelijks. Zo beginnen veel huwelijken.'

'Als je er zoveel van weet, waarom ben je zelf dan nooit getrouwd, Jim?'

'Ik was dom. Bleef maar denken dat ik eerst een spaarpotje moest hebben en tegen de tijd dat ik dat had, was ik oud en vastgeroest in mijn eigen gewoonten en had het geen zin meer,' antwoordde hij.

Jim O'Brien had de verwarrende gewoonte om iets heel simpels en kwetsbaars te zeggen als ze verwachtten dat hij zuur en minachtend zou gaan doen.

De eerstvolgende keer dat Finbarr naar huis kwam, stelde Jim voor dat hij zou mee-eten bij de zondagslunch.

‘Waarom hebben we je nooit gezien toen we klein waren, Jim?’ vroeg Finbarr langs zijn neus weg onder de afwas.

‘Ik was niet goed bij mijn hoofd en kreeg een hekel aan je moeder, heel onterecht, zo blijkt,’ antwoordde Jim.

‘O, waarom deed je dat dan, denk je?’ vroeg Finbarr.

‘Jonge mannen zijn oenen. Kijk nou eens naar jezelf: er staat een geweldige meid vlak voor je neus en jij merkt haar niet eens op,’ zei Jim.

‘Wat voor geweldige meid?’

‘Suzanne.’

Finbarr knikte. ‘Een mooi meisje, ja.’

‘Dus wat sta je dan hier bij mij af te drogen? Waarom vraag je haar niet mee uit?’ wilde Jim weten.

‘Ik vermoord hem, die lieve oom van je. Ik wurg hem met mijn blote handen,’ siste Suzanne in de kamer daarnaast.

Fay lachte. ‘Ach hou op. Suzanne, iemand moet hem toch eens een schop onder zijn kont geven.’

‘Ja, nou, wacht maar tot hij iets idioots doet om een man voor jou te vinden,’ mopperde Suzanne.

Toch kamde ze haar haar en deed wat lipstick op en toen Finbarr voorstelde om een wandelingetje langs het kanaal te gaan maken, wilde ze hem maar al te graag de weg wijzen.

‘Wat ga je met Kerstmis doen, Fay?’ vroeg haar oom toen de anderen weg waren en zij samen nog een kop thee dronken tot besluit van het zondagse ritueel.

Ze was verrast. ‘Waarom vraag je dat?’

‘Nou, Kerstavond valt niet op zondag, snap je en ik vroeg me af, geldt onze regeling ook voor een kerstdiner samen? Ik geniet van onze lunches, weet je. Voor mij heeft het allemaal prima gewerkt.’

‘Ja hoor, natuurlijk, Jim.’

‘En jij, vind jij ook dat de regeling goed werkt?’ Blijkbaar vond hij het belangrijk te horen of zij ook tevreden was.

‘Jazeker.’

‘Maar je wilt zelf ook wel een man?’ Nu klonk hij nog dringender.

'Nou, ooit wel, ja, Jim, maar niet per se vandaag.'

'Maar je hebt geen haast om weg te gaan? Niet nu meteen?'

'Nee, natuurlijk niet en nu je mijn broer aan Suzanne hebt gekoppeld, blijf ik nog maar even bij jou hangen.'

'Goed zo.'

Zo bleven ze vriendschappelijk bij elkaar zitten en een uur later klopte er een man op de deur. Het was Billy Young, financieel adviseur. Hij leek het heel prettig te vinden om Fay te ontmoeten. Haar oom had het vaak over haar gehad en hij had gezegd dat ze een rots in de branding was.

'Je bent heel knap voor een rots in de branding,' zei hij bewonderend.

'Dank je wel, Billy,' zei Fay.

'Nou, ik ga maar eens financieel advies geven,' zei hij met een grijns die Fay recht in het hart trof.

Ze ging naar boven naar haar kamer en bedacht dat ze morgen zuster Williams moest bellen voor de maandelijkse controle of het allemaal goed was gegaan. Was het een succes geworden?

Ze ging op haar bed liggen en keek uit over Chestnut Street. Het was een succes geworden. Wat zou dat saai staan op een officieel formulier.

Een probleem van mezelf

Ik werd er doodziek van dat die meisjes uit de vijfde me steeds in vertrouwen namen.

'U begrijpt alles zo goed, juf,' zeiden ze op zo'n schattige toon dat ik er altijd weer intrapte. Natuurlijk was ik begripvoller, aardiger, toleranter dan hun ouders, jonger, meer in hen geïnteresseerd dan de andere leerkrachten, geen wonder dat ze dol op me waren. Een en al verstandige, goede raad.

'Dus hij heeft gisteravond niet met je gedanst, Susie – misschien heeft hij iets anders aan zijn hoofd, de examens bijvoorbeeld. Nee? Hij danste wel met andere meisjes. Aha... kan het zijn dat hij de moed niet had om je te vragen: jongens kunnen ook verlegen zijn, weet je. Hij is niet verlegen, eerder een beetje een uitslover. Hm. Nou, misschien is dat een ernstige vorm van zenuwen. Hij is ook een tiener en iedereen toont zijn nervositeit op zijn eigen manier. Doe anders gewoon net of het je niets kan schelen en ga vrolijk met anderen dansen; als hij ziet dat je blij en ontspannen bent, vat hij misschien moed.' En dan, weken later: 'Ik ben blij dat het geholpen heeft. Nee, je hoeft mij niet te bedanken; het was gewoon je eigen gezonde verstand...' En weer weken later: 'Tja, ik neem aan dat jongens net goed zo van gedachten kunnen veranderen als meisjes. Nee, Susie, ik denk niet dat je hart echt breekt; het zou wel heel dom zijn om nu non te worden. Ik weet wel dat het net goed voor hem zou zijn, maar denk eens aan al die jaren als non, het vroege opstaan op koude ochtenden en de rare kleren die je moet dragen? Je kunt beter de wetenschap ingaan, dan zou hij pas echt balen.'

En hetzelfde in de lerarenkamer. Nooit een probleem van mijzelf, altijd van iemand anders. 'Ik weet het, ik weet het, juffrouw O'Brien, het ís ook heel moeilijk, natuurlijk, maar weet u, ik krijg het gevoel dat meneer Piazza eerder geschrokken dan opgelucht zal zijn als u ineens voor zijn deur staat en alles aan zijn vrouw vertelt. O, u hebt natuurlijk gelijk, je hoort volkomen eerlijk tegen elkaar te zijn, maar misschien zag meneer Piazza die ene avond meer als iets... ik wil niet zeggen, onbetekenends... meer als iets heerlijks dat maar één keer voorkomt en dan een prachtige herinnering wordt. Die prachtige herinnering zou veranderen in een probleem als u mevrouw Piazza vertelde dat hij heeft gezegd dat hij al jaren van u houdt. Nee, huil nou niet, juffrouw O'Brien, alstublieft. Ik weet zeker dat hij van u hield en nog steeds, maar er zijn verschillende soorten liefde, vooral voor een Italiaanse muziekleraar. Ik denk dat zijn liefde voor u meer het wat-ben-je-mooi-als-je-de-meisjes-hockeyles-geeft-type liefde is, dan het weggaan-bij-zijn-vrouw-en-zeven-kinderen-en-een-klein-flatje-met-u-huren-type.'

Wanneer had ik een probleem van mezelf moeten hebben? Ook niet bij mijn vroegere schoolvrienden; die hadden zelf te veel aan hun hoofd. Neem Lisa, die er al eeuwen bleek en afgetrokken uitzag. We wisten allemaal dat ze een of ander dreigend, duister geheim had, maar terwijl dat alles was wat iedereen er verder van wist, was ik degene die moest horen over de man op de bank die ontdekt had hoe je, zonder dat iemand het merkte, geld van andermans bankrekening kon overmaken naar die van Lisa, zodat ze straks een klein fortuin vergaard zouden hebben en er samen vandoor konden gaan om op een Grieks eiland te gaan wonen, in een wit huisje aan zee, waar ze elke avond kebab zouden eten en wijn drinken en op het strand vrijen, voor de rest van hun leven. Het was een geval van 'Ja, natuurlijk klinkt dat idyllisch en iedereen heeft recht op geluk en ik weet dat het in de wereld vreselijk oneerlijk verdeeld is en dat pakken wat je pakken kunt ook een manier is om daar iets aan te doen, maar je kent de verhalen van de mensen die betrapt worden en de nor in moeten. Ja, natuurlijk is hij heel slim en briljant en brandt hij van liefde voor jou enzo, maar van wie neemt hij het eigenlijk? Ik bedoel, zal er nooit iemand zijn die er achter komt dat hij wordt beroofd? O Lisa, hou op met huilen, ik zei niet dat hij een rover is, ik zei alleen dat het ook gevaarlijke kanten heeft.'

En dan was er nog mijn grote vriend Donal, die zo knap was dat hij elke week wel een probleem had waarbij hij zich uit de ene situatie moest zien te bevrijden om weer verstrikt te raken in een volgende. 'Donal, natuurlijk vind ik het onredelijk van haar dat ze zich al zo snel wil verloven, maar aan de andere kant, je hebt haar wel haar eigen huis laten opzeggen en bij jou laten intrekken. Ze moet toch iets tegen haar moeder zeggen, weet je, gewoon iets wat hoop geeft. O, ik begrijp het, nou ja, dan moet je heel eerlijk zijn, hè? Denk aan de vorige keren dat je zo eerlijk bent geweest, toen was je daarna altijd blij. Ik weet het, ik weet het, maar vrouwen winden zich nou eenmaal op over dingen. Ik weet dat ik niet zo ben, maar ik ben je vriendin, niet een van je meisjes, maar luister nou naar me, het heeft geen zin om tegen haar te zeggen dat je tbc hebt en dat zou ook niet eerlijk zijn tegenover haar, en dan zegt ze toch alleen maar dat het voor haar niets uitmaakt en zweert ze dat ze de rest van haar leven voor je zal zorgen. Je moet tegen haar zeggen dat het een vergissing was en dat het je heel erg spijt en je zult haar moeten helpen om een ander huis te vinden. Nee, ik denk dat ze een afschuwelijke leverkwaal ook niet afstotelijk zal vinden – weet je nog, die actrice tegen wie je had gezegd dat je jicht had, ze stuurt je nog steeds telegrammen op je werk met "gemene rat!" Kom op, het kost je maar een weekend om het te doen en dan zijn jullie allebei voor de rest van je leven vrij.'

Het leken wel jaren van andere mensen helpen een zwangerschapstest te laten doen, van abortussen regelen, van anderen alibi's geven; jaren en jaren van bepaalde mensen uitnodigen op feestjes zodat andere mensen ze aan de haak konden slaan; eeuwen van gevraagd worden om een meisje te gaan afleiden dat al te veel aandacht besteedde aan de man van iemand anders; een heel leven van verstandig, nuchter, gratis Lieve Lita-advies.

Dus op een donderdagmiddag, toen om vier uur de school uitging, besloot ik dat ik een reusachtig probleem voor mezelf zou arrangeren. Ik zou mezelf willens en wetens in een situatie manoeuvreren die zo verschrikkelijk en onoplosbaar was dat minstens vijf van mijn vrienden er met elkaar over zouden moeten overleggen, me apart zouden moeten nemen om ernstig met me te praten, me afleiding zouden moeten bezorgen om eroverheen te komen. Nu zou iemand anders eens een paar nachten wakker liggen om mij en ik zou de hele tijd ontzettend onredelijk doen en voortdurend om advies vragen en daar nooit naar luisteren, laat staan het opvolgen.

Het was moeilijk om te bedenken in wat voor wanhopige situatie ik verzeild zou raken terwijl ik de lommerrijke straat vanaf de school afliep met huiswerkschriften onder mijn arm. Waar vonden al die anderen ze? Vaak waren ze het resultaat van een vrolijke, met drank overgoten bijeenkomst, dus ik dacht dat ik daarmee het beste kon beginnen. Maar het was nog wat vroeg om al dronken te worden, dus ging ik naar huis en stippelde het allemaal uit op een vel papier, net zoals ik het geschiedenislesprogramma voor het hele jaar altijd opzette. Eerst maakte ik een lijst van plekken waar ik die avond dronken kon worden. Pubs genoeg, dus het probleem was: welke. Ik koos er een stuk of vier waarvan ik dacht dat er acteurs, of schrijvers of kunstenaars kwamen, of mannen uit de reclamewereld, want een leven lang luisteren had me geleerd dat dat de probleemmannen waren.

Toen maakte ik nog een lijst van het soort kleren dat ik moest dragen. Niet de combinatie grijze rok, grijze trui en witte blouse die me altijd prima leek voor school of voor de brave avondjes uit waaraan ik gewend was. Het moest echt iets zijn wat problemen opriep, dus probeerde ik het met een blouse die te krap zat, een rokje dat te strak was, sieraden die opzichtig waren en parfum die parfummig was en smeerde ik alle make-up die ik bezat op mijn gezicht. Zelf vond ik eerlijk gezegd dat ik er erg dwaas uitzag, maar misschien was dit wel het soort verschijning die ervoor zou zorgen dat een getrouwde homo die een bank had beroofd, me in een positie bracht waarin ik een tweeling verwachtte, gearresteerd dreigde te worden en me moest verbergen voor bendes die hadden gezworen om me te vermoorden.

In de eerste bar zei de barman om onverklaarbare redenen tegen me: 'Regent het buiten?' Dat zette me aan het denken, misschien was het een code of zoiets en bedoelde hij eigenlijk dat die man daar in de hoek me een aanbod wilde doen dat ik niet kon afslaan, iets met handel in blanke slavinnen. Wat hij in werkelijkheid bedoelde was dat mijn mascara in zes zwarte strepen langs mijn gezicht droop en dat mijn rok eruitzag alsof hij gekrompen was in een onverwachte bui. Ik maakte mijn gezicht schoon, zodat ik er nu uitzag alsof iemand me een pak slaag had gegeven, maar dat was ook prima, want het zag er tenminste avontuurlijk uit en niet alsof alles prima ging. Ik wilde er onder geen beding uitzien alsof het prima ging. Maar er kwam niemand naar me toe om een sigaret voor me aan te steken en niemand die iets tegen me zei, behalve of de kruk naast me vrij was. Dus ging ik verder.

In de volgende bar leek het er vrolijker aan toe te gaan. In elk geval was een groep schreeuwende, dronken mannen aan het ruziemaken over de tekst van het gedicht 'De luisteraars'. Dat leek me een ideale situatie om me in te mengen – wat toevallig dat ik die tekst kende. Dronken schoof ik centimeter voor centimeter dichterbij, terwijl zij kritiek leverden op elkaars versies en als vanzelf werd ik opgenomen in hun rondjes. Het enige wat ze niet toelieten was dat ik iets zei. Elke keer dat ze een bestelling deden, zeiden ze: 'En een gin-tonic voor de dame,' maar ik kreeg er geen woord tussen. Ik beschouwde het maar als een handige manier om goedkoop dronken te worden want niemand vroeg wat ik daar deed, maar, niet echt vleiend, het leek ook niemand te interesseren. Ik bood aan om een rondje te betalen, in de hoop gehoor te vinden of ten minste wat aandacht te trekken. 'Nooit een vrouw laten betalen,' zeiden ze in koor en ik beschouwde het maar als een goed teken dat ze wisten dat ik een vrouw was.

Het werd laat en ze gingen bier kopen om mee te nemen. Ze zouden doorgaan bij iemand thuis, dus kon ik er maar beter bij blijven, dacht ik. Ik kocht zes blikjes en die werden in een bruine papieren zak gestopt en ik waggelde hoopvol achter ze aan richting bushalte. Maar helaas, daar hielden ze een taxi aan en toen ik ook in wilde stappen, schudden ze hun hoofd. 'Kunnen je niet meenemen,' zeiden ze.

'Maar ik heb bier gekocht en alles,' zei ik huilerig.

'Simon zou het niet prettig vinden – regel één: neem nooit de vrouw van een andere man mee,' zeiden ze tegen me.

'Ik ken geen Simon.' Ik wierp tegen dat ik niet Simons vriendin was – dat ze vast iemand anders bedoelden.

'Nou, waarom hebben we dan de hele avond met je zitten drinken, als je niet Simons vriendin bent?' vroegen ze. Daar had ik geen antwoord op en ze lieten me op straat achter met al dat bier. Vlakbij was een discotheek, dus ging ik daarheen. De gemiddelde leeftijd van wat er in het geflits van de lampen danste lag minstens tien jaar lager dan de mijne en veel dansers waren wel vijftien jaar jonger. Maar ik had betaald om naar binnen te mogen, dus bleef ik bij de muur staan, met mijn bier tegen me aan gedrukt. Plotselinge kreten van herkenning en plezier. Het leek wel of de hele vijfde klas er was. Geen wonder dat ze niet in staat waren om iets van de geschiedenisles op te nemen, bedacht ik somber. Ze waren dolenthousiast dat ze me hier zagen. En totaal niet verbaasd.

'Ik heb wat bier voor jullie meegebracht,' zei ik behulpzaam. Ik had niets beters kunnen bedenken. De prijzen in de disco waren erg hoog; ze hadden geen geld meer voor drankjes. Hun vriendjes vonden me geweldig – wat een lerares, wat een vrouw; ze floten goedkeurend. Maar niemand vroeg me ten dans – je danst niet met iemand die zo oud is als ik. Elke gedachte aan een hopeloos problematische relatie van het type 'hier is een kop thee en huil maar eens lekker uit' verdween. Ik zei dat ik verder moest.

Een van mijn vriendinnen was zwaar in de problemen geraakt nadat ze was benaderd door een zakenman op een conferentie in een groot hotel. Misschien kon ik dat nu het beste proberen, gezien het late tijdstip. Het was niet moeilijk om het hotel binnen te komen of om zakenmannen op conferentie te vinden. Het enige probleem was dat ze allemaal doodsbleek zagen en kalmerende middelen slikten en het alleen maar hadden over de 'output' en het product en de recessie en voortdurend op een klembord keken. Het was een beroerde dag geweest en morgen zou nog erger worden. Ik vroeg een van hen langs mijn neus weg of hij het toneelstuk *Dood van een handelsreiziger* had gezien. Hij keek me verwilderd aan.

'Nee,' piepte hij. 'God, hadden we dat moeten zien, dan?'

Toen begonnen ze allemaal naar bed te gaan en een hele toestand te maken bij de receptie over gewekt worden om halfzeven en een ontbijt zonder cholesterol en zouden hun schoenen echt wel gepoetst worden en begreep het hotel wel dat als ze vergaten hen te wekken, dat tot op de bodem uitgezocht zou worden en er koppen zouden rollen. Er was niet één congresganger op zoek naar een pleziertje bij, dus leek het me beter om maar de telefoon te pakken en te zien of ik daarmee wat opwinding kon veroorzaken. Alles om hun bange, gejaagde gezichten en hun maagzweren te kunnen vergeten.

Ik belde Donal, voor het geval hij misschien op een feestje was. Dat was hij niet. Hij was net bezig met de ultieme en mogelijk succesvolle poging om een stewardess te versieren; mijn telefoontje had het verpest en nu was zij haar jas gaan halen. Het had haar precies de paar seconden tijd gegeven die ze nodig had om weer helder te gaan denken. Hij was allesbehalve blij om van me te horen.

Ik belde Judy, die altijd nachtenlang zwarte koffie drinkt en intense gesprekken voert met hopeloze gevallen, mannen van wie ze hartstochtelijk houdt. Ze putten elkaar emotioneel zo uit dat er altijd een sfeer van drama en spanning in het huis hangt, als ectoplasma. Ze was dolblij dat ik belde; ze had de hele nacht geprobeerd me te vinden. Ze zat met een afschuwelijke toestand. Sven was in de keuken, waar hij probeerde zijn hoofd in de oven te steken; hij was al uren bezig. Het was allemaal zo verschrikkelijk. Ik wist toch nog wel wie Sven was? Hij was in een commune gaan wonen omdat zijn psychiater had gezegd dat hij meer moest geven en nemen, maar eigenlijk had Sven alleen maar gegeven en niets genomen. Judy wilde dat hij bij haar zou komen wonen. Sven zei dat hij iedereen teleurstelde, de psychiater, de commune, Judy… hij zag geen andere oplossing dan de gasoven… het was allemaal zo ellendig, zei Judy, zo… uitputtend.

Ik deed net of de verbinding was verbroken. Ik bleef maar roepen: 'Hallo, hallo!' en hing toen op.

De taxichauffeur vertelde me onderweg terug naar Chestnut Street dat alle vrouwen tuig waren. Dat had hij diep vanbinnen altijd wel gedacht, maar nu wist hij het zeker. Tuig. En zijn vrouw was het toppunt van tuig. Blijkbaar was ze maanden in de weer geweest met een buurman. Hij had het pas ontdekt en het haar voor de voeten geworpen. Wilde het nog goedpraten ook, stuk tuig dat ze was. Zei dat ze eenzaam was geweest, vanwege zijn onregelmatige uren. 'Hoe kan een vrouw zoiets doen, dame?' vroeg hij mij, in de hoop dat ik het hem kon uitleggen.

'Tuigigheid,' zei ik. En we zwegen verder.

Thuis lag een brief van een vriendin die schreef dat haar echtgenoot vreemd deed. Ze dacht dat hij misschien een verhouding had met iemand op kantoor. Hij zag er de laatste tijd zo gespannen en doodsbleek uit en hij slikte veel kalmerende middelen. Ik schreef haar snel een kaartje terug om te zeggen dat ze zich dingen in haar hoofd haalde die er niet waren. Hij zat gewoon gevangen in de ratrace, net als al die zakenlieden die ik die avond had gezien; hij kon onmogelijk tijd hebben voor een andere vrouw. En toen verscheurde ik de kaart. Waarom was ik altijd bezig mijn vrienden te troosten en was er niemand die mij troostte?

Ik nam een kopje van een drank waarvan ze zeggen dat hij

de zorgen van de dag sust en je een helende slaap bezorgt. Ik hoopte dat hij ook alle zo vergeefs gedronken gin van die avond zou sussen en een kater zou voorkomen. Dat zou nog eens ironisch zijn, een dag voor de klas moeten staan met een bonkend hoofd, zonder probleem om daarvan de schuld te geven.

En toen ging de telefoon. Het was twee uur; het moest iemand zijn die zwanger was – of niet, een stem die klaagde dat er weer een rampzalige romance zijn laatste adem uitblies op haar sofa of in haar gasoven. Met tegenzin nam ik op. Het klonk als een erg dronken man.

'Ja?' zei ik berustend.

'Ik ben erg dronken,' zei de stem, een beetje overbodig, maar blijkbaar om de zaken van het begin af aan duidelijk te stellen. 'Ik moest wel dronken worden, anders had ik nooit de moed gehad om je te bellen. Ik vind je zo enorm aantrekkelijk, ik denk dat ik van je hou, eigenlijk weet ik niet zeker of ik van je hou, maar ik weet wel dat ik je nodig heb. Ik moet je een keer echt ontmoeten, ik kan niet meer tegen die hypocriete praatjes tussen ons over onbelangrijke dingen zoals een beurs en huiswerk en het belang van leren. Ik wil over jou praten, over jouzelf en over mij en mijzelf. Ik wil met je door de weilanden wandelen, ik wil met je gaan eten op prachtige plekjes en je in mijn armen houden en voor je zorgen.'

Nou, dat klonk behoorlijk slim van hem, zei ik hartelijk, maar aan de andere kant, kende ik hem eigenlijk wel?

'Nee, natuurlijk niet. Hoe zou je me kunnen kennen als ik de hele tijd met je moet praten over huiswerk en beurzen en het verdomde belang van leren en ik ken jou ook niet. Als we eenmaal ver van al die verschrikkelijke gebouwen en gangen en parkeerplaatsen en ouderavonden zijn, dan leer ik je kennen en jij mij.'

Het had duidelijk iets met school te maken. De krankzinnige gedachte kwam bij me op dat een van mijn leerlingen buikspreker was of heel goed een man kon nadoen.

'Met wie spreek ik?' vroeg ik scherp.

'O, die stem, wat hou ik daar toch van, zo koel, zo onverstoorbaar, zo anders dan alle andere vrouwenstemmen ter wereld,' zei hij opgetogen. 'Ik ben de vader van Susie, natuurlijk, en ik ben al zó lang verliefd op je. Ik ben Simon Scott, die van jou houdt, dat ben ik.'

Meneer Scott, de vader van Susie? Een onbeduidende man, maar waren ze dat niet allemaal? Lang, van middelbare leeftijd ongeveer, gemiddeld van bouw. Altijd hadden ze het over beurzen en huiswerk en het belang van leren. O god, wat moest ik hier nu weer mee. Ineens drong het in een flits tot me door: híj kon mijn probleem worden! Vanwege hem zou ik helemaal emotioneel en van streek raken en mensen toevertrouwen hoe ellendig de situatie was en waarom had ik hem niet eerder ontmoet, en waarom kon hij zijn vrouw niet voor mij verlaten? En dat hij ook nog Simon heette – wat toevallig. Net als de niet-bestaande man bij wie ik hoorde volgens die dronken mannen in de bar. Misschien was het wel dezelfde Simon.

'Hebt u een hele groep dronken vrienden die zich de tekst van 'De luisteraars' proberen te herinneren, meneer Scott?'

'Mijn liefste, mijn liefste, je bent helderziend – natuurlijk. Ze zijn allemaal naar mijn huis gekomen en nu zijn ze in de kamer hiernaast bezig om die tekst terug te halen. Wij zijn voor elkaar geschapen, mijn lief. Hoe kan het anders dat jij weet wat ik denk en dat ik weet wat jij denkt?' Zijn stem stierf weg, het kostte hem grote moeite om een lange zin te vormen.

Heel goed, Simon zou mijn probleem worden. Donal en Judy en juffrouw O'Brien en Lisa, allemaal zouden ze pogingen moeten doen om me hem uit mijn hoofd te praten, me bij zinnen te laten komen. Maar eerst moest ik er zeker van zijn dat hij een echt probleem was.

'Hoe zit het met Susies moeder?' vroeg ik. Iets beginnen met een man die niet gebonden was, zou geen probleem zijn. Ik kon me mevrouw Scott niet herinneren van ouderavonden, maar vanavond kon ik me nauwelijks iemand herinneren.

'Ze heeft me nooit begrepen, van het begin af aan niet, ze heeft geen hart. Ze is weg nu, komt morgen terug, ze is naar haar nicht – verder gaat haar fantasie niet, op bezoek gaan bij een nicht. Ik haat haar niet, ik zal haar altijd goed behandelen, maar jij... ik moet je hebben... ik heb je nodig.'

Het klonk bepaald veelbelovend.

'Zouden we elkaar in het geheim moeten ontmoeten?' vroeg ik. 'Zouden we telkens maar een paar gestolen minuten samen kunnen zijn? Moeten we doen alsof we elkaar nauwelijks kennen als er andere mensen bij zijn? Wordt het een en al verwarring en verwijten en twee keer in de week ruzie?'

Het leek of deze vragen hem aan het schrikken maakten. Helemaal niet wat hij had verwacht, maar wat hij wél verwachtte was natuurlijk onmogelijk voor te stellen.

'Ja, een beetje, in het begin,' zei hij nerveus. 'Maar liefde overwint alles. We zullen samen kostbare momenten kunnen stelen en onze echte gevoelens met elkaar delen, geen geklets over bezoekjes aan nichten en geen woord over beurzen en het belang van leren. Het zal magisch zijn,' besloot hij, niet al te overtuigend.

'Goed,' zei ik. 'Ik doe mee. Wat zal ik nu doen, zal ik meteen een taxi naar uw huis nemen, zodat we ervan kunnen profiteren dat ze weg is, of komt u liever hierheen? En kunnen we dan morgen in de lunchpauze een paar kostbare momenten stelen in een pub en kunt u doen alsof u naar de school komt om over Susie te praten en dat we dan zogenaamd een gesprek hebben in een klaslokaal en daar stiekem wat magische kussen uitwisselen?' De gedachte aan al deze dingen begon me steeds meer te bevallen en ik verheugde me bepaald op het avontuur.

Meneer Scott zei: '... eh, tja.'

'O, kom, meneer Scott,' zei ik bemoedigend. 'U bent al zó lang verliefd op me, dat zei u zelf, u denkt dat wij voor elkaar geschapen zijn. Ik vind het een geweldig idee. Als we onze echte gevoelens willen delen en u wilt me in uw armen houden en voor me zorgen, dan moeten we nu geen tijd meer verliezen en meteen beginnen. Ik ben heel blij dat u me hebt gebeld en ik denk dat het een groot succes wordt. Geef me nu maar uw adres, dan kom ik meteen naar u toe en ik breng voor uw dronken vrienden een poëzieboek mee waar de tekst van 'De luisteraars' in staat en dan kunnen zij tevreden naar huis gaan en wij zorgen dat we de plaat poetsen voordat Susie terugkomt van de disco. En we zullen een geweldige affaire hebben.'

Er was iets veranderd bij meneer Scott. Hij klonk minder dronken. Hij klonk ook minder vurig. De wandelingen door de weilanden en de etentjes in intieme restaurantjes leken wat op de achtergrond geraakt.

'Nou,' zei hij, 'waarom ik u eigenlijk belde was om u te vertellen over één aspect van mijn gevoelens voor u. Eentje maar. Natuurlijk zijn er nog veel meer, zoals groot respect en bewondering. Mijn vrouw, u... eh... weet wel, mijn vrouw... Ze is er nu niet, ze is naar haar nicht, maar ze komt morgenochtend vroeg terug, of misschien zelfs wel vanavond al. Ja, vanavond al, dat zou heel goed kunnen. Nou, mijn vrouw en ik hebben vaak tegen elkaar gezegd dat we vinden dat Susie heel erg boft met zo'n verstandige lerares als u, niet iemand die roekeloze dingen doet, niet iemand die overhaast handelt. We hebben u nodig, ja, nodig voor Susies opleiding en haar beurzen en... eh... alles.'

'O, goed, hoor, meneer Scott,' zei ik geïrriteerd. 'Heel goed, dan krijgen we geen verhouding, als u dat bedoelt. Het maakt mij niet uit. Ik kan altijd nog een verhouding beginnen, later in het schooljaar, of misschien rond Kerstmis – dat is een goede tijd voor drama en tragiek... Nee, verontschuldig u maar niet verder, het is al goed. Werk die dronken kerels de deur uit voordat Susie thuiskomt en zeg trouwens tegen Susie dat ze niet zo laat thuis moet komen – ze moet aan haar examens denken. Ze zou alleen in het weekend moeten gaan dansen, als ze de volgende dag niet naar school hoeft. En ik vind dat u al die bierblikjes moet opruimen. Als mevrouw Scott thuiskomt van haar nicht, zal ze niet blij zijn met een huis dat eruitziet als de achterkamer van een pub. Geen dank, heel graag gedaan, meneer Scott. Nee, u hebt me helemaal niet gestoord, ik lag nog niet in bed. Ik was net thuis, eigenlijk, ik zwierf door de stad om te proberen een verhouding te beginnen met een heel verkeerde man, maar het is blijkbaar niet gelukt. Maar ik kan het morgen nog een keer gaan proberen, als ik niet te veel nakijkwerk heb, of als ik niet de hand van een of andere tragische dame hoef vast te houden.'

Zijn stem klonk onduidelijk van opluchting. Ik verstond nauwelijks wat hij zei, maar ik besloot met hem in te stemmen.

'Ja, natuurlijk maakte ik maar een grapje, meneer Scott, natuurlijk. Ik heb een buitengewoon goed ontwikkeld gevoel voor humor en sta bekend als een rots in de branding en een bron van goede raad. Dat zijn de exacte bewoordingen, geloof ik… vraag het maar na.'

Waar het om gaat

Nessa Byrnes tante Elisabeth wist overal alles van en ze had altijd gelijk.

Elk jaar in juni kwam ze zes dagen bij hen in Chestnut Street logeren en omdat ze behoorlijk veeleisend was, begonnen ze al twee weken voor haar komst het huis schoon te maken en de tuin op orde te brengen.

De kamer waarin tante Elisabeth zou slapen, werd ontdaan van alle troep die zich daar het afgelopen jaar had opgestapeld. Ze werkten het schilderwerk bij en legden schoon roze kastpapier in de laden die nu zo mooi leeg waren.

Nessa's moeder zei vaak met een vermoeid lachje dat zonder die jaarlijkse vakantie van tante Elisabeth het hele huis één grote puinhoop zou zijn.

Maar eigenlijk zou Nessa's moeder zich daar niet schuldig over moeten voelen; ze had niet de tijd of het geld om het huis op te knappen. Ze werkte lange dagen in een supermarkt en bracht drie kinderen groot, zonder enige hulp van haar man. Nessa kon zich niet herinneren dat haar vader ooit was gaan werken.

Hij had een slechte rug.

Tante Elisabeth was de oudste zus van haar vader. Ze was op haar achttiende naar Amerika geëmigreerd. Daar had ze een baan als juridisch medewerker. Nessa wist niet precies wat dat was, maar zo'n directe vraag stelde je nooit aan tante Elisabeth.

Nessa's vader zette altijd zijn beste beentje voor als zijn zuster kwam. Dan bleef hij niet de hele dag in zijn stoel naar de paardenrennen op tv kijken en hij hielp zelfs met de afwas. Hij was altijd erg opgelucht als Elisabeth weer vertrok.

'Nou, dat is goed afgelopen,' zei hij dan, alsof er een verborgen gevaar had gedreigd, dat hen had kunnen treffen.

Tante Elisabeth was altijd de hele dag op stap, naar culturele attracties. Dan ging ze naar kunsttentoonstellingen, of naar de Chester Beatty-bibliotheek, of naar een rondleiding in een chic huis.

'Waar het om gaat is dat je elegante plekken bekijkt, plekken waar de eisen hoog liggen,' zei ze dan tegen Nessa terwijl ze plaatjes uit de brochures knipte en die in haar plakboek plakte. Nessa vroeg zich af wie die plakboeken elk jaar weer te zien kreeg. Maar ook dat was een vraag die je niet aan tante Elisabeth kon stellen.

Ze had geen behoefte aan grappige familiekiekjes. Zeker niet bij Nessa thuis. En ook niet tijdens een picknick op Killiney Beach of op Howth Head, waar ze dikke sneden brood met hardgekookte eieren en overrijpe tomaten aten die Nessa's moeder had ingepakt. Dat wilde tante Elisabeth nooit vastleggen, hoe heerlijk de zon ook had geschenen en hoe uitbundig ze ook hadden gelachen die dag.

Maar elk jaar nodigde tante Elisabeth op een avond de hele familie uit voor een drankje bij een gelegenheid in Dublin die dat jaar de plek bij uitstek was om je gezicht te laten zien.

En dat was dan inderdaad voor één drankje, niet voor een paar glazen: de kinderen kregen sinaasappellimonade, Nessa's moeder kreeg rode vermout met een kers erin, haar vader een klein glaasje Ierse whiskey en zelf nam tante Elisabeth de cocktail van het huis.

Voor dit uitje moesten ze zich allemaal op hun paasbest kleden en meestal werd een kelner gevraagd om een kiekje van hen allemaal te maken, terwijl ze onzeker in de camera keken tegen die onbekende achtergrond. Blijkbaar zou deze foto, als hij was ontwikkeld, in het plakboek komen.

'Waar het om gaat,' zei tante Elisabeth dan, 'is dat we op de juiste plek zijn.'

Nessa begreep niet goed waarom dat zo belangrijk was. Maar

tante Elisabeth was zo goedgekleed en zelfverzekerd. Ze had vast gelijk.

Tante Elisabeth ging vaak met een notitieboekje naar een grote tijdschriftenwinkel in O'Connell Street. Soms ging Nessa met haar mee.

'Wat schrijft u allemaal op?' vroeg ze een keer en ze voelde zich meteen schuldig en nerveus. Je stelde tante Elisabeth geen directe vragen. Vreemd genoeg was het niet erg.

'Ik kijk de tijdschriften door en schrijf de namen op van mensen die naar galerieopeningen en premières gaan. Het is verbazend hoe vaak je dezelfde namen ziet opduiken.'

Dit vond Nessa verwarrend. Waarom zou het iemand iets kunnen schelen wie waar naartoe ging? Zelfs iemand die hier wel woonde? Maar zeker iemand die duizend kilometer ver weg woonde? Het was krankzinnig. Blijkbaar was dit van haar gezicht af te lezen, want opeens sprak tante Elisabeth heel ernstig tegen haar, alsof ze een medevolwassene was.

'Ik ga je iets heel belangrijks vertellen, dus luister goed. Ik weet dat je pas vijftien bent, maar het is nooit te vroeg om dit te weten; waar het om gaat is welk beeld je schept van jezelf. Begrijp je dat?'

'Ik denk het wel,' zei Nessa aarzelend.

'Geloof me; daar gaat het om. Jij moet je bijvoorbeeld om te beginnen bij je echte naam laten noemen – Vanessa – dan hebben mensen meer respect voor je.'

'O, dat kan niet – dan vindt iedereen me een kakwijf.'

'En dat soort taal moet je nooit gebruiken, niet over jezelf en niet over anderen. Als je echt iets wilt voorstellen, moet je heel veel aandacht besteden aan de indruk die je op mensen maakt.'

'Ma zegt, als je maar aardig bent voor mensen, daar gaat het om,' verzette Nessa zich.

'Ja, Vanessa, en dat is heel netjes van haar. Maar kijk eens hoe doodmoe je moeder is van het geploeter in die supermarkt en hoe ze toelaat dat mijn broer haar loon en zijn uitkering uitgeeft aan drank en paarden.'

Nessa stak haar kin in de lucht. 'Mijn pa is geweldig.'

'Ik heb met je vader en moeder op school gezeten. Ik was drie jaar ouder dan zij, maar ik zie er nu tien jaar jonger uit. Waar het om gaat is dat je een goede indruk op anderen maakt. Het is net als met een spiegel. Als je er goed uitziet en mensen vinden dat je er goed uitziet, kaatsen ze dat naar je terug.'

'Ja, ik begrijp het.'

'Dus, Vanessa, als je wilt kan ik je een beetje helpen, je tips geven over je kleren en je houding en de dingen waar het om gaat.'

Ness voelde zich verscheurd. Zou ze het advies aannemen en net zo elegant worden als tante Elisabeth? Of zou ze zeggen dat ze de pot op kon, dat ze voor ma en pa prima was zoals ze was?

Ze bekeek haar tante een tijdje. Die moest nu zevenenveertig zijn. Ze leek nauwelijks ouder dan dertig. Haar haar was kort en goed geknipt, ze waste het elke dag met babyshampoo. Ze droeg een chic donkergroen pakje dat ze elke avond depte met citroensap. Ze had een serie felgekleurde T-shirts en één echt mooi broche op haar revers.

Wat zag ma er dan anders uit, zij had nooit tijd om haar lange vettige haar te wassen, dat ze met een elastiekje bij elkaar bond. Ma had geen glimmend gepoetste pumps, waar ze elke avond een prop krantenpapier in stopte, zoals haar schoonzuster. Ze had grote, kapotte platte schoenen die gemakkelijk zaten als ze aan het werk was en als ze het hele eind naar huis liep.

Nessa's schoolvriendinnen hadden altijd tegen haar tante opgekeken. Ze zeiden altijd dat die maar bofte, omdat ze aan Chestnut Street was ontsnapt en in New York een goed leven had opgebouwd. God, zeiden ze, in New York kon iedereen een goed leven hebben, vergeleken bij hier.

Toch had ze het gevoel dat tante Elisabeth zichzelf opnieuw had uitgevonden en dat ze Nessa misschien ook opnieuw kon uitvinden, als ze de kans kreeg.

'Waar denk je aan, Vanessa?'

'Waarom bent u eigenlijk naar Amerika gegaan?'

'Om te ontsnappen, Vanessa. Als ik in het huis van mijn

moeder in Chestnut Street was gebleven, was er niets van me geworden, ik was ergens achter de kassa terechtgekomen, meer niet.'

'Er zijn mensen in Chestnut Street die een geweldige baan hebben,' wierp Nessa tegen.

'Nu misschien wel, toen niet.' Haar tante klonk beslist.

'Kunt u zorgen dat ik meer... u weet wel... een beetje meer de baas... ik weet het goede woord niet, maar meer zoals u word?'

'Ja, Vanessa. Het woord is "zelfverzekerd", trouwens, en dat kan ik. Maar voor ik begin wil ik weten of je het echt meent. Zul je jezelf Vanessa noemen, bijvoorbeeld?'

'Dat is toch niet echt belangrijk?'

'Dat is het juist wel; het laat zien dat je stijl wilt hebben.'

'Oké dan,' zei Vanessa Byrne gehoorzaam en ze hoopte dat ze thuis niet al te erg onder vuur kwam te liggen.

'Ben je helemaal van de pot gerukt?' vroeg pa, toen ze over haar nieuwe naam begon.

Haar broers vielen om van het lachen.

'Wat vind jij, ma?' vroeg ze in de keuken, waar haar moeder aardappels stond te schillen.

'Het leven is kort, als je maar gelukkig bent,' zei haar moeder.

'Dat meent u niet echt, ma.'

'Jezus christus, Nessa of Va-nessa, wat je maar wilt. Je vraagt me iets, ik geef antwoord en dan zeg je dat ik het niet meen. Ik zal je vertellen wat ik meen. Ik heb de hele dag in de ijzige wind gezeten, omdat niemand de deur dichtdeed, tot mijn hele lijf aan de linkerkant pijn deed. Ik heb bij de supermarkt gehoord dat we misschien allemaal minder uren werk krijgen volgende maand en wat zal dat voor ons huishoudgeld betekenen? Je tante komt straks terug van een of ander museum en verwacht dan vingerkommetjes en linnen servetten op tafel. Het kan me niet schelen, al noem je jezelf Bambi of het Monster van Frankenstein, Vanessa – ik heb wel iets anders aan mijn hoofd.'

Op dat moment besloot Vanessa dat zij iemand met stijl zou worden.

Voordat tante Elisabeth uit Chestnut Street vertrok om naar Amerika terug te keren, ging Vanessa naar haar slaapkamer om toe te kijken hoe haar tante inpakte.

Het viel haar op dat er geen cadeautjes waren voor iemand thuis in New York. Voor hen bracht haar tante altijd cadeautjes mee – grote kunstboeken over Vermeer of Rembrandt. Op haar eerste avond hier sloegen ze die open en bladerden beleefd door de kleurige pagina's en dan werd het boek op een plank gezet, naast dat over Monet van vorig jaar en dat over Degas van het jaar daarvoor.

'Jezus, in plaats dat ze de kinderen nou een zakcentje geeft,' mompelde Vanessa's vader soms.

'Stil nou maar, het is toch juist fijn dat ze een beetje cultuur in huis brengt.' Ma probeerde altijd de goede kanten van de dingen te zien, maar pa wilde er niet van horen.

'Zij heeft altijd alleen maar ruzie en narigheid in dit huis gebracht. We hadden het allemaal prima, zo met z'n vijven hier in huis, tot Lizzie begon op te spelen en zei dat het hier armoedig en ordinair en weet ik veel was.'

'Noem haar geen Lizzie, daar heeft ze een hekel aan.'

'Zo heet ze verdomme en nou brengt ze Nessa ook al op die idiote ideeën.'

Vanessa had deze gesprekken wel gehoord. De huizen in Chestnut Street waren klein; er was weinig dat je niet hoorde.

Tante Elisabeth had de deur van de logeerkamer dichtgedaan en haar radio aangezet. Zo kon niemand hen afluisteren.

'Dat is Ravel, Vanessa. Het gaat erom dat je goede muziek herkent. Voor je het weet klinkt het je allemaal bekend in de oren.'

'Wat moet ik eerst doen, tante Elisabeth?' vroeg Vanessa.

'Ik vind dat je je kamer je eigen stijl moet geven.'

'Al mijn eigen spullen eruit gooien, bedoelt u dat?' Vanessa hield van de filmposters, de modeknipsels en de foto's van voetballers aan haar muren.

‘Houd alleen dingen die mooi en elegant zijn, Vanessa. Alleen spullen die in je voordeel pleiten.’

Vanessa keek verbijsterd.

Haar tante legde uit: ‘Hoe moeten mensen weten hoe we zijn, als we ze geen boodschappen sturen, kind? De manier waarop we ons kleden, waarop we praten, ons gedragen. Hoe moeten mensen ons anders leren kennen?’

‘U zult wel gelijk hebben.’ Vanessa twijfelde. Per slot van rekening wist je toch wie je aardig vond en wie niet – dat had niet zoveel met boodschappen te maken.

Ze keek toe terwijl de koffer netjes werd ingepakt, doorzichtige zakjes met ondergoed, sjaals, T-shirts, allemaal onberispelijk opgevouwen. De plakboeken namen de plaats in van de kunstboeken die ze had meegebracht.

Tante Elisabeth was zevenenveertig jaar geleden in dit huis geboren en moest je haar nu zien. Dat was voor Vanessa ook mogelijk. Ze bekeek zichzelf in de spiegel, slordig, groezelig zelfs, haar schoolblouse was bij de kraag gescheurd, haar rok zat vol inkt- en etensvlekken.

‘Er is geen geld voor nieuwe kleren enzo,’ zei Vanessa, toen ze zag dat haar tante naar haar keek. Half en half hoopte ze op een financiële bijdrage, maar pap zei altijd dat Lizzie zelfs het geld van haar vormsel nog had.

‘Tja, dan moet je dus leren om netjes te zijn op de kleren die je hebt, denk ik,’ zei haar tante vaag, alsof het haar niet aanging.

‘En mijn haar?’ Vanessa keek wanhopig.

‘Ga naar Lilian Harris van nummer 5.’

‘Ja, maar dan nog, hoe kom ik aan het geld om haar te betalen?’

‘Bied aan om iets voor haar te doen, als tegenprestatie – je weet wel, op bezoek gaan bij haar moeder, een dag per week boodschappen voor haar doen en dan kan zij je elke maand een goede knipbeurt geven.’

Dat was niet eens zo’n slecht idee.

‘Het zou makkelijker zijn als u hier was,’ zei Vanessa terwijl ze naar haar elegante tante keek die haar lange, slanke handen zorgvuldig insmeerde met handcrème. De handen van ma waren rood en zaten vol kloven en hadden nog nooit een likje handcrème gezien.

'Je kunt me schrijven, Vanessa, om te vertellen hoe het gaat.'

'En wie weet kan ik u dan een keer komen opzoeken in New York?'

'Ja, wie weet.'

Vanessa had wel eens een hartelijker uitnodiging gehoord in haar jonge leven, maar daar zou ze niet over gaan zitten mokken. 'Laten we naar beneden gaan voor het eten. Ma maakt shepherd's pie, omdat het uw laatste avond hier is en ze heeft juffrouw Mack en Bucket Maguire uitgenodigd.'

'Dat is aardig.' Tante Elisabeth zei het op een toon alsof er vergif voor hen werd bereid. 'Denk eraan, blijf af van de aardappelpuree die erop zit, Vanessa, eet geen brood en boter en probeer je moeder zover te krijgen dat ze voortaan een salade maakt.'

Onder het eten keek Vanessa Byrne hoe haar vermoeide moeder, haar ongeduldige vader en haar ongemanierde broers Eamonn en Sean de shepherd's pie naar binnen werkten. Ze had zich nog nooit zo'n verrader gevoeld, terwijl ze die avond alleen het vlees van de schotel opknabbelde en met haar tante een tomaat deelde. Het was of ze een grens was overgestoken, van kant was gewisseld.

Drie keer schreef ze naar tante Elisabeth in New York om raad. Elke keer kreeg ze een openhartig en nuttig antwoord terug. Jazeker, Vanessa moest een baantje aannemen in een restaurant, maar dat moest wel een chic restaurant zijn en ze moest erop staan dat ze haar een uniform gaven. Vanuit New York werd een van a tot z verzonnen referentie gestuurd om haar te helpen zo'n baan te bemachtigen.

Nee, het zou heel dwaas en zonde van de tijd zijn als Vanessa probeerde piano te leren spelen. Ze was met haar vijftien jaar te oud om nog aan een muzikale opleiding te beginnen, ze kon beter cd's gaan lenen bij de bibliotheek en de muziek van anderen leren waarderen.

En ja, het zou heel verstandig zijn als Vanessa naar elke poëzieavond, boekpresentatie of ander cultureel evenement in Dublin zou gaan dat haar ter ore kwam. Zo zou ze veel interessante mensen leren kennen.

En dat klopte. Ze ontmoette Owen, bijvoorbeeld. Hij was vierentwintig en kon niet geloven dat Vanessa nog op school zat. Ze was van plan over hem aan haar tante te schrijven, maar iets hield haar tegen. Bijvoorbeeld het feit dat ze Owen nooit bij haar thuis in Chestnut Street had uitgenodigd. Bijvoorbeeld dat ze haar tante niet wilde vertellen dat ze met Owen naar bed ging.

De zomer daarop kwam tante Elisabeth zoals elk jaar weer naar Ierland. Ze was onder de indruk van Vanessa's slaapkamer. Die was modern en elegant. Vanessa had tegenwoordig maar weinig kleren, maar op de kleren die ze had, was ze heel zuinig. Vanessa's moeder vertrouwde haar schoonzuster toe dat het meisje zo afstandelijk en gesloten was geworden. Haar vader zei dat Nessa een echte lastpak was. Eamonn en Sean zeiden weinig, behalve om erop te zinspelen dat ze platzak waren.

Vanessa was slanker geworden en veranderd vergeleken bij vorig jaar. Haar haar was kort en blond en glanzend. Ze nam haar tante mee naar een openluchtconcert, de presentatie van een dichtbundel en een antiektentoonstelling. Overal kende Vanessa mensen, of knikte ze naar hen. Ze was zelfverzekerd en zo overduidelijk op weg naar de uitgang van Chestnut Street, dat het ontzagwekkend was.

Een of twee keer liet ze de naam van Owen vallen. En het feit dat zijn vader een bekend advocaat was. Alsof ze een radar bezat ging tante Elisabeth hier op in, om meer te weten te komen, maar daar was Vanessa op voorbereid.

'U vertelt mij nooit iets over uw privéleven, u vertelt nooit wie er van u gehouden heeft en van wie u hebt gehouden. Ik dacht dat het een beetje... ik weet het niet... ordinair was om over zulke dingen te praten.'

'Je leert snel, Vanessa,' zei Elisabeth met een wat bezorgde blik op haar bijna zestienjarige nichtje.

Drie maanden nadat haar tante was teruggekeerd naar New York, ontdekte Vanessa Byrne dat ze zwanger was.

Ze sprak met Owen af in een erg hippe tapasbar en vertelde het hem. Hij had net gezegd dat ze zo'n fantastische smaak had in het uitkiezen van adresjes toen ze met het nieuws kwam.

'Hé, Vanessa... dit kan niet waar zijn,' zei hij.

Beleefd wachtte ze tot hij nog iets zou zeggen. Dat het een beetje vroeger was dan ze hadden gehoopt, maar ach, wat maakte het uit, ze zouden toch altijd bij elkaar blijven. Dat zei Owen niet. Hij zei: 'Jezus, Vanessa, het spijt me echt,' en opeens begreep ze dat iets dergelijks jaren en jaren geleden ook haar tante moest zijn overkomen.

Ze lachte een koud lachje en zei ja, wat was het leven toch gemeen, stond op en verliet het restaurant.

Ze lag op bed in haar hippe, niet-rommelige kamer en tegen de ochtend wist ze dat ze naar New York zou gaan. Ze bedacht hoe ze dat financieel zou aanpakken. Als ze haar platenspeler, haar nieuwe schoenen, haar mooie armband verkocht, had ze genoeg geld voor de reis. Sinds haar zestiende verjaardag bezat ze een paspoort. Voor het geval Owen haar zou uitnodigen om mee te gaan skiën.

Ze zou gewoon naar het huis van tante Elisabeth gaan en haar vragen wat ze moest doen.

Haar moeder zei dat ze het opgaf.

Nessa die midden in het schooljaar naar New York wilde vliegen. De rest van de familie kon nog niet eens naar dat stomme Isle of Man, maar Nessa ging naar New York. Haar vader zei dat de geschiedenis zich herhaalde. Net als Lizzie. Van het ene moment op het andere weg en daarna zagen ze haar nooit meer, behalve die ene keer in het jaar dat ze weer opdook, met een air alsof ze een gravin was. Eamonn en Sean waren met stomheid geslagen. Stel je voor, tante Elisabeth had Nessa uitgenodigd.

Vanessa besloot niets tegen haar tante te zeggen voor ze er was. Ze had het adres van haar werk niet, dus ging ze meteen naar het huisadres, diep in Queens. Ze bleef maar haar adresboekje controleren. Dit was zo'n ongure buurt, zo'n armoedig gebouw, bijna een krot. Hier kon tante Elisabeth toch niet wonen?

Vanessa bleef buiten op de stoep zitten wachten tot haar tante thuiskwam. Eindelijk, om acht uur 's avonds, kwam ze. In Dublin was het nu een uur 's nachts. Iedereen in Chestnut Street lag te slapen. Ze zag tante Elisabeth de hoek omkomen. Ze liep kaarsrecht, maar zag er toch moe uit. Haar gezicht veranderde toen ze Vanessa op de stoep zag zitten. Ze leek niet heel erg blij.

'Wat is er gebeurd?' vroeg ze.

'Ik had raad nodig.'

'Je had kunnen schrijven.' De stem van haar tante klonk koel.

'Het was te belangrijk om zo lang te wachten.'

'Waar logeer je?'

'Bij u, dacht ik, u logeert ook altijd bij ons als u in Dublin bent.' Vanessa hoopte dat er nog wat energie in haar stem klonk. Ze was doodmoe en bang, maar wilde dat niet laten merken.

Ze volgde de slanke gestalte van haar tante vier trappen op en een lange gang door. Achter de deuren huilden kinderen en in het hele gebouw hingen etensluchtjes.

De grote kamer was armoedig, met afbladderende muren. Er stond een strijkplank klaar en aan een metalen kledingrek hingen alle kleren die naar het werk gedragen zouden worden. Twee verschoten leunstoelen en een eenpersoonsbed in de hoek zagen eruit of er nooit iemand gebruik van had gemaakt. Twee kookpitten en een gootsteen vormden de keuken. Niet een plek waar elegante maaltijden werden gekookt en opgediend.

Vanessa zei niets, zat daar alleen maar, terwijl haar tante koffiezette.

'Ik neem aan dat je zwanger bent,' zei Elisabeth.

'Ja.'

'En hij wil er niets van weten?'

'Hoe weet u dat?' Vanessa was stomverbaasd.

'Anders zou je niet hier zijn.'

'Jij weet altijd wat er gebeuren moet, Elisabeth.' Vanessa realiseerde zich dat ze het 'tante' nu achterwege liet. Het leek op de een of andere manier niet te kloppen, nu ze het vreemde geheime leven, waarover zo lang was gelogen, had ontdekt. Ze herinnerde zich zoveel dingen die gezegd waren: 'Waar het om gaat is dat je verse bloemen hebt staan.' 'Waar het om gaat is dat je één echt mooi meubelstuk hebt dat gepoetst is met bijenwas.' Vanessa keek om zich heen; vergeleken met deze woning was Chestnut Street een paleis. En dan te bedenken hoe die arme ma had staan boenen en schrobben om het er goed uit te laten zien.

'Is nog iemand anders hiervan op de hoogte, Vanessa?'

'Nee, alleen Owen en, zoals je al zei, die wil er niets van weten.'

'Waar het om gaat is dat dat zo blijft. Het is heel makkelijk als je dat beseft. Goed, laat je het weghalen of ga je het laten adopteren?'

Het klonk allemaal zo zakelijk, zo gezaghebbend, zo als de oude tante Elisabeth, dat Vanessa de vreemde, onverwachte omgeving bijna vergat.

'Dat heb ik nog niet besloten,' zei ze.

'Nou, je moet snel een besluit nemen. En dan hebben we veel om over na te denken. Als het wordt weggehaald, moeten hij en zijn familie dat betalen. Jij hebt geen geld. Ik heb geen geld. Laat je het niet weghalen, dan moeten we nadenken over een verhaal en een baan voor je. Denk eraan, wat er ook gebeurt, je mag je leven niet ruïneren door thuis te blijven en achter een kinderwagen door Chestnut Street te lopen, zodat iedereen kan zien dat je een mislukkeling bent, nog voordat je leven echt begonnen is.'

Voor Elisabeth was het allemaal zo duidelijk en vanzelfsprekend, maar zo duidelijk lag het voor Vanessa niet.

'Misschien is het makkelijker om daar te zijn dan ergens anders,' begon ze aarzelend.

'Makkelijker dan wat?'

'Dan Owen en zijn familie om geld vragen, dan een nepleven hier in Amerika verzinnen.' Vanessa keek om zich heen.

'Mijn huis bevalt je blijkbaar niet, dus waarom ben je dan hierheen gekomen?'

'Dat heb ik niet gezegd – het is alleen heel anders dan wat je ons liet geloven.'

'Ik kan er niets aan doen wat jullie geloofden.'

'Heb je echt een belangrijke baan als juridisch medewerker? Was er iets van waar? Van al die dingen die je ons over je leven hebt verteld?'

'Ik werk in Manhattan bij een advocatenkantoor. Daar ontmoet ik veel ontwikkelde mensen, met wie ik naar lezingen en galeries ga. Met het geld dat ik verdien zorg ik dat ik een goede indruk kan maken, mezelf goed kan voordoen. Nou, heb je nog meer van die opdringerige vragen, jij, die zwanger bij mij hebt aangeklopt om hulp?'

'Eentje nog. Ben je ooit in dezelfde situatie geweest als ik nu?'

Het bleef lang stil. Vanessa vroeg zich af of ze wel een antwoord zou krijgen. Uiteindelijk zei Elisabeth: 'Ja. Eenendertig jaar geleden. Met Kerstmis wordt hij eenendertig. Stel je voor!' Ze klonk verbaasd.

'En waar is hij?' fluisterde Vanessa.

'Aan de westkust, in Seattle, geloof ik. Maar hij kan natuurlijk verhuisd zijn. Op zijn twintigste heeft hij geprobeerd contact met me te krijgen, maar dat heb ik geweigerd. Waar het nu om ging was dat hij verderging met zijn eigen leven, heb ik hem geschreven. Zijn adoptieouders waren bemiddelde mensen, hij had een goede opleiding. Ik heb nooit meer iets van hem gehoord.'

Buiten de ramen van deze eenzame, armoedige bovenwoning jammerde het lawaai van verkeer en politiesirenes.

Opeens werd het Vanessa heel duidelijk: waar het om ging was dat ze maakte dat ze wegkwam, ver van deze eenzame, obsessieve vrouw.

Ze had helemaal hierheen moeten reizen om in te zien dat het vermoeide gezicht van haar moeder uiteindelijk zou oplichten bij de gedachte dat er weer een baby in huis zou komen en dat haar vader er heel goed in was om een kinderwagen te laten schommelen terwijl hij keek hoe de paarden op de Curragh aan de start kwamen. Eamonn en Sean zouden er wel aan wennen, zoals iedereen aan alles wende, behalve misschien aan eenendertig jaar geleden overgelaten te zijn aan bemiddelde mensen in Seattle.

Vanessa wist dat ze weer Nessa genoemd zou worden en dat ze haar treurige loser van een tante altijd dankbaar zou zijn omdat die haar de weg had gewezen.

De blind date

Joyce had een hekel aan Grieks eten; in haar ogen zag het er allemaal uit als geitenballetjes en de wijn die mensen er dronken smaakte altijd naar terpentijn. Ze wist niet waarom ze ermee in had gestemd om uit eten te gaan met Leonard en Sally, die ziekelijk verliefd op elkaar waren en misselijkmakend enthousiast over alles, vooral over geitenballetjes en terpentijn. Het was gewoon een van die keren dat je geen nee kon zeggen. Sally had gezegd: 'Wanneer ga je met ons mee naar die nieuwe tent die we hebben ontdekt? Noem jij maar een datum waarop je kunt en dan maken we er een geweldige avond van.'

Als iemand je vraagt om zelf een datum te noemen, is het een soort oorlogsverklaring om dan toch niet te gaan. En natuurlijk zou de gebruikelijke blind date er ook weer zijn. Norman heette deze. Norman, die nog maar sinds kort in Chestnut Street woonde, om de hoek bij het huis waar Leonard en Sally altijd zo onzinnig gelukkig en opgewekt waren.

De blind dates werden nooit gebracht als een blind date. Ze werden nooit voorgesteld als weer een volgende in de reeks mannen die eventueel iets met Joyce konden beginnen en voor haar konden zorgen. Joyce wilde niet dat er voor haar gezorgd werd, als dat betekende dat ze moest samenleven met een grijnzende, opgewekte man in een modern, smakeloos flatgebouw en elke week moest juichen van opwinding over weer een nieuw ontdekt wereldgerecht.

Joyce wilde op zichzelf wonen in haar kleine stadshuisje met mooie meubels en prachtige snuisterijen en geregeld bezoek krijgen van Charles, die de bijzonderste kleren van de wereld ontwierp. Ze was model en eigenlijk was ze zelf net een van de mooie snuisterijen in haar huisje die Charles haar had gegeven. Ze kleedde zich voor zijn bezoekjes even zorgvuldig als voor de shows waarop ze de kleding droeg die hij had ontworpen. Ze liep even elegant door de kamer om hem een campari soda in te schenken als over de catwalk bij de grote modeshows. Zo was haar leven kalm en gelijkmatig, en vredig. Tegen die achtergrond zou niemand ooit met borden smijten of elkaar in het openbaar eeuwige liefde zweren. Het was misschien wat eenzaam soms, maar zelfmedelijden was iets voor mislukkelingen en Joyce was zeker geen mislukkeling.

Ze koos met haar gebruikelijke precisie haar kleding voor de Griekse avond met haar vrienden, legde een crèmekleurige jurk op het bed neer, maar verving die door een andere, die donkerder was, omdat ze bedacht dat kelners in een slecht verlicht restaurant vaak over je heen morsten. Haar mooiste handtas – nee. Haar nieuwe schoenen – nee. Haar mooie medaillon – ja. Zelfs in gezelschap van Leonard en Sally kon er met een medaillon weinig misgaan.

Zuchtend en in de hoop dat de avond in elk geval een horrorverhaal zou opleveren om Charles mee aan het lachen te krijgen, ging ze de deur uit. Het leek of er voor Joyce altijd een taxi verscheen. Berustend stapte ze achterin en maakte meteen een eind aan het gesprek met de chauffeur, die haar een lekker stuk vond en vroeg of ze een avondje uit ging.

'Ik geloof dat ik u de naam van het restaurant heb gegeven,' zei Joyce koel.

Verwaand kreng, dacht de taxichauffeur en de rit verliep verder in stilte.

Hoe vaak had ze zichzelf niet voorgehouden dat het valse vriendelijkheid was om met Leonard en Sally uit te gaan. Zij en Sally hadden jaren geleden samen op een secretaressecursus gezeten, maar nu hadden ze allebei zo'n ander leven. Joyce had geld en roem en stijl. Sally had Leonard en de meest afschuwelijke flat ter wereld. Het kwam alleen doordat ze net aanhankelijke puppy's waren, je kon ze niet slaan. En misschien ontleenden zij er wel plezier en zelfs status aan om al die afgrijselijke mannen aan haar voor te stellen. Misschien vonden ze het spannend om te kunnen zeggen dat ze hun vrienden een afspraakje met een beroemd model konden bezorgen. Misschien wilden ze haar graag mee hebben om te laten zien dat ze boven hun vreselijke leven uit konden stijgen. Maar dat was een beetje vals, zei Joyce tegen zichzelf; nee, dat was niet eerlijk. Leonard en Sally waren zo aardig, waarschijnlijk mochten ze haar gewoon om haarzelf. In de modewereld kwam je zoveel valse en cynische mensen tegen dat je soms vergat dat niet iedereen berekenend was.

Sally en Leonard zaten al aan tafel, er was al een fles gemeen ruikende wijn ontkurkt. De man was nergens te bekennen. Misschien wilde hij niet komen. Misschien kon hij niet komen. Joyce vertelde ze wat verhalen over de nieuwste modecollecties en Leonard en Sally giechelden samenzweerderig, verrukt omdat ze deelgenoot werden van de geheimen van de jetset.

'Waar blijft Norman?' vroeg ze uiteindelijk. Voor één keer keken Leonard en Sally een beetje gegeneerd.

'Hij komt later, hij had nog iets te doen,' zei Sally.

'Hij komt niet, hij is verkouden,' zei Leonard.

Alle drie moesten ze lachen, omdat zij zo duidelijk hun verhaal niet op elkaar hadden afgestemd.

'O, goed dan,' zei Sally. 'Joyce is een oude vriendin, ik vertel het haar gewoon. We gingen naar zijn huis om hem op te halen en toen Leonard zei dat jij er ook bij zou zijn, ging Norman heel stom doen.'

'Hij zei dat hij niks met modellen had,' zei Leonard.

'Hij zei dat hij niet zou weten wat hij zou moeten zeggen tegen een mooie, langbenige kleerhanger,' zei Sally.

'Hij zei dat modellen alleen maar over zichzelf praten,' zei Leonard. 'Ik zei tegen hem dat jij onze vriendin bent, maar hij werd een beetje nukkig, dus ik zei dat hij geen idee had wat hij miste en het verder zelf maar moest weten.'

'En ik zei dat het stom was om zo te generaliseren, dus hij zei dat hij misschien toch wel kwam,' zei Sally. 'Ik vind dat we gewoon moeten bestellen en geen rekening met hem moeten houden.'

'En wat doet die Norman dan wel voor de kost, dat hij overal zo'n uitgesproken mening over heeft?' vroeg Joyce wrevelig.

'Hij is acteur. Hij is zelfs heel goed – we hebben hem al in vrij veel dingen gezien,' zei Sally loyaal, ondanks haar ergernis omdat Norman verstek had laten gaan.

'Nou, acteurs kunnen anders ook erg goed over zichzelf praten, zou ik denken,' zei Joyce opgewekt en het onderwerp moest wijken voor een diepgaande discussie over geiten- of schapenballetjes met saus.

Er viel een enorme schaduw over de tafel en daar stond de dikste man die Joyce ooit had gezien.

'Ben ik te laat om nog mee te eten?' vroeg hij een beetje schaapachtig. Er volgde veel gelach en geroep en Sally die zei dat ze hem zo slechtgemanierd vonden dat hij voor straf misschien naar een andere tafel moest en Leonard die zei dat Joyce zo ruimdenkend was dat ze het goed vond als hij erbij kwam zitten. Norman nam haar hand in de zijne, die wel vier keer zo groot was als de hare.

'Ik weet zeker dat ik je heel aardig zal vinden, als ik je eenmaal ken,' zei hij verzoenend en toen ging het gesprek weer verder over nog een fles wijn en of één grote salade met stukjes kaas erin genoeg zou zijn voor vier of dat ze er beter twee konden nemen.

Joyce was niet echt hard; ze kon heel lief zijn voor oude vrouwtjes die de straat wilden oversteken en ze was sentimenteel als het ging om dieren of huilende kinderen. Ze concludeerde onmiddellijk dat deze arme kerel zo had opgespeeld over leeghoofdige modellenmeisjes, omdat hij zelf enorm groot en dik was en dacht dat een model niet eens met hem zou willen praten. Ze vergaf hem de botte opmerkingen die haar waren overgebracht en nam zich voor om aardig tegen hem te doen en hem op zijn gemak te stellen.

'Ze hebben me verteld dat je acteur bent, Norman,' zei ze, terwijl ze hem stralend en vol belangstelling aankeek. Haar mooie, fijne gezicht zag er zelfs nog beter uit als ze lachte, wat ze zelden deed. Modellen trainden hun gezicht meestal om er vanuit alle hoeken goed uit te zien en in rust te lijken. 'Waar kan men je zien optreden?' ging ze verder.

'Ik ben blij dat je dat vraagt,' zei hij opgewekt. 'Men kan me morgenavond op televisie zien, als men een tv heeft.'

Joyce besloot dat hij nerveus was, niet onbeleefd. Hij zou haar toch niet echt voor de gek houden omdat ze dat woordje 'men' had gebruikt? Daar hield ze zelf ook niet van; ze wist niet waarom ze het had gezegd.

'O, men heeft een tv,' lachte ze. 'Maar men kijkt er zelden naar. Morgen is dan een uitzondering. Zit je in een commercial?'

Sally en Leonard hielden hun vork halverwege hun mond stil. Norman keek geamuseerd.

'Norman is een echte acteur, Joyce,' zei Sally. 'Hij zit niet in commercials.'

'Veel echte acteurs spelen in commercials,' zei Joyce, blozend. Ze had gedacht dat hij misschien een dikke Italiaan speelde die een blikje bonen at of een grappige struikelende glazenwasser die van een ladder viel om bij zijn glas bier te komen. Ze ergerde zich aan zichzelf, omdat haar pogingen om deze dikzak op zijn gemak te stellen zich op een onverwachte manier tegen haarzelf keerden.

Norman kwam haar te hulp. Hij had het lef om haar te hulp te komen. 'Natuurlijk zijn er veel acteurs die commercials doen, Joyce,' zei hij sussend. 'Velen van ons zouden anders niet eens de huur kunnen betalen, maar dat van morgenavond is een toneelstuk, een heel goed toneelstuk zelfs, helemaal nieuw, geschreven door een vrouw. Het is haar eerste televisiestuk en ik denk dat het heel goed ontvangen zal worden.'

Het gesprek ging verder over die vrouw, die eigenlijk nachttelefoniste was, maar zich op haar werk zo verveelde omdat ze nauwelijks iets te doen had dat ze tussen de telefoontjes door het stuk schreef.

‘Ik speel de kerel die het meisje krijgt,’ zei Norman.

‘Is het een komedie?’ vroeg Joyce onschuldig.

‘Nee, het is eerder een thriller. Het is behoorlijk diepgaand en wat de recensenten “psychologisch drama” zullen noemen,’ zei Norman. Hij keek Joyce effen aan en vol afschuw besefte ze dat hij haar vraag of het stuk een komedie was als een belediging opvatte.

Al vanaf heel jonge leeftijd had Joyce het makkelijk gevonden om mannen aan te trekken en hun interesse in haar te wekken. Ze wist wanneer ze moest praten, wanneer ze moest luisteren en hoe ze moest lachen. Het had altijd weer gewerkt. Met Charles werkte het nog steeds. Dat deze dikke man haar weerstond, kwam alleen door de zenuwen en ze zou hem wel geruststellen terwijl ze zaten te eten. Haar glimlach week niet van haar gezicht terwijl ze tegen hem zei dat ze zeker naar het stuk zou gaan kijken en zich er erg op verheugde. Hij lachte ontspannen terug. Ze had het vreemde gevoel dat hij begreep waar ze mee bezig was.

Joyce at veel van de salade en zo weinig mogelijk van de verschillende verdachte stukjes vlees. Norman stelde voor om ook een fles rode wijn te bestellen en die vond ze veel lekkerder. Nu de eerste ongemakkelijkheid voorbij was, ontspande ze zich, net als de anderen, zo leek het. Eigenlijk was het helemaal niet zo’n slechte avond, bedacht ze ineens. Er viel niets te vertellen aan Charles waar hij fijntjes om zou moeten lachen. Je vertelde niet aan Charles dat een arme, dwaze dikzak aandoenlijk verliefd op je was. Dat zou gênant zijn en het was niet grappig. En het was trouwens niet eens waar. Norman lachte en maakte grapjes en was prettig gezelschap. Hij leek zich niet te schamen voor zijn omvang of zich te verontschuldigen voor zijn bestaan. Hij had zijn onzekerheid tegenover haar heel goed overwonnen. Ze was er blijkbaar in geslaagd om hem te laten voelen dat hij erbij hoorde.

Wilde ze nog meekomen voor een kop koffie bij Leonard en Sally thuis? Nee, echt, dat ging niet. Ze moest de volgende dag werken. De straf voor al dat geld was dat je echt acht uur slaap moest hebben, of je het leuk vond of niet. Konden ze dat begrijpen? Jawel, met tegenzin, ze waren wel teleurgesteld. Het was jammer om nu al een eind aan hun avondje uit te maken. Joyce deed er alles aan om tot het einde toe aardig te blijven.

'Als ik morgen naar jou kijk op tv,' zei ze plagend tegen Norman, 'willen jullie dan vrijdag naar mij komen kijken? Het is zo'n liefdadigheidsmodeshow in Park Lane en ik kan nog wel wat kaartjes krijgen. Er is ook champagne, dus het wordt niet helemaal afschuwelijk.'

Leonard en Sally waren verbijsterd. Ze hadden nooit deel gehad aan het glamourwereldje van Joyce. Ze hoorden er alleen uit de tweede hand over. Ze wisten natuurlijk niet dat Charles vrijdag weg zou zijn en dat de kaartverkoop niet al te best liep. Ze keken alsof ze de voetbalpool hadden gewonnen.

Norman keek teleurgesteld. 'Aanstaande vrijdag? O, jee, dan kan ik niet, vrees ik,' zei hij. Geen uitleg over wat hij dan wel ging doen, alleen maar spijt.

'Nou, wij zouden het fantastisch vinden,' zei Sally en ze barstte bijna van opwinding. 'Is het erg chic? Denk je dat ik mijn zwarte jurk aan kan?'

'Moet ik een smoking aan?' vroeg Leonard. 'Ik heb een blazer en een zwarte broek. Is dat oké, als ik ook een vlinderdas draag?'

Joyce werd onredelijk boos op ze. Ze wilde gillen dat het niet uitmaakte, al kwamen ze in spijkerbroek – dat zouden sommige van die beroemdheden toch ook doen. Ze wilde tegen Norman schreeuwen: 'Jij stomme, ongemanierde hork. Ik probeer aardig tegen je te zijn, ik wil je je normaal laten voelen, acceptabel. Waarom kun je niet zo beleefd en fijngevoelig zijn om dat in te zien en aan te nemen?' Maar jarenlange ervaring in het verbergen van haar ware gevoelens kwam haar te hulp.

'De zwarte jurk is super, schat, en een blazer is eigenlijk hetzelfde als een smokingjasje, ik vind het zelfs mooier, Leonard. Ik zorg dat jullie de kaartjes krijgen en ik kom na het rondparaderen naar jullie toe en dan zal ik jullie aan wat mensen voorstellen.'

En toen, op een luchtige toon tegen Norman: 'Kunnen we je echt niet overhalen om van gedachten te veranderen, Norman? Per slot van rekening heb je dat voor deze avond ook gedaan, gelukkig.'

'Vrijdag niet, helaas,' zei Norman. 'Dan heb ik een afspraak met Grace, die het stuk geschreven heeft. Ze wil een monoloog voor me schrijven, en die is nog maar in de allereerste fase, dus we willen vast een tekstlezing doen van wat ze al heeft, om te zien hoe het werkt.'

'Kan ze dat niet op een andere dag of avond doen?' vroeg Joyce ijzig.

'Vast wel, maar het zou heel onaardig zijn om haar te vragen een andere afspraak te maken. Ik wil haar niet in de steek laten. Ze doet haar best om het vrijdag klaar te hebben. Dan kun je niet ineens zeggen dat je niet kunt komen, omdat je naar een modeshow gaat. Ik bedoel, dat is alsof je een vriend een klap in zijn gezicht geeft.'

'Natuurlijk,' tinkelde Joyce. 'Maar ik zal toch doen wat ik jou heb beloofd en morgenavond kijken.'

Tijd voor het prachtige, elegante afscheid nemen en dank je wel roepen waar Joyce zo goed in was en precies op het moment dat ze een taxi wilde, verscheen er een en weg was ze, op een vleug van het allerduurste parfum dat er bestaat.

Norman liet zichzelf zijn huis binnen en ging in de enorme draaistoel zitten, het enige in dit gemeubileerde appartement wat van hem was. Hij was verknocht aan deze stoel, hij nam hem bij elke verhuizing mee en liet hem bij zijn broer achter als hij even geen eigen huis had of op tournee was. In deze stoel kon hij nadenken en nu wilde hij nadenken over de avond.

Ja, dacht hij, terwijl hij de adem uit zijn longen liet ontsnappen in een diepe zucht van opluchting, het had gewerkt. Hij had het bijna verpest door tegen Sally en Leonard te zeggen dat hij een hekel had aan praten met modellen, omdat die zo op zichzelf gericht en leeg waren. Dat was het probleem met Sally en Leonard: ze waren zo aardig en rechtdoorzee dat je als vanzelf de waarheid, of bijna de waarheid, tegen ze zei. De hemel zij dank dat hij zichzelf toch nog had gedwongen om te gaan. Weer een horde genomen, weer een streepje gezet, weer een punt gescoord, hoe je het ook wilde formuleren. En eigenlijk was ze helemaal niet zo kwaad geweest, die Joyce, ze was waarschijnlijk bij lange na niet de ergste in haar vak. Hij had zelfs af en toe het idee gehad dat zíj zich een beetje onzeker voelde, omdat ze niet alles en iedereen in de hand had. Dat had hij hartverwarmend gevonden en vanuit professioneel opzicht bewonderde hij de manier waarop ze zich eruit had weten te redden. Grace zou trots op hem zijn; hij zou haar er alles over vertellen morgenavond, als ze samen naar het stuk keken.

Grace beschouwde hem als een van haar projecten. Grace had zijn leven veranderd. Ze hadden elkaar een jaar geleden leren kennen, toen het stuk dat zij geschreven had, geaccepteerd was voor televisie. Ze was tweeënzeventig jaar, had het gezicht van een aapje en ze had een zwaarder leven achter de rug dan iedereen die Norman ooit had ontmoet. Ze had een stervende moeder verpleegd, een stervende vader, een stervende man, een stervende zoon. Daarom werkte ze 's avonds. Het was makkelijker om voor de avonduren iemand te vinden die een paar uur bij een stervende wilde zitten dan voor overdag. Grace had nooit geld gehad, nooit succes gekend en maar heel weinig geluk. Dat had ze ook niet verwacht. Ze was alleen boos op zichzelf omdat ze pas op haar eenenzeventigste een toneelstuk had geschreven en niet al op haar eenentwintigste. Vijftig jaar geleden had ze evenveel geweten als nu.

Norman en zij hadden elkaar leren kennen bij de eerste repetitie. Norman was toen nog iemand die te snel en te hard om zichzelf lachte, die grapte dat hij te groot was voor die stoel, te zwaar voor die vloer of dat podium, die smakelijk vertelde hoe hij klem had gezeten in de bus.

'Waarom doe je dat toch steeds, jongen?' had Grace hem gevraagd.

'Nou, als ik er zelf het eerst mee kom, zien mensen dat ik ook wel weet hoe dik ik ben en dan kan iedereen zich weer op zijn gemak voelen,' zei Norman eerlijk. Hij had nooit nagedacht over zijn grappenmakerij. Het werkte gewoon, dat was het.

'Ik voelde me al op mijn gemak,' zei Grace.

De regisseur had de held gezien als een paljas, daarom had hij Norman de rol gegeven. Hij wilde Norman een belachelijk, hopeloos type laten spelen, waardoor het eigenaardig en ook wel vertederend was dat hij aan het eind het meisje kreeg.

'Zo heb ik het niet geschreven,' zei Grace.

O, ze hadden haar vaak genoeg apart genomen en uitgelegd hoe belangrijk een regisseur is en dat zijn visie heilig was en dat Grace niets van drama wist. Ze hield voet bij stuk.

'Het is geen dwaas personage, het is een sterke figuur,' bleef ze maar zeggen. 'Het verhaal slaat nergens op als hij een paljas is.'

'Maar,' zei de regisseur, 'daarom heb ik Norman gecast. Hij is een karakteracteur. Als we een echte held hadden gewild, hadden we heel iemand anders genomen. Niet iemand met zijn omvang, als je begrijpt wat ik bedoel.'

'Iedereen moet nu eenmaal een omvang hebben,' zei Grace, onweerlegbaar. En tot ieders verbazing had ze gewonnen.

Ze werd ook Normans beste vriendin.

'Laat alles achter, jongen,' raadde ze hem aan. 'Neem een nieuwe agent, ga ergens anders wonen. Je bent pas achtentwintig. Wacht niet tot je zeventigste voordat je snapt hoe je kunt winnen in dit leven.'

Norman had verwacht dat zij zo'n goedbedoelend mens zou blijken dat hem op dieet zou zetten en uit joggen zou sturen. Hij twijfelde. Hij vond het niet makkelijk om naar haar te luisteren. Maar geleidelijk aan, als uit een druppende kraan, kwamen haar woorden bij hem binnen. 'Hou op met jezelf verontschuldigen, hou op met grappen maken, vergeet die act van de clown die huilt onder zijn geschminkte lach. Waardeer jezelf, jongen, waardeer jezelf – anderen vinden je evenveel waard als jij jezelf vindt.'

Norman was het niet met haar eens geweest. Hij had een

hekel aan mensen die het hoog in de bol hadden. Opgeblazen types die dachten dat zij het geschenk van God aan de mensheid waren, wilde hij altijd een toontje lager laten zingen. Drup, drup uit de kraan – en hij geloofde Grace en alles wat ze hem aanraadde bleek te werken.

'Jij bent anders, jongen, jij bent niet zoals die arrogante types. Jij bent een prima, fatsoenlijke vent. Hou op met doen alsof je een drilpudding zonder hersens bent.'

Week in week uit werkte hij eraan. Hij legde zichzelf proeven op. Soms zakte hij ervoor, meestal slaagde hij. Ga naar een auditie. Laat niet één keer het woord 'maat', 'omvang' of 'gewicht' vallen. Laat die ander maar tegen je zeggen dat je de rol niet krijgt omdat je te dik bent. Ga naar een restaurant, bestel wat je wilt en maak géén grapje tegen de serveerster over de dokter die heeft gezegd dat je moet aansterken. Vraag iemand ten dans, verontschuldig je niet, leg niets uit. Zeven maanden deed hij het nu al. Het werkte echt.

En vanavond. Vanavond, dat was echt een overwinning, hoe meer je erover nadacht. Een mooi model, lid van de incrowd, zo mager als een lat, dat hém uitnodigde voor een modeshow in Park Lane. Nee, het was niet uit medelijden. In het begin wel, de eerste tien minuten nadat ze hem had gezien, maar daarna niet meer. En het was helemaal geen onaardig meisje geweest, die Joyce, heel intelligent eigenlijk. Het speet hem min of meer dat hij dat leugentje had verteld over Grace en het doorlezen van haar stuk. Dat was niet op vrijdag, maar op donderdag. Maar het was geen smoesje geweest uit angst of onvermogen – het hoorde bij een gewone man zijn. Het was wat een slanke, knappe, jonge acteur zou hebben gedaan – doen alsof je moeilijk te krijgen bent. Hij hoopte wel dat hij haar nog eens zou ontmoeten met Leonard en Sally, ze was heel leuk geweest.

En in haar kleine glanzende huisje liep Joyce te ijsberen. Ze was niet moe, ze had geen zin om naar te bed gaan. Was ze toch maar meegegaan naar het huis van Leonard en Sally. Het was een eigenaardige man, die Norman. Hij bezat een kracht die ze niet begreep. Ze snapte niet hoe het kon dat ze aan het begin van de avond medelijden met hem had gehad. Waarschijnlijk omdat hij zo dik was. Ze vond het heel jammer dat hij vrijdag niet kwam. Ze had na afloop graag met hem willen praten. Hij had een heel heldere kijk op dingen en ze zou graag willen weten hoe hij over die chique liefdadigheidsdiners dacht – vond hij ze hypocriet, of heiligde het doel de middelen? Het beviel haar niet dat hij knus samen met die Grace zou zijn in plaats van met hen mee te gaan. Grace was waarschijnlijk een vriendinnetje, dacht ze een tikje geërgerd.

Ze pakte de tv-gids op om te zien wat daarin stond over het stuk. Er stond een foto in van Grace met een artikeltje over het feit dat het haar eerste stuk was. Grace zag eruit als honderd. Ze zou Normans moeder kunnen zijn, of zijn oma. Joyce merkte dat ze zonder enige reden glimlachte en ging heel opgewekt naar bed.

Liberty Green

Iedereen nam aan dat Libby Green 'Elisabeth' was gedoopt als baby. Waar kon 'Libby' anders een afkorting van zijn? En toen ze groter werd, las iedereen de *Crawfie Diaries*, over de twee prinsesjes die Lilibet en Margaret Rose werden genoemd. Prinses Margaret had de naam van haar oudere zusje niet kunnen uitspreken. Heel vertederend, en mensen dachten dat hetzelfde wel zou gelden voor Libby. Ze kon zo'n lang woord als 'Elisabeth' vast niet uit haar mondje krijgen, ach, wat schattig.

Na een tijdje deed Libby geen moeite meer om het recht te zetten. Het was te ingewikkeld om te vertellen dat ze eigenlijk Liberty heette. Dat klonk als de naam van een winkel, of van zo'n grappig klein hemdje dat je droeg om je borst warm te houden en plat te maken tegelijk. Of als de Liberty Bell in Philadelphia. Niemand zou denken dat het iets met 'vrijheid' te maken had. Alles bij elkaar was het veel makkelijker om te zeggen dat 'Libby' stond voor 'Elisabeth'.

Dat betekende heus niet dat ze de dromen die haar ouders voor haar koesterden, ontrouw werd. In het huis waar Libby opgroeide, hadden ze het bijna altijd over vrijheid. De Amerikaanse Onafhankelijkheidsverklaring hing ingelijst in de eetkamer, de tekst van het Franse volkslied was op een stuk karton geplakt en hing al zolang Libby zich kon herinneren aan haar slaapkamerdeur. In het hele huis hingen teksten uit *De rechten van de mens* van Paine en uit de Magna Carta aan de muren.

Als er in andere gezinnen over de oorlog werd gepraat, ging

het over de Blitz, over de verduistering, de schuilkelders, over tuinieren voor de overwinning, en dat het levens kon kosten als je niet oplette wat je zei. Bij Libby thuis in Chestnut Street ging het over gelijkheid en vrijheid en de Spaanse Burgeroorlog en dienstweigeraars.

Een van haar oma's zei dat het allerbelangrijkste van de wereld was dat je een schoon hemd had en nooit in een vochtig bed sliep. De andere oma zei dat schone sokken dragen en netjes zijn de prioriteiten in het leven waren. Libby wist dat dit niet kon kloppen, want vader en moeder vonden dat alles draaide om bijeenkomsten en posters en opkomen voor de mensenrechten.

Tijdens de oorlog hadden ze altijd vluchtelingen te logeren gehad en daarna ook nog. Mensen uit verschillende landen waar je niet vrij was. Libby wist dat dat het belangrijkste moest zijn. Vooral omdat de badkamer altijd bezet was door onvrije mensen en ze soms haar slaapkamer moest delen met meisjes of vrouwen uit verre uithoeken, waar de dingen niet goed geregeld waren.

Libby was heel intelligent en deed goed haar best. Juf Jenkins zei tegen vader en moeder dat ze zeker aangenomen zou worden op het gymnasium. Dat vonden ze fijn voor haar, maar ze vonden het ook griezelig dat die school nogal ver weg lag; ze zou met twee bussen moeten, heen en terug, elke dag.

'Er zijn zoveel mensen die dat doen,' zei Libby, bang dat ze haar opleiding zou mislopen omdat zij het eng vonden om haar twee bussen te laten nemen.

'Het is haar sleutel tot een heel nieuwe wereld,' zei juf Jenkins, die zich er vaak over verbaasde dat zoveel ouders met bezwaren kwamen wanneer hun kind de kans van zijn leven kreeg. Er was altijd wel iets, zoals de kosten van een schooluniform of de angst dat hun kinderen in een andere sociale klasse terecht zouden komen. Van de Greens had ze het niet verwacht; dat waren anders altijd zulke vooruitstrevende mensen. Wat vreemd dat ze nu zo moederkloekachtig deden omdat hun dochter een eindje zou moeten reizen – niet eens zo heel ver. Je zou toch denken dat juist zij zouden inzien hoeveel vrijheid een kind kreeg dankzij een goede opleiding. En, goeie hemel, ze konden een intelligente twaalfjarige toch wel de vrijheid gunnen om een bus te nemen?

Maar juf Jenkins wist niet hoe Libby's leven thuis eruitzag en uit loyaliteit tegenover haar vader en moeder vertelde Libby haar dat ook niet.

Het zou moeilijk zijn om uit te leggen dat ze na schooltijd niet bij haar vriendinnetjes thuis ging spelen, omdat vader en moeder dan zo ongerust waren tot ze thuiskwam. Het was vaak eenvoudiger om maar thuis te blijven. Ze kon wel anderen uitnodigen, maar dan was het toch raar om hun gastvrijheid niet aan te nemen, dus hield ze vriendschappen maar af; daardoor had ze meer tijd om te leren, natuurlijk, maar het was ook een beetje eenzaam. Er was niet zoveel aan om hoge cijfers te halen, als je geen vriendin had om tussendoor mee te giechelen en om lief en leed mee te delen.

Op het gymnasium werd het anders. Ook daar kreeg Libby een geweldige lerares, even aardig als juf Jenkins. Dit keer was het mevrouw Wilson. Zij lette op Libby, zorgde dat ze lid werd van het debatingteam en dat ze mee mocht naar sportevenementen.

'Wat denken ze dat je kan overkomen?' snauwde mevrouw Wilson een keer geërgerd. 'Je bent vijftien.'

Libby liet haar hoofd hangen.

'Het is hun manier om te laten zien hoe dol ze op me zijn, denk ik,' zei ze zacht.

'De beste manier om mensen te laten zien hoe dol je op ze bent is door ze wat vrijheid te geven,' zei mevrouw Wilson.

Libby zei niets en de lerares voelde zich meteen schuldig.

'Let maar niet op mij – misschien ben ik gewoon jaloers; niemand die genoeg om mij gaf om buiten op straat op me te staan wachten tot ik thuiskwam,' zei ze.

Libby wist dat dat niet waar was: mevrouw Wilson vond dat haar ouders cipiers waren, die haar veel te veel aan banden legden. Af en toe vond Libby dat zelf ook, maar ze had er een hekel aan als andere mensen zo over ze dachten. Het waren haar ouders; ze zag hoeveel ze van haar hielden en hoeveel zorgen ze zich om haar maakten. Ze wist wat ze allemaal voor haar deden. Hoe haar vader haar geschaafde knie oranje verfde met jodium, hoe haar moeder haar warme chocola op bed bracht, hoe ze naar haar schoolverhalen luisterden. Hoe haar vader lange dagen als kantoorbediende op een notariskantoor maakte, hoe haar moeder type- en boekhoudwerk aannam zodat ze de eindjes aan elkaar konden knopen. En zij, Libby kostte heel veel: ze groeide voortdurend uit haar schoenen, en dan had je nog schoolreisjes en zakgeld. Ze was tegenover hen even beschermend als zij tegenover haar en ze hield van ze.

Halverwege het jaar was er een schoolkamp. Alle andere zestienjarigen gingen mee, maar Libby's ouders zeiden nee, echt, ze konden zich echt niet een weekend lang zorgen zitten maken of het wel goed met haar ging, of ze niet in een woest kolkende rivier viel, of een van de ruwe jongens haar niet zou aanranden, of hun buschauffeur niet dronken was, of de leraren wel goed opletten.

Libby gaf zonder al te veel strijd toe en die avond, toen ze vanuit het tuinschuurtje treurig naar het westen staarde, waar de anderen zingend in hun bus naartoe waren gegaan, liepen er maar een paar tranen van zelfmedelijden over haar wangen. Ze veegde ze weg en zag toen een duif die uit alle macht probeerde op te vliegen. Het beestje had een gebroken vleugel en zijn kraaloogjes keken angstig, zijn gekoer klonk onzeker. Libby legde hem in haar vest en droeg hem naar binnen. Ze bekeek het tafereel dat daarop volgde bijna alsof ze erbuiten stond. Met zijn drieën kalmeerden ze de duif en legden hem in een doos houtkrullen. Haar vader maakte een dun spalkje voor de vleugel en haar moeder hielp hem de vleugel te ondersteunen. Ze zetten brood en melk voor de vogel neer en een paar cornflakes. Ze deden het deksel op de doos en prikten daar gaten in. Het gedempte, ritmische gekoer klonk al veel minder angstig, vond Libby en ze zag hoe haar moeder haar portemonnee pakte.

'Ga jij even wat vogelvoer halen, Libby. Dat vindt hij vast lekker.'

Hoe zou je niet kunnen houden van mensen die zo lief en

gul waren, alleen maar omdat ze je niet mee op schoolkamp lieten gaan?

Dagenlang zat ze de duif over zijn kopje te strelen en zijn veren te bewonderen. Ze had nooit eerder van zo dichtbij een duif bekeken. Het prachtige witte lijntje langs de toppen van zijn vleugels, zijn snavel die bijna oranje was, zijn vooruitgestoken borst, die steeds minder beefde naarmate de dagen voorbijgingen, was paarsbruin, met romig grijs eronder.

'Mooie kleine Columba,' zei ze telkens weer tegen hem.

'Waarom noem je hem zo?' wilde haar vader weten.

'Dat is Latijn voor duif,' antwoordde ze.

Hij keek haar met onverholen bewondering aan. 'Stel je voor, mijn dochter weet het Latijn voor dingen,' zei hij verrukt. 'Maar het is bijna tijd om Columba te laten gaan, denk ik.'

'Gaan?' Libby geloofde haar oren niet. Deze murmelende, koerende vogel had haar geholpen over de teleurstelling van het schoolkamp heen te komen, dankzij hem kon ze weer naar school gaan zonder wrok omdat haar ouders haar een leuk reisje hadden ontnomen. En nu zouden ze hem wegsturen.

'Je kunt niet over vrijheid praten, Libby, en dan een wild dier niet vrij laten wegvliegen,' zei haar vader.

'Het heeft geen zin om het een te prediken en het andere te doen,' zei haar moeder.

Ze gingen naar de kleine achtertuin en naast het schuurtje waar Libby Columba had gevonden, stonden ze te kijken hoe de vogel wegvloog. Terwijl ze naar de lucht keek, voelde Libby dat ze volwassen werd. Ze voegde zich bij de mensen die dingen begrepen, in plaats van ze alleen maar te leren en te aanvaarden.

Ze wist dat haar ouders haar nooit vrij zouden laten, omdat ze er geen idee van hadden dat ze een gevangene was. Ze keek toe hoe ze hun ogen afschermden voor de avondzon en omhoogkeken, blij omdat ze ervoor hadden gezorgd dat een vogel weer de vrije natuur in kon. Net zoals ze voor ontheemde Europeanen hadden gezorgd, vlak na de oorlog; zoals ze thee hadden gebracht aan oude zwervers onder bruggen, terwijl buren zeiden dat zwervers in een tehuis hoorden, gewassen en verschoond en verzorgd moesten worden, voor hun eigen bestwil; zoals ze tegen de algemene opinie in protesteerden tegen de vossenjacht en brieven hadden geschreven aan de koninklijke familie over de jachtpartijen op hun landgoederen en aan filmsterren over hun bontjassen. Libby's ouders hadden een gelukkige blik in hun ogen, wanneer ze, moe en verkleumd, met hun spandoeken thuiskwamen van hun protestmarsen, van hun comitévergaderingen, hun inzamelingsacties voor goede doelen. Dat waren allemaal goede dingen. Ze waren alleen maar blind voor haar behoefte om vrij te zijn.

Dus besloot Libby, in dat moment van volwassen worden, dat ze zelf voor haar vrijheid zou zorgen. Ze gaf allebei haar ouders een arm, terwijl ze het huis weer binnengingen.

'Ik vraag me af wat Columba straks zal eten?' zei ze opgewekt. 'Niemand die hem vanavond zijn bordje vogelvoer zal komen brengen.'

Ze keken verheugd, alsof ze bang waren geweest dat ze er meer drukte om zou maken.

'Kom maar zitten. Ik maak wel iets te eten voor jullie – bonen op toast,' zei Libby. 'En ik zal de korstjes eraf snijden.'

'Zo'n lieve dochter heeft niemand,' zei haar moeder en ze kneep Libby in haar arm.

Even voelde Libby zich een beetje schuldig. Haar moeder wist niet dat zij zo'n twintig seconden geleden volwassen was geworden en dat niets ooit meer hetzelfde zou zijn.

Op school veranderde ze. Ze ging na de les bij de anderen staan, leerde ze kennen, voerde gesprekken met ze. Ze kwam met een latere bus naar huis. Ze pantserde zichzelf, om opgewekt binnen te kunnen stappen en de verwijten en de angst en bezorgdheid het hoofd te bieden. Ze reageerde altijd rustig en spijtig dat ze zo in angst zaten om haar, maar deze nieuwe volwassen Libby beloofde nooit dat ze haar gedrag zou veranderen. Ze maakte nooit ruzie en stond altijd klaar om te helpen en haar rol in het gezin te vervullen als ze thuis was. Zo nam ze uiteindelijk veel van hun verzet weg. Ze gaf zich welbewust voor universiteiten op die ver, ver van huis lagen, leefde haar campusleven, schreef elke week een lange brief vol nieuwtjes, telefoneerde vanuit een cel en kwam elke vakantie een tijdje naar huis. Soms nodigde ze vriendinnen uit om te komen logeren.

In haar laatste jaar aan de universiteit bracht ze Martin mee om kennis met hen te maken.

'Is hij de ware?' vroeg haar moeder.

'Ik hoop het van harte,' zei Libby.

'Je zult toch niets... Ik zult toch wel heel...'

'O, nee dat zal ik niet en dat zal ik,' lachte Libby terwijl ze haar moeder hielp met afdrogen. Martin maakte een beleefd praatje met haar vader over zijn tuinschuurtje.

'Maar ik bedoel, je bent toch niet...?' haar moeder slaagde er niet in de vraag af te maken.

'Het antwoord is ja.' Libby liet haar moeder nog even spartelen. 'Ja, ik ben er vrijwel zeker van dat ik met hem wil trouwen.'

Haar moeder was opgelucht en geschrokken tegelijk. Ze leek blij dat Libby niet ja zei tegen een open seksuele relatie, maar verbijsterd dat haar kind op het punt stond te trouwen en een eigen huishouden te beginnen.

'Nou ja, je hebt altijd de vrijheid gehad om je eigen keuzes te maken,' zei Libby's moeder en ze geloofde oprecht dat dat waar was. Ze omhelsde haar dochter en wenste haar alle geluk van de wereld.

Libby en Martin vonden allebei een baan op een school in Londen en een benedenhuisje met een tuin. Martin kwam uit een groot gezin: hij had drie broers en twee zusters. Niemand had er ooit enige privacy, wat tijd voor zichzelf.

Hun leven samen was van het begin af aan gelukkig. Ze zaten niet op elkaars lip. Libby, die zo blij was dat ze niet ondervraagd werd over waar ze zo lang was gebleven onderweg van haar werk naar huis, vatte de gewoonte op om naar de bibliotheek en naar boekhandels te gaan. Martin bleef wat langer op school, speelde een potje voetbal met de jongens; soms ging hij een biertje drinken met de gymleraar. Op zaterdag deden ze samen boodschappen en brachten een zak wasgoed naar de wasserette. Elke ochtend besteedden ze twintig minuten aan schoonmaken, zodat hun huis er altijd spic en span uitzag. Vaak vroegen ze aan elkaar waarom mensen toch zo'n toestand maakten van getrouwd zijn en een huishouden bestieren.

Om de andere zondag gingen ze op bezoek bij elkaars familie. Libby's ouders hadden nog steeds acties, petities en kruistochten. Martins ouders hadden nog altijd een huis vol mensen.

'Nog geen baby's met wie we 's zondags kunnen spelen?' vroeg Martins moeder dan teleurgesteld en elke twee weken keek ze naar Libby's platte buik, alsof die gezwollen zou kunnen zijn sinds hun vorige bezoek.

'Het is natuurlijk je eigen keus – voortplanting is iets wat mensen alleen zelf aangaat – maar denk je dat we ooit grootouders zullen worden?' informeerde Libby's moeder soms.

Er was nog tijd genoeg. Zoveel te doen, zoveel kinderen om les te geven, zoveel projecten om op te zetten in de bibliotheek en kinderhoekjes in de boekwinkel en gelijkgestemde vrienden om langs te gaan voor een maaltijd en een avond praten.

Libby was bijna dertig toen ze pas begon na te denken over de toekomst, over iemand die misschien voor een deel zijzelf en voor een deel Martin zou zijn – en daarmee een heerlijk kind. Dus stopte ze met de anticonceptiepil. De dag dat ze de uitslag van haar zwangerschapstest kreeg, zou ze nooit vergeten: het was de dag waarop ze ontdekte dat Martin een verhouding had.

Er was veel geschreven over persoonlijke vrijheid. Mensen moesten de ruimte krijgen, hun eigen keuzes maken. Wij waren niet de cipiers van andere mensen, zelfs niet van degene aan wie we misschien via de trouwbelofte gebonden waren. Misschien was het geen verhouding, meer een roes, een bevlieging, misschien zelfs een *ding*. Je hoorde wel mensen die het hadden over *een ding* hebben met iemand anders, geen reden om uit elkaar te gaan.

Ze wachtte een week of wat voordat ze hem vertelde dat ze ouders zouden worden.

'O, shit,' zei Martin.

Dus wist Libby dat het meer was dan een bevlieging of een ding: het was een verhouding.

Ze hadden het niet gewild, legde Martin uit. Janet en hij waren er niet op uit geweest. Het was gewoon gebeurd. Ze konden het niet ontkennen, net doen alsof het er niet was, die enorme aantrekkingskracht tussen hen. Je leefde maar één keer – en dat was nu, het was geen repetitie. Janet en hij moesten hun geluk grijpen.

Libby knikte somber.

'Het is nog maar in de beginfase. Die zwangerschap, bedoel ik. Het is nog niet te laat... voor een abortus?' vroeg Martin.

'Ik heb geen idee,' antwoordde Libby en ze verliet het huis.

Ze ging naar de boekwinkel; daar waren ze bezig met inventariseren. Ze hielp tot tien uur. Toen ze thuiskwam lag er een briefje van Martin. *Ik ben naar Janet, je wilt vast niet dat ik hier ben als je terugkomt.*

Ze zat heel lang naar de sterren aan de hemel te kijken. Het was het weekend waarin ze naar haar ouders zouden gaan, dus ging Libby alleen. Ze vertelde haar ouders over de baby en ze reageerden heel blij. Ze vertelde ze niet over Martin. Ze wilde hun vreugde niet bederven.

In de weken die volgden vertelde ze het hun beetje bij beetje. Altijd op kalme toon. Ze liet niets merken van de nachten vol wanhoop, de plannen om Janet te vermoorden, de terugkerende dromen waarin hij weer thuiskwam en zij hem de verhouding vergaf en die afdeed als een bevlieging. Ze praatte er nooit over op school, of in de bibliotheek, of in de boekwinkel, al had ze daar het idee dat meneer Jennings wel wist dat er iets mis was; maar hij was te veel heer om erover te beginnen.

Het medische onderzoek wees uit dat de baby in werkelijkheid twee baby's zouden worden. Een tweeling opvoeden was iets anders. Ze zou het niet redden met alleen haar salaris van school en ze kon niet van Martin vragen om twee kinderen die hij niet wilde, te ondersteunen. Ze vroeg in de bibliotheek om een betaalde baan en in de boekwinkel ook. Ze vertelde waarom.

'Ik dacht dat jij en je man het perfecte huwelijk hadden,' zei de bibliothecaresse, toen ze Libby voor een paar uur per week aannam. Meneer Jennings zei niets, maar schreef naar het hoofdkantoor en regelde een heel goede parttimebaan voor Libby.

De baby's waren een jongen en een meisje. Er kwamen bloemen van Martin met een briefje waarin hij schreef dat hij haar alle geluk wenste en dat hij niet wist wat je hoorde te doen bij dit soort gelegenheden, maar dat ze kon rekenen op zijn eeuwige bewondering en dankbaarheid omdat ze hem zijn vrijheid had geschonken.

Ze had nooit geweten dat je zoveel liefde kon voelen. Hun gezichtjes, hun vuistjes, hun pure onschuld en de manier waarop ze in alles van haar afhankelijk waren. Haar leven was completer en gelukkiger dan ze ooit voor mogelijk had gehouden. Op school, waar ze halve dagen werkte, zeiden mensen dat Libby wel van steen moest zijn; ze had geen verdriet getoond toen haar man ervandoor ging, ze was in staat haar baby's aan een oppas over te laten. Sommige vrouwen waren spijkerhard. In de bibliotheek zeiden ze dat ze een tragische vrouw was, maar dapper, zo dapper als Jeanne d'Arc. Meneer Jennings zei niets over haar, maar hij bracht vaak de fondslijsten bij Libby thuis langs, zodat ze die bij haar eigen kachel kon lezen en uitkiezen wat ze wilde bestellen.

Libby's ouders kwamen vaak op bezoek. Ze waren dol op hun kleinkinderen en toen die groter werden, deden ze hun best om ze in van alles aan te moedigen.

'Toe maar, klim maar in die boom!'

'Natuurlijk kun je ze best op straat laten fietsen, Libby – wat kan ze overkomen? Je moet ze alleen met hun vriendjes mee laten gaan.'

Het was alsof hun eigen beperkingen van vijfentwintig jaar geleden nooit hadden bestaan. En als ze haar ouders zo hoorde praten, wist Libby dat ze naar hen moest luisteren. Ze moest weer volwassen worden, net zoals ze volwassen was geworden op de avond dat haar duif was weggevlogen.

Iets waarvan je hield kon je niet gevangenhouden. Hoe het ook haar hart zou breken, ze moest haar kinderen de vleugels geven die ze nu al wilden hebben. Dus hield ze zich aan dat principe. Ook al had ze duidelijk de bezorgdheid van haar eigen ouders geërfd, ze liet er niets van blijken. Ze lag nachten wakker tot haar zestienjarige tweeling van een feestje thuiskwam in de auto van een vreemde. Of, toen ze achttien waren, tot haar zoon zijn motorfiets de achtertuin binnen reed. Of, toen ze negentien waren, tot haar dochter later en later thuiskwam van afspraakjes met een grove man in een leren jack, die er op zijn slechtst uitzag als een seriemoordenaar en op zijn best als een beroepshartenbreker.

Ze bracht steeds meer uren in de boekwinkel door. Meneer Jennings stelde voor dat ze ontslag nam bij de school en fulltime bij hem kwam werken. Het was een zware beslissing, maar tot haar verrassing kon het mensen maar weinig schelen. Haar zoon en dochter hadden het te druk met twintig zijn, haar ouders waren te veel verdiept in hun eigen besognes, haar exman zat verwikkeld in allerlei rechtszaken. Janet had blijkbaar niet begrepen hoe het kwam dat hij en Harriet een relatie hadden gekregen, ze wilden niemand pijn doen, maar je leeft maar één keer – dit was geen repetitie en ze moesten hun kans grijpen om gelukkig te worden.

Toen de tweeling eenentwintig was, vertelden ze haar dat ze naar Australië gingen, de een vanwege een goede baan, de ander vanwege een vaste relatie, die een visum zou opleveren.

Australië was niet ver, zeiden ze. Het was niet voor eeuwig. Ze zouden terugkomen; zij kon op bezoek komen.

Haar hart was loodzwaar, haar gezicht een stijf masker, terwijl ze toezag op hun vertrek. Soms hoorde ze wat ze aan de telefoon tegen hun vrienden zeiden: 'Nee hoor, ze vindt het helemaal niet erg, blij dat ze van ons af is, denk ik.'

Dachten ze dat echt? Deze kinderen, van wie ze al eenentwintig jaar lang hield? Altijd in haar eentje: Martin had geen rol gespeeld in hun leven. Ze hadden hem nooit opgezocht. Straks zouden ze weg zijn, aan de andere kant van de wereld. Ze zouden denken dat het haar niet kon schelen, dat hun vertrek haar waarschijnlijk wel goed uitkwam.

Als een robot ging ze naar het vliegveld om ze uit te zwaaien. Ze wuifde tot het vliegtuig al wel boven Frankrijk moest zijn en misschien nog wel verder naar het zuiden, boven Italië. Met nietsziende ogen wendde ze zich uiteindelijk af, om terug te gaan naar haar lege huis. Ze liep naar de uitgang zonder de man te zien die op haar zat te wachten. Meneer Jennings, met zijn ogen vol hoop.

'O, wat doet u hier?' riep Libby, beschaamd omdat iemand haar zo kwetsbaar had gezien, zo treurend over haar weggevlogen kinderen.

'Ik zit te wachten,' zei hij eenvoudig.

'Waar wacht u dan op?' Ze keek hem dankbaar aan. Het was zo fijn dat hij hier was en het lege gevoel wegnam.

'Op de vrijheid, denk ik,' zei meneer Jennings bedachtzaam. 'De vrijheid dat ik jou de dingen kan vragen en vertellen die ik je al jaren wil vragen en vertellen en dat jij ernaar kunt luisteren zonder dat je hart door te veel andere dingen in beslag wordt genomen.'

Deze keer had Libby Green niet het gevoel dat ze volwassen werd. Ze was al lang geleden volwassen geworden; ze hoefde niet verder volwassen te worden. Ze had wel het gevoel dat ze nu meer begreep van die vrijheid. Door vrijheid te geven, kreeg je vrijheid. Wist iedereen dat al, of was zij de enige persoon ter wereld die het begreep?

Het middel tegen slapeloosheid

Molly lag in het donker en zag hoe de wijzers van de wekker heel langzaam vooruit kropen.

Het móést nu toch later zijn dan 3:17, het was al eeuwen geleden dat het 3:10 uur was en er moesten veel meer dan zeven minuten voorbijgegaan zijn. En daarvoor al uren geleden dat het 2:30 was. Wat was er met de wekker, deed hij het soms niet?

Maar hij deed het wel en Molly haalde haar hand door haar donkere krullen en draaide zich om, in een poging een prettiger houding te vinden. Ze luisterde hoe Gerry lag te ademen. Hij was al diep in slaap vanaf halftwaalf en zou wakker schrikken wanneer hij om kwart voor zeven de wekker af hoorde gaan. Dat was pas over drieënhalf uur. Zou Molly voor die tijd nog wat slaap krijgen?

Soms, als ze rechtop ging zitten met kussens in haar rug, doezelde ze even weg, tot ze kramp in haar nek kreeg. Soms legde ze halverwege de middag haar hoofd op de keukentafel en sliep dan een kwartiertje in die ongemakkelijke houding. Maar het was nooit een rustige slaap. De kinderen hadden haar nodig – Billy van drie kwam aan haar arm trekken, omdat ze met hem moest spelen en dan had Sean, de baby in de wieg, weer honger of hij voelde zich alleen en begon te krijsen.

Molly was naar de dokter geweest. Hij had haar gevraagd of er soms iets was, maakte ze zich ergens zorgen over? Niet meer dan de meeste mensen, dacht ze. Ze miste haar werk – het was er altijd levendig en druk geweest en ze miste de lunches met haar vriendinnen en de gesprekken over elkaars leven. Soms merkte ze dat je, nadat je een huis had schoongemaakt, de boodschappen had gedaan, gekookt had, afgewassen, gestreken, in de tuin gewerkt en daarna twee kinderen had gewassen, eten gegeven en in bed gestopt, totaal uitgeput was, terwijl tegelijkertijd je geest vreemd leeg was. Het kostte haar moeite zich te concentreren op kranten of televisieprogramma's. Het was eeuwen geleden dat ze een boek had gelezen. Gerry kwam twee of drie keer per week laat thuis van zijn werk en dan moest ze zich bedwingen om niet tegen hem te schreeuwen. Dit was niet het droomleven dat ze voor ogen had gehad, maar het was nu eenmaal zo.

En Molly hield van Gerry en ze wilde zijn vrouw zijn en altijd bij hem zijn. En Molly aanbad Billy en Sean. Dit waren de kinderen van wie ze gedroomd had, kleine persoonlijkheden allebei, schattig en zo grappig, ze had nooit gedacht dat ze zo leuk zouden zijn.

En er was geen denken aan geweest dat ze zou blijven werken bij een druk reclamebureau, ze wílde thuis zijn terwijl de kinderen opgroeiden – het was haar eigen keus geweest.

Ze zei naar waarheid tegen de dokter dat er niets was wat aan haar vrat.

Hij schreef haar een licht slaapmiddel voor en raadde haar aan warme melk te drinken voor het slapengaan. Het hielp niet. De nachten werden langer en wakkerder. Onder Molly's grote donkere ogen verschenen grote zwarte kringen. De vrouw van de cosmetica-afdeling vertelde haar over camouflagecrème die de donkere kringen zou verbergen. Ze deed heel meelevend. Molly had het idee dat er heel wat vrouwen om die crème kwamen vragen. Het hielp wel, als je je goed opmaakte: je zag er minder moe uit. Maar het was geen wondermiddel.

Molly praatte er niet met andere mensen over. Gerry moest toch al zo'n ingewikkelde reis maken naar zijn werk: ze waren in Chestnut Street gaan wonen om een tuin te hebben voor de kinderen. Hij had het druk – de sfeer in het bedrijf was gespannener dan vroeger en Molly en Billy en Sean waren afhankelijk van zijn salaris, dus hij moest goed blijven presteren. Hij zat niet te wachten op gezeur dat zijn vrouw, die de hele dag kon doen waar ze zin in had, 's nachts niet kon slapen.

Molly wilde het ook niet vertellen aan de twee vriendinnen van het werk met wie ze nog contact had; zij zouden alleen maar kraaien dat ze nooit bij het bureau weg had moeten gaan.

Ze wilde het ook niet aan haar buren vertellen, dan zouden ze er voortdurend naar vragen en het zou toegevoegd worden aan het lijstje vaste onderwerpen die ze elke dag in min of meer dezelfde volgorde bespraken. Het had ook geen zin om haar zus te bellen, die ver weg woonde, en het aan haar te vertellen. Dus schreef ze een brief aan haar Amerikaanse vriendin Erin, die in Chicago woonde. Zij en Molly schreven al bijna twintig jaar met elkaar, het was begonnen toen ze negen waren en allebei op een nonnenschool zaten, die probeerde hun horizon te verbreden. Erin mocht dan een Ierse naam hebben, ze was nooit in Ierland geweest; ze was getrouwd met Gianni, die nooit in Italië was geweest, ondanks zíjn naam.

Op een dag zouden ze overkomen en drie nachten bij Molly en Gerry logeren, voordat ze op zoek zou gaan naar haar wortels en daarna zouden ze naar Italië doorreizen, waar Gianni's familie vandaan kwam.

Hier hadden ze het al jaren over. Het zou nooit gebeuren, net zomin als Molly en Gerry ooit met de twee kinderen een vliegtuig zouden nemen naar het Midwesten van Amerika. Maar het was fijn om erover te dromen.

'We zijn veel te jong om elkaar brieven te schrijven over symptomen en kwalen en pijntjes,' schreef Molly. 'Ik begin er alleen over omdat ik niet wil zeuren tegen de mensen hier. Met jou ligt het anders, omdat je duizenden kilometers ver weg bent. En omdat je misschien een oplossing weet. Zoals je wist wat ik moest aantrekken voor de doop van Billy en wat ik moest koken voor Gerry's dertigste verjaardag.'

Erin schreef snel terug. 'Is het echt erg, dat slaapprobleem? Want ik héb een wondermiddel. Maar het is niet iets wat je zomaar moet gebruiken, voor af en toe een nachtje. Als het echt slapeloosheid is, zal ik je het middel sturen.'

Molly dacht daarover na. Ja, het was echt.

'Het is echt erg. Stuur me alsjeblieft het middel.'

In de lange nachten daarna lag ze zich af te vragen wat het zou zijn. Een kruidenthee? Een olie om je slapen mee te masseren? Een kaars voor in je slaapkamer? Toen het eindelijk kwam was het een brief. Geschreven in een ouderwets, kriebelig handschrift, echt met pen en inkt en duidelijk stokoud.

Hij was van Erins oma geweest, die natuurlijk uit Ierland kwam. Ze had hem aan verscheidene vriendinnen gegeven en hij had altijd gewerkt. Ze waren bomen voor haar komen planten of haar cadeautjes komen brengen om haar te bedanken. Op haar oma's begrafenis hadden zeker tien mensen gezegd dat ze haar slaapmiddel hadden gebruikt. Erin schreef er eerbiedig en vol ontzag over.

'Voor jou werkt het vast ook, Molly. Het is uit Ierland gekomen en nu keert het terug, ik hoop echt dat het werkt.'

Molly ging zitten om te lezen wat de oude vrouw had geschreven. Misschien was ze nog niet oud geweest toen ze dit opschreef. Misschien was het aan haar doorgegeven. Als ze uit Ierland was vertrokken om een nieuw leven te beginnen in de Verenigde Staten, had ze misschien heel wat slapeloze nachten te verduren gekregen.

Molly las het advies langzaam door. Het waren gedetailleerde aanwijzingen. Het middel zou drie weken in beslag nemen en je moest elke stap ervan uitvoeren. Eerst moest je een groot notitieboek kopen met minstens twintig pagina's erin en op de voorkant daarvan moest je een plaatje plakken van iets wat met bloemen te maken had. Een veldje boshyacinten bijvoorbeeld, of een bos rozen. Dan moest je in de nacht dat je niet kon slapen stilletjes opstaan en je mooi aankleden, alsof je ergens op bezoek ging. Je moest je haar doen en zorgen dat je er op je best uitzag. Dan zette je een kop thee en pakte het notitieboek met de bloemen op de voorkant. In je mooiste handschrift schreef je er dan op: 'Mijn boek der zegeningen'. Die eerste nacht koos je dan één ding waarvan je blij werd. Niet meer dan één, en je moest er goed over nadenken. Het kon een liefde zijn, een baby, een huis, een zonsondergang, een vriendin. En je schreef één bladzijde, niet meer en niet minder, over het geluk dat deze ene zegening je schonk.

Daarna ging je een uur lang iets doen wat je al eerder had willen doen, het zilver poetsen bijvoorbeeld, of gescheurde gordijnen herstellen, of foto's in een album plakken. Hoe moe je je ook voelde, je moest het afmaken, dan kleedde je je weer zorgvuldig uit en ging weer naar bed.

Maak je geen zorgen als de slaap dan niet meteen wil komen. Je hebt nog negentien nachten voor het middel.

Molly vond het allemaal maar idioot. Volgens haar was Erins oma een onnozel oud wijf, om te denken dat dit zou werken, maar ze had Erin beloofd dat ze de regels zou opvolgen.

Nacht na nacht voelde ze zich belachelijk terwijl ze stond te bedenken wat ze nu weer zou aantrekken voor haar nachtelijke afspraakje met een notitieboek vol madeliefjes. En ze bedacht klusjes om te doen.

Ze haalde de inlijstspullen tevoorschijn en hing het toilet vol foto's van Gerry, Billy en Sean. Ze zocht al haar recepten bij elkaar en maakte een 'Molly's kookboek'. Hierdoor ging ze vanzelf nieuwe en andere gerechten koken in plaats van steeds maar weer de oude vertrouwde. Ze maakte een lijst van de boeken die ze had willen lezen, knipte recensies uit en begon weer naar de bibliotheek te gaan als ze met de kinderen ging wandelen. Toen ze daar toch was leende ze ook een boek over bloemschikken en ze maakte een paar spectaculaire boeketten.

Elke nacht schreef ze over een andere zegening.

Bijvoorbeeld over de avond waarop Gerry eindelijk zei dat hij van haar hield, terwijl zijn gezicht beurtelings wit en rood werd, voor het geval zij niet van hem hield.

Of over het moment nadat Billy was geboren en ze hem in haar armen hield.

Of over de zilveren bruiloft van haar ouders, waarop die hadden gezegd dat ze zeker wisten dat hun dochters even gelukkig zouden worden als zij en iedereen had gehuild.

Of over die keer op het reclamebureau, toen de baas had gezegd dat Molly hen allemaal had gered met haar snelle geest en ze allemaal een glas champagne op haar hadden gedronken vanwege het binnenhalen van de klant.

Toen waren de twintig dagen voorbij. Er waren nog tientallen zegeningen waarover ze niet had geschreven. Met belangstelling las ze nog eens wat er al stond. Wat vreemd dat er maar één bij was over haar werk; de andere gingen allemaal over familie.

Haar huis was gezelliger, haar leven meer georganiseerd, ze had ontdekt dat ze talent had voor bloemschikken en ging zelfs wat betaalde opdrachten doen voor het plaatselijke hotel.

Natuurlijk kon ze nog steeds niet slapen. Of wel?

Teleurgesteld omdat de twintig nachten voorbij waren en ze niet meer hoefde op te staan om haar nachtelijke taken uit te voeren, bereidde ze zich voor op uren van woelen en draaien en merkte toen, tot haar verbazing, dat het ochtend was. Ze had zeven uur geslapen.

Het moest geluk zijn, toeval.

Een dwaas idee over een boek der zegeningen kon niet werken. Niet echt.

Ze moest het aan Erin schrijven.

Een week later kreeg ze antwoord van haar vriendin in Chicago.

'Nu je weer slaapt, moeten we echt eens gaan nadenken over het volgende project. Over een jaar zijn we dertig, we leven in een tijd dat mensen naar andere planeten reizen en wij weten nog niet eens hoe we de Atlantische Oceaan moeten oversteken. We hoeven alleen maar het geld voor de reis bij elkaar te krijgen en dan moeten we het doen. Mijn oude Ierse oma had daar vast ook een magisch middeltje voor. Per slot van rekening is ze zelf al die jaren geleden naar de Nieuwe Wereld gekomen. Ik zal eens kijken of ik er iets over kan vinden in haar papieren. Of misschien heb jij wel een oma gehad die een tovermiddel wist dat ons kan helpen als we het nodig hebben.'

En langzaam drong het tot Molly door dat de magie misschien niet van de oma was, maar uit de vruchtbare geest van Erin zelf kwam, die brieven kon schrijven waardoor je betoverd raakte.

De beloning van juf Ranger

Ronnie Ranger had een afschuwelijke dag. Ze had al een paar keer verlangend naar de fles met gin gekeken, maar het was nog te vroeg. Drie uur 's middags was zelfs op een erg slechte dag te vroeg. En trouwens, ze moest helder blijven voor het gesprek vanavond. De gin zou haar dan wel de moed geven om te zeggen wat gezegd moest worden, maar ook de tranen losmaken, het zelfmedelijden, het geklaag. Dan nog maar een kop koffie en misschien het huis eens goed aanpakken. Je praat zelfverzekerder in een huis dat er niet uitziet alsof er een slons woont.

Somber haalde ze de stofzuiger tevoorschijn, chagrijnig sproeide ze schoonmaakmiddel op stoffige tafelbladen vol koffie- en wijnkringen. Sloom leegde ze prullenmanden en ging ze met een mop over de keukenvloer. Daarna zag het huis er inderdaad beter uit maar zij werd er niet opgewekter van. Wat zou het fijn zijn geweest als zij een vrouw was die opgewonden raakte over het resultaat van huishoudelijk gesloof, hoe heerlijk zou het zijn om een trots gevoel te krijgen als je in een opgeruimd nest rondkeek. Misschien had Gerry gelijk; was zij niet het soort vrouw dat een man – of wie ook – een gezellig thuis kon bieden. Zij kon beter carrièrevrouw blijven, net als haar zus Frances, in een moderne serviceflat, met een schat van een mens dat om de andere dag kwam poetsen.

Maar welke carrière? Ze was achtendertig, een uitgerangeerde danseres. Te oud en te vermoeid en, om eerlijk te zijn, niet goed genoeg om succes te hebben, of zelfs om een fatsoenlijk salaris te verdienen. Dus ze moest wel iemand een thuis bieden, nou ja min of meer. Er was geen alternatief.

Gerry zou om zes uur thuiskomen, een uurtje. Hij zou een douche nemen, zich omkleden, snel een borrel drinken en dan weer weggaan. Je had nou eenmaal van die klanten, snap je, die maar een paar dagen in de stad waren, en je moest echt zorgen dat die zich amuseerden. Niet al het werk kon achter een bureau gedaan worden, snap je, een groot deel werd op kosten van de zaak geregeld in een restaurant. Hij wou echt dat hij haar kon meenemen, maar ja, Ronnie wist het ook wel... ze waren allemaal ongelooflijk ouderwets in zijn branche, ze zouden willen weten waarom hij zijn vrouw niet had meegebracht... en dan zou hij weer van alles moeten uitleggen, dat begreep Ronnie toch wel, hè?

Ja, dat begreep ze wel. Maar het beviel haar niet. Twee jaar geleden, toen ze bij hem was ingetrokken, had hij nooit etentjes met klanten. Een jaar geleden, toen de etentjes begonnen, waren ze om elf uur afgelopen en dan haastte hij zich naar huis; tegenwoordig bleef hij vaak in het hotel van die mensen slapen, dat was makkelijker.

Ronnie was net een echtgenote, zei ze tegen zichzelf, maar dan wel een van het beroerdste soort – ze had geen zekerheid, kon er niet op rekenen dat hij van haar zou blijven houden, bij haar zou blijven en voor haar zou zorgen; ze had geen fatsoenlijke positie in een wereld die zich steeds minder leek aan te trekken van fatsoen... behalve dan als het om de zakenrelaties van Gerry ging. Er waren wel honderd manieren waarop zij aan het kortste eind trok en maar heel weinig dingen waarin ze de winnaar was. Het was ironisch dat zij nu jaloers was op de vriendinnen die ze vroeger altijd had bespot omdat ze genoegen namen met een huwelijk vol compromissen. Zelfs Gerry's vrouw, die ergens buiten de stad woonde, met haar twee kinderen, haar twee honden, haar ruime huishoudgeld en haar schare vriendinnen, was beter af.

Ronnie, die een schijntje verdiende met administratief werk voor een plaatselijke dansschool, was heel wat minder goed af.

Ze had hoogstens drie dagen werk per week, kreeg slecht betaald en Gerry verwachtte dat ze zich duur kleedde en duur voedsel klaarmaakte. Hij betaalde het huis in Chestnut Street en de andere rekeningen.

Voor hem was ze gestopt met dansles geven op scholen. Ze had het niet een heel groot offer gevonden, het land afrijden om drie uur hier en dan weer vier uur daar les te geven. Plompe, onmuzikale meisjes zonder ritmegevoel, die weinig aandacht besteedden aan haar aanwijzingen, maar zichzelf al zagen rondzwieren in de disco. Onderhandelingen met het hoofd van de school over haar honorarium. Belastingaangiftes invullen, weten dat ze het zelf nooit zou maken als danseres en nooit een leerling zou hebben die het zou maken.

Vanavond zou ze tegen Gerry beginnen over hun leven samen. Vanavond zou ze rustig blijven zitten in de twintig minuten tijd die hij zichzelf misschien voor een borrel zou gunnen en dan zou ze uitleggen dat zij wel een heel karig deel kreeg van alles wat ze samen zouden moeten hebben. Ze moest het rustig zeggen, want als ze emotie toonde, zou hij zeggen dat ze net zo deed als zijn vrouw, met alle verborgen dreiging die dat inhield, zoals de kans dat ook zij op haar beurt werd verlaten. Maar dan zou Ronnie degene zijn die moest vertrekken. Dit was zijn huis, niet het hare.

Misschien moest ze het laten rusten tot ze meer tijd hadden; twintig minuten was niet lang genoeg om aan dat knappe, intelligente gezicht uit te leggen wat er allemaal niet goed was, zonder daar de bekende flits van ongeduld en ergernis overheen te zien trekken. Maar wanneer zouden ze wel tijd hebben? Dit weekend was zijn maandelijkse weekend met het gezin – zijn kinderen mochten natuurlijk niet opgroeien zonder hun vader te kennen. Had ze zelf maar iets omhanden, ze wist zeker dat ze dan minder eisen zou stellen en ook minder behoefte zou hebben om dat te doen.

Op dat moment ging de telefoon en ze verwachtte half en half dat het Gerry zou zijn met de boodschap dat hij besloten had zich op kantoor al te verkleden, maar het was de aarzelende stem van een meisje of vrouw die niet zeker wist of ze wel het goede nummer had gebeld.

'Ik zoek juffrouw Ranger, die een paar jaar geleden dansles-sen gaf op St.-Mary's. Misschien heb ik het verkeerde nummer.'

Ronnie was stomverbaasd. Niemand belde haar ooit bij Gerry thuis. Ze had het nummer nooit aan iemand uit haar steeds kleiner wordende vriendenkring gegeven. Als ze haar wilden spreken belden ze haar op de dansschool.

'Ja, maar hoe heb je me weten te vinden?' vroeg ze met een schuldig gevoel. Ze was bang dat Gerry net op dat moment zou binnenkomen en zou merken dat iemand door zijn web van geheimhouding had weten te dringen.

'Dat ging heel ingewikkeld,' zei de stem. 'Ik ben Marion O'Rourke, ik was al een hele tijd naar u op zoek en toevallig zat ik laatst te lunchen met iemand die een collega is van Gerry. En hij zei, gewoon om een praatje te maken, dat Gerry samenwoont met een vrouw die Ranger heet en danseres is geweest, dus ik dacht, ik probeer het gewoon. Wat fijn dat ik u thuis tref.'

Ronnie was woedend, omdat een leerling, iemand die ze had lesgegeven, een meisje dat ze zich niet eens kon herinneren, haar zo makkelijk had kunnen vinden. En het ergerde haar nog meer dat een collega van Gerry blijkbaar 'gewoon om een praatje te maken' had verteld dat Gerry met een danslerares samenwoonde. Waar bleef dan al die geheimzinnigheid, de noodzaak om alles stil te houden?

'Ik vroeg me af,' ging Marion verder, zonder te weten wat ze teweegbracht. 'Wilt u niet een keertje met me gaan eten? Ik zou heel graag eens met u over die goede oude tijd praten en ik ben maar een paar dagen in de stad. Ik zou het geweldig vinden om u weer te zien.'

Nu was Ronnie nog beduusder. Was dit misschien een grap? Het zou toch niet Gerry's vrouw zijn, die op een confrontatie uit was?

'Wat voor goede oude tijd?' vroeg ze bot.

Het meisje klonk gekwetst en gegeneerd. 'Het spijt me, juf Ranger, ik snap dat het raar klinkt, maar het is gewoon... nou, ik heb veel aan u te danken en ik wilde tegen u zeggen dat... nou ja u bedanken omdat u ons zo goed hebt leren dansen en u vertellen wat dat voor mij betekend heeft – dat was alles.'

Meteen voelde Ronnie zich schuldig.

'Neem me niet kwalijk... eh... Marion. Natuurlijk zou dat leuk zijn. Ik had alleen nooit gedacht dat ik nog eens bedankt of zoiets zou worden door een leerling. Het zijn er zoveel, en meestal vergeten ze me gewoon.'

Marion lachte opgelucht. 'Dat is zo, wij vergeten dat we niet zo belangrijk zijn voor de leraar als de leraar voor ons is. U kunt zich waarschijnlijk de mensen die u les hebben gegeven wel herinneren, maar ons bent u vergeten. Hoe dan ook, als u tijd hebt de komende paar dagen, zou ik het erg leuk vinden om u te zien... als u het niet vervelend vindt.'

Ze klonk aardig en open en makkelijk in de omgang. Het was lang geleden dat Ronnie zo iemand gesproken had. Marion O'Rourke? Nee, geen idee wie het was. De helft van de meisjes op dat St.-Mary's had trouwens een Ierse naam, ook het kreng dat er aan het hoofd stond, zuster Brigid, met wie ze om elke cent had moeten pingelen en die haar toen ook nog om een bijdrage voor het kerkfonds had gevraagd. Eigenlijk zou het best leuk zijn om iemand uit dat leven terug te zien; ze zouden er samen om kunnen lachen.

'Ik kan vanavond wel,' zei ze opeens.

'Geweldig!' Marion was verrukt. Ze spraken af in een restaurant. Ronnie vroeg hoe ze elkaar zouden herkennen, Marion verzekerde haar dat je een lerares heus niet vergat, dus zij zou haar wel herkennen.

Het betekende uitstel van de confrontatie met Gerry en ze hoefde nu ook niet te bedenken wat ze die avond zou eten. Ze moest nu wel weg, als ze om zeven uur bij het restaurant wilde zijn, dus kon Gerry zelf zijn bad laten vollopen en zijn eigen wodka-tonic inschenken.

Ze liet een briefje achter: *Ben gaan eten met een oude vriendin. Tot later, lieve schat, Ronnie.* Ze was er nogal tevreden over. Er bleek niets uit van de spanning die ze tien minuten daarvoor had gevoeld. Ze deed haar cape om, bracht wat make-up aan en ging naar buiten, de koude avondwind in.

In het restaurant keek ze verwachtingsvol om zich heen. Er zaten vier vrouwen alleen aan een tafeltje, te midden van de stellen en groepjes. Ze vond het boeiend dat vrouwen blijkbaar in hun eentje uit eten gingen of het niet erg vonden om alleen aan een tafeltje in een restaurant op anderen te zitten wachten. Dat zou ze zelf niet doen. Misschien word ik wel verschrikkelijk ouderwets en conservatief, bedacht ze ineens.

Aan een van de tafeltjes zat een meisje met zwarte krullen en een zwart-witte kaftan naar haar te zwaaien. Ze had een brede lach op haar gezicht en er stond al een geopende fles wijn op tafel.

'Juf Ranger, u bent geen steek veranderd – zeven jaar geleden en u ziet er nog precies hetzelfde uit.'

Zeven jaar, dacht Ronnie. Dan moest zij nu drieëntwintig of vierentwintig zijn. Aardige, open manier van doen. Ik kan me haar niet voor de geest halen uit een menigte meisjes in blauw uniform met een felblauw lint om hun middel. Nou, blijkbaar heeft ze het klooster overleefd en is ze zonder al te veel kleerscheuren aan zuster Brigid ontkomen.

'Marion, je moet me wel Ronnie noemen,' zei ze ferm. 'Ik wil niet dat iemand in dit restaurant zich realiseert dat een volwassen vrouw van de wereld zoals jij ooit mijn leerling is geweest.'

Marion straalde van genoegen. Het etentje begon goed. Ze praatten over de stad, het restaurant, het feit dat er meer vrouwen tegenwoordig alleen uit eten gingen, wat een onzin het was dat het hele menu gewoon in het Engels was en dat er dan ineens 'café' stond in plaats van 'koffie'. Ze hadden het over zelf wijn maken, je eigen tomaten verbouwen, een film die onverdiend prijzen had gewonnen, een verrassende verkiezingsuitslag. Ze hadden het over Marions baan, blijkbaar was ze lerares.

'Geef je dansles?' vroeg Ronnie. Dat was vast de reden waarom dit aardige, intelligente meisje haar had opgezocht. Misschien had ze behoefte aan advies over waar ze nog meer lessen kon geven, of wilde ze ervaringen uitwisselen.

'Dat meen je toch niet?' vroeg Marion verbaasd.

'Waarom niet?' zei Ronnie. 'Ik bedoel, ik heb jaren danslessen gegeven – als danslerares ben je geen putjesschepper of astronaut, het is een heel gewone baan.'

'Ik geef les op een lagere school,' zei Marion. 'Al twee jaar. Het is kerstvakantie, daarom ben ik er nu even tussenuit. Je kunt toch geen moment echt gedacht hebben dat ik dansles zou kunnen geven... ik? Maakte je een grapje?'

Ronnie begreep het niet goed. 'Nou ja, je zei aan de telefoon dat je je de dansklassen nog goed kon herinneren en dat je ze leuk vond en me wilde bedanken...'

Marion keek haar recht aan.

'Juf Ranger, Ronnie bedoel ik, ik weeg honderd kilo, tweehonderd pond schoon aan de haak. Mooie danseres zou ik zijn.'

'Dat is je niet aan te zien en ik zie ook niet in waarom dat zoveel verschil zou maken, trouwens. Een danslerares hoeft niet op de weegschaal, zoals een bokser.'

Marion moest lachen. 'Je ziet het niet aan me, omdat ik altijd een tent aanheb. En ik zit nu ook nog. Maar de reden waarom ik je wilde ontmoeten en bedanken, had wel met mijn gewicht te maken. Weet je, toen de danslessen begonnen, wilde ik daar absoluut niet aan meedoen. Zuster Brigid zei dat de cursus zes pond kostte...'

'Ze gaf mij maar drie pond per leerling,' sputterde Ronnie.

'O, de rest zal wel naar het kerkfonds gegaan zijn,' zei Marion. 'In elk geval, mijn vader, die me alles gunde, stond erop. Ik weet nog hoe ik er die eerste dag tegen opzag. Ik was zo dik en log, zelfs het exerceren was een verschrikking, gym was een nachtmerrie en ik dacht dat dansen het allerergst zou zijn.'

Ronnie keek naar het rustige meisje tegenover haar. Maar we waren allemaal in de war, als jong meisje.

'Dus de eerste les deed ik of ik ziek was en verstopte me in de kleedkamer tot de les voorbij was en daarna ging ik gewoon naar huis en zei dat ik geweest was. Mijn vader was zo geïnteresseerd in alles en hij bleef maar vragen wat we hadden geleerd. Ik voelde me zo gemeen bij de gedachte dat hij zijn zuurverdiende geld uitgaf voor niets, dat ik de volgende dag besloot om wel te gaan. We stonden allemaal op een rij en je leerde ons de passen van de samba. Ik zie nog voor me hoe je voorover en achterover wiegde en al snel deed de hele groep dat ook en toen kwam het moment waar ik zo tegen op had gezien, dat we een partner moesten kiezen en met zijn tweeën moesten oefenen. Ik wist dat niemand mij zou vragen en ik had al gezien dat we met een oneven aantal waren, dus ik wíst dat ik degene was die zou overblijven. Voordat we in groepjes van twee waren gedeeld, kwam jij naar me toe en pakte me bij mijn hand als jouw partner en de muziek begon weer. Je bleef boven de muziek uit roepen: "Niet zo stijf, ontspan, laat je lichaam bewegen, niet alleen je benen, in vredesnaam." Ze bewogen allemaal een beetje stijf, als marionetten en terwijl jij en ik samen dansten, kwamen we langs andere paren en dan gaf je die aanwijzingen. De hele tijd dansten jij en ik perfect samen. Je vroeg hoe ik heette. Toen een paar meisjes het nog steeds niet goed deden, zei je: "Laat jezelf gaan, meisje, in hemelsnaam, doe het natuurlijk en met ritme, zoals Marion en ik het doen." Voor het eerst in mijn leven was ik niet zielig en stom. Niemand in het lokaal dacht dat je medelijden met me had – je had me al gekozen voordat ik als laatste overbleef.

Juf Ranger, je hebt geen idee hoe belangrijk dat was. En daar eindigde het niet mee – de volgende dag en daarna en die daarna nam je me min of meer automatisch als je partner en soms, als de stappen moeilijk waren, zoals toen met de tango, zei je: "Marion, in hemelsnaam, ga jij naar die kant en doe het aan dat stel voor, dan probeer ik het er hier bij dit stel in te hameren."

En gek genoeg nam iedereen aan dat ik een goede danseres was en ze vroegen me vaak om passen voor te doen in de kleedkamer en als we aan het eind van een schooljaar een schoolfeest hadden – alleen wijzelf natuurlijk, geen jongens, de muziek was voor de nonnen al zondig genoeg, zonder dat we echte levende mannen over de vloer hadden. Op die feestjes vroegen anderen mij altijd ten dans. Ik moest zelfs tegen sommige meisjes nee zeggen, omdat er niet genoeg tijd was. En ik kan precies aanwijzen hoe ik vanaf dat moment opbloeide. Voor die tijd verstopte ik mezelf, ik bloosde om niets. Altijd als we in de klas aan het lezen waren en iemand las het woord "dik" werd ik knalrood, omdat ik dacht dat ze allemaal naar me keken. Ik was als de dood om te horen over Falstaff, of om Caesar te horen zeggen: "Geef mij mannen om me heen die dik zijn... die Cassius ziet er mager en hongerig uit." Ik dacht dat de hele klas dan aan mij dacht. Je hebt echt veel voor me gedaan, dus dat wilde ik je vertellen.'

Ronnie keek haar aandachtig aan. Ja, Marion had een vol gezicht, ze had meer dan één kin als ze lachte, haar handen op tafel waren eerder rond en mollig dan lang en spits. Onder de plooien van die kaftan zouden zeker vetrollen zitten. Maar je zou wel erg met gewicht bezig moeten zijn om te denken: wat een dikzak is dit. Ze zag er zo rustig uit, dacht Ronnie al voor de twintigste keer; ja dat was echt het woord dat op haar van toepassing was. Zou ze echt al die narigheid hebben doorgemaakt en had Ronnie haar daar echt van gered of was dit een romantisch verhaal over het overwinnen van de normale kwellingen in de puberteit?

Alsof Marion haar gedachten las, zei ze: 'Je denkt waarschijnlijk dat ik overdrijf en dat alle meisjes op de kloosterschool ellendig en ongelukkig waren, maar zo is het niet. Dikke meisjes werden op school waardeloos gevonden, de anderen waren misschien ook wel onzeker, maar dat zetten ze de dikke meisjes betaald. Er waren maar twee andere dikke meisjes op school, ik weet nog steeds hoe ze heetten, één zat ook in de dansklas, maar dat was een nukkig kind en ze had een beste vriendin, dus die twee giechelden alleen maar en deden niet echt hun best. De anderen lachten om hun danspogingen toen jij ons de basispassen van een langzame wals liet doen. Niemand, niet één meisje, lachte mij uit, omdat jij zei: "Goed Marion, ga zo door, kijk naar haar voeten, allemaal." En dat deden ze, ze keken naar mijn voeten en ik kreeg respect, voor het eerst van mijn leven.'

Ronnie wist niet wat ze moest zeggen. Uiteindelijk zei ze: 'Ik weet niet of je je hierdoor beter gaat voelen of slechter, maar ik herinner me je gewoon niet. Dat zal wel betekenen dat je in mijn ogen helemaal niet dik en zielig was. Ik ben niet zo aardig, weet je, ik kan me niet voorstellen dat ik dat uit medelijden heb gedaan. Waarschijnlijk was ik blij dat ik een meisje vond met gevoel voor ritme en heb ik je gewoon gebruikt om me te helpen. Je hoeft mij echt niet te bedanken omdat ik aardig tegen je was, want ik herinner me niet dat ik aardig was. Dat ligt niet in mijn aard.'

'Dat weet ik,' zei Marion eerlijk. 'Je was niet erg aardig of in ons geïnteresseerd, eigenlijk. Je was niet zoals zuster Paul, die altijd enorm haar best deed om vriendelijk te zijn tegen de minder gelukkigen op aarde. Als je onder de pukkels zat of uit een heel arme familie kwam of dik was, nam zuster Paul je onder haar vleugels van christelijke naastenliefde. Dat was zo ongelooflijk betuttelend en vernederend. Maar jij was heel onverschillig en een beetje hard – daardoor kreeg ik het idee dat ik echt normaal was in jouw ogen en dat deed het 'm juist.'

Onverschillig en een beetje hard. Een stugge, op zichzelf gerichte, nogal zure jonge vrouw. Dat was ik toen, dat ben ik nu, dacht Ronnie. Daarom denkt Gerry dat ik de dingen kan nemen zoals ze zijn. Hij gaat er waarschijnlijk van uit dat ik wel bij hem weg zal gaan wanneer mijn eigenbelang me ergens anders heen voert en dat hij dus het recht heeft om hetzelfde te doen. Zelfs dit dankbare schoolmeisje heeft al die jaren geleden gezien wat voor iemand ik was.

'Hoe kwam het dat je een vriend van Gerry kende?' vroeg Ronnie plotseling.

'Het is James, je weet wel, hij is junior medewerker bij Gerry op kantoor. Hij heeft het vaak over hem. James is trouwens degene die me heeft uitgenodigd om een paar dagen hierheen te komen. We kennen elkaar nu ongeveer een jaar en hij denkt dat we ons wel snel zullen verloven.'

'En, wil je dat ook graag?' vroeg Ronnie.

'Ja en nee. Ik heb zoveel huwelijken zien mislukken, ik wil me niet alleen maar ergens instorten om te kunnen zeggen: "Ik ben getrouwd." Op mijn zestiende leek het me heerlijk om getrouwd te zijn; dan zouden je vriendinnen je benijden en zeggen: "Stel je voor, die Marion O'Rourke, die is getrouwd!" Zo zie ik het nu niet meer. Ik bedoel, je verbindt jezelf aan één persoon en aan één manier van leven, je moet wel heel zeker van je zaak zijn. James zegt dat we nog wel even kunnen wachten – hij wil alleen dat we fatsoenlijk doen tegenover mijn vader, maar vindt het ook best als we gaan samenwonen. Niemand in dat bedrijf maakt zich al te druk om relaties; bijna niemand is gewoon getrouwd.'

'Nee, dat klopt,' zei Ronnie grimmig.

'Dus af en toe kom ik een weekend hierheen of hij komt naar mij toe en ondertussen heeft hij zijn werk en ik het mijne en als ik hier een leuke baan kon krijgen, zou ik hierheen komen, maar ik denk dat het dom is om zomaar met iemand te gaan samenleven en dan te verwachten dat het allemaal geweldig wordt, jij niet?'

'O ja,' zei Ronnie.

'Ik bedoel, jij geeft nog steeds dansles, toch, juf Ranger... Ronnie? Het zou misdadig zijn als je niet lesgaf. Bedenk eens hoeveel goed je iedereen in de loop der tijd hebt gedaan.'

En treurig probeerde Ronnie te bedenken hoeveel goed ze iedereen in de loop der tijd had gedaan, terwijl Marions rustige, ronde gezicht haar vriendelijk en vol verwachting aankeek.

Beslissing in Dublin

Hij was haar enige zoon en ze wist dat niemand goed genoeg voor hem zou zijn. Al zou iemand van de koninklijke familie katholiek worden en zou de bruiloft plaatsvinden in de Sint-Pieter in Rome. Toch wilde ze zo graag dat hij gelukkig werd. Hij was haar hele leven. Tweeëntwintig jaar lang al, sinds die avond dat hij als baby van zes maanden in haar armen had gelegen en haar echtgenoot met lichtjes in zijn ogen was thuisgekomen en had gezegd dat hij wegging.

Maureen was te trots geweest om terug te gaan naar Chestnut Street, terug naar Dublin naar haar familie en vrienden die haar gesteund zouden hebben en met haar mee gevoeld, die hun hoofd zouden hebben geschud om de trouweloosheid van mannen. Ja, daar zou ze een leven hebben gehad, een oma, tantes, ooms, neefjes en nichtjes voor de baby, Brian. Maar Maureen had dat van de hand gewezen. Ze was te trots om het 'had ik het niet gezegd' van iedereen, al of niet hardop uitgesproken, te kunnen slikken. Ze hadden haar gewaarschuwd voor de knappe man voor wie ze zo hartstochtelijk was gevallen. Ze had geen kwaad woord over hem willen horen. Triomfantelijk had ze de verlovingsring voor hun neus gehouden. Zie je wel, ze hadden ongelijk gehad. Hij wilde wél met haar trouwen en haar liefhebben tot de dood hen zou scheiden. Of, zoals haar moeder sarcastisch zei, tot er iets interessanters voorbijkwam.

Er was iets interessanters voorbijgekomen toen Brian zes maanden oud was. De knappe echtgenoot was vertrokken. Maar

Maureen wist met een grimmig genoegen dat hij ook in dat nest niet lang was blijven hangen. Lang genoeg om vader van een dochter te worden. Daarna waren er geen kinderen meer gekomen.

Hij was een voorbeeldige vader geweest, die knappe rotzak, hij had de alimentatie betaald, verjaars- en kerstcadeaus gestuurd, kaarten en brieven geschreven en was vier keer per jaar langsgekomen voor een prettig, hartelijk bezoekje.

'Ik kan nooit echt een vader voor je zijn, Brian,' had hij gezegd. 'Dat recht heb ik verspeeld toen ik je als baby in de steek liet. Maar ik wil graag je vriend zijn, wanneer je me maar nodig hebt.'

Over Maureen praatte hij met bewondering en een afstandelijke genegenheid alsof ze een verre nicht was. Hij sprak altijd lovend over haar, zodat ze nooit met goed fatsoen iets lelijks over hem kon zeggen. Ze hield allang niet meer van hem en om zijn complimenten moest ze alleen maar lachen. Een bittere lach, omdat ze zich herinnerde hoe ze vroeger in die complimenten had geloofd, zonder te weten dat ze hoorden bij de nonchalante charme die zijn handelsmerk was.

'Je zou terug moeten gaan naar Dublin,' zei hij elke keer weer tegen zijn zoon.

'Waarom?' wilde Brian natuurlijk weten. Hij wist dat het zijn moeders geboortestad was, maar ze waren er nooit naartoe geweest. Ze kregen zelden familieleden van die kant van de zee op bezoek.

'Het is een geweldige stad, Brian,' legde zijn vader uit en zijn knappe gezicht lichtte op bij de prettige herinneringen. 'Ik ben er een paar keer terug geweest voor mijn werk. Er hangt een fijne sfeer, in sommige opzichten is het echt stads, met al die grote gebouwen en bruggen over de rivier, maar het is ook een klein dorp; je komt voortdurend mensen tegen die je gisteren ook al hebt gezien. Je zou het er leuk vinden, zelfs ik als Londenaar vond het er prettig.'

Maureen haatte het gemak waarmee deze man over haar stad praatte. Zij had zichzelf tot balling gemaakt, omdat ze het medelijden en de beschermende houding niet kon verdragen, zelfs niet op de begrafenis van haar vader. Maar hij, die dat allemaal had veroorzaakt, ging luchthartig terug en zag alleen de goede kanten, stond geen moment stil bij de valse belofte van toen.

Brian was even knap geworden als zijn vader, maar tot haar genoegen was hij ook vriendelijk en zorgzaam, eigenschappen die hij van haar moest hebben geërfd. Hij had geweten dat ze nooit veel geld hadden, dat zijn moeder niet als cosmeticaverkoopster bij een drogisterij werkte omdat ze dat zo fijn vond, maar om de hypotheek op hun huis te kunnen betalen. Brian wist dat hij niet, zoals zijn vrienden, vakanties in Spanje zou krijgen, of dure leren jasjes, laat staan een motorfiets.

Hij had wel zijn eigen zit-slaapkamer, waar zijn vrienden altijd welkom waren en toen hij begon uit te gaan met meisjes, werden ook die hartelijk ontvangen in hun huis. Zijn moeder vroeg niet of ze wel katholiek waren en of het serieus was. Vergeleken met anderen, vond Brian, had hij erg geboft met zijn moeder. Ze zag er tamelijk glamoureus uit, was maar twintig jaar ouder dan hij, had mooi roodbruin haar en sproeten. Wat zijn vader een Dublin-gezicht noemde. Hij zou willen dat zijn moeder meer vrienden had, mannelijke vrienden zelfs. Ze was pas begin veertig, die dingen zouden nog niet achter haar moeten liggen. Als je tenminste geloofde wat er allemaal geschreven werd tegenwoordig.

En nu was Brian verliefd, tot over zijn oren verliefd... dit keer op Paula. Hij kon gewoon niet geloven dat zij ook van hem hield. Ze was zo mooi en zo populair. Ze speelde de hoofdrol in het kleine theatercafé waar Brian de zakelijke leiding had. Mensen kwamen in drommen om haar te zien spelen in het nieuwste stuk. Er waren zelfs recensenten van landelijke kranten komen kijken. Aan de muur van het café hing een vitrine met de recensies. In één stuk werd Paula een toekomstige ster genoemd en werd Brian met naam en toenaam geprezen omdat hij haar had ontdekt. Brian had wel tien exemplaren van die krant; hij nam ze overal mee naartoe. Dat zijn naam daar zwart op wit stond samen met die van Paula; dat hij lof kreeg omdat hij haar had ontdekt – ook al was dat niet helemaal waar, hij kon er niet over uit.

Brian had het idee dat zijn moeder Paula niet mocht.

Er was niets over gezegd, er zou nooit iets over worden gezegd. Maar hij kende zijn moeder goed genoeg om een bepaalde koelte te voelen. Hij kon zich niet voorstellen waarom. Paula was altijd zo beleefd en voorkomend, als hij haar mee naar huis bracht. Het was niet omdat ze actrice was; zijn moeder had eerder vriendinnetjes van hem ontmoet die actrice waren en dat was prima gegaan. Het had niets te maken met het feit dat hij 's nachts bij Paula bleef slapen, want al op zijn achttiende had zijn moeder tegen hem gezegd dat hij volwassen was en kon doen en laten wat hij wilde.

Hij wilde dat zijn moeder eens met Paula apart ging zitten voor een gesprek van vrouwen onder elkaar. Hij zou ze wat meer alleen laten, misschien werden ze dan vriendinnen.

Paula en Maureen zaten aan de keukentafel. Brian had een smoes verzonnen en was voor een uur weggegaan.

Paula keek naar de aantrekkelijke vrouw met het roodbruine haar en de sproeten op haar neus. Waarom was ze nooit hertrouwd? Niet omdat ze fanatiek religieus was ofzo – ze leek vrij normaal, goed gekleed ook en goed verzorgd. Natuurlijk werkte ze in een winkel waar ze gratis monsters en alles kon krijgen. Ze was vriendelijk genoeg, maar Paula wist dat Maureen haar niet wilde voor Brian.

Maureen keek naar het beeldschone meisje met het pikzwarte haar dat een stekelige omlijsting vormde voor haar spitse witte gezicht. Het was een moderne schoonheid, klein, sierlijk en met een zelfvertrouwen dat Maureen zelfs over de generatiekloof heen jaloers maakte. En zij zou Brian krijgen.

Ze deden hun uiterste best om onderwerpen te bedenken die hen niet in een bepaalde rol dwongen. Paula probeerde niet het liefdesobject te zijn en Maureen probeerde niet de moeder te zijn die haar enige zoon het nest zag verlaten.

Paula vertelde over haar familieleden, die in East End woonden en allemaal vonden dat een bestaan als actrice veel te onzeker was. Ze hadden haar liever in een kledingwinkeltje gezien, waar ze promotie kon maken en bedrijfsleidster worden. Maar nu hadden ze wel meer vertrouwen, liet ze voorzichtig vallen, nu ze een Ierse vriend had met een administratieve baan. Klonk heel veilig.

'Zie je Brian als een Ier?' vroeg Maureen belangstellend. Haar zoon was nooit in haar geboorteland geweest.

'Ja, natuurlijk – daar kom jij vandaan en zijn vader heeft nauwelijks een rol in zijn leven gespeeld.'

'We gaan nooit naar Dublin. We beschouwen onszelf als Londenaren, denk ik,' zei Maureen langzaam.

'Zou je niet graag naar Dublin willen?' vroeg Paula. Ze dacht dat ze zich op veilig terrein bevond; ze was niet voorbereid op de blik vol spanning en zorg van de oudere vrouw.

'Te veel spoken. Te veel uit te leggen.'

'Weten ze dan niet dat jij en Brians vader uit elkaar zijn?' vroeg Paula verbijsterd.

'Ze weten het wel, maar ze praten er niet over. Als we teruggingen, zouden we er wel over moeten praten.'

'Nou, hoe langer je ermee wacht, hoe moeilijker het wordt,' zei Paula opgewekt en ineens kreeg ze een idee. 'Waarom gaan we niet met zijn drieën? Dan leid ik de aandacht van jou af – ze zullen allemaal zo geschokt zijn door mij dat ze geen tijd hebben om aan jou en een scheiding van honderd jaar geleden te denken.'

Met een plotselinge schok van herkenning zag Maureen in dit meisje een eigenschap die ze jaren geleden ook had gezien in de man met wie ze was getrouwd. Een snel enthousiasme, dat alle eventuele bezwaren gewoon ter zijde schoof. Het zou onmogelijk zijn om Paula iets te weigeren, net zoals het voor haar onmogelijk was geweest om die intelligente, vrolijke man al die jaren geleden te weigeren. Brian zou haar niets weigeren. Ze zou Brians hart breken.

Er waren aanbiedingen voor weekendtrips naar Dublin en voor ze het wisten hadden ze geboekt. Brian zei dat ze het konden beschouwen als werk voor hem, want Paula en hij konden de experimentele voorstellingen gaan zien die er speelden. Paula zei dat ze had gehoord van een paar nieuwe winkels waar ze naartoe wilde en Brian zei dat hij absoluut het Book of Kells ging bekijken en Paula wilde een trein naar een plek vijftien kilometer verderop aan de kust nemen, omdat daar een James Joyce-museum was, en daarna wilde ze naar een 'singing pub' en misschien, als mensen dat vroegen, zou ze zelf ook optreden.

Ze zouden kokkels en mosselen gaan eten in een restaurant, ze zouden naar de Guinness-brouwerij gaan en het echte bier drinken dat met het water uit de Liffey was gemaakt. En dan was er nog het huis waar Oscar Wilde was geboren en het huis waar George Bernard Shaw had gewoond. Hoe meer ze erover praatten, hoe belachelijker Brian het vond dat hij nooit eerder in die stad was geweest. En hoe meer Maureen ging opzien tegen hun terugkeer.

'Denk je dat het erg veranderd is?' vroeg Paula bij de incheckbalie op het vliegveld.

'Ik ben er twintig jaar geleden weggegaan. Natuurlijk is het totaal veranderd,' antwoordde Maureen en de woorden klonken heel Iers uit haar mond. Zwijgend zat ze in het vliegtuig en het jonge stel probeerde niet haar bij hun gebabbel te betrekken. Ze dacht aan de stem van haar moeder. Hoe kortaf en bits die door de jaren heen had geklonken de paar keer dat ze had gebeld. Maar natuurlijk zou het fijn zijn om haar te zien en zij zou het prettig vinden kennis te maken met haar kleinzoon. Ja, inderdaad. En was dit meisje de verloofde. Nee, zover was het nog niet. Juist. Juist.

En ze zouden in een hotel logeren, want dat was inbegrepen in hun reis. Natuurlijk.

En had Maureen er bezwaar tegen om haar broers en zuster te ontmoeten na bijna een kwarteeuw, of wilde ze hen toch wel zien?

Maureen had gestameld dat er niet iets speciaal georganiseerd hoefde te worden. Als ze toch in de buurt waren, zou ze het enig vinden om hen allemaal te zien, tenminste als zij haar wilden zien.

'Nou, dan zie je ze bij de zondagslunch,' had haar moeder gezegd.

Blijkbaar kwamen ze zondags na de mis nog steeds allemaal bij elkaar in het huis van hun moeder. Vaak was er in de buurt een wedstrijd en er kwamen altijd wel vijftien of twintig man soep eten en iets drinken. Dat was al jaren een traditie en ze genoten er allemaal van, zei Maureens moeder scherp. Geen verplichtingen of formaliteiten, gewoon een ontspannen familiebijeenkomst waar geen eisen werden gesteld. Iemand bracht een salade mee, een ander wijn en weer een ander een paar flessen bier. Niet lang, hooguit twee uur, maar gezellig. Maar natuurlijk had Maureen haar eigen gewoonten daar in Londen, iedereen moest het leven leiden dat hij zelf had gekozen.

Daar was Maureen woedend om geworden. Het was zo neerbuigend, ze had er niet voor gekozen om een verlaten vrouw te worden, tweeëntwintig jaar geleden. Dat was voor haar besloten. Ze voelde zich verward en ongelukkig toen ze in Dublin landden.

De weg rond het vliegveld was nu een snelweg; toen ze wegging was het nog een overvolle, bochtige straatweg geweest. De borden gaven zowel mijlen als kilometers aan, de benzine werd in liters gerekend, er stonden grote nieuwe hotels met tuinen eromheen en gaten ertussen waar oude gebouwen waren gesloopt. De bosjes waren nog steeds groen, de brievenbussen waren groen. Maar de telefooncellen waren veranderd en hoofdzakelijk blauw met wit.

Het stadscentrum was veranderd sinds ze Dublin in haar roes van liefde en hoop had verlaten. Ze voelde zich oud en leeg omdat ze niets kon vertellen over de plek waar ze de helft van haar leven had gewoond. Ze was voor deze stralende jongeren even saai als ze waarschijnlijk voor Brians vader was geweest. En door de grijze stenen gebouwen van haar geboortestad leek ze saaier dan ooit.

Ze stuurde hen op pad om de stad te gaan verkennen die

vrijdag; later zouden ze elkaar treffen bij het theater. Ze wilde wat in haar eentje rondlopen. Ze wilde haar hart wapenen voor de zondagslunch, als haar zusters afkeurend naar het punkmeisje zouden kijken dat haar zoon als zijn levensgezel had gekozen, zonder kerk of kapel om dat te bezegelen.

Ze liep langs de kades van de Liffey waar ze als schoolmeisje had gehold en bleef verheugd staan toen ze zag dat een paar tweedehandsboekwinkeltjes met tafeltjes buiten waar de boeken op lagen, er nog steeds waren. Ze keek op naar de gerechtsgebouwen en de grote koepel van de Four Courts, die ze altijd zo enorm groot had gevonden, maar die nu een gewoon, mooi geproportioneerd gebouw bleek. Ze giechelde zelfs een beetje in zichzelf toen ze langs St.-Michan's Church kwam, waar ze als schoolmeisjes de skeletten een hand waren gaan geven. Beneden in de grafkelders waren, ze had nooit goed begrepen waarom, een paar lichamen intact gebleven. Misschien moest ze Paula en Brian over deze plek vertellen. Met een schok besefte ze dat ze die twee in haar gedachten nu echt als een stel zag.

Ze kwam bij de O'Connell Bridge. De zon ging net onder. Ze keek uit over de Liffey. Dublin was niet de mooiste stad ter wereld, maar zag er mooi uit met de ondergaande zon boven zijn rivier, zoals alle steden. Het had stijl en misschien had Brians vader wel gelijk – misschien was dit de goede maat voor een stad. Niet zo groot dat je er verdwaald kon raken, niet zo klein dat je je er verstikt voelde.

Ze wendde zich af van het rode goud op de Liffey en liep verder, bijna zonder nadenken. Hoe had haar leven eruitgezien als ze hier was gebleven? Zou ze iedereen kennen, net zoals al die mensen hier, die naar elkaar knikten en zwaaiden en gedag riepen, terwijl ze bussen in en uit stapten en bij drukke kruispunten overstaken.

Zou ze met een Ier zijn getrouwd die veel tijd doorbracht bij de wedstrijd of in de pub, zoals de mannen van haar zusters blijkbaar deden? Zij kwamen wel elke avond thuis, natuurlijk en bleven daar hun hele leven, anders dan haar eigen echtgenoot. Zou ze dan zo'n lieve zoon hebben gehad als Brian en dat gevoel van trots omdat ze hem zo goed had opgevoed, helemaal in haar eentje?

Ze had geen behoefte gehad aan vrienden en een sociaal leven en een grote familie en alles wat daarbij hoorde. Het was prima met haar gegaan. Ze slikte even. En het zou prima met haar blijven gaan, ook als Brian vertrok om met Paula te gaan samenwonen, wat nu niet lang meer zou duren.

Ze merkte nauwelijks dat haar voeten haar naar de buurt brachten waar ze vroeger had gewoond. Nu was ze nog maar twee straten van hun huis af. Ze stond stil, verbaasd dat ze bijna per ongeluk hier terecht was gekomen.

Haar moeders huis was nog maar een paar honderd meter verderop. Het huis waar ze geboren was, waar ze vroeger elke dag na schooltijd terugkwam en daarna vanaf de lerarenopleiding, tot de dag dat ze haar ouders vertelde dat ze een énige man had leren kennen en verliefd was. Het huis waar ze geweigerd had haar opleiding tot lerares af te maken, omdat ze dat volgens haar altijd nog in Engeland kon gaan doen, als ze wilde.

Het huis waar haar moeder tegen haar had gezegd dat haar huwelijk een mislukking zou worden en dat ze haar leven ruïneerde. Het huis waar ze zondag naartoe zou gaan, met haar zoon die in een eenoudergezin was opgegroeid en zijn punkvriendin, bij wie hij binnenkort zou intrekken. Wat bewees dat ze gelijk hadden gehad.

Ze liep dichter naar het huis toe om het beter te kunnen zien. Even kijken kon geen kwaad. Ze had verwacht dat armoediger zou ogen na al die jaren. Maar nee, het zag er verbazend fris en goed onderhouden uit, met zijn scherp afgetekende rode bakstenen, keurige bloembakken en koper dat glom. Ook de gordijnen zagen er mooi uit. Maureen wist niet zeker of ze daar blij om was of juist niet.

Weer merkte ze hoe haar voeten haar de straat over voerden. Het was iets buiten haar wil waardoor ze de zes treden van de stoep op ging en op de deur klopte.

Haar moeder deed open, zeventig nu, geen vijftig, gerimpeld, maar niet fragiel. Ze droeg een mooi rood vest en een rood geruite blouse. Ze leek helemaal niet verbaasd om Maureen te zien.

'Kom binnen, je zult wel moe zijn.'

'Nee, nee, helemaal niet. Ik denk dat het komt doordat alles zo nieuw is... of juist zo hetzelfde. Alles weer te zien. Ik moet kilometers gelopen hebben.'

'Waar ben je geweest?' Haar moeder had haar geen kus gegeven, geen uitroep geslaakt of emotie getoond, haar alleen vriendelijk binnen gevraagd.

Maureen vertelde haar hoe ze gelopen was en ze praatten als vriendinnen die elkaar lang niet hadden gezien en zo voelden ze zich ook.

'Bent u nog steeds alleen?' Maureen keek rond.

'Net als jij de hele week, denk ik.' Haar moeder was droog als altijd.

'Ja, maar ik ga naar mijn werk, natuurlijk.'

Haar moeder knikte. 'Ja, maar dat hoefde ik niet. Je vader heeft me goed verzorgd achtergelaten.'

Even viel er een stilte, maar die was niet vijandig.

'En op zondag komt de familie – dat is fijn.'

'Dat is fijn, ja. Heel fijn. En af en toe door de week ook. Maar ergens heb ik dat aan jou te danken.'

Haar moeder schonk het kokende water in de theepot. Maureen voelde hoe de jaren weggleden. Het was dezelfde grote bruine theepot van haar jeugd, of anders precies zo een. Stel je voor, die theepot was er nog en zoveel andere dingen niet.

'Waarom hebt u dat aan mij te danken?'

'Ik was te streng voor jou, ik was veel te streng in mijn oordeel toen je ervandoor ging met die oplichter...' Ze zweeg even toen ze de pijn op Maureens gezicht zag. Toen ging ze verder. 'Nee, Maureen ik ben nu boos op mezelf, niet op jou. Ik was veel te rechtlijnig in mijn voorspellingen en mijn oordeel. Als alles wat vager en minder uitgesproken was geweest, had ik jou niet van me vervreemd, had ik je niet voorgoed verloren.'

De theepot werd naar de tafel gebracht. Het was echt dezelfde theepot.

'Ik was te trots,' gaf Maureen op haar beurt toe.

'We zijn allemaal trots; we zitten vol trots als we jong zijn. Toen je vertrok zonder achterom te kijken, dacht ik, zo raak ik ze straks allemaal kwijt, als ik niet wat soepeler word. Dus dat werd ik. Ik heb er nooit iets van gezegd dat Kathleens man zoveel dronk, of dat Dermot niet meer naar de mis ging. Ik heb geen woord gezegd over Geraldines "vriend" met wie ze naar dansles gaat. Nadat jij bij me was weggegaan, heb ik mijn les geleerd. Daarom komen ze op zondag bij me. Ze vinden me tegenwoordig geweldig, Maureen; ze zijn allemaal dol op mam. Dermot heeft die bloembakken voor me opgehangen en Geraldines "vriend" onderhoudt de tuin, Kathleens man doet voor twee uur in de week een stropdas om en komt hierheen, waar hij zich als een normaal mens gedraagt en Kathleen is me daar diep dankbaar voor.'

Maureen luisterde stomverbaasd.

'En in zekere zin, kind, zul dat jij ook doen met die Paula, hè? Net doen alsof.'

'Het is moeilijk,' zei Maureen. 'Waarom moeten we dat doen?'

'Een kwestie van onderhandelen, denk ik,' zei haar moeder. 'Omdat dat is wat ze bedoelen met geven en nemen. Je geeft je goedkeuring, of je dat nu meent of niet, en je neemt hun genegenheid.'

'Maar u had gelijk wat mij betreft,' zei Maureen. 'Hij hield niet van me, het was nooit zijn bedoeling om voorgoed bij me te blijven... U had gelijk.'

'Waarschijnlijk hield hij op dat moment wel van je en dacht hij echt dat hij bij je zou blijven.' De stem van haar moeder had nog nooit zo zacht geklonken.

'Maar u had gelijk dat u me wilde tegenhouden. U kon als buitenstaander zien dat het niet zou werken.'

'Had ik gelijk? Ik raakte jou kwijt, je hele volwassen leven. Dat was niet bepaald slim. Maar toch, zonder jou was ik misschien de anderen kwijtgeraakt. Dus daarvoor zal ik je altijd dankbaar zijn.' Ze raakte Maureens hand aan.

'En hoe kan ik het beste met Paula omgaan? Net doen of ik vind dat ze de ideale vrouw voor Brian is?'

'Ik kan jou allang geen raad meer geven.'

'Nee, echt, ik wil het weten.'

'Dan denk ik dat je door moet gaan met wat je al doet. Niet echt een mening geven, maar hem laten weten dat je altijd van hem zult blijven houden, wat hij ook doet. Dat heb ik jou niet laten weten.'

'Maar ze verblindt hem gewoon – ze zal hem in de steek laten, zoals ik in de steek ben gelaten!' riep Maureen.

'Bekijk het eens van een andere kant,' zei haar moeder. 'Zij zal bij hem weggaan vanuit een veel minder formele situatie dan die van jou indertijd. Ik denk niet dat ze zullen gaan trouwen of zoiets. Gewoon samenwonen. Dat is makkelijker te ontbinden. Dat zou ik aanmoedigen, als ik jou was.'

De kerkklokken luidden voor het avondgebed, zoals ze al die jaren van Maureens jeugd hadden geluid. Zij had ze beschouwd als nog een stel regels. Zoals de schoolbel, de bel op de lerarenopleiding, zoals mensen die je zeiden wat je moest doen en waar je moest zijn. Vanavond klonken ze anders, een vriendelijk, zacht geluid, dat je vertelde dat er iets voor je was, als je daar behoefte aan had.

Ze gaf haar moeder een kus op haar wang en het was alsof ze elkaar een hele tijd vasthielden, want het was een omhelzing tussen twee vrouwen die elkaar nooit eerder zo hadden vastgehouden. Toen verliet ze zonder nog iets te zeggen het huis en liep met lichte voetstappen naar het theater waar ze haar zoon en zijn vriendin zou treffen. En daarna zou ze met hen door Dublin wandelen, in de wetenschap dat Paula op dit moment waarschijnlijk echt van Brian hield, zoals Brians vader ooit van haar had gehouden.

Het verkeerde bijschrift

Nora had eens bij een krant gewerkt waar ze een foto hadden gepubliceerd van een gouden bruidspaar, met daaronder het bijschrift: GEEN IDEE WAAROM DIT ERIN MOET, HET ZAL WEL EEN VETTE DONATEUR VAN DE PARTIJ ZIJN. Dat nummer werd een verzamelobject, er rolden koppen en niemand schreef ooit meer een aanwijzing die niet geschikt was om in druk te verschijnen.

Bij de volgende krant waar ze werkte, verkeerden ze in de misplaatste veronderstelling dat hun hoofdredacteur een diep gelovig christen was en dus stonden de voorpagina's vol foto's van armzwaaiende gemeentes. Pas toen men de hoofdredacteur bij de zoveelste foto van dit type hoorde roepen: 'God – niet weer', begrepen sommigen dat ze zijn geloof verkeerd hadden ingeschat. Maar niet snel genoeg om degenen te waarschuwen die dachten dat 'GOD – NIET WEER' precies het puntige bijschrift was dat ze nodig hadden bij deze foto en dat eronder zetten.

Dus tegen de tijd dat ze bij een landelijk dagblad kwam te werken, was Nora zich maar al te goed bewust van de gevaren van het verkeerde bijschrift. Ze lette er bijna paranoïde op dat er geen snippertje papier met mogelijk misleidende informatie rondslingerde. De anderen lachten haar uit. Ze zeiden tegen haar dat ze nu in de echte wereld was, niet bij een Mickey Mouse-blaadje. Maar Nora zei dat een vergissing overal kon voorkomen en als je de ellende had meegemaakt van een echtpaar wier gouden bruiloft was bedorven door de verwijzing naar hun politieke machinaties, zou jij ook voorzichtig zijn. Als je in het team had gezeten dat de gekwetste telefoontjes en brieven moest opvangen over het kennelijk godslasterlijke bijschrift bij een foto van onschuldige kerkgangers, werd voorzichtigheid vanzelf je motto.

Nora had nog meer motto's. Ze was compromisloos eerlijk. Haar wekelijkse onkostennota zou zelfs van de strengste boekhouder nooit een spoortje kritiek krijgen of een prachtig sprookje genoemd worden, zoals die van zoveel andere journalisten.

Als ze een protestbijeenkomst of demonstratie moest verslaan, deed Nora enorm en geconcentreerd haar best om het aantal aanwezigen te tellen, in plaats van de autoriteiten op hun woord te geloven, die meestal zeiden dat het een klein groepje was geweest, of de organisatoren, die zeiden dat het een ziedende menigte was geweest.

Ze zou nooit een enthousiast artikel schrijven over de magische kwaliteit van een of ander cosmeticaproduct dat ze gratis had gekregen, ze zong nooit de lof van een hotel dat haar een gratis lunch gaf en een gratis weekend beloofde. Ze smeerde invloedrijke mensen die konden zorgden dat ze een betere baan kreeg, een betere plek om te zitten, haar naam groter gedrukt, geen stroop om de mond. Iedereen op de krant mocht Nora graag, ze beschouwden haar obsessie met het juiste bijschrift als een soort tic, zoals sommige mensen altijd een kop koud geworden koffie op hun bureau moesten hebben staan, voor ze een stuk konden gaan typen, of zoals anderen na elke zin 'weet je wel' zeiden.

En in de loop der jaren hadden mannen omdat ze nu eenmaal mannen waren, gezegd dat het vreemd was dat Nora niet getrouwd was, ze zag er toch goed uit. Helemaal niet slecht, zeiden ze dan verbaasd en schudden hun hoofd. Hun eigen criterium voor getrouwd raken was er goed uitzien, dus als Nora voor die test slaagde, was het dan niet vreemd dat haar dat niet gelukt was?

En vrouwen die nu eenmaal vrouwen waren zeiden altijd dat

Nora weinig over zichzelf losliet tenzij je haar ernaar vroeg en dan zei ze, net als iedereen, dat iedere fatsoenlijke man allang ingepikt was door een nare feeks.

Toen Nora eenmaal in Chestnut Street woonde, begon ze af en toe Dan te noemen.

Dan was leraar en ze had hem leren kennen toen ze een artikel over onderwijs schreef. Ze was met een fotograaf naar zijn school gegaan en Dan was onder de indruk geweest dat Nora zelf de namen had gecontroleerd van degenen die voor de groepsfoto poseerden. Ze had haar notitieblok in haar hand, vroeg naar hun namen, van links naar rechts en schreef ze allemaal op.

'Ik dacht dat de fotograaf dat altijd deed,' zei Dan.

'Normaal gesproken doen we dat ook,' antwoordde fotograaf toegeeflijk. Hij legde uit dat ze op de redactie allemaal aan Nora gewend waren. Ze was soms wel lastig, maar in alle andere opzichten was ze normaal. Iedereen had recht op één obsessie.

Dan vond haar betoverend, zoals ze haar haar uit haar ogen blies en haar pen in onbegrijpelijke stenokrabbels over het papier liet gaan.

'Ik wist niet dat mensen nog steno gebruikten,' zei hij, terwijl ze luchtig kletsend over het terrein van de school liepen.

'Alleen stokoude exemplaren zoals ik doen dat nog,' bekende Nora. 'Het stamt nog uit het tijdperk van lange regenjassen en "stop de persen". Dat weet jij natuurlijk niet meer.'

'Ik ben even oud als jij,' zei Dan een beetje beledigd.

'Ik ben bijna veertig,' zei Nora.

'Ik ben zesendertig en een half,' zei Dan.

Het was echte liefde. Echter dan iemand op de redactie ooit had gezien. Nora begon af te vallen en met de jongere collega's te praten over hoeveel calorieën er in zogenaamd magere yoghurt zaten. Ze vroeg serieus advies over haar haarkleur en overwoog highlights te nemen. Ze nam haar kleding kritisch onder de loep; ze zei dat ze zich niet liet afschepen met troostend bedoelde gemeenplaatsen zoals 'mode is wat je zelf wilt dragen en waar je je lekker in voelt'. Ze zei dat het haar geen bal kon schelen of iets lekker zat, ze wilde stijlvol en hip zijn. En ze las veel over plastische chirurgie, al zette ze uiteindelijk niet de stap naar de operatietafel. Maar de nood was hoog, zei ze, ze zou gaan kennismaken met Dans moeder en wilde er niet ouder uitzien dan zij.

'Dan zou ze zwanger geraakt moeten zijn toen ze twee of drie was,' zei Nora's vriendin Annie, maar Nora weigerde te luisteren naar Annie die – onverstandig zoals later bleek – op haar eenentwintigste was getrouwd en in de hoogtijdagen van haar verliefdheid geen behoefte had gehad om er jonger uit te zien.

Thuis bij Dans moeder maakte Nora zevenendertig grappen over ouderdom, ten koste van zichzelf. Zeven keer had ze het over kinderlokkers en ze zei dat ze nooit echt gewend was geraakt aan de gesproken film en dat ze zwart-witfilms zo rustgevend vond – technicolor deed gewoon pijn aan haar ogen. Nora maakte Dans verbijsterde moeder wijs dat ze als verslaggeefster in de Eerste Wereldoorlog was begonnen en het vak had geleerd door te schrijven over de beweging voor vrouwenkiesrecht.

Op weg naar huis stopte Dan langs de kant van de weg en vroeg haar ten huwelijk.

'Je bent nog te jong, je weet niet wat je wilt,' zei Nora.

'In de veertig of vijftig mooie jaren die wij samen misschien nog voor ons hebben, zou het voor mij een grote opluchting zijn als je dit niet de hele tijd blijft doen,' zei Dan.

'Zullen het mooie jaren zijn?' Nora durfde het nauwelijks te geloven.

'Dat denk ik wel, als we ophouden met dat ouderdomsgedoe,' zei Dan bedachtzaam. 'Ik zie nu al voor me dat jij mijn toespraak op onze bruiloft onderbreekt met een paar verwijzingen naar bruiloften van de Tsaren waar je bij bent geweest, of misschien, als we pech hebben, ga je helemaal terug naar de Middeleeuwen.'

'Bruiloft?' riep Nora. 'Bedoel je een bruiloft met mensen die naar ons kijken?'

'Nee, nee,' stelde Dan haar gerust. 'Geen sprake van. We zetten op de uitnodiging dat ze geblinddoekt moeten komen.'

Ze stelden een datum vast die al over twee maanden was. Nora flapte er bijna uit dat op haar leeftijd elke minuut telde als je de uiterste verkoopdatum voor wilde blijven, maar ze dacht aan wat Dan had gezegd, dus ze hield het voor zich.

Nora stond zichzelf maar een uur per dag toe om over haar plannen voor de bruiloft te praten; ze was bang dat haar werk eronder zou lijden, omdat ze zo vaak vol liefde en hoop aan Dan dacht en vol angst aan de bruiloft.

Annie begreep er niets van. 'In godsnaam, het is maar een dag. Je ziet er geweldig uit – waar maak je je toch zo druk over?'

'Als jij een winkel voor me wist met ALLES VOOR DE OUDER WORDENDE BRUID, zou ik me misschien geruster voelen.' Nora's gezicht had een tragische uitdrukking. De meisjes op de redactie verwezen haar naar de trendy boetieks. Ze zeiden dat ze niet zo moest zeuren, anders zouden ze op de redactie geen inzameling voor haar houden. Ze moest stiekem onder werktijd bij de winkeltjes langsgaan. Allemaal werden ze bemand door elfjarigen. Elke keer weer stamelde ze een verontschuldiging en maakte dat ze wegkwam.

'Ik kijk alleen maar even,' piepte ze dan, schichtig als een winkeldievegge.

Uiteindelijk besefte ze dat ze een keus zou moeten maken. De dag kwam naderbij en ze wist nog steeds niet wat ze zou aantrekken, omdat ze nooit in gesprek raakte, laat staan iets aanpaste in die beangstigende winkels.

'Ik zoek iets voor een bruiloft,' zei ze uiteindelijk met een hoge, schrille stem die niet van haarzelf leek.

De jonge verkoopster leek haar aan te kijken alsof ze dit een walgelijk idee vond.

'Een bruiloft?' herhaalde ze twijfelend.

Nora had alleen aan Dan beloofd dat ze geen grappen meer zou maken over leeftijd. Ze hadden niet afgesproken dat ze die ook achterwege zou laten als hij er niet bij was.

'Nou, niet direct een moeder-van-de-bruid-outfit maar ik heb wel een sleutelrol, dus het moet iets moois zijn,' zei ze.

'Vriendin van uw dochter dan zeker?' probeerde de achttienjarige te helpen. Nora's hart was loodzwaar.

Het werd, natuurlijk, een nachtmerrie – ze bleven haar maar vragen wat de bruid zou dragen. Ze bleef maar zeggen dat ze dat niet wist. Ze had nu aangekondigd dat ze het belangrijkste bruidsmeisje zou zijn en dat de bruid haar beste vriendin was.

'Waarom vraagt u haar dan niet wat ze zal dragen?' vroegen de steeds meer in verwarring rakende verkoopsters.

'Dat vraag ik liever niet,' zei die arme Nora treurig.

Ze wilden weten of de bruid in het wit zou trouwen. Daar had Nora honend over gedaan.

'Dat is jammer,' zei de bedrijfsleidster. 'Als zij wit zou dragen, zou u alles kunnen aantrekken.'

'Ik denk dat ze wel wit zou dragen als ik het haar vroeg,' zei Nora wanhopig.

Ze vonden dit een erg verwarrende bruiloft, maar ze kleedden haar uiteindelijk ongelooflijk goed, in aanmerking genomen dat ze geen enkele informatie hadden gekregen en wel tien tegenstrijdige signalen. De jurk en hoed waren verbluffend.

'Ik denk dat u de bruid volkomen zult overschaduwen,' zei de bedrijfsleidster.

'Ach, laat de bruid naar de hel lopen,' zei Nora en ze zag dat ze er nogal lang over deden om haar creditcard te controleren. Ze kon het hen niet kwalijk nemen als ze dachten dat zij totaal gestoord was. Het zou de enige redelijke verklaring zijn geweest.

Op de dag voor de bruiloft haalde ze de jurk en de hoed en de schoenen op. Ze stonden allemaal bewonderend om haar heen.

'Wat voor tas draagt u erbij?' vroegen ze.

Verdorie, Nora was de tas vergeten: ze kon moeilijk de enorme schoudertas van haar werk meesjouwen en de avondtasjes die ze thuis had, pasten hier niet bij. Ook in de winkel hadden ze niets geschikts. Toen mocht ze het tasje van een van de verkoopsters lenen.

'U mag het de dag na de bruiloft terugbrengen,' zei ze gul.

Nora deed haar mond open om te zeggen dat ze dan op huwelijksreis zou zijn, maar deed hem weer dicht. Nou ja, Annie kon het tasje wel voor haar terugbrengen.

De dag ging als in een roes voorbij. Dans moeder, die na die eerste schokkende ontmoeting wat op een afstand was gebleven, was nu vol lof.

'Je ziet er gewoon prachtig uit,' zei ze.

Nora had al een opmerking klaar over het portret van Dorian Gray op haar zolder, maar slikte hem in. Haar collega's prezen haar de hemel in, ze hadden zelfs geregeld dat er een trouwfoto in de krant van de volgende dag zou komen. Nora wilde de fotograaf helpen.

'Ik kan het zelf wel, Nora,' zei hij. 'Jullie zijn maar met zijn tweeën, ik kan heus het bijschrift wel schrijven.'

En toen ze zag hoe Dan naar haar keek, lachte ze, haar eerste echte lach van die dag. Het zou geweldig worden, veertig of vijftig jaar, misschien. Ze zuchtte diep van geluk.

De volgende dag bracht Annie de tas terug naar de winkel. Daar brandden ze van nieuwsgierigheid. Ze hadden de foto in de krant gezien.

'Ze is zelf met hem getrouwd!' zei de bedrijfsleidster woedend. 'Ik wist dat er iets niet klopte. Ze zei, laat de bruid naar de hel lopen – niemand met een greintje gevoel zou zoiets zeggen.' Annie had geen idee waar ze het over hadden, maar je kon het aan Nora overlaten om in een winkel terecht te komen waar iedereen gek was.

'Is er een scène geweest in de kerk, u weet wel, zoals in *Jane Eyre*?' vroeg het meisje dat eruitzag of ze nog op school zou moeten zitten. Annie wilde zo snel mogelijk de winkel uit, ze had een kater en een negentienjarig, onbevredigend huwelijk om zich zorgen over te maken.

'Nee, geen scènes,' zei ze kortaf.

'Moesten ze niet opnieuw in ondertrouw of zoiets?' Deze verkoopsters begonnen ernstig te twijfelen aan het voortbestaan van het instituut huwelijk, als er mensen zoals Nora bestonden.

Annie dacht dat het slechter met haar hoofd ging dan ze had vermoed en wilde de winkel uitgaan.

'Is ze daarom niet zelf teruggekomen – is ze er gewoon met hem vandoor gegaan?' vroegen ze.

'Natuurlijk is ze met hem weggegaan, op huwelijksreis.'

De bedrijfsleidster met haar babyface was een ruimdenkende vrouw – ze zei altijd dat ze het goedvond als vrouwen voor zichzelf opkwamen – maar dit was belachelijk. 'Je hoort niet voor jezelf op te komen ten koste van een zuster,' zei ze. 'Toen ik de foto zag kon ik alleen maar hopen dat ze er het verkeerde bijschrift bij hadden gezet.'

Annie wist dat ze nu zowel een pil als een afspraak met een psychiater nodig had. Met alle kracht die ze kon opbrengen, zei ze: 'Het bijschrift was niet verkeerd. Welke vergissingen Nora in haar leven ook heeft begaan, en dat zijn er veel, waaronder haar keus voor de plek om haar trouwjurk te kopen, ze is nooit van haar leven verantwoordelijk geweest voor een verkeerd bijschrift.'

Onvast verliet ze de zaak, nagekeken door de voltallige staf.

'Denken jullie dat zíj de bruid had moeten zijn?' vroeg een van hen, terwijl ze Annie weg zagen wankelen.

Ster Sullivan

Volgens Molly Sullivan was de nieuwe baby een kleine ster. Ze was helemaal niet lastig en lachte altijd.

Volgens Shay Sullivan was de nieuwe baby een ster in het kiezen van een winnaar. Ze wees met haar vuistje het paard op de lijst aan dat zou winnen.

Dus werd ze Ster genoemd en iedereen vergat dat ze eigenlijk Oona heette. Ster zelf vergat dat ook. Op school, als de namen werden opgenoemd, zeiden ze altijd 'Ster Sullivan?' In de straat waar ze woonde riepen mensen naar haar: Ster, wil je even voor me op de baby passen? Of naar de winkel op de hoek hollen, of een groot tafelkleed helpen opvouwen of een weggelopen puppy zoeken. Ster Sullivan had een bos glanzend koperkleurig haar, een glimlach voor iedereen en deed altijd wat mensen haar vroegen.

Er waren nog drie oudere kinderen in het gezin, maar die waren geen van drieën zo makkelijk en vrolijk als zij. Je had Kevin, de oudste. Hij zei dat hij in een sportschool wilde werken en ooit zijn eigen sportschool wilde hebben en hij maakte over alles ruzie met zijn vader.

Je had Lilly, die ooit model wilde worden en in niemand anders dan zichzelf geïnteresseerd was.

En je had Michael, die vaker op de kamer van het schoolhoofd zat dan in de klas. Hij zat altijd in de nesten.

En dan was er Ster.

Ster vroeg vaak aan haar moeder of er nog een baby zou komen? Iemand die ze in een kinderwagen Chestnut Street op en neer zou kunnen duwen. Maar haar moeder zei nee, zeker niet. De engel die de baby's bracht had er genoeg naar nummer 24 gebracht. Het zou inhalig zijn om er nog meer te vragen.

Dus duwde Ster de baby's van anderen rond en speelde ze met hun katten. In haar eentje.

Chestnut Street was een heerlijke plek om te spelen, want de straat had de vorm van een hoefijzer en in het midden was een groot stuk gras met een paar kastanjebomen.

Sommige mensen die er woonden deden erg hun best om het er netjes te houden. Anderen zaten 's avonds buiten bier te drinken en lieten de bierblikken gewoon liggen.

Er woonden nog meer kinderen, maar Ster was verlegen. Ze durfde niet naar een groepje spelende kinderen toe te gaan, want misschien zouden ze zeggen dat ze weg moest gaan. Al die anderen hadden blijkbaar al plezier, dus zij bleef op de achtergrond en ging nooit meedoen.

Molly Sullivan was blij dat ze met haar jongste kind zo weinig te stellen had. Ze had al meer dan genoeg aan haar hoofd. Zoals dat gokken van Shay, bijvoorbeeld. Volgens hem deed hij het voor hen allemaal, voor het gezin. Hij zou een grote slag slaan en dan nam hij ze allemaal mee op vakantie. Dwaze, fatsoenlijke Shay, die in de keuken van een groot hotel werkte en droomde dat hij ooit het soort man zou worden dat daar kwam logeren. Alsof een van hen, behalve kleine Ster, erover zou piekeren om met het gezin op vakantie te gaan, gesteld dat hij dat ooit kon betalen!

En Molly Sullivan tobde over haar werk. Ze draaide ploegendiensten in een supermarkt waar het heel druk was en zij zich het schompes moest werken. Ze moest vriendelijk blijven lachen en heel snel zijn, anders zouden ze denken dat ze te oud werd en haar ontslaan.

Ze maakte zich zorgen om Kevin. Hij liep te mopperen omdat hij bij de sportschool nog steeds de handdoeken opraapte en de reserveringen opnam. Hij vond dat hij allang assistent-manager had moeten zijn.

Molly maakte zich ook zorgen over Lilly. Die werkte veel te hard, ze maakte eindeloze uren bij een telesalescentrum, om nog meer modellencursussen te kunnen betalen. Ze was dunner dan ooit en at thuis vrijwel niets. Natuurlijk zei ze dat ze op kantoor een enorme lunch kregen, wat vreemd was, want Molly dacht niet dat ze daar een keuken hadden. Maar Lilly zou het niet zeggen als het niet waar was.

En dan Michael! Dat was helemaal een zorg. Volgens zijn leraren zou hij nauwelijks kunnen lezen als hij van school kwam. Niets interesseerde hem. Zijn toekomst zag er erg somber uit.

Dus het was altijd een troost om aan de kleine Ster te denken, met haar gretige gezichtje. Ster, die nog nooit lastig voor iemand was geweest. Ster droeg met plezier de afdankertjes van Lilly en zelfs de T-shirts van de twee jongens. Ze vroeg nooit om iets nieuws.

Op school zeiden ze dat ze niet makkelijk leerde en altijd heel nerveus was als ze een gedicht moest voorlezen of opzeggen. Het was een lief kind, zeiden ze, en als er een kind op het schoolplein viel of zich niet lekker voelde, kwam Ster Sullivan altijd te hulp. Misschien kon ze verpleegster worden, stelde Juf Casey, een van de leraressen, voor. Dat vond Molly fijn om te horen. Het zou heerlijk zijn om een verpleegster in het gezin te hebben, na de twee dromers die zichzelf een sportclub zagen runnen of een catwalk af paraderen en Michael die wie weet in de gevangenis terechtkwam.

Volgens Shay zou Ster een geweldige vrouw zijn voor een man; ze toonde zoveel belangstelling voor dingen, in plaats van alleen maar te zuchten en haar schouders op te halen, zoals de rest van het gezin. Hij legde haar vaak uit wat de kansen waren en hoeveel verschil het uitmaakte of de baan hard of zacht was en hoeveel de jockeys wogen en hoe je een Accumulator of een Yankee plaatste. Ze stelde dan nog pientere vragen ook en ze had hem er zelfs een of twee keer van weerhouden om iets doms te doen.

'Een of twee keer maar?' had Molly vermoeid gezegd.

'Dat bedoel ik nou,' zei Shay. 'Zij maakt niet van die bittere, onaardige opmerkingen zoals jij, zoals iedereen. Ze is een kleine schat, die Ster.'

En Kevin mopperde nooit over haar. Ze hielp hem zijn schoenen schoonmaken en vroeg naar de mensen die kwamen trainen op de fitnessmachines in de sportschool. En ze pakte nooit spullen van Lilly, keek er alleen bewonderend naar. Ze vertelde haar moeder niet dat Lilly voedsel dat ze niet opat, achter in de laden van de kaptafel in hun kamer verstopte.

Zelfs Michael had een zwak voor Ster. Ze vertelde thuis niet door wat hij allemaal uitspookte op school. Ze vertelde haar ouders zelfs dat hij het veel beter deed dan eigenlijk het geval was en soms probeerde ze hem met zijn huiswerk te helpen, ook al was ze twee jaar jonger dan hij.

Dus bereikte Ster de volwassen leeftijd van dertien jaar, vol dromen en verwachtingen en ervan overtuigd dat de wereld mooi kon zijn, als je maar geloofde dat hij dat was. Thuis beseften ze niet dat ze er zo over dacht, want Chestnut Street 24 was niet het soort huis waar mensen tijd hadden om te gaan zitten nadenken over de Zin van het Leven.

En er was altijd wel een drama gaande, zoals die keer dat Molly het geld bij elkaar had gespaard voor een nieuwe wasmachine en Shay het allemaal op een greyhound had gezet die nu waarschijnlijk nog steeds op drie poten het stadion rond hobbelde.

Of die keer dat Lilly was flauwgevallen op haar telesaleskantoor en door de dokter naar huis was gestuurd met het advies om beter voor zichzelf te zorgen, omdat ze tekenen van een eetstoornis begon te vertonen.

Of Kevin die weer eens ruzie had met zijn vader omdat die niet genoeg geld had om hem naar een fatsoenlijke privéschool te sturen, waar hij Lichamelijke Opvoeding had kunnen volgen. En Michael werd voor een heel semester van school gestuurd en mocht alleen maar terugkomen omdat Molly het schoolhoofd daarom had gesmeekt.

Op Sters school waren ze juist blij dat Ster glimlachte, in

plaats van het boze of spottende gezicht dat zoveel andere meisjes de hele dag toonden. Ster had geen gepiercete neus of lip, wat uren geruzie scheelde. Als er iemand moest helpen het klaslokaal op te ruimen of de stoelen opzij te zetten of het water in de bloemenvazen te verversen, dan deed Ster het zonder het tien minuten durende protest dat de leraren bij de rest van de klas konden verwachten.

Op het oudergesprek hoorde Molly dat Ster een schat van een meid was en nooit last veroorzaakte, wat Molly al wist. Ster wilde verpleegster worden en volgens haar leraren zou ze zeker een heel goede verpleegster zijn en met een beetje extra hulp kon ze dat ook best bereiken. Zou ze misschien privéles kunnen krijgen? Bedroefd schudde Molly haar hoofd. Geen sprake van: met het geld dat ze hadden konden ze maar net rondkomen.

Konden de andere kinderen misschien helpen, vroeg juf Casey zich af. Molly dacht somber aan de drie oudere kinderen en zei nee, niet echt, eerlijk gezegd.

Juf Casey vroeg maar niet meer of de ouders konden helpen. Een buurvrouw misschien? Iedereen had het druk, natuurlijk, maar er woonde een aardige vrouw in Chestnut Street, juffrouw Mack. Ze was blind – er gingen vaker mensen bij haar op bezoek om haar voor te lezen en men zei dat ze die dan hielp en aanmoedigde, dus misschien zou dat voor Ster ook goed zijn.

'Zeg maar tegen Ster dat ze de oude dame er een groot plezier mee doet – dan gaat ze wel naar haar toe,' zei juf Casey.

Ster merkte dat juffrouw Mack veel belangstelling had voor haar schoolboeken.

'Zou je me nog een keer dat stukje willen voorlezen over de Franse Revolutie dat je de vorige week ook hebt voorgelezen? Wat opwindend is dat, hè?'

'Vindt u dat, juffrouw Mack?'

'O ja, we moeten erover nadenken waarom die adellijke heren en dames rond het hof van de koning zo dom waren dat ze niet zagen wat er in het land gaande was en hoe arm de grote massa van het volk was. Of zagen ze het wel, maar kon het ze niet schelen? Dat is wat ik wil weten.'

'Ik denk dat ze gewoon blind waren, juffrouw Mack,' zei Ster, die zoals altijd probeerde een excuus voor anderen te vinden.

Toen besefte ze wat ze had gezegd. 'Ik bedoel... het spijt me, juffrouw Mack.'

'Kind, dat geeft echt niet, hoor. Ik bén blind. Ik ben niet altijd blind geweest – het is maar een woord – en in mijn geval heeft het te maken met spieren en dingen in mijn ogen die het niet meer doen. Ik weet nog precies hoe jij eruitzag toen je een baby'tje was. Maar in het geval van die edelen, dat was een ander soort blindheid, dat ze niet wilden zien wat ze niet leuk zouden vinden.'

Ster was zo opgelucht dat ze met haar blunder geen scène had veroorzaakt, of iemand had gekwetst, dat ze zich haastte om iets te zeggen. 'Ik denk dat we dat allemaal doen, juffrouw Mack – proberen niet aan nare dingen te denken. U weet wel, proberen vechtpartijen en ruzies te stoppen. Ik bedoel, als ik tijdens de Franse Revolutie had geleefd, had ik geprobeerd ze te laten ophouden met vechten. Ik had ze niet dat ding laten hebben, dat mensen hun hoofd afhakte. Dat dat hoofd dan in een mand viel.'

'De guillotine, Ster. Zeg het nu, zeg het een paar keer, langzaam, en je vergeet het nooit meer.'

Gehoorzaam zei Ster het.

'Wilde u vroeger ook dat mensen ophielden met vechten, juffrouw Mack?'

'Ja, maar ik heb geleerd dat mensen doen wat ze willen. Zo is het nu eenmaal. Ik denk dat we sterker worden als we dat min of meer accepteren. Dan kunnen we doorgaan met ons eigen leven.'

'Zijn andere mensen niet ons eigen leven, juffrouw Mack?'

'Dat zijn ze, kind. Dat zijn ze, natuurlijk.'

Juffrouw Mack zuchtte. Ster hoefde haar niet te vertellen over de problemen die ze op nummer 24 hadden. Iedereen wist ervan. Shay die zijn laatste euro nog zou inzetten op alles waar je maar op kon wedden. Molly die uitgeput was van al dat werken en sparen. De jonge Kevin, die humeurig en ongelukkig stenen door de straat liep te schoppen. Lilly, die zichzelf had uitgehongerd om model te worden en nu een eetstoornis had. Michael die op zijn vijftiende al hard op weg was een crimineel te worden. Kleine, attente Ster, met haar bedachtzame ogen en lange glanzende haar, die van 's ochtends vroeg tot 's avonds laat over hen allemaal tobde.

Het was Sters veertiende verjaardag en op die dag gebeurde er van alles. De familie Hale trok in het buurhuis, op nummer 23. Het had zes maanden leeggestaan omdat de familie Kelly, die nooit bij die arme mevrouw Kelly op bezoek was gekomen toen zij daar nog woonde, ruzie had gekregen over wat er met het huis gebeuren moest. Uiteindelijk hadden ze het snel aan de Hales verkocht. Ster zag ze toen de verhuiswagen werd uitgeladen en hoopte dat er een meisje van haar leeftijd bij zou zijn. Ze had niet veel vriendinnen, want de andere meisjes vonden haar een beetje saai.

Maar er was geen schoolmeisje te bekennen. Een man, zijn vrouw, die veel jonger leek dan hij en tot slot, de laatste die uitstapte, een jongen – of een man bijna... iemand van een jaar of achttien, negentien. Ster keek gebiologeerd toe hoe hij zijn gitaar en zijn racefiets uit de verhuiswagen haalde. Ze zag hoe hij zijn vochtige haar uit zijn gezicht streek. Ze zag het zweet op zijn donkergrijze T-shirt, terwijl hij de meubels naar binnen hielp dragen. Zou hij van het verhuisbedrijf zijn, of hoorde hij bij het gezin? De minuten verstreken en ze hoopte dat hij bij het gezin hoorde. Stel je voor, een jongen die naast je woonde. Een jongen die er zo uitzag!

Algauw kon ze zich niet langer bedwingen, ze liep naar beneden en ging bij de voordeur staan.

'Hallo,' zei ze toen hij voorbijkwam met een tafel.

'Hé, hallo.' Hij had een erg leuke lach.

'Ik ben Ster Sullivan,' zei ze. Haar hart klopte snel. Nooit eerder had ze de moed opgebracht om iets te zeggen tegen een jongen die zo knap was als hij. Op de een of andere manier was dit anders.

'Hallo, Ster Sullivan. Ik ben Laddy Hale,' zei hij.

Laddy Hale. Verrukt herhaalde ze die woorden. Wat een prachtige naam. Ze kon nu maar beter weggaan, voor ze iets stoms zou zeggen waardoor zijn brede lach verdween.

Ster was verliefd.

Een taxichauffeur is onzichtbaar

Veel jongens op de taxistandplaats gingen naar Italië tijdens het wereldkampioenschap. Maar Kevin niet. Hij kon niet van huis weg. Wie zou Phyllis 's morgens een kop thee brengen, haar uit bed en onder de douche helpen, haar rug afdrogen en haar bij de breimachine neerzetten, waar ze de hele dag aan werkte, met de waterketel en het oventje bij de hand?

De kinderen zouden wel gekomen zijn, natuurlijk, als Kevin tegen ze had gezegd dat hij al tweeëntwintig jaar geen vakantie had genomen. Maar elke dag, drie weken lang?

En Phyllis zou het niet prettig vinden als haar zoons of hun vrouwen haar arme lichaam de douche in moesten sjouwen en weer eruit. En trouwens, het zou egoïstisch zijn geweest om zoveel geld uit te geven, alleen maar om te gaan drinken en lachen met de jongens. Kevin overwoog het maar vijf minuten voordat hij het idee uit zijn hoofd zette.

Hij zou wel in de pub gaan kijken. Veel mensen zeiden dat dat net zo leuk was, even spannend als daar, maar zonder al dat geld en het vreemde eten.

Op 21 juni 1990, toen Ierland tegen Nederland speelde en het 1-1 werd, ontmoette Kevin het stel voor de eerste keer.

Hij wilde net ermee uitscheiden en naar Flynn gaan toen hij zag hoe het stel naar de taxistandplaats kwam gehold, waar hij de enige auto was. Alle andere chauffeurs waren ofwel in het buitenland, of zaten al op een goed plekje bij Flynn.

Ze waren ergens in de veertig – al kon de man ook wel vijftig zijn – en goed gekleed. Ze waren uit een van die bakstenen huizen met een tuin gekomen in de straat die uitkwam bij de taxistandplaats.

Hij zag hoe ze elkaar heel opgelucht aankeken omdat ze een taxi hadden gevonden, terwijl ze op hem toe renden.

'Ik ben bang...' begon hij.

En hij zag dat de vrouw tranen in haar ogen kreeg.

'O, alstublieft, zeg niet dat u ons niet kunt meenemen. Onze auto wil niet starten en we zijn al te laat. We gaan naar de wedstrijd kijken bij mijn schoonouders, alstublieft: neem ons mee.' Ze noemde het adres, een goede rit, maar wel een halfuur heen en een halfuur terug naar Flynn.

'Luister, ik weet dat u ook naar de wedstrijd wilde gaan kijken, maar het is vast niet druk op straat en ik betaal u twee keer het bedrag op de meter.'

De man was ook vriendelijk. Helemaal niet neerbuigend, hij wilde gewoon een overeenkomst sluiten. Het zou aardig wat extra geld opleveren. Kevin bedacht dat hij Phyllis in haar rolstoel mee uit winkelen zou kunnen nemen morgen, dat zou ze leuk vinden.

'Stap maar in,' zei hij en hij deed het portier open.

Zij zouden weinig hebben om zich zorgen over te maken, dit stel. Een groot, stevig huis met een dak dat niet een voortdurende bron van zorg was. Zij konden al hun ledematen gebruiken, allebei. De vrouw hoefde niet over een breimachine gebogen te zitten en de man hoefde geen lange dagen te maken in een taxi die hij met een ander deelde.

Eigenlijk was Kevin nooit jaloers op passagiers die achter in zijn taxi zaten, maar dit stel had iets wat hem raakte. Ze zagen er zo ontspannen uit, met hun geld en hun mooie kleren, ze konden gewoon een taxi naar de andere kant van Dublin nemen naar een feest in een huis waar een paar maanden geleden nog waarschijnlijk niemand iets om voetbal had gegeven. Ze maakten elkaar geen verwijten over de auto die niet had willen starten, over dat het door de een kwam dat de ander te laat zou komen.

Hij noemde haar Lorraine. Kevin dacht na over namen. In zijn straat werd niemand Lorraine of Felicia of Alicia genoemd. Ze heetten Mary of Orla of Phyllis.

Lorraine: het paste wel bij haar. Zachtmoedig, rustig en ze leek ook gelukkig.

Ze praatten vertrouwelijk met elkaar, als goede vrienden. Hij vroeg zich af hoe lang ze al getrouwd waren. Misschien drieëntwintig jaar, zoals Phyllis en hij. Het zou wel een andere bruiloft geweest zijn.

Ze gaven hem het extra geld met een gemakkelijke vanzelfsprekendheid en vertrokken onder het uitwisselen van goede wensen en hoop op succes voor Ierland.

Kevin zette de autoradio aan. Zij zouden net op tijd zijn voor de wedstrijd; hij zou een halfuur te laat bij Flynn aankomen.

Het was maar vier dagen later, op maandag 25 juni 1990, de dag dat Ierland tegen Roemenië speelde en won via penalty's, dat Lorraines man een meisje met grote donkere ogen leerde kennen. Ze waren met z'n allen rechtstreeks vanuit hun werk naar een bar gegaan en het was er heel uitbundig aan toe gegaan. Het meisje was vanuit haar werk in de buurt daarheen gekomen en op de een of andere manier vierden ze allemaal samen de overwinning en daarna kon het natuurlijk niet anders of ze bleven daar ook allemaal eten. Ze zouden na afloop wel een taxi naar huis nemen, niemand was met de auto gekomen.

Kevin had juichend naar de wedstrijd gekeken bij Flynn, maar alleen rode limonade gedronken. Op een avond als deze zou hij een paar goede uren kunnen maken. De andere kerel, met wie hij de taxi deelde, zou niet willen rijden, ook al was het officieel zijn avond. Kevin zou wel dertig pond kunnen verdienen als hij een paar goede ritten kreeg.

Het leek wel of half Dublin de straten afschuimde op zoek naar een taxi.

Hij herkende de man en nam aan dat de vrouw Lorraine was. Wat een kleine wereld, wilde hij net zeggen, maar toen slikte hij zijn woorden in.

'Eerst willen we naar…' de man keek het meisje vragend aan.

Er klonk veel gegiechel en gefluister en de man zei: 'Eigenlijk is dit het wel, we stappen hier allebei uit,' en toen klonk het geluid van geknuffel en gezoen. De man keek Kevin recht aan terwijl hij voor de rit betaalde, met fooi. Hij herkende hem niet eens. Een taxichauffeur is onzichtbaar.

De volgende ochtend kwam Lorraine naar de standplaats. Ze herkende Kevin.

'U bent de chauffeur die ons heeft gereden toen de auto het niet deed,' zei ze.

Ze had lieve ogen, vol vertrouwen.

'En doet hij het nu weer niet?' vroeg Kevin.

'Nee, maar Ronan heeft de wedstrijd gevierd met zijn werk en ze zijn allemaal zo dronken geworden dat ze hebben besloten een hotel te nemen, met het hele stel,' vertelde ze. 'Ik heb de auto nodig om naar de school te gaan, dus ga ik die bij zijn kantoor ophalen.'

Kevin gromde. Het was alsof hij een teken van afkeuring had gegeven.

Lorraine klonk een beetje verdedigend: 'Beter dat dan met drank op naar huis rijden,' zei ze.

'Veel beter,' antwoordde Kevin.

'En er was nergens meer een taxi te krijgen,' zei Lorraine.

'Die zijn er nooit als je ze nodig hebt,' zei Kevin.

Dublin is klein, wat mensen ook zeggen. Er wonen meer dan een half miljoen mensen, maar het is er heel klein.

Kevin pikte een meisje op bij Heuston Station. Ze was met haar moeder, die naar Dublin kwam om geopereerd te worden.

De oudere vrouw was nerveus en uit haar humeur.

'De meeste vrouwen van jouw leeftijd, Maggie, hebben zelf een auto en hoeven geen geld weg te smijten aan taxi's,' mopperde ze.

'Mam, ik kan lopend naar mijn werk en is lopen niet gezonder?' vroeg Maggie. Ze was rond de dertig, dacht Kevin, en had lange, donkere krullen.

'Als je een auto had, kon je elk weekend naar huis komen.'

'Ik kom elke maand met de trein,' zei Maggie.

'Iedere andere vrouw van vijfendertig heeft zelf al kinderen en een huis waar ik zou kunnen logeren, in plaats van een eenkamerflatje.'

'Jij slaapt in het bed, mam, en ik slaap op de bank.'

'Dat wil niet zeggen dat je je niet eens ergens zou moeten settelen.'

'Dat doe ik heus wel een keer,' zei Maggie met een zucht.

'Ja hoor,' zei haar moeder.

Ronan nam Kevins taxi vanaf de standplaats toen hij naar het vliegveld moest. Kevin zag hoe Lorraine hem vanuit de tuin nazwaaide. Er stonden ook een jongen en een meisje te zwaaien – ze leken ongeveer vijftien en zestien.

'Leuk om kinderen te hebben,' zei Kevin terwijl ze zich in het verkeer voegden.

'Ja,' zei Ronan afwezig. 'Maar het zijn natuurlijk geen kinderen meer, ze hebben hun eigen leven, hun eigen thuis kan ze niet veel schelen op die leeftijd.'

'Misschien toch wel, hoor, al laten ze het niet merken,' zei Kevin.

Ronan gaf geen antwoord; hij zat in zijn attachékoffertje te rommelen. Het was niet een man die de hele weg naar het vliegveld wilde kletsen.

Toen ze bij de uitstapplaats voor de vertrekhal waren, stapte Kevin uit om de koffer uit de achterbak te halen.

Net toen hij zich weer omdraaide zag hij Maggie, die Ronan in de armen vloog. Ronan nam de koffer aan en ze liepen hand in hand naar de check-in.

Kevin werkte altijd op Kerstavond. Hij reed Maggie en Ronan naar Heuston Station. Maggie zat te huilen. 'Ik kan er niet tegen… vier dagen,' zei ze telkens weer.

'Stil nou maar, stil maar, je bent terug voor je het weet.'

'Maar het zijn zulke speciale dagen en ik wil bij jou zijn,' snikte ze.

'Schatje, het zijn maar dagen. Ze gaan voorbij. Zit er niet zo over in.'

'Al dat lieve en knusse gedoe samen met Kerstmis,' huilde ze ontroostbaar.

'Je weet dat er geen lief en knus gedoe is,' zei Ronan.

Hij ging het station in om Maggie op de trein te zetten en vroeg Kevin daarna om hem naar een bloemist en een supermarkt te rijden. Bij allebei had hij iets besteld: bij de een een enorm boeket bloemen en bij de ander een kerstmand vol lekkers.

Daarna ging hij naar huis. De deur van het grote roodbakstenen huis ging open en vanuit zijn auto zag Kevin hoe Lorraine en de twee kinderen kwamen aanhollen om hem te begroeten. In de koude avondlucht hoorde hij Ronan roepen: 'Gelukkig Kerstfeest!'

Ierland verloor van Italië en de droom was voorbij. Maar het leven ging door.

Na Kerstmis moest Phyllis ophouden met haar werk op de breimachine, omdat haar handen te misvormd raakten.

Die lente kwamen er twee nieuwe kleinkinderen bij en de baby's werden vaak naar Chestnut Street gebracht, zodat Phyllis en Kevin op ze konden passen terwijl de ouders een avondje uit of een dagje weg gingen. Dan zaten ze daar en keken in de twee wiegjes.

'Het leven is niet helemaal uitgepakt zoals we hadden verwacht,' zei Phyllis op een avond tegen Kevin.

'Dat is bij niemand zo, Phyllis,' zei Kevin. 'Dat heb ik genoeg gezien in de wereld om me heen.'

Die dag was hij met vier koffers en een doos papieren en boeken van het roodbakstenen huis naar het flatgebouw gereden waar Maggie woonde. Het was een andere flat nu, een grotere, waarin ruimte genoeg was voor hen tweeën.

Ronan had de auto achtergelaten bij het roodbakstenen huis.

Hij woonde op loopafstand van zijn werk; en hij werd nu lid van de club van zware taxigebruikers. Dus het was niet meer dan normaal dat in de maand daarna Kevin, als taxichauffeur, hem af en toe tegenkwam.

Net als op de dag dat Kevin de koffers had vervoerd, drong hij nooit echt door tot het leven van de man. Ronan moedigde dat niet aan en al was hij altijd beleefd en vriendelijk en bereid om een praatje te maken, hij liet nooit blijken dat hij Kevin de taxichauffeur eerder had gezien.

Ook wilde Kevin hem een stomp in zijn maag geven, omdat hij die aardige vrouw met de lieve ogen in de steek had gelaten.

Vaak keek Kevin even naar haar huis. De tuin was nu verwaarloosd, een hek hing scheef. De verf bladderde van de voordeur.

In zijn eigen huis had Kevin een paar klussen gedaan. Zijn zoons hadden hem geholpen het dak te repareren. Ze kwamen elke zaterdag, tot het klaar was. Hij trakteerde ze op veel biertjes bij Flynn, als dank voor hun harde werken.

De maanden gingen voorbij en hij zag hoe zijn eigen huis verbeterde, terwijl het met dat van Lorraine bergafwaarts ging. Hij vroeg zich af of de kinderen haar wel een beetje hielpen. Hij wist dat ze op zaterdag met hun vader op stap gingen. Kevin zag dat ze de bus namen. Hun moeder zwaaide ze dan vanuit het huis na, maar het was geen vrolijk gezwaai.

Hij wist dat ze daarheen gingen, omdat op een keer de bus vol was geweest en ze in plaats daarvan zijn taxi hadden genomen.

Ze hadden achter in de taxi zitten praten.

'Lieve god, laat hem deze keer niet lady Margaret meebrengen,' zei het meisje. De jongen was verdraagzamer. 'Ze is best oké, alleen bloednerveus en ze zegt steeds het verkeerde.'

'Ze kan geen moment van hem afblijven. Ze zit altijd over zijn mouw te aaien enzo. Om misselijk van te worden,' zei het meisje vol afkeer.

'Nou ja, ze moet toch iets doen; hij wil niet dat ze rookt waar wij bij zijn, want dat is een slecht voorbeeld,' zei Ronans zoon.

'Hij is eigenlijk behoorlijk gek in veel opzichten, hè,' zei Ronans dochter op een heel gewone, terloopse toon.

Kevin bekeek het volgende WK niet in Florida, maar bij Flynn.

De meeste collega's op de standplaats hadden zich diep in de schulden gestoken tegen de tijd dat het voorbij was. Sommigen waren verbrand door de zon en hadden ook een rood, schilferig hoofd. Af en toe dacht Kevin aan de zonnige dag dat hij Lorraine en Ronan naar de andere kant van Dublin had gereden, voordat Maggie in hun leven was gekomen en alles had veranderd.

Kevin maakte nog steeds lange uren. Het was een gewoonte geworden. Hij kon er niet mee ophouden. Hij was moe en gedeprimeerd op die koude februariavond in 1995, toen de hooligans die naar Dublin waren gekomen voor de wedstrijd van Ierland tegen Engeland, Lansdowne Road in een puinhoop veranderden. Wat was de zin van een voetbalwedstrijd, als een minderheid van een stel schurken de boel kon overnemen? Somber zat hij bij de kachel.

Phyllis vroeg Kevin om niet zo hard te werken.

'Dat doe je alleen maar voor mij en echt, we hebben genoeg. Het dak is allang gerepareerd, het huis kan niet instorten, de kinderen hebben allemaal werk. Wat ik echt heel fijn zou vinden is als je wat meer thuis was en misschien zouden we eens naar dat nieuwe bioscoopcomplex kunnen gaan en daarna iets drinken. Ik heb iemand gevraagd om te gaan kijken en het is allemaal gelijkvloers, nergens trappen. Zou dat niet een enig uitje zijn?'

Kevin bedacht hoe waar het was dat het leven niet uitpakt zoals je verwacht. Vijf jaar geleden zou hij gedacht hebben dat hij niets meer had om naar uit te kijken, maar ze hadden het vaak heel fijn. Hij wist dat ze meer geluk hadden dan veel anderen.

Af en toe zag hij Ronan en Maggie. Ze waren net man en vrouw. Zeker toen hun baby was geboren. Een meisje dat Elisabeth werd gedoopt. Kevin had Maggies moeder en zuster gereden na de doopplechtigheid.

Het humeur van Maggies moeder was er niet op vooruitgegaan.

'Nou, de Heilige Maagd zal wel blij zijn, dat dat stuk ongeluk naar haar eigen nicht is vernoemd.'

'O, mam, hou nou op. Ze hebben het laten dopen om u een plezier te doen – is dat nou nog niet genoeg voor u?'

'Nee, dat is niet genoeg,' zei Maggies moeder. 'Al dat gepraat over partners en verbondenheid en alles, terwijl iedereen daar in de kerk weet dat hij een getrouwde man is en dat onze Maggie het erop aangestuurd heeft om een buitenechtelijk kind te krijgen.'

'Stil toch, mam, de taxichauffeur hoort alles.'

'Die moet zijn oren en ogen bij het verkeer houden,' zei ze en ze deed met een klap haar mond dicht, voor de zekerheid.

Lorraine leek het niet erg te vinden als Ronan naar zijn vroegere huis kwam. Soms reed Kevin hem vandaar terug naar de flat waar hij met Maggie en Elisabeth woonde. Het was allemaal erg moeilijk. Kevin zag dat Ronan tot rust kwam in het oude gezinshuis.

Zijn kinderen konden nu niet altijd komen op zaterdag; dan hadden ze een wedstrijd, of een project, of een afspraakje.

Ze zeiden dat pappie niet zo star moest doen. Als hij nog thuis zou wonen, zou hij ze ook niet altijd zien op zaterdag – niemands ouders zagen mensen op zaterdag.

Dus deed Ronan een paar klusjes rond het huis, zette het tuinhek weer overeind, schilderde de kozijnen en de voordeur.

Kevin had het idee dat hij helemaal geen zin had om weg te gaan als de tijd om was. De flat was behangen met babykleertjes en hij kreeg niet al te veel slaap, waarschijnlijk.

Kevin geloofde niet dat ze weer bij elkaar zouden komen, maar het was allemaal duidelijk minder zwaar voor Lorraine met de lieve ogen dan in de dagen en weken vlak nadat Ronan het nest had verlaten.

Op een dag reed Kevin Maggie en de baby.

Ze ging een nieuwe babyopvang bekijken – blijkbaar waren de eerste twee niet goed genoeg geweest.

Maggie stak een sigaret op.

'Zeg niet dat dit een niet-rokentaxi is, want dan spring ik in de Liffey,' zei ze.

‘Ik vind het niet erg, maar is het wel goed voor de baby?’ vroeg Kevin.

‘Natuurlijk is het niet goed voor de baby,’ snauwde Maggie. ‘Net zomin als in een flat midden in de stad, of de dieseluitlaatgassen of een moeder die elke dag moet gaan werken.’

‘En wat vindt uw man daar allemaal van, rookt hij ook?’

‘Nee, u bent vast helderziend. Hij heeft er de pest aan en hij zegt dat ik met elke trek haar longetjes beschadig en dat het een slecht voorbeeld is en ik mag niet roken waar die twee slungels van kinderen van hem bij zijn. Niet dat hij iets om haar longetjes geeft als ze er om drie uur ’s nachts mee ligt te brullen. Hij gaat zelfs in een andere kamer slapen omdat hij moet werken. Alsof ik niet moet werken.’

‘Nou, kunt u dan niet ophouden met werken?’ vroeg Kevin belangstellend en zorgzaam.

‘Nee, want hij is mijn man niet, hij is mijn partner en als je samenwoont met een partner ga je werken. Het is de vrouw die thuiszit en het geld krijgt. Dat is de realiteit. Zo gaat het nu eenmaal.’

Haar gezicht stond boos en geagiteerd. Was het al vijf jaar geleden dat hij haar voor het eerst had gezien? Toen had ze hem geërgerd: iemand die een gezin kapotmaakte, een egoïst. Maar daar zat ze nu, veertig jaar oud met een baby en heel weinig zekerheid.

‘Laat november maar snel komen,’ zei ze en ze inhaleerde de sigarettenrook tot in haar tenen.

‘November?’ vroeg Kevin onschuldig.

‘Het referendum – het echtscheidingsreferendum, vierentwintig november,’ zei ze en ze keek naar het verkeer buiten.

Bij Kevin thuis heerste enige spanning over wat ze zouden stemmen.

Phyllis zou ja stemmen. Zij wilde dat mensen het recht kregen om opnieuw te beginnen als ze een vergissing hadden gemaakt. Ze wilde ze niet straffen.

Kevin was daar niet van overtuigd. Als je de zaak te makkelijk maakte, zouden mannen zo de benen nemen. Hij zou nee stemmen.

'Vrouwen kunnen net zo goed de benen nemen,' zei Phyllis stellig. Phyllis, die nooit de benen zou nemen vanuit haar rolstoel en die nooit een dag zonder Kevin zou willen.

'Ik heb heel veel narigheid gezien door scheiding en doordat mensen hun gezin verlieten,' zei Kevin hoofdschuddend.

'Nou, dan heb je dat niet in Ierland gezien, want scheiden bestaat hier nog niet,' zei Phyllis beslist.

Ze discussieerden erover om helemaal niet te gaan stemmen, want hun stemmen zouden elkaar toch opheffen, maar dat wilden ze geen van beiden.

'Mijn kant heeft het meer nodig dan de jouwe,' zei Phyllis.

'Dat vraag ik me af, eigenlijk,' zei Kevin. Hij had heel wat gehoord in zijn taxi en het leek hem helemaal niet zo zeker dat nee zou winnen.

Op de dag van het referendum installeerde hij Phyllis op de voorbank van de taxi.

Ze zagen een vrouw met een baby in haar armen.

Ze zwaaide naar de taxi en keek teleurgesteld toen ze zag dat die bezet was.

'Ik weet waar ze naartoe moet. Ik denk dat ik maar voor haar stop,' zei Kevin.

Dankbaar plofte Maggie met haar dochter Elisabeth neer achter in de taxi.

Phyllis praatte altijd met iedereen die ze tegenkwam en dus ook met Maggie. Tegen de tijd dat ze bij het flatgebouw waren, was Phyllis meer over Maggies leven te weten gekomen dan Kevin in tien jaar zou hebben ontdekt – hoe Maggies moeder haar het leven zuur maakte, hoe haar baas begon te zeuren omdat ze steeds vrij nam vanwege de baby, dat ze nauwelijks meer vriendinnen had, dat ze net ja had gestemd en dat, als het referendum slaagde, haar leven er heel wat beter op zou worden.

'Ik wens u veel geluk,' zei Phyllis. 'Het huwelijk van die man is toch allang voorbij en dan kan hij een fatsoenlijke nieuwe start maken, in plaats van zo te moeten aanrommelen.'

'Ja, dat zeg ik ook altijd. Het zal nog wel een jaartje duren, maar dan maakt niemand zich er meer druk over.'

'Ik neem aan dat jullie het al aan het plannen zijn?' vroeg Phyllis benieuwd.

'Hij heeft er nog niets over gezegd, maar hij denkt er vast wel over na.' Maggie beet op haar lip.

'Ja, natuurlijk,' zei Phyllis. 'Natuurlijk, wat voor man zou niet fatsoenlijk voor u en de kleine meid willen zorgen?'

Maggie keek nogal bezorgd.

Plotseling stemde Kevin in: 'Ach ja, natuurlijk trouwt hij wel met u. Waarom zou hij anders met u samenwonen en een kind met u krijgen, als hij niet met u zou willen trouwen?'

Phyllis keek hem verrast aan. Je wist nooit waar Kevin mee zou komen.

'En waarom is hij niet met u mee gaan stemmen?' vroeg Kevin.

'Hij moest vandaag naar die vreselijke kinderen van hem,' zei Maggie. 'Hij komt waarschijnlijk pas vanavond laat weer thuis, bij mij.'

Vanaf zijn uitkijkpost op de taxistandplaats zag Kevin hoe Ronan het huis van Lorraine binnen ging. Hij had een tray met winterviooltjes bij zich. Terwijl hij buiten bezig was bracht ze hem een beker met iets te drinken Ze lachten samen als oude vrienden. De grote vreselijke kinderen die hij geacht werd te bezoeken, waren nergens te bekennen. Kevin glimlachte voor zich uit.

Hij zou vanavond tot laat doorwerken. Phyllis zou naar de eindeloze discussies op tv over het referendum kijken en vervolgens zou hij de uitslagen morgen de hele dag om de oren krijgen.

Hij dacht aan Maggie, alleen met Elisabeth in haar flat.

Hij dacht erover na hoe het leven nooit uitpakt zoals je verwacht en hoopt.

Op 25 november zag Kevin Ronan zijn kantoorgebouw uit komen.

Tegenwoordig herkende hij Kevin min of meer en zei hij dingen als 'Daar bent u weer,' om te laten zien dat hij wist dat ze elkaar kenden.

'Het wordt nog spannend,' zei Kevin.

'Veel te spannend, verdomme,' antwoordde Ronan.

Kevin keek hem vragend aan. 'Nou,' ging Ronan verder, 'het zou beter zijn als het hele land voor het een was of voor het ander. Zo raken we verdeeld.'

'Dat is waar. Nou ja, ik denk dat als het wordt aangenomen, de meeste mensen toch niet al die moeite gaan doen voor een scheiding. De meeste mensen hebben het allang zelf geregeld zoals het hun het beste uitkomt.' Kevin kon merken dat Ronan daar maar al te graag mee instemde.

'Interessant dat u dat zegt – zo denk ik er ook over. Als het niet stuk is, waarom zou je het dan repareren, dat vind ik en dat ga ik ook zeggen als iemand erover begint.'

Even zweeg Kevin om na te denken. Wat hij nu zei, kon heel belangrijk zijn. Het zou zelfs een groot verschil kunnen maken. Hij kon pleiten voor eerlijkheid ten gunste van de echtgenote of ten gunste van de partner, maar niet van allebei.

Hij knikte wijs. 'Natuurlijk, als je een goede relatie hebt, heb je geen papiertjes en trouwambtenaar en geen grondwetswijziging nodig. Iedere redelijk denkende vrouw zou dat begrijpen.'

Ronan leunde aandachtig voorover.

'Kunt u dat nog eens zeggen? Ik krijg vanavond heel wat te verduren.'

Kevin zei het nog eens, en meer.

In de keuken werd een feestje gevierd. Phyllis en haar vriendinnen hieven het glas op het Nieuwe Ierland.

Kevin was er niet met zijn hoofd bij, hij dacht na over de mensen die in zijn taxi meereden.

Hij wist dat hij zich niets in zijn hoofd moest halen. Ronan zou niet terugkeren naar het roodbakstenen huis waar hij de winterviooltjes had geplant, maar hij zou er wel vaak en vanzelfsprekend op bezoek gaan.

En Lorraine, de vrouw met de lieve ogen, zou haar man niet voorgoed terugkrijgen. Maar zou ze niet een klein beetje tevreden zijn – hoe onaardig ook – omdat er geen tweede trouwdag kwam, geen tweede echtgenote, al kon dat nu wel, volgens de wet van het land?

En Kevin glimlachte stilletjes bij de gedachte dat in Lorraines grijze, zorgelijke ogen nu wat meer vrede zou verschijnen en dat hij daarin een kleine, maar niet onbelangrijke rol had gespeeld.

Hij besloot niet te denken aan de donkere, angstige ogen van Maggie. Hij was God niet. Hij kon niet alles oplossen.

Een kaart voor Vaderdag

Lisa had een tijdje in het warenhuis staan kijken naar mensen die een vaderdagkaart kochten. Dat deed ze elk jaar en vaak ging ze dan dicht bij ze staan, om te horen wat ze zeiden.

'Deze is goed, vind ik. Er staat een heel mooi gedichtje in,' zei een meisje bijvoorbeeld.

'Dat leest hij toch nooit,' antwoordde haar zusje dan.

Of ze zag vrouwen van in de zestig die zo'n kaart kochten. Zou die voor een oude man zijn, ergens in een verzorgingshuis? Of misschien voor hun eigen man? Zij had nog nooit een vaderdagkaart gekocht, want ze had geen vader. Of nou ja, ze had er natuurlijk wel een gehad, vijfentwintig jaar geleden. Maar hij had nooit belangstelling voor haar getoond. Ze vroeg haar moeder allang niet meer naar hem.

Die vraag maakte haar moeder, Sara, alleen maar verdrietig.

'Jij bent niet degene van wie hij niet meer hield, Lisa, hij heeft je nooit gezien. Ik was degene om wie hij niet meer gaf.'

In de loop der jaren had Lisa begrepen dat hij student was geweest en dat zijn familie rijk was en grootse plannen voor hem had. Ze wilden niet dat hij met Sara trouwde, een zeventienjarig meisje uit Chestnut Street, dat in een fabriek werkte. Ze wilden hem zo ver mogelijk bij deze relatie vandaan hebben, dus verlieten ze zelfs het land. Ze wisten niet dat Sara een vastberaden jonge vrouw was, sterk genoeg om in haar eentje een kind op te voeden en manager te worden bij een schoonmaakbedrijf.

Dus had ze ergens in Amerika een vader, een man die nu vierenveertig jaar moest zijn. Misschien was hij een belangrijk zakenman en woonde hij in een wit houten huis met zijn eigen kinderen, die hem een kaart stuurden voor Vaderdag.

Zou hij ooit denken aan het kind dat een kwarteeuw geleden was geboren, een kind dat hem zo graag wilde ontmoeten, één keertje maar? Eén keer was genoeg, zodat hij kon zeggen hoe goed zij terechtgekomen was.

Lisa wás goed terechtgekomen. Ze was persoonlijk assistent van een hooggeplaatste manager, die bovendien een erg goed en vriendelijk mens was. Meneer Kent, die groot respect voor haar had en haar steeds meer verantwoordelijkheid gaf in haar werk. Hij moedigde haar aan om cursussen te volgen en zorgde ervoor dat ze erkenning kreeg voor alles wat ze deed.

'Vertrouw altijd op je instinct,' raadde hij haar vaak aan. 'Luister naar het eerste wat in je opkomt – dat klopt vaak.'

'Volgens mij valt hij op je,' zeiden de andere meisjes.

Lisa wist dat dit niet waar was. Meneer Kent was weduwnaar en nu zeer gelukkig getrouwd met zijn werk. Hij maakte lange dagen op kantoor en had nooit ook maar het geringste teken gegeven dat hij in haar geïnteresseerd was. Wat maar goed was ook, want hij was stokoud, misschien wel over de vijftig. Hij vroeg haar vaak of ze al verliefd was en of ze dan weg zou gaan om te trouwen en kinderen te krijgen. Dan lachte Lisa altijd ontspannen en zei ze dat ze nog nooit meer van iemand had gehouden dan van zichzelf.

'Te veel gehecht aan mijn eigen leventje. Ik vind het heerlijk om mijn eigen huis te hebben, mijn vrijheid. Zo onafhankelijk ben ik opgevoed – mijn moeders schuld.'

Meneer Kent kende Lisa's moeder Sara; haar bedrijf had een contract om hun kantoren schoon te houden. Meneer Kent had ook gezorgd dat Lisa's moeder nog meer opdrachten kreeg. Hij was een echte heer.

Hij zou niet begrijpen hoe wantrouwig zij stond tegenover jongemannen en hun belofte om zich te binden. Misschien kwam het door haar vader, die was verdwenen zodra hij van haar toekomstige bestaan hoorde, dat ze geen enkele man vertrouwde.

Er was wel een erg aardige jongeman op dit moment, James, maar ze wist dat ze hem afschrikte met haar weigering om in zijn oprechtheid te geloven. Ze kon niet altijd vol twijfels en wantrouwen blijven zitten, had James haar gewaarschuwd. Dat zou verschrikkelijk zonde zijn. Maar dit vertelde Lisa niet aan haar aardige baas, meneer Kent. In plaats daarvan maakte ze een grapje over de schuld van haar moeder.

'Sara vroeg zich af of ze je misschien al te onafhankelijk heeft gemaakt,' zei meneer Kent.

Dat verbaasde Lisa. Haar moeder praatte bijna nooit met klanten over haar privéleven. En al helemaal niet met meneer Kent, zou ze hebben gedacht.

Hij zag dat ze geschrokken was en haastte zich het haar uit te leggen.

'We zitten vaak met elkaar te praten aan het eind van een lange, drukke dag. Dan is zij er vaak, om toezicht te houden op de schoonmaakploeg. Ze is nog trotser op je dan ik.'

'Nou, ze heeft het ook heel goed gedaan,' zei Lisa. 'En u hebt het afgemaakt, ik zou nooit zo ver gekomen zijn als u me niet had aangemoedigd.'

'Misschien heb ik je te veel onder druk gezet. Misschien komt het door mij dat je zo op het werk gericht was dat je vergat om naar de mannen om je heen te kijken?'

Hij klonk werkelijk bezorgd.

'En Lisa, ik had nog een reden om het belangrijk te vinden dat je moeder en ik je niet te veel onder druk zetten.'

'O ja?' Ze snapte er niets van. Zijn stem klonk nu heel anders. Dit was geen gewoon kantoorgesprek.

'Ik had het je nog niet willen vertellen, maar ik zie dat je het al geraden hebt.'

'Geraden?'

'Ik heb je moeder gevraagd of ze met me wil trouwen en ze heeft ja gezegd. We wilden het je vanavond vertellen.'

Hij keek haar aan, zijn gezicht straalde van blijdschap.

'Wat vind je ervan, Lisa? Wat is het eerste wat bij je opkomt?'

Ze liep op hem toe en omhelsde hem.

'Dat ik voortaan altijd iemand heb om een vaderdagkaart voor te kopen,' zei ze.

Waardigheid als geschenk

Iedereen wist dat David Jones een verhouding had. Mike, Davids baas bij de lijstenmakerij, wist het en hij snapte er niets van.

Davids vrouw Anna was zo'n parel. Klein, donker, levendig en enthousiast. Ze was altijd opgewekt en vrolijk, ook al was het bedrijf door nog zo'n sombere tijd gegaan.

In haar keuken vergaderden ze over hun problemen en over de reddingsoperatie die ze voor het bedrijf op touw gingen zetten.

Anna zat daar dan bij, met haar ellebogen op tafel en verzon nieuwe plannen, nieuwe promotieacties, manieren om kosten te besparen.

Ze zette hun een kom warme linzensoep voor en bezwoer dat die maar drie cent per kom kostte en heus niet ten koste van de winst zou gaan.

Davids tweelingzus Emily wist het en het deed haar erge pijn. Zij en David waren vijfendertig jaar lang zo hecht geweest – ze deelden alles met elkaar en als echte tweelingzus had ze altijd geweten wanneer hij blij was of ongelukkig. Wat de verhouding betreft had haar intuïtie haar in de steek gelaten; ze kwam er bij toeval achter op een bruiloft, waar ze iemand hoorde praten over een blonde vrouw, Rita, die een hartstochtelijke affaire had met die kerel, David, die bij de lijstenmakerij werkte.

Emily had even moeten gaan zitten, zo geschokt was ze. En

terwijl ze de rest van de bruiloft met een bezwaard hart toekeek, zag ze hoe haar tweelingbroer vlak naast Rita stond, haar arm aanraakte, haar speciale glimlachjes gaf. En Emily wist dat het waar was.

Anna's vader, Martin, wist van de verhouding, omdat hij op zakenreis in een hotel aan de zuidkust had gelogeerd en in het inschrijfboek had gezien dat er ook een heer en mevrouw David Jones waren ingecheckt, met hun adres. Wat een geweldig toeval, had hij gedacht. Nu kunnen we samen eten. En wat vreemd dat ze daar afgelopen zondag niets over hebben gezegd. Hij had geen flauw vermoeden, tot hij zijn vrouw belde en erover vertelde.

'Doe niet zo raar, Martin. Anna is de hele middag bij mij geweest, ze is net weg. Het moet een andere David Jones zijn.'

'Ja, natuurlijk,' had Anna's vader gezegd, op holle toon, want hij had het adres gezien en wist dat het niet een andere David Jones was. Anna's vader liet broodjes op zijn kamer brengen, om ze niet te hoeven zien en een confrontatie met zijn schoonzoon te vermijden.

Al Anna's vriendinnen wisten dat David een verhouding had, omdat hij nauwelijks moeite deed om het te verbergen. Ze zagen hem met Rita op de golfclub, in wijnbars en zoenend in een auto bij het station.

Ze zeiden er nooit iets over tegen Anna. In het begin niet omdat ze dachten dat ze het niet wist en zij niet degenen wilden zijn die het slechte nieuws brachten. En later, toen ze dachten dat ze het wel wist, ook niet, omdat het aan haar was om het onderwerp ter sprake te brengen als ze dat wilde.

En als ze het dan ter sprake bracht, konden zij medeleven tonen of hun schouders ophalen, of wat er ook maar van hen verwacht werd. En het was duidelijk dat ze ervan wist.

David maakte geen geheim van Rita; hij deed op geen enkele manier stiekem.

Anna's beste vriendin Marigold wist het en ze vroeg zich af hoe Anna het in vredesnaam kon verdragen. Toch ging Anna gewoon door met haar leven. Ze bracht de kinderen naar school, twee jongetjes van zeven en zes, en dan ging ze naar haar werk tot het tijd was om de kinderen weer op te halen. Iedereen was altijd welkom in haar huis en haar lach was nog even stralend als vroeger, voordat Rita op het toneel was verschenen.

Rita met haar bedreigende gedrag. Die ijskoud en hooghartig was en de arme, stomme David gek maakte door hem aan het lijntje te houden wanneer hij dat het minst verwachtte.

Marigold zou het Rita nooit vergeven dat ze David had gevraagd om weg te gaan van Anna's verjaardagsfeest en naar haar toe te komen. Marigold had in de buurt gestaan toen het telefoontje kwam.

'Ik moet weg,' had David met een somber gezicht gezegd.

'Toch niets ergs?' Anna had bezorgd gekeken.

'Nee, gewoon iets met werk, moet geregeld worden,' zei hij en toen was hij de deur uit en zijn auto in.

Marigold had hem wel achterna willen rennen om hem met haar vuisten te bewerken. Hoe durfde hij weg te gaan op de verjaardag van zijn vrouw. Hoe durfde hij te doen alsof het voor werk was. Mike, zijn baas, zat gewoon bij hen in de kamer. Iedereen snapte dat dit niets met het werk te maken kon hebben. David bracht niet eens het respect voor Anna op om een fatsoenlijke smoes te verzinnen.

Marigold had Anna die dag met de afwas geholpen.

'Jammer dat David weg moest,' probeerde ze voorzichtig.

'Ik weet het, maar hij doet alles voor het bedrijf,' zei Anna enthousiast en vol toewijding. 'Mike bleef gewoon wijn zitten drinken, maar David ging het oplossen, wat het ook was.'

Ze klonk vol bewondering.

Ach, dacht Marigold, als ze het zo wil spelen, best – dit soort dingen moet iedereen voor zichzelf uitmaken. Dan moet je als vriendin niet tussenbeide willen komen en iemand dwingen om het anders te doen.

Marigold zuchtte – mannen konden zo trouweloos zijn. Dat had ze jaren geleden al geleerd, vóór haar eigen bittere scheiding. Stel dat zij in die tijd had gedaan of ze niet zag wat er gaande was? Zou de affaire van haar echtgenoot zijn doodgebloed als ze die had kunnen negeren?

Nee, bij haar zou dat niet hebben gewerkt, maar bij anderen misschien wel, dus besloot ze om Anna er niet over aan te spreken.

Het kwam bij niemand op dat Anna het misschien echt niet wist. Ze namen allemaal aan dat dit haar manier was om zich staande te houden. Dus toen bekend werd dat Anna's beste vriendin Sally, die ze nog kende van school, zou komen logeren, zuchtte iedereen van opluchting. Anna zou er met Sally over kunnen praten. Zij hoefden zich niet meer bezwaard te voelen. Sally zou het oplossen.

Sally was zo'n verbazingwekkend goed georganiseerde vrouw aan wie iedere andere vrouw een hekel zou moeten hebben, maar die iedereen juist erg graag mocht.

Ze was eind dertig, maar zag eruit als een twintiger, had kort blond haar dat altijd goed zat, of ze nu uit de regen kwam, of uit het zwembad, of van de kapper. Ze werkte in Londen als columnist bij een grote krant en verscheen vaak in praatprogramma's op televisie, ze had een knappe echtgenoot, Johnny, die haar aanbad, twee tienerkinderen die trots op haar waren en geen drugs gebruikten, niet bij een bende hoorden en geen afschuwelijke types mee naar huis brachten.

Sally had tijd voor haar vriendinnen en ze kwam elk jaar een lang weekend bij Anna logeren. Sally vond alles mooi, onthield hoe ze allemaal heetten, bracht grappige cadeautjes mee voor hun kinderen en organiseerde elk jaar een geweldig etentje bij de Chinees voor vrouwen onder elkaar.

Als iemand dit probleem kon oplossen, was het Sally, dat wisten ze allemaal.

Vlak voordat Sally zou komen kwam Emily bij Anna lunchen.

'Zal ik de kinderen meenemen als Sally hier is – jij en zij hebben vast heel wat te bepraten.'

Anna's gezicht was een en al glimlach.

'O Em, wat lief van je, je bent de liefste schoonzus die er

bestaat. Maar toevallig is het niet nodig, want Mike en zijn vrouw hebben hetzelfde ook al gevraagd. Ze gaan met ze naar de schaatsbaan, stel je voor, en Marigold van hiernaast heeft aangeboden om ze mee te nemen naar een computershow, iedereen is zo aardig geweest.'

Emily keek somber. Zij wist wel waarom iedereen zijn best deed de twee jongetjes mee te nemen. Ze hoopten allemaal dat Sally zo de de ruimte kreeg om Anna's problemen aan te pakken.

Sally kon tegen Anna zeggen dat ze de feiten onder ogen moest zien. Ze moest David een ultimatum stellen: het uitmaken met Rita of vertrekken.

Emily wist zeker dat haar tweelingbroer het dan zou uitmaken met dat vreemde, bleke meisje.

Misschien was het alleen maar een bevlieging: misschien voelde hij zich niet genoeg gewaardeerd. Wie weet had hij het alleen gedaan om te bewijzen dat hij het kon. Als hij eenmaal zag hoeveel Anna om hem gaf, zou Rita de laan uit worden gestuurd, snikkend zouden ze in elkaars armen vallen en zich verzoenen. Wie weet werd hun huwelijk er wel beter door. Sterker.

Emily wist zelf niet waarom ze hier zo'n slecht voorgevoel over had. Een paar minuten was ze alleen met haar tweelingbroer.

'Is er iets, Em?' vroeg hij.

'Je weet best wat er is,' zei zij.

Hij keek verbaasd op. 'Nee.'

'Dan ben je nog een grotere stomkop dan ik dacht,' zei Emily, bijna in tranen en ze liet hem verbijsterd staan.

Waarom had ze het hem nu niet recht in zijn gezicht gezegd? Omdat ze bang was dat Anna of een van de jongens binnen zou komen. En ze wilde er geen puinhoop van maken, terwijl ze wist dat Sally het veel beter zou aanpakken.

Anna nam vier dagen vrij voor het bezoek van Sally. Ze ging boodschappen doen om haar koelkast te vullen met lekkere dingen. Ze had mooie nieuwe kussenslopen gekocht en bijpassende handdoeken voor de logeerkamer. Het was heerlijk om een vriendin te hebben als Sally, die geen spat veranderd was, sinds de tijd dat ze in hun schooluniform plannen zaten te maken voor hun toekomst. En het maakte niet uit dat Anna op kantoor werkte en Sally een geregelde gast was bij een tv-show, ze waren allebei nog gewoon dezelfde.

Sally had precies de goede videospelletjes meegebracht voor Frank en Harry. Ze riep nooit uit hoe groot ze waren geworden en probeerde ze ook niet te zoenen, maar gaf ze een mannelijke handdruk. Ze zei dat ze, als ze tien en negen waren, bij haar in Londen mochten komen logeren en dan zouden ze een weekend beleven om nooit te vergeten – ze moesten nu al beginnen op te schrijven wat ze over drie jaar allemaal wilden gaan doen.

Sally was enthousiast over het huis, de prachtige kleuren in de slaapkamer, de bloembakken, de frisse lucht. Je zou niet zeggen dat ze zelf een schitterend huis had in Londen. Ze toonde zoveel verrukking en enthousiasme dat niemand eraan dacht dat ze een beroemdheid was en haar huis vaak breeduit in de bladen stond.

Ze luisterde naar Anna's verhaal over de lijstenmakerij en hoe die weer een crisis had overleefd. En over haar baan die heel vermoeiend was, maar ze waren er aardig voor haar en ze kon haar eigen werktijden bepalen. En over David die de laatste tijd veel op reis moest voor de zaak en minstens een nacht in de week van huis was, twee soms.

'Dat is naar,' zei Sally meelevend. 'Moet hij hout inkopen of heeft hij afspraken met mogelijke nieuwe klanten of zo?'

Anna deed vaag. 'Ik weet het niet. Allebei een beetje, denk ik. Nou ja, het is nou eenmaal zo. Het moet gebeuren.'

Haar lach was even opgewekt als altijd.

Sally ging wandelen met haar vriendin Anna en genoot van het platteland. Wat bofte ze toch dat ze in dit prachtige deel van de wereld woonde. Veel mensen uit het zuiden vonden het noorden somber, maar Sally prees het de hemel in. Geen wonder dat zoveel mensen haar graag mochten. En ze wilden allemaal zo snel mogelijk iets met haar afspreken. Iedereen smeekte haar om op de koffie te komen, een borrel te komen drinken, de nieuwe baby te komen bekijken, of de nieuwe pergola in de tuin. Het duurde niet lang voor Sally besefte dat er iets aan de hand was; ze wilden haar spreken, zonder Anna.

Hier dacht Sally over na.

Het kon niet om Anna's gezondheid gaan, ze zag er beter uit dan ooit en ze had verteld over haar laatste controle, ze lieten zich allebei geregeld screenen. Met de jongens was niets mis. De zaak ging hortend en stotend verder, zoals altijd.

Het moest David zijn.

David die tegenwoordig vage zakenreisjes maakte.

Ze gingen haar vertellen dat David vreemdging en dat Anna er geen idee van had. Kon Sally niet als een soort tussenpersoon dienen? En Sally nam zich voor om dat zeker niet te doen. Als Anna haar om raad vroeg, zou ze die geven, maar ze zou niet ingaan op geroddel van vriendinnen.

Dus sloeg ze alle uitnodigingen voor een gezellig samenzijn af, met het excuus dat ze het veel te druk had. In plaats daarvan ging ze overal samen met Anna naartoe en ze wachtte tot die zelf haar hart zou uitstorten. Maar het verwachte vertrouwelijke gesprek bleef uit.

Als er iets aan de hand was, wist Anna er duidelijk niets van. Sally en Anna hadden elkaar altijd alles verteld, van de dag dat ze voor het eerst ongesteld werden, tot de eerste voorzichtige experimenten met jongens, het bedrog van vriendjes en hun spanning en zorgen over het huwelijk. Als Anna dacht dat David een ander had, zou ze dat aan Sally vertellen.

Aan de andere kant, David leek anders, prikkelbaar en slecht op zijn gemak. Het was net of hij bang was om met Sally alleen te zijn, voor het geval ze het onderwerp ter sprake zou brengen. Hij vroeg haar veel over haar eigen werk en vertelde weinig over de zaak.

'Ik hoor van Anna dat je veel reist, tegenwoordig. Dat lijkt me leuk. Of is het vooral vermoeiend? Waar ga je allemaal naartoe?' Sally's stem klonk helder en rechtdoorzee, net als op televisie, zonder ruimte te laten voor vage, ontwijkende antwoorden.

David keek opgejaagd. Hij ging meteen in de verdediging. 'Nou, het is makkelijk om te zeggen dat het allemaal even leuk en aardig is, maar het moet wel gedaan worden in een zaak als die van ons. Die moet groeien, uitbreiden, openstaan voor nieuwe ideeën, je moet weten wat er speelt. Het is heus niet alleen maar een beetje cocktails drinken in een hotelbar, hoor.' Hij keek hen allebei dreigend aan.

Anna voelde zich geraakt. 'Dat heb ik ook nooit gezegd. Ik heb alleen maar gezegd dat het vermoeiend voor je was.' Ze keek gekwetst en van streek.

En hij haastte zich om haar gerust te stellen.

'Het spijt me, dan heb ik het verkeerd begrepen, ik dacht dat je tegen Sally had gezegd dat ik altijd de bloemetjes buitenzette.'

'Hemel, David, hoe kun je dat nou denken?' vroeg Sally met heldere en vaste blik in haar blauwe ogen.

David haalde zijn schouders op en wendde zich af. 'Ik weet het niet.'

Toen herstelde hij zich en schonk hun beiden zijn beroemde glimlach. 'Gewoon werkstress en een slecht humeur en slechte manieren. Vergeven jullie me?'

Anna holde op hem af om hem te omhelzen; Sally lachte breed terug.

'Wat valt er te vergeven, David? Gewoon een misverstand,' zei ze.

Op de avond van het Chinese etentje zei Anna dat ze naar de kapper ging. Het was een cadeau geweest van de andere meiden, een bon voor een behandeling in de salon van Lilian, zodat ze er extra mooi uit zou zien op de foto's die ze altijd maakten als Sally kwam. Het was koopavond en de salon bleef langer open. Marigold had de afspraak voor haar gemaakt.

'Zal ik ook komen en tegelijk met jou mijn haar laten doen?' stelde Sally voor. Ze wist dat ze door de meiden was gekaapt.

'Nee, nee, ze willen je even voor zichzelf. Ik kom later ook.'

Anna was er trots op dat haar vriendinnen allemaal zo op Sally gesteld waren. Het zou nu openlijk een scène veroorzaken als Sally zou weigeren. Grimmig stapte ze het Chinese restaurant binnen en zei tegen de ober dat zij de wijn betaalde, die nu wel vast kon komen en dat het eten, ze namen Menu C, nog even moest wachten.

'Goed,' zei ze, terwijl ze langs de acht gezichten keek. 'We hebben drie kwartier. Vertel het me zo snel en duidelijk als jullie kunnen zonder een seconde te verspillen.'

Even bleef het stil. Niemand was zo direct als Sally. Toen kwam het hele verhaal eruit.

Een treurig verhaal over bedrog en dat vreemde, bleke, onvriendelijke meisje, Rita. Een fotografe die lijsten was komen uitzoeken voor een tentoonstelling en helaas voor David was gevallen. Volgens hen had ze tot die tijd een man gehad, maar had die het veld geruimd. Ze woonde in een grote eenkamerflat, niet ver hiervandaan. David bracht daar steeds meer tijd door, parkeerde er 's middags het busje. Bij elke bijeenkomst waar Rita aanwezig was, stond David schaapachtig naast haar, met een trotse glimlach. Ze wilden hem allemaal die lach van zijn gezicht slaan.

'Misschien is het liefde,' zei Sally eenvoudig.

Dat bracht ze allemaal tot zwijgen.

Liefde was niet een woord dat ze hadden verwacht. Verraad, ja, of bedrog, overspel, gemene ontrouwe leugenaar. Niet liefde.

'Hij hoort niet van haar te houden,' zei Davids zus Emily.

'Hij weet niet wat liefde is,' snoof Marigold. De anderen schudden hun hoofd – wat het ook was, liefde was het niet.

Sally's gezicht bleef opgewekt en belangstellend. 'En Anna zegt er geen woord over, is het dat?'

Ze had de spijker op de kop geslagen. Ze waren het er allemaal over eens, dat was het probleem, ja. Dus vatte Sally het nog eens samen: 'Wat kan betekenen... dat ze het niet weet?'

Nu riepen ze allemaal door elkaar, ze móést het weten, iedereén wist het.

'Of dat ze het wel weet, maar er niet over wil praten?'

Weer keek Sally de kring rond van deze vriendelijke, betrokken vrouwen, die zo verontwaardigd waren om die lieve, argeloze Anna. Ze mompelden instemmend: dat leek er wel op, ja.

Sally glimlachte triomfantelijk: 'Dan is dat wat we doen. We praten er niet over,' zei ze.

Dat beviel hun niet. Ze hadden erop aangestuurd om haar voor zichzelf te krijgen, ze wilden een leider, ze hadden advies nodig. Ze wilden niet dat dit raadsel voorgoed onopgelost bleef. Ze konden niet tegen raadsels.

'Maar hij zet haar voor gek,' zei Marigold. 'Hij vernedert haar zo.'

'Nee, dat doet hij niet. Híj misdraagt zich, maar daarom vind ik nog niet dat Anna gek is of ergens nederig om moet zijn. Voor mij is zij nog precies dezelfde.'

Dat was waar en toch was het niet waar.

Allemaal kwamen ze met bezwaren en wilde ideeën.

'Ze zal zo woedend zijn als ze erachter komt en dan hoort dat wij het allemaal wisten.'

'Dan vindt ze vast dat wij geen echte vriendinnen zijn geweest.'

'Iemand moet haar waarschuwen.'

'Het is niet eerlijk.'

'Kunnen we haar geen anonieme brief sturen?'

'Kan Sally niet met Rita gaan praten?'

Sally's stem sneed daar dwars doorheen. 'Elke keer als ik hier kom, vraag ik me af waarom ik eigenlijk in Londen woon – jullie zijn zulke fantastische vriendinnen en jullie begrijpen ook dat het vaak juist het moeilijkst is om niets te doen, er alleen maar te zijn. Dat is wat we nu moeten doen.'

Met een trillende hand pakte ze de menukaart op en keek erin.

'We moeten kiezen tussen soep of een loempia als voorgerecht. Zullen we dat vast bestellen, zodat we met onze voeten stevig op de grond blijven staan? Dan kan Anna meteen aanvallen zodra ze komt, over een minuut of tien.'

Toen Anna binnenkwam met haar mooie nieuwe kapsel, waren ze druk in gesprek over hun kinderen, hun werk, hun tuin, hun vakantieplannen. Anna voegde zich gemakkelijk in en Sally haalde opgelucht adem. Ze was zelf verbaasd over de woede die ze voelde om de belediging die haar vriendin werd aangedaan.

O ja, ze had kunnen verhinderen dat de anderen iets stoms en ongevoeligs deden, ze had bazig tegen hen gezegd dat niets doen de enige optie was. Maar dat hielp niet tegen haar eigen razernij. Sally beefde bijna van woede om de manier waarop David de vrouw die van hem hield had behandeld, die vrouw die in een kantoor papieren zat te archiveren om geld te verdienen voor hun gezin. Geld dat David uitgaf in dure hotels met zijn Rita.

Sally glimlachte en nam min of meer deel aan het gesprek, lachte als de anderen lachten, maar ze deed het op de automatische piloot. Ondertussen werkten haar hersens op volle toeren.

Sally en Anna hadden geen geheimen voor elkaar. Nooit. Moest ze haar inlichten over David? Of was het alleen maar een bevlieging, die vanzelf zou overgaan? Wat zou ze zelf willen als het haar overkwam? Stel dat haar Johnny een Rita in zijn leven had en dat Sally de enige was die dat niet wist – zou ze dan willen dat Anna het haar vertelde? Zou ze het kunnen verdragen als ze het hoorde? Zou het niet beter zijn als ze er zelf achter kwam en dan op de schouder van haar vriendin kon uithuilen? Sally zou de volgende dag teruggaan naar Londen. Als ze met Anna wilde praten, moest het vanavond nog. Morgen zou ze in het vliegtuig zitten en zich afvragen of ze er goed aan gedaan had of niet.

Ze keek naar het levendige gezicht van haar vriendin terwijl die de Chinese ober probeerde over te halen om een foto te maken van hun hele groep. Tien vrouwen, van wie negen een geheim deelden over de vrouw die in het midden zat.

Toen ze thuiskwamen, was David er.

'Nou, meiden, wat zal het zijn, nog wat wijn, of water met Alka-Selzer?'

Zijn lach was de gebruikelijke, vertederende grijns.

Sally vroeg zich af waar Rita vanavond was. Zat ze alleen thuis, te hopen dat deze aantrekkelijke man eindelijk aan zijn vrouw zou vertellen wat verder iedereen kennelijk al wist? Zij kon het nauwelijks opbrengen om met hem te praten. Ze zei helemaal niets.

'O, wijn denk ik, David,' zei Anna. 'Het is Sally's laatste avond – we willen nog even kletsen.'

'Twee glazen, een fles en een kurkentrekker. Nou, zorg ik goed voor jullie of niet?'

Hij gaf ze allebei een kusje op hun voorhoofd.

'Dan laat ik jullie maar alleen.'

Maar in plaats van naar bed te gaan, liep hij naar de deur.

'Hé, David, je gaat om deze tijd toch niet werken?' vroeg Anna stomverbaasd.

'Iemand moet al die wijn betalen. Ik heb alleen gewacht tot jullie twee drankorgels thuiskwamen. Nu kunnen jullie op de jongens passen en ga ik weer naar kantoor.'

Sally zei op scherpe toon: 'David, wat heb je in hemelsnaam op kantoor te zoeken om halfelf 's avonds?'

Hij keek haar met vaste blik aan.

'Tja, Sally, ik weet niet op welke tijden jij je column schrijft, of je reportages maakt, maar ik zou het niet in mijn hoofd halen om tegen jou te zeggen dat het ene moment beter is dan het andere. En in mijn geval – rekeningen uitzoeken, hout ordenen, mailinglijsten bijwerken... dat kun je op elk moment van de dag of nacht doen.'

Glimlachend keek hij haar aan, alsof hij haar uitdaagde om iets terug te zeggen.

'O, vast,' zei Sally met een stem die nauwelijks harder klonk dan gefluister.

'Maak het niet te laat, schat,' zei Anna bezorgd.

'Als het te laat wordt, blijf ik daar wel slapen.'

En met een zwaai was hij verdwenen.

Sally durfde haar ogen niet op te slaan en haar vriendin aan te kijken. Hij ging op kantoor slapen, een werkplaats nog geen kilometer hiervandaan. En Anna speelde het spelletje mee.

Ze schonken de wijn in en praatten over de vriendinnen met wie ze net hadden gegeten, ze gingen naar boven om bij de slapende jongens te kijken en hadden het over de dag, over drie jaar, dat die samen naar Londen zouden gaan en Sally ze van het station zou halen. Ze praatten over Sally's dochters en wat die gingen studeren na hun eindexamen. Ze praatten over Johnny en zijn wijnbar. En al die tijd wilde Sally in huilen uitbarsten.

Ze slaagde erin haar tranen binnen te houden tot ze in haar slaapkamer was. Toen legde ze een handdoek op het mooie nieuwe kussensloop en lag daar geluidloos in te huilen, terwijl de klok middernacht sloeg en daarna elk uur tot de ochtend. Die hele nacht hoorde ze niet dat de deur openging of dat David de trap op kwam. Hij was op kantoor gebleven. Ze kon de koffie die Anna voor haar had gezet, nauwelijks door haar keel krijgen. De taxi kwam om haar naar het vliegveld te brengen. Formeel schudde ze de hand van de twee jongetjes, die al heel wat op hun lijstje hadden staan om in Londen te gaan doen. Ze maakten zich klaar om naar school te gaan, daar zouden ze aan de hand van hun moeder naartoe lopen en daarna zou zij weer naar haar werk gaan.

Het was zo wanhopig treurig. Oneerlijk en treurig.

De hele reis zat Sally uit het raam te kijken. Ze vouwde haar krant niet open, keek niet in haar boek. In Londen pakte ze haar mobiele telefoon en belde Johnny. Er stond een boodschap op zijn voicemail:

'Schat, als jij het bent, ik kom je ophalen. Ben je het niet, laat dan alsjeblieft een boodschap achter.'

Sally praatte zachtjes in de telefoon.

'Ik zie niet in waarom ik ook niet een boodschap zou mogen achterlaten. Ik hou van je Johnny, je bent een lieve schat.'

En ze keek naar hem uit.

'Ik vind het heel erg, maar ik moet je iets naars vertellen,' begon hij. 'Het gaat over Anna.'

'O, nee, Johnny, wat is er gebeurd?' Ze had haar koffer op de grond laten vallen.

'Ze heeft gebeld. Het gaat over haar man.'

'O god, wanneer heeft ze het gehoord?'

'Het ziekenhuis heeft haar gebeld – blijkbaar was het heel snel voorbij.'

'Wat was voorbij?'

'Hij is gestorven, Sally, mijn schat. Ik vind het zo erg dat ik je dit moet vertellen, het leek me beter om maar naar het vliegveld te komen.'

'Hij is dood!'

'Ja, op zijn kantoor, gisteravond blijkbaar.'

'Hij was echt op kantoor... is hij op kantoor gestorven?'

'Ik weet het niet, schat. Ze zei dat hij nog naar het ziekenhuis is gegaan, maar dat het te laat was... en toen heeft het ziekenhuis haar gebeld... het moet vlak na jouw vertrek zijn geweest.'

'Wie heeft hem dan naar het ziekenhuis gebracht?'

'Lieverd, hoe moet ik dat weten? Ik weet alleen wat er gebeurd is. Maakt het iets uit?'

Sally was spierwit en heel stil.

'Ja Johnny, dat maakt verschrikkelijk veel uit.'

Thuis bleef Sally even zwijgend zitten voordat ze de telefoon pakte. Ze zou Marigold kunnen bellen, of Davids zus Emily. Ze kon alle vrouwen bellen met wie ze de avond tevoren had gegeten. Maar dat zou op de een of andere manier niet loyaal zijn. Ze moest niet van hen horen of David in háár armen was begonnen met doodgaan.

Had Rita hem naar het ziekenhuis gebracht en hem daar achtergelaten?

Was ze weggeslopen en had ze de autoriteiten gevraagd om niets over haar te zeggen?

Sally wilde het verschrikkelijk graag weten, maar als ze het aan hen vroeg, zou ze op de een of andere manier verraad plegen aan het respect dat ze voor haar vriendin had weten te bewerkstelligen.

Ze had wel een miljoen vragen, maar ze moest ze niet stellen. Gisteren was ze zo sterk geweest... was het pas gisteren dat ze in het Chinese restaurant zaten? Nu moest ze het niet opgeven en afbreuk doen aan de waardigheid waarvoor ze zo hard had gevochten.

Ze zou het zelf moeten doen. Anna bellen, haar vriendin. Ze toetste het nummer en wachtte af wat ze te horen zou krijgen.

Anna was heel kalm.

'Hij werkte te hard, Sally,' zei Anna. 'Hij heeft de laatste twee jaar nauwelijks een eigen leven gehad – je hebt het zelf gezien.'

'Ik vind het zo erg, lieve Anna.'

'Dat weet ik, Sally. Je bent zo'n goede vriendin en ik weet dat jij ook dol op hem was.'

'En... kreeg hij de aanval, de hartaanval, op kantoor? Is dat wat er gebeurd is?'

'Nee, gelukkig niet – dat is een van de dingen waar ik me aan vasthoud en ik beschouw het echt als een wonder. De hele weg naar het ziekenhuis was ik gewoon ziek van het idee dat hij helemaal alleen in dat kantoor was gestorven, misschien wel terwijl hij wanhopig een telefoon probeerde te bereiken.'

'Maar waar is het dan gebeurd?' Sally fluisterde bijna.

'Zoiets wonderlijks. Toen hij op kantoor was, werd hij daar heel laat gebeld en ging hij een bestelling afleveren.'

'Een bestelling?'

'Ja. Bij die fotografe, ze koopt veel lijsten bij ons, in elk geval ging hij erheen om wat dingen te brengen die ze snel nodig had voor een tentoonstelling en hij bleef nog een borrel bij haar drinken en daar is het gebeurd, daar kreeg hij die aanval.'

'Bij haar thuis?'

'Ja, en Rita, zo heet ze, zei dat hij geen pijn heeft geleden, hij greep alleen naar zijn borst en zei mijn naam. Hij zei: "Anna," en zij belde de ambulance en ze hebben hem naar het ziekenhuis gebracht, ze hebben gedaan wat ze konden, maar volgens hen was hij op slag dood geweest.'

'Dat moet voor haar ook een schok zijn geweest,' zei Sally, die niet helemaal kon geloven dat ze dit gesprek voerde.

'Verschrikkelijk – ze was heel afwezig vanochtend. Ik vroeg of ze naar ons huis wilde komen, maar ze zei nee.'

'Wil waarschijnlijk alleen zijn.' Sally kon nauwelijks een woord uitbrengen.

'O, Sally, is het niet vreselijk?' vroeg Anna. 'Hoe moet ik verder zonder hem?'

'Hij zou willen dat je gewoon doorging,' zei Sally. Haar geest werkte razendsnel. Zelf was ze vanochtend om halfacht uit het huis van Anna en David vertrokken. Toen had het ziekenhuis nog niet gebeld. Anna moest beseffen dat David de nacht bij Rita had doorgebracht. Als ze twee minuten nadacht over het tijdverloop, zou ze beseffen dat het wel heel vreemd was om om vijf uur 's nachts naar iemand toe te gaan voor een borrel. Ze hield zichzelf voor de gek, dat moest wel. Of ze verzon een verhaal dat ze de rest van haar leven zou moeten volhouden. Het was onmogelijk dat ze het zelf geloofde. Welke van de twee was het?

'Vind je het fijn als ik terugkom? Kan ik iets voor je doen?'

'Ik heb liever dat je volgende week komt, als je kunt, voor de begrafenis, dan zou je een grote steun voor me zijn. Eerlijk, Sally, iedereen is zo ondersteboven hier. Mijn vriendinnen weten niet wat ze tegen me moeten zeggen, mijn vader – hij krijgt er geen normaal woord uit, ik begrijp zelfs niet wat hij zegt. Het lijkt bijna alsof hij het Davids eigen schuld vindt dat hij is gestorven.'

'Dat zal wel de leeftijdskwestie zijn; in zijn ogen was David natuurlijk nog veel te jong was om al te gaan.'

'Dat moet het zijn.' Anna leek opgelucht door die verklaring.

Sally moest er elk uur van elke dag aan denken, tot ze terugvloog om haar vriendin ter zijde te staan op de dag van Davids begrafenis. Ze waren allemaal in het zwart, de vrouwen die in het Chinese restaurant hadden gezeten en de vreemd bleke vrouw met het lange blonde haar die in haar eentje aan de rand van de groep stond.

'Dat is Rita, de vrouw die hem naar het ziekenhuis heeft gebracht,' fluisterde Anna.

Anna's ogen waren rood van het huilen, maar haar blik was

onschuldig. Om haar heen stonden mensen te wachten om haar te omhelzen en te rouwen om het heengaan van een hardwerkende vader, een liefhebbende echtgenoot, een onvermoeibare collega. Hij was zo'n goede man geweest, zeiden ze allemaal, en wat een tragedie dat hij niet samen met haar oud had mogen worden.

Sally luisterde en keek toe. Zag dat Anna Rita uitnodigde om mee naar hun huis te gaan, maar de bleke vrouw met het lange strokleurige haar schudde haar hoofd en vertrok alleen.

Anna bewoog zich te midden van een menigte mensen die met haar meeleefden en met haar mee naar huis gingen, waar sandwiches en wijn klaarstonden. Op de gezichten van de vrouwen die zo kortgeleden nog samen in het Chinese restaurant hadden gezeten, zag Sally iets van tevredenheid. Het was of Anna een oorlog had gewonnen die nooit was verklaard. Anna was de tragische heldin, de dappere jonge weduwe, de geliefde en gerespecteerde echtgenote, wier naam nog was gezegd door de stervende man, de echtgenoot die was gaan werken om voor zijn vrouw en kinderen te zorgen, zonder zich om zichzelf, zijn gezondheid, zijn eigen wensen te bekommeren.

Zo was de geschiedenis herschreven.

De vrouw met het witte gezicht, die zo'n gevaar had gevormd, was verbannen. En gestraft, terwijl de echtgenote werd gekoesterd door talloze liefhebbende medestanders.

De maîtresse was alleen weggegaan. Sally verontschuldigde zich bij de groep op het kerkhof en volgde de vrouw naar haar kleine auto. Ze wist niet wat ze zou gaan zeggen, maar ze had het gevoel dat er iets gezegd moest worden.

Rita draaide zich om en keek haar een beetje verbaasd aan.

'Ik ben Sally,' begon ze.

'Ja, dat weet ik… de mediavriendin,' zei Rita.

Iets in de manier waarop ze dat zei klonk precies zoals David. Sally kon zich voorstellen hoe hij een beetje laatdunkend over haar had gedaan.

'Ik wilde alleen maar zeggen…'

Rita keek haar afwachtend aan.

Sally, die tegen miljoenen mensen kon praten in haar column en op televisie, kon geen woorden vinden.

'Ik wilde zeggen dat je geweldig bent geweest,' zei ze.

Rita keek haar een hele tijd aan. 'Hij heeft altijd gezegd dat je klasse had,' zei ze uiteindelijk.

'Nou, dat heb jij in elk geval,' zei Sally.

En daarna viel er niets meer te zeggen.

Terug in het huis keek Sally naar haar vriendin Anna alsof ze haar nooit eerder had gezien en ook al gaf Anna verschillende keren een kneepje in Sally's hand uit dankbaarheid voor haar steun, het maakte niets duidelijk. Opeens kende ze deze vrouw niet meer, Anna, die haar vriendin was geweest sinds de tijd dat ze allebei een schooluniform droegen. Was dit één groot toneelstuk? Speelde Anna een rol omdat er iets gered moest worden van een leven dat aan het verzuren was geweest? Nu was ze de treurende weduwe, de dappere meid die op de een of andere manier door zou gaan, met de steun van familie en vrienden. Als ze de situatie onder ogen had gezien, zou het anders afgelopen zijn. Dan zouden mensen ongemakkelijk met hun voeten hebben geschuifeld en hebben gezegd dat David in veel opzichten zijn veel te vroege dood had verdiend. Rita zou degene zijn die haar man had verloren.

Anna moest dit weten en zich realiseren dat andere mensen het ook wisten. Maar misschien deed ze het alleen voor vandaag. En voor de kinderen. Later vanavond, als iedereen naar huis was, zou Anna met haar praten, echt met haar praten, zoals ze dat jaren hadden gedaan. Dan zou ze het masker en de uiterlijke schijn laten vallen.

Iedereen was zo blij dat Sally er was. Ze gingen naar huis in de veilige wetenschap dat Anna geen beter gezelschap kon hebben om haar te helpen.

Ze staken de haard aan en gingen ervoor op de vloer zitten, met thee en een trommel koekjes, zoals ze in de loop der jaren zo vaak hadden gedaan. En Anna haalde haar fotoalbums tevoorschijn en praatte over wat een fantastische man David was geweest en hoe ze boften dat ze de juiste keus hadden gemaakt en hoe ze de kinderen zou opvoeden in herinnering aan de liefste pappa van de wereld. Sally zat met open mond te luisteren.

Ze wilde uitroepen: 'Ik ben het, Sally, die alles weet, zoals jij alles over mij weet. Je hoeft niet meer te doen alsof, laten we gewoon zeggen hoe hopeloos en onbegrijpelijk het allemaal is geweest en dat ze zich op het laatst toch nog best fatsoenlijk heeft gedragen, die diva die hem had gestolen...'

Maar er was geen enkele mogelijkheid om iets in die geest te zeggen. Het was duidelijk dat Anna niet uit haar rol zou stappen. En dat het nu niet eens meer een rol was. Langzamerhand geloofde ze er zelf elk woord van. Wat had het voor zin om nu iets te zeggen wat haar van streek zou maken?

Toch leek het niet wat je als vriendin hoorde te doen, hier naar oude foto's zitten kijken en dingen nazeggen die niet waar waren. Maar was dit niet precies de houding die Sally zelf had voorgesteld toen ze allemaal bij de Chinees zaten? Het was haar tactiek geweest: niet toelaten dat een vriendin het zoveelste slachtoffer werd. Iemand aan wie iets verteld moest worden. Haar in plaats daarvan haar waardigheid schenken. Sally huiverde bij het haardvuur. Zij had Anna die waardigheid gegeven – de begrafenis van vandaag was daarvan het bewijs geweest. Maar ten koste van wat?

Ze keek naar de vrouw die eens haar zielsverwant was geweest en wist dat alles zich nu op een andere niveau afspeelde. De vriendschap die ze eens hadden gedeeld, was ten onder gegaan aan deze schijnvertoning. Was het beter dat ze gewoon verdergingen met al deze dingen onuitgesproken tussen hen in, of was dat onmogelijk? Ze hadden er samen overheen kunnen komen, zoals ze over zoveel dingen heen gekomen waren. Het zou een heel nieuwe ervaring worden – een vriendin hebben met wie je niet kon praten over wat echt belangrijk was in het leven. Sally wist niet waarom ze zo graag wilde dat Anna onder ogen zag wat er was gebeurd. Maar dat wilde ze.

En ze wist dat wat ze haar vriendin had gegeven, waardigheid en respect, lang niet zo bevredigend was als eens goed uithuilen en veel je neus snuiten en dan samen besluiten dat het allemaal wel goed zou komen. Dat was vriendschap. En in deze hele toestand was op de een of andere manier de vriendschap verloren geraakt.

De investering

Vroeger stuurde je een dochter die hopeloos verliefd was op de verkeerde man gewoon op een cruise rond de wereld om eroverheen te komen. Dat zei Shona's vader elke keer weer. Maar hij zei het alleen tegen zijn vrouw, want niemand hoefde verder iets te weten over Shona's verkeerde man.

Het lag ingewikkeld.

En Shona's moeder zei dat het belachelijk was daar steeds weer over te beginnen. Hooguit één procent van de bevolking zou het geld hebben om iemand op een cruise te sturen. En zeker in Chestnut Street woonde niemand die dat kon betalen.

Wat ze echt nodig hadden was een kennis die kilometers en kilometers ver weg woonde en die een stapelverliefde tweeëntwintigjarige een baantje aanbood dat ze niet kon afslaan.

En opeens keken ze elkaar aan en dachten aan Marty.

Marty, die jaren geleden bij dezelfde hospita had gewoond als zij, in de tijd dat ze elkaar pas kenden. Marty, de Amerikaanse student, die altijd contact had gehouden, ook al was hij nu, net als zijzelf, van middelbare leeftijd.

Misschien konden ze naar Marty in Arizona schrijven en kon hij Shona een baantje aanbieden.

Ze hadden niet het idee dat Marty genoeg verdiende om een vreemde aan te nemen, maar ze konden het altijd vragen.

Ze schreven Marty en vertelden hem de waarheid.

Dat Shona nu al twee jaar stapelgek was op die Vincent. Dat ze gestopt was met haar studie en dus geen diploma had gehaald en nu alleen maar zat te wachten tot ze iets van hem hoorde.

Shona wilde niet naar rede luisteren als ze zeiden dat Vincent vast niet van haar hield, anders zou hij toch wel bij haar zijn? Ze dachten niet dat Vincent ergens een vrouw had.

Het was een opluchting om het aan Marty te vertellen.

Om het aan iemand te vertellen, zonder iets te verbergen, zoals ze thuis moesten doen.

Marty schreef terug.

'Moeilijke kinderen, ik weet er alles van,' schreef hij en hij liet hun weten dat zijn oudste zoon ook een kind was dat zijn ouders verdriet deed.

Maar zijn zoon was pas zeventien. Shona's ouders wisten zeker dat het nog maar een kind was, een joch in Arizona dat probeerde zich te bewijzen.

Marty schreef ze ook nog een aparte brief, die ze aan Shona konden laten lezen.

Een brief waarin stond dat hij een winkel had en wel wat hulp kon gebruiken.

Hij had echt een verstandig meisje van een jaar of twintig nodig dat met de toeristen kon praten die langskwamen op weg naar de Grand Canyon.

Ze zou genoeg tijd overhouden om rustig na te denken en van het vredige buitenleven te genieten, schreef hij.

Shona las de brief. Haar ouders durfden haar niet aan te kijken.

Vincent had nu al weken niets van zich laten horen.

'Ik wil graag gaan,' zei ze.

Heel langzaam lieten ze hun adem ontsnappen.

Toen Vincent drie weken na haar vertrek belde, zei Shona's moeder dat ze het adres wel ergens had, maar het nu even niet kon vinden.

Toen hij weer belde, zei Shona's vader dat hij zijn bril kwijt was.

Hij belde geen derde keer.

Shona voelde zich al snel thuis bij Marty en zijn vrouw Ella, in haar eigen kamertje boven de winkel. Ze werkten hard en hun tweeling van negen hielp ook mee, door boodschappen voor klanten naar hun auto te dragen.

En dan was er nog Nick.

Nick was zeventien, knap en in zichzelf gekeerd. Hij deed nergens aan mee en als iemand hem vroeg om te helpen, haalde hij zijn schouders op en zuchtte diep, dus hadden ze het maar opgegeven.

Zijn twee broertjes bewonderden hem van veilige afstand.

Hij sjouwde zware dingen voor zijn moeder en droeg elke ochtend een mand vol wasgoed naar de waslijn. Dan lachte ze liefkozend tegen hem, maar ook een beetje treurig.

Marty keek zijn zoon vol onbegrip en verdriet aan.

Wel tien keer per week stelde hij hem voor om iets te gaan doen, een eindje rijden, een barbecue, een avond naar de bioscoop.

De jongen gaf nauwelijks antwoord.

Hij was een meester in het schouderophalen. Het leek wel of zijn schouders een eigen leven leidden, zoals bij een mimespeler.

In het begin had Shona het wel geprobeerd. Maar het had geen zin; de jongen had totaal geen belangstelling voor haar.

Eén keer en dat was ook meteen de laatste keer, stelde hij haar een vraag. 'Heb jij je diploma gehaald?' vroeg hij.

'Nee,' antwoordde Shona simpelweg.

'Dat is daar iets heel anders dan hier,' begon Marty. 'Shona heeft wel haar middelbare school afgemaakt, Nick.'

Het had geen zin – hij haalde alleen maar zijn schouders op. 'Ik heb haar gehoord,' zei hij.

De luchten waren blauw en er was alle ruimte. Mensen praatten over de presidentsverkiezingen in Amerika. Zou Ronald Reagan, de filmster, echt een kans maken? Zou hij het moeten opnemen tegen een Kennedy, of zou Carter weer meedoen?

Ze hadden het over de Olympische Spelen in Moskou.

Het was een warme zomer. Ierland was ver weg, maar Shona schreef elke avond aan Vinnie. Ze deed haar brieven niet op de post – ze schreef hem alleen maar hoeveel ze van hem hield en dat ze zeker wist dat alles goed zou komen.

Terwijl ze zat te schrijven zag ze hoe de knappe Nick een computerspel speelde.

Hij deed zelden iets anders.

Terwijl de zomer verstreek, spaarde Shona het geld op dat ze verdiende. Ze zou met Vinnie een tripje gaan maken als ze terugkwam. Misschien konden ze een boot huren op de Shannon – hij zei altijd dat ze dat een keer moesten doen; of misschien konden ze naar het Oesterfestival in Galway gaan. Ze had geld genoeg. Ze gaf nauwelijks iets uit en Marty betaalde haar veertien weken lang een goed salaris.

Na vijftien weken kwam er een brief van Vincent.

Hij schreef dat hij eindelijk achter haar adres gekomen was en dat hij nu wist hoeveel hij van haar hield en had zij eigenlijk wel aan hem gedacht?

Shona deed alle liefdesbrieven die ze hem bij zonsondergang in Arizona had geschreven, op de bus en zei toen dat ze een ticket naar huis moest gaan kopen.

Ze zei tegen Marty en Ella dat ze hoopte dat ze hen niet teleurstelde, maar het had geholpen, deze prachtige kans. Ze had rust gevonden hier en nu vroeg de man van wie ze hield of ze naar huis kwam.

Ze zuchtten en wachtten tot ze met sterren in haar ogen was weggegaan, voor ze haar ouders belden met het slechte nieuws.

Shona ging naar haar kamertje om haar portemonnee te zoeken.

Ze glimlachte in zichzelf bij de gedachte aan alles wat ze Vinnie te vertellen had. Hij was nooit in de Verenigde Staten geweest. Er was een of ander gedoe geweest over een visum, iets stoms van vroeger. Ze dacht aan Vinnie, terwijl ze het geld zocht. En zocht en zocht.

Het duurde een uur voor ze wilde inzien dat haar geld weg was. Een hele tijd bleef ze stilzitten. Maar uiteindelijk moest ze het onder ogen zien.

Het was zo onwaarschijnlijk dat een dief haar kamer zou zijn binnengedrongen en niet de winkel zelf.

Maar het was net zo onwaarschijnlijk dat Marty of Ella er naar binnen zou sluipen om het loon te stelen dat ze haar hadden betaald.

Of die onschuldige tweeling, of de bokkige, afstandelijke Nick, die haar nauwelijks opmerkte.

Ze zag hun geschrokken gezichten toen ze het hun vertelde.

'Kun je het in de bus verloren hebben, toen je dat tochtje maakte?' vroeg Ella hoopvol.

Maar Shona wist dat ze die dag haar geld niet had meegenomen. Ze had niet in de verleiding willen komen om er iets van uit te geven.

Ze keek het kringetje rond. Nicks ogen stonden helderder dan anders. Meestal leek hij kilometers ver weg, maar nu was hij heel betrokken. Te betrokken.

Shona wilde net zeggen dat ze zeker wist dat ze die dag haar geld niet had meegenomen. Maar iets hield haar tegen.

'Stel dat ik het heb meegenomen toen, denken jullie dan dat ze het misschien hebben gevonden?'

'Ik heb gehoord dat ze vaak dingen vinden,' zei Nick.

Shona dacht dat ze het misschien in de bus had laten liggen.

Ze werd beloond met de opluchting in de vriendelijke, open gezichten van Marty en Ella.

Haar hart was vol haat om de pijn die dit kind hun de komende jaren nog zou bezorgen.

'Misschien kan Nick me naar het busstation rijden, zodat ik het kan gaan vragen?' zei Shona tandenknarsend. Hij was stil, terwijl ze in de auto door het uitgestrekte, open land reden.

Shona liet de stilte tussen hen hangen.

Eindelijk zei hij iets: 'Hoe is Ierland?'

'Groen, klein, vol meren en rivieren en kronkelwegen. Bergen. Zee rondom.'

'Is het leven makkelijk daar?' vroeg hij.

'Niet speciaal. Niet makkelijker dan hier.' Haar stem klonk zwaar.

Hij gaf haar een envelop.

'Het meeste is er nog,' zei hij.

'Oké.'

'Dertig dollar is weg. Daar heb ik software voor gekocht.'

Ze gaf geen antwoord, terwijl ze door de autoruit naar het landschap van Arizona keek, dat ze nooit meer zou zien.

Had ze er goed aan gedaan om de ontdekking dat hun zoon een dief was, voor hen uit te stellen?

Had ze het gedaan omdat ze dan zelf kon ontsnappen en afscheid van hen kon nemen zonder donkere wolken van verdriet boven hun hoofd?

Op de weg terug naar huis zeiden ze niets meer tegen elkaar.

Shona verzon een verhaal over de busmaatschappij. Opgewekt ging ze weg uit Arizona, terug naar Ierland en naar Vinnie.

Vinnie zei dat ze zouden trouwen. Nu, zo snel mogelijk. Dan konden ze van haar geld op huwelijksreis gaan. Shona leende een jurk van een vriendin voor de bruiloft. Er waren maar een paar mensen.

Ze wilde niet dat haar vader een grote receptie betaalde. Niemand zou speciaal blij worden van haar trouwfoto's. Je had geen psycholoog nodig om de spanning te zien op het gezicht van iedereen, behalve de bruid en de bruidegom.

Shona's gezicht was pure extase; op dat van Vinnie lag zijn vriendelijke, ontspannen lach.

De jaren hierna verliepen ongeveer zoals Shona's vader en moeder van tevoren hadden geweten. Ze schreven er elk jaar over aan Marty en Ella. Vinnie was vaak lang weg zonder dat iemand wist waarheen. Er kwamen geen kinderen.

Soms dachten ze dat dat maar goed was ook. En dan weer dachten ze dat kinderen er misschien voor hadden gezorgd dat Vinnie kalmeerde, dat hij thuisbleef en zijn verantwoordelijkheden nam.

Als Shona moeder geweest was, had ze misschien meer gedaan om voor haar kinderen op te komen. Voor zichzelf deed ze dat niet.

Marty en Ella schreven terug.

Ze vertelden dat er in hun leven niet veel veranderd was. Nick was de deur uit en ze hoorden zelden iets van hem.

Ze wisten nauwelijks waar hij mee bezig was, alleen dat het iets met computers was.

Af en toe schreef hij een plichtmatig briefje, maar ze snapten niet waarom hij steeds van het ene bedrijf naar het andere overstapte.

In elk geval verdiende hij zijn brood. En was hij eerlijk... of deed tenminste niets onwettigs.

Was het niet moeilijk dat je zoveel voor je kinderen deed en zoveel van hen hield en dat ze dan tegenover jou zo onverschillig deden?

Nick was eenentwintig geworden en ze hadden niet eens geweten waar ze een kaart heen moesten sturen.

De ouders van Shona schreven terug en vertelden dat ze een berichtje in de krant hadden gelezen waarin stond dat Vinnie in de gevangenis had gezeten, maar hun eigen dochter, nu een volwassen vrouw van achter in de twintig, had hun er niets over verteld.

Elke keer nodigden ze elkaar uit om naar Ierland en naar Arizona te komen, maar ze wisten dat ze te veel aan hun vaste leventje verknocht waren en nooit zouden gaan.

Shona opende een pension en in de loop der jaren won ze daar allerlei prijzen mee.

Gasten gaven elkaar het adres door. Er hadden stukken over haar gestaan in de beste tijdschriften.

Van tijd tot tijd kwam Vinnie terug.

De eerste paar dagen was hij altijd beleefd tegen de gasten, maar hij kreeg al snel genoeg van ze. Dan moest Shona hem overhalen een reisje te maken, om hem de deur uit te krijgen, zodat zij haar brood kon blijven verdienen.

Dat kostte haar steeds meer geld.

Eerst had ze het nieuwe beddegoed en de nieuwe handdoeken die ze nodig had om aan de eisen te blijven voldoen, niet kunnen kopen.

Het jaar daarna moest ze afzien van haar plan om de vier extra slaapkamers aan te bouwen, die ze zo graag had gewild. Er was gewoon geen geld voor.

Haar teleurstelling was bijna zichtbaar op haar altijd zo zonnige gezicht. Ze begreep er niets van, zei ze tegen de directeur van de bank, die een aardige en redelijke man was.

'Het komt door uw reizen,' zei hij bedroefd. 'Misschien moet u wat minder vaak op vakantie gaan.'

Shona was niet meer op vakantie geweest sinds haar huwelijksreis. Ze beet op haar lip en toonde de dappere glimlach die altijd haar handelsmerk was geweest.

In 1994 zei de aardige bankdirecteur dat het voorbij was. Het pension kon niet verder. Somber bekeek Shona de cijfers.

'Het komt door de reizen,' zei de bankdirecteur weer.

'Ja,' zei Shona en haar hart was een klomp ijs.

Ze was zesendertig, ze had gehouden van een man die alles had genomen en niets had teruggegeven. Tot hij het pension van haar had afgenomen had ze hem altijd vergeven. Maar nu zou ze geen huis meer hebben, geen leven, geen mensen die bij haar kwamen logeren. Wat een verspilling van haar leven.

'Ik heb een koper,' zei de bankdirecteur. Hij vond het verschrikkelijk dat hij dit moest doen. Shona wist dat en maakte het hem makkelijk.

'Vraag de koper maar of hij naar mij toe komt,' zei ze met stem zonder licht of donker.

'Volgende week is hij in Ierland.'

'Nou, dat is dan fijn, hè?' Haar glimlach was zo dapper dat de bankdirecteur wel kon huilen. Niemand had ooit tegen hem gezegd dat het zo zou zijn.

De week daarna kwam de koper. Hij reed door naar het pension. Ze wist dat het de koper was en geen gast.

Hij was jong, begin dertig, Shona had een man verwacht die met vervroegd pensioen ging.

Ze kwam naar buiten om hem te begroeten. Ze zou niet klagen – als de man kon kopen, kon zij verkopen.

Het was Nick.

Nick, eenendertig jaar oud.

Hetzelfde blonde haar, dezelfde, een beetje gebogen, rusteloze houding. Alsof hij elk moment kon wegrennen.

Maar dit keer keek hij haar aan.

Het was een blik tussen vrienden, niet de blik van iemand die ze veertien jaar niet had gezien, iemand die haar geld had gestolen en het weer had teruggegeven, op dertig dollar na.

'Waarom?' vroeg ze.

'Het had geen zin je die dertig dollar terug te sturen, dat heb ik altijd geweten.'

'Ik niet,' zei ze krachtig. 'Er zijn dagen geweest dat ik die dertig dollar goed had kunnen gebruiken.'

'Om weer een nieuwe stropdas te kopen voor die man van je.'

'Hij is mijn man niet meer.'

'Hoe vaak heb je dat al gezegd?' Het antwoord leek belangrijk voor hem.

'Nog nooit... toevallig.'

Hij lachte tegen haar en legde wat papieren op de tafel.

'Koop jij mijn pensionnetje?' Ze kon het niet begrijpen.

'Ik koop het, voor jou. Jij hebt mijn leven een keer gered; nu red ik jou.'

'Dat kun je niet doen; het gaat niet bepaald om hetzelfde bedrag.'

'Nee, maar wel om dezelfde omstandigheden. Ik zou ten onder zijn gegaan, als jij er niet was geweest en nu zou jij misschien ten onder gaan als ik er niet was. Ik heb een oogje op je gehouden. Ik heb gewacht.'

'Waarom?'

'Je was mijn eerste liefde.' Hij zei het eenvoudig, zonder omwegen.

'Daarna heb je er vast nog heel veel gehad,' zei Shona.

'Nee... toevallig,' herhaalde hij wat ze zelf had gezegd.

'Je kunt niet van me gehouden hebben, ik was jaren ouder dan jij toen.'

'En dat ben je nog, Shona, maar ik heb je toch min of meer ingehaald.' Zijn lach was ontwapenend.

Ze hield haar adem in.

'Wat doen we nu?'

'Ik betaal je je investering terug. Je hebt, per ongeluk, dat geef ik toe, geïnvesteerd in mijn eerste software, nu ben ik computermiljonair, whizzkid, hoe je het noemen wilt...'

'Je hoeft niet...'

'Ik moet wel en er is maar één voorwaarde aan verbonden – het komt op jouw naam, niet op de zijne.'

'Ik zei toch dat hij weg is,' zei ze.

'Dat is heel goed nieuws,' zei Nick en hij ging zitten met de houding van een man die misschien toch heel vroeg met pensioen ging.

Sprong in het diepe

Molly zocht een kamer voor drie nachten per week. Zo kon ze vier volle dagen bij de grote financiële instelling werken, van dinsdag tot vrijdag en dan de laatste trein terug nemen naar het rustige dorp waar ze net bezig was haar leven weer op poten te zetten.

Ze had geen idee gehad hoe afschuwelijk duur het tegenwoordig was om een kamer te huren. Hoe konden mensen dat betalen? En hoe kon het dat ze dat niet geweten had? Na al die jaren samen met Hugh in hun grote, gerieflijke huis wist ze kennelijk totaal niet meer hoe het in de rest van de wereld ging.

Maar het grote huis was verkocht en het geld verdeeld en tot ieders verbazing had Molly een huisje buiten gekocht. Nu hoefde ze alleen nog maar een plek waar ze minder dan de helft van de week kon overnachten – het maakte niet uit hoe eenvoudig – en toch lukte het haar niet om iets geschikts te vinden. Vrienden hadden haar een bed aangeboden, maar Molly hechtte belang aan haar vriendschappen. Ze wilde geen slaapplek in hun huis, ze wilde een plek voor zichzelf. Er moest in zo'n grote stad toch een gewone, eenvoudige kamer te vinden zijn met een bed en een stoel en een waterkoker? Ze zou er een kledingrek neerzetten en een klein televisietoestel. Ze vond het prima om een badkamer te delen. Ze hoefde geen luxe.

Molly's baan bij de financiële instelling was veeleisend en ze maakte er lange dagen. Ze zou weinig tijd hebben voor pleziertjes. Ze zou al blij zijn als ze aan het eind van de dag naar een kamer kon gaan om te slapen. Slapen werd de laatste tijd steeds belangrijker voor haar.

Anders zou ze maar zitten denken aan Hugh en alles eindeloos opnieuw in haar hoofd afspelen, wat er waar en wanneer was gebeurd en hoe het allemaal voorkomen had kunnen worden. Haar gedachten zouden blijven malen, tot Molly uitgeput was en meer in de war dan ooit. De afgelopen maanden had ze ontdekt dat hard werken en goed slapen de remedie was tegen al dat zinloze gespeculeer.

Het was idioot om zoveel van het geld dat ze verdiende uit te geven aan een hotelkamertje. Ze zou het nog één keer proberen, naar een ander verhuurbureau gaan en daar uitleggen hoe weinig ze verlangde.

De vrouw achter de balie was begripvol, maar betwijfelde of ze haar kon helpen. Mensen wilden eigenlijk geen vreemden in huis. Als ze zou willen samenwonen met anderen, ja, dan waren er wel mogelijkheden.

'Maar ik wil niet met jonge mensen samenwonen,' smeekte Molly. 'Ik ben eenenveertig jaar; ik wil niet naar hun muziek luisteren en geconfronteerd worden met hun vrienden die op elk uur van de dag komen aanzetten. Ik wil alleen maar een plekje voor mezelf in iemands huis, waar niemand last van me heeft. Is dat soms teveel gevraagd?'

Het gezicht van de vrouw verzachtte. 'Natuurlijk niet, en als ik een eigen huis had, wat ik nooit heb gehad, zou ik u meteen een kamer aanbieden – dat zou ik enig vinden.'

'Waar woont u dan nu?' vroeg Molly.

'Bij mijn broer en zijn vrouw. Niet ideaal, dat mag u best weten, maar zij kunnen de huur goed gebruiken en ik kan geen hypotheek betalen.' Ze haalde haar schouders op; zo ging het in het leven. Ze had een aardig gezicht – was waarschijnlijk halverwege de veertig. Haar naam, Anita Woods, stond op een koperen plaatje voor haar op de balie.

Wat zou beter zijn, vroeg Molly zich af: nooit een huis hebben gehad, zoals Anita, of er wel een hebben gehad, maar dat zijn kwijtgeraakt, zoals zijzelf.

‘En ik neem aan dat u ook geen hypotheek kunt krijgen met de huur erbij die ik zou betalen?’ zei ze luchtig.

‘Helaas, nee,’ zei Anita. ‘Al bent u niet de eerste die dat zegt, trouwens.’

‘Nog iemand in dezelfde positie als ik?’ Molly had niet veel hoop – Anita wilde gewoon een praatje maken.

‘Niet precies, maar er kwam vorige week wel een vrouw langs. Op zoek naar een huis waar ze muziekles kon geven, dus de eigenaar moest overdag weg zijn. Zei dat ze ook wilde schoonmaken en de tuin doen. Erg aardig mens – zei dat ze haar huis uit wilde. De kinderen maakten haar gek. Volwassen kinderen, bedoel ik. Ik had haar heel graag willen helpen, maar ik kon gewoon niemand vinden die geschikt was.’

‘Staat ze bij jullie ingeschreven?’ vroeg Molly.

‘Jawel, maar wat hebt u daaraan?’

‘Hoe heet ze…?’

Anita keek in haar archief. ‘Jackson, Jane Jackson. Echt, het was een heel opgewekt mens, iemand die je niet snel vergeet. Ik kan het gewoon niet uitstaan dat die ondankbare jonge mensen haar met tassen vol wasgoed laten zitten en elke dag de koelkast leegeten.’

‘Waarom koop jij geen huis, Anita? Je hebt vast wel iets op jullie lijst gezien wat je bevalt – en dan kunnen Jane en ik je huurders zijn.’

‘Maar dat is belachelijk,’ protesteerde Anita.

‘O ja?’ Molly kon heel scherpzinnig zijn als ze wilde; daarom had ze ook zoveel succes in haar werk. ‘Laten we met zijn drieën gaan lunchen, dat kan toch geen kwaad?’ smeekte ze en ze zag duidelijk een glimp van interesse op Anita’s gezicht. Allebei wisten ze dat dit krankzinnige plan best eens zou kunnen werken.

Anita kon door de week maar drie kwartier lunchpauze nemen en dat was te kort om hun toekomst te bespreken. Jane kon de muzieklessen die ze deze week had niet afzeggen. En Molly kon haar beeldscherm bij de financiële instelling niet verlaten. Dus werd het een afspraak op zaterdag, bij een klein

Italiaans restaurant waar de lunch een vaste prijs had en ze ieder voor zichzelf zouden betalen.

Jane had een muziektas bij zich en zette haar fiets voor het restaurant op slot. Ze zag er moe uit en zei dat het zoveel makkelijker zou zijn om de leerlingen in haar eigen huis les te geven, maar twee van haar kinderen werkten thuis en konden niet tegen het lawaai en de onderbrekingen. Anita had een aktentas bij zich met gegevens over huizen die te koop stonden, zodat ze die met zijn drieën konden bekijken om erachter te komen wat hun eigenlijk voor ogen stond. Molly had niets meegebracht, behalve een groot schrijfblok met kolommen, zodat ze alle voors en tegens konden opschrijven.

Ze wisten dat ze een sprong in het diepe waagden, drie vreemden die zomaar de mogelijkheid bespraken om samen te gaan wonen. Toch praatten ze makkelijk met elkaar over hun leven. Er was geen gêne, niemand die de ander beoordeelde als toekomstige huisgenoot; ze waren gewoon drie vrouwen die hadden afgesproken voor een zaterdagse lunch.

Anita vertelde dat ze er vroeger nooit aan had gedacht om zich ergens te vestigen, ze had in haar jeugd veel gereisd en zich niet willen binden. Nu had ze daar spijt van. Haar schoonzuster was een moeilijke vrouw en er hing altijd veel spanning in huis. Het leek haar heerlijk om thuis te komen op een plek waar niet een bepaalde sfeer of bui in de lucht hing.

Jane zei dat haar kinderen na de dood van haar man dachten dat ze haar een plezier deden door thuis te blijven wonen. Tegen hun vrienden zeiden ze dat ze haar niet aan haar lot konden overlaten. In werkelijkheid maakte zij juist hun leven erg makkelijk en ze was zo uitgeput van het zorgen voor drie volwassenen dat ze nauwelijks nog energie overhad om de muzieklessen te geven waar ze zo van hield.

Molly praatte over Hugh zoals ze er nooit eerder met iemand over had gepraat. Hoe ze een liefdesbrief had gevonden in een jasje dat ze naar de stomerij wilde brengen; hoe hij had ontkend dat die brief iets met hem te maken had – hij was van iemand anders op zijn werk.

De avond dat een vrouw naar hun huis belde en naar hem vroeg en Hugh zei dat het een gestoorde collega was die hen allemaal lastigviel. En de dag dat haar zus Hugh en de vrouw in een hotel had gezien.

Zonder zelfmedelijden vertelde ze hun over Hugh die had gezegd dat ze het had moeten laten rusten; dan zou het vanzelf overgewaaid zijn. Molly had een huisje op het land gekocht in een poging om haar leven te veranderen. Het werkte, in zekere zin. Min of meer...

Toen kwam het gesprek op wat ze zochten en op huizenprijzen en kamerhuren. Er was een huis in Chestnut Street dat ze alle drie aantrekkelijk vonden, met een kleine tuin, drie grote slaapkamers, die zit-slaapkamers konden worden, groot genoeg voor Janes piano, Molly's computer. Er waren twee badkamers en een grote woonkeuken.

Ze haalden een rekenmachine tevoorschijn en maakten hun berekeningen. Ze bestelden nog een fles wijn.

Ze spraken af om elkaar over drie weken weer te ontmoeten.

Tot het zover was, trok Anita zich minder aan van het humeur van haar schoonzus.

Jane poetste en waste minder voor haar kinderen.

Molly sliep langer en dieper.

Op de dag dat ze elkaar weer zouden ontmoeten, had Anita al een bod gedaan op het huis en ze had de sleutels, dus spraken ze daar af. De vorige eigenaren waren naar het buitenland vertrokken, met achterlating van veel meubels, dus ze liepen vrijelijk rond, al pratend over hun nieuwe leven.

De middag vloog voorbij en ze konden bijna niet geloven dat ze hier zo lang en met zo weinig bedenkingen waren gebleven. Ieder bedacht voor zichzelf wat ze zou meenemen voor haar zit-slaapkamer, welke keukenspullen, welk tuingereedschap, hoeveel extra boekenplanken ze ieder zouden bijdragen.

Toen gingen ze naar huis om het te vertellen.

Anita zei tegen haar schoonzus dat die vast blij zou zijn nu ze eindelijk haar extra kamer terugkreeg. Zo zou ze ruimte hebben om haar naaimachine te laten staan, of vriendinnen te logeren te vragen.

Jane zei tegen haar kinderen dat ze ofwel het huis zou verkopen en hun allemaal een eerlijk deel van de opbrengst zou geven, ofwel het aan hen zou verhuren voor een fatsoenlijke huur. Zij konden kiezen.

Molly ging terug naar haar eigen huisje en vertelde het aan niemand. Haar buren op het platteland waren aardige, behulpzame mensen, maar ze wisten niet echt iets over haar leven in de stad en waren daar ook niet zo in geïnteresseerd. Zij zouden zich niet druk maken over haar verandering van plek.

Molly vond het jammer dat ze niemand had om het aan te vertellen. Maar toen ze een week later de twee anderen weer zag, bedacht ze dat ze het misschien nog niet zo slecht getroffen had.

Anita vertelde dat haar broer en schoonzus diep beledigd waren omdat ze bij hen wegging; ze beschuldigden haar ervan dat ze niet dankbaar was voor hun gastvrijheid. Ze toonden nauwelijks belangstelling voor haar nieuwe huis; het speet hun alleen dat ze de huur moesten missen.

Jane vertelde dat haar kinderen woedend waren geworden en het erover hadden gehad of ze haar krankzinnig konden laten verklaren. Volgens hen was het een verlate reactie op de dood van hun vader. Uiteindelijk zeiden ze dat ze onmogelijk de huur konden betalen die zij voorstelde, dus had zij gezegd dat ze het huis zou verkopen en hun ieder hun deel zou geven.

Vergeleken bij al die dramatisch taferelen vond Molly dat zij maar geboft had.

De verhuizing verliep haast geruisloos. Het was in een weekend voor elkaar en op zondagavond vierden ze dat met een etentje in hun eigen keuken, voor ze ieder naar hun zit-slaapkamer gingen – zoals ze van plan waren geweest. Maar ze bleven langer en langer zitten en legden telkens weer nieuw hout op het vuur. Ze wasten gezellig samen af en wisten dat dit meer was dan alleen een huisvestingsregeling.

'We geven het twee maanden,' hadden Janes kinderen gezegd

toen ze het nieuws voor het eerst hoorden. Maar twee maanden nadat ze waren gaan samenwonen, had Jane het prima naar haar zin, als ze haar muzieklessen gaf.

'Binnen drie maanden sta je weer voor de deur om te vragen of je je oude kamer terug mag,' had Anita's schoonzuster voorspeld.

Hugh belde Molly, alleen maar om te vragen hoe het met haar ging. Als vriend. Molly zei dat het prima met haar ging, als vriendin. En het huisje? Ook prima. En logeerde ze nog steeds in een hotel?

Nee, zei ze, ze deelde nu een huis met twee andere vrouwen.

'Ik denk dat dat hooguit zes maanden zal duren,' zei Hugh, geërgerd omdat ze zo kalmpjes met hem praatte.

Aan het eind van het eerste jaar zei Anita dat ze een wandeltocht door Italië ging maken. De anderen waren vol belangstelling en benijdden haar zelfs. Zij waren nog nooit op zo'n soort vakantie geweest.

Tijdens de vakantie namen ze een paar besluiten en toen ze fit en bruinverbrand terugkwamen, regelde Molly dat haar huisje op het platteland werd verhuurd, want ze ging er toch bijna nooit naartoe in het weekend.

Jane verkocht haar huis en deelde de opbrengst met haar protesterende kinderen.

Anita, die nu partner was bij het verhuurbureau, gaf haar broer en schoonzus een vakantie cadeau en stond daarna weer bij hen in een goed blaadje.

Ze wisten dat het misschien niet voor eeuwig was, dit leven. Het kon best zijn dat ze niet als trio oud zouden worden. Wie weet lag er voor ieder van hen nog een heel andere en opwindende toekomst in het verschiet. Maar voor nu hadden ze meer geboft en waren ze gelukkiger dan de meeste andere mensen, alleen maar omdat ze de sprong in het diepe hadden gewaagd.

Het haar van Lilian

Lilian was geboren en getogen op nummer 5. Iedereen die toen in Chestnut Street woonde, herinnerde zich haar als een mooi kind met prachtig gouden haar. Ze zeiden tegen haar moeder dat ze wel filmster zou kunnen worden. Mevrouw Harris vond het nooit prettig om die voorspelling te horen. Het was veel te hoog gegrepen en te ver weg voor hun plannen. Zij wilden dat Lilian in de buurt bleef en voor hen zou zorgen op hun oude dag, zei mevrouw Harris ferm.

Lilian werd als leerling-kapster aangenomen bij Locks, een kapsalon in de hoofdstraat, maar vijf minuten lopen van huis. Bijna elke dag kwam ze in haar lunchpauze naar huis en at dan een kop soep met haar moeder. De andere meisjes van de salon gingen ergens lunchen, maar die spaarden niet, zoals Lilian. Zij spaarde voor een eigen huis.

Lilian hoefde niet zulke mooie, elegante kleren als de klanten in de salon en de meisjes met wie ze samenwerkte, droegen. Iedereen zei dat zij dat ook niet nodig had: haar haar was zo aantrekkelijk, met die glanzende gouden krullen, dat niemand erop lette wat ze aanhad. Ze ging nooit met vakantie naar het buitenland. Waarom zou ze? Ze wilde alleen maar een huis in deze straat. Een huis voor haarzelf.

Als Lilian een huis had, zou ze op de benedenverdieping een kapsalon beginnen en vanuit huis werken. Boven zou ze een prachtig appartement hebben, dat ze in vrolijke kleuren zou schilderen.

En op haar achtentwintigste, als ze een vrouw met bezit en met stijl was, zou ze een echtgenoot zoeken.

Het liep anders.

Om te beginnen deed meneer Harris, die altijd een voorzichtig man was geweest, een erg domme investering. Hij nam een hypotheek op hun huis op nummer 5, om geld te kunnen steken in een idioot plan. Een collega die een recreatiecentrum wilde beginnen, had een paar betrouwbare vrienden nodig die ieder een paar duizend ponden wilden investeren. Meneer Harris hoefde alleen maar zijn eigen aandeel terug, huilde hij achteraf. Binnen een paar maanden was het verdwenen, net als heel wat meer.

Meneer Harris bleek ook zijn baan kwijt te zijn, omdat hij zich de laatste tijd niet had kunnen concentreren op zijn werk achter de receptie van het ziekenhuis. En zijn gezondheid was hij ook kwijt, hij leed nu aan een ernstige depressie.

Mevrouw Harris leed ook erg onder al deze veranderingen. Zij was nooit erg sterk geweest. Nu had ze geen man meer die de boodschappen voor haar deed. Het spaargeld van Lilian was nodig om de hypotheek op nummer 5, het huis van haar ouders, te betalen. Er zou niets overblijven om een huis voor haarzelf te kopen. Ze had al haar vrije tijd nodig om schoon te maken en boodschappen te doen voor het gezin dat niet langer zonder haar kon. Ze klaagde nooit en op haar werk was ze altijd zo goedgehumeurd en bovendien zo'n goede kapster dat Albert, haar baas, haar de leiding wilde geven over de nieuwe salon die ze zouden openen in het centrum van de stad.

'Dat kan ik niet aannemen,' zei Lilian treurig. 'Ik moet vlak bij huis blijven. Deze zaak ligt precies op de goede plek voor mij – ik kan zelfs in mijn koffiepauze even naar huis hollen om te kijken of alles goed is.'

Albert schudde zijn hoofd.

'Dat is geen leven, Lilian, ooit zullen ze het toch zonder jou moeten doen; hoe eerder ze daaraan wennen hoe beter.'

'Waarom zullen ze het ooit zonder me moeten doen?' vroeg ze hem onschuldig en hij begreep ineens wat een plichtsgetrouwe dochter dit meisje was, als iemand uit een vorige eeuw.

Dat ze voorgoed bij ze zou blijven wonen en al haar eigen plannen zou opofferen. Een enig kind, dat haar hele leven dankbaar zou blijven voor het leven dat ze haar hadden gegeven, al zou dat een erg leeg leven blijken te zijn.

Ze moest nu een jaar of drieëntwintig zijn, dacht haar baas. Ook hij was enig kind, maar hij zou zijn leven niet hebben opgeofferd als zijn ouders hem nodig hadden gehad. Hij hoopte dat Lilian er nooit spijt van zou krijgen.

En de jaren gingen voorbij, maar zo te zien voelde Lilian de zorg voor haar ouders niet als een last. Zij waren hartelijke mensen, dankbaar voor haar zorg, maar die vonden ze vanzelfsprekend. Zij zouden hetzelfde hebben gedaan. Lilian zei altijd dat ze een groot, royaal hart hadden.

Blijkbaar had ze geen idee hoe groot en royaal haar eigen hart wel was.

Elk jaar ging ze twee weken met een groepsreis mee, dankzij een organisatie die vervanging regelde voor mantelzorgers. Vriendelijke, betrouwbare vrouwen die twee weken lang op nummer 5 kwamen wonen en vaak nieuwe ideeën meebrachten.

Lilian hoorde over winkels die de boodschappen thuis afleverden, over plaatselijke padvinders die klusjes in de tuin deden, over postorderbedrijven met een catalogus waaruit haar moeder kleren voor zichzelf en haar man kon bestellen.

Tijdens zo'n vakantie ontspande Lilian zich in de zon, maar ze beleefde nooit een vakantieliefde. Ze kreeg heus wel aanbiedingen, uitnodigingen, voorstellen in de loop der tijd. Er waren genoeg mannen die haar complimentjes gaven over haar mooie haar en haar gulle lach. Maar ze hield hen op afstand.

Tot ze Tim leerde kennen. Die was heel vasthoudend.

'Heb je een man thuis?' vroeg hij onder de Italiaanse sterrenhemel.

'Lieve hemel nee. Ik woon bij mijn ouders.'

'Een verloofde? Een vriend? Verkering?'

'Nee, niemand, daar heb ik geen tijd voor.'

Aan het eind van de twee weken wist hij hoe het zat.

'Ik zou je graag een keer komen opzoeken,' bood Tim aan.

'Dat zou leuk zijn, Tim, maar je vindt ons misschien een beetje saai, mijn ouders en mij. We blijven meestal thuis televisiekijken.'

'Ach, waarom zou je voor stenen betalen en dan geld uitgeven om daar niet te zijn, zeg ik altijd maar.'

Tim was vertederend zuinig. Dat was Lilian niet gewend en ze vond het wel grappig.

Hij wist dat ze, als ze van hieruit de bus namen en niet van daaruit, zoveel lire zouden besparen. En dat brood en boter in veel *ristorantes* extra kostten dus dat ze altijd broodjes van het ontbijt moesten bewaren.

Hij begreep volkomen dat zij bij haar ouders woonde. Waarom zou je twee huishoudens runnen als één ook genoeg was? Lilian vond dit prettig na al die mensen die steeds maar zeiden dat ze haar eigen leven moest opbouwen.

Tim was makkelijk om mee te praten. Heel aardig ook. Ze hoopte dat hij na de vakantie van zich zou laten horen. En dat deed hij en zij nodigde hem uit voor het eten.

Hij vertelde aan meneer Harris hoeveel geld hij had bespaard door niet in de spits te reizen. Hij vertelde mevrouw Harris dat hij het potplantje dat hij voor haar had meegebracht, zelf uit zaad had opgekweekt en dat het daarom in een yoghurtbakje stond. Hij had er tientallen zo gekweekt; dan had je altijd een leuk cadeautje dat niets kostte. Hij zei tegen Lilian dat hij geld terug had gekregen van de reisorganisatie omdat ze volgens hem het hotel verkeerd hadden beschreven.

'Maar het was een enig hotel,' protesteerde Lilian.

'Ja, maar ze hebben dat compensatiegeld toch gereserveerd en het is gewoon verstandig om dan ook te zorgen dat je het krijgt,' zei Tim, alsof dat vanzelf sprak.

Haar ouders mochten hem graag en genoten van zijn bezoekjes. Haar moeder begon zelfs vroeg naar bed te gaan en nam haar man dan mee, om de jonge mensen de kans te geven met zijn tweetjes te praten. En toen, op zijn zesde bezoek, vroeg Tim aan meneer Harris of hij mocht blijven logeren.

'Je bedoelt hier slapen? Met Lilian?' hoorde Lilian haar vader verrast vragen.

'Niet mét Lilian, meneer Harris. Ik bedoelde of ik op de bank zou mogen slapen, dat zou me veel geld schelen. Ik heb een paar afspraken in de buurt gemaakt en dan krijg ik alle reiskosten hierheen vergoed, zonder dat ik steeds die hele reis hoef te maken.' Hij keek triomfantelijk lachend rond, vanwege zijn eigen slimheid en ze lachten allemaal mee. Tim was netjes en proper en al snel verhuisde hij naar de logeerkamer boven en na verloop van tijd naar Lilians kamer en kort daarna gingen Lilian en hij naar de burgerlijke stand om een datum en tijd af te spreken.

Volgens Tim was het geldverspilling om op huwelijksreis te gaan. Dan moesten ze mensen betalen die voor Lilians ouders kwamen zorgen. Ze konden toch veel beter het huis wat opknappen en in mooie, frisse kleuren schilderen?

Albert, de baas van Lilians kapsalon, vond het allemaal heel vreemd. Maar hij hield wijselijk zijn mond.

Ze haalden geld voor haar op, maar zouden niet op de bruiloft komen. Tim vond het ook geldverspilling om een uitbundig feest te geven waar toch niemand echt van zou genieten. Zijn moeder en zuster zouden komen en twee vrienden van zijn werk. Juffrouw Mack, de blinde dame van nummer 3 zou komen – zij kende Lilian al vanaf de tijd dat ze een baby was – en mevrouw Ryan van nummer 14, die vroeger altijd zo behulpzaam was geweest.

Tim kwam twee dagen voor de bruiloft binnen en trof een drukte van belang aan in de keuken. Mevrouw Harris, juffrouw Mack en mevrouw Ryan lieten allemaal hun haar permanenten. Lilian liep van de een naar de ander, voelde hier aan een krul, bracht daar een neutraliseervloeistof aan, rolde lokken op en af, droogde met handdoeken en een föhn, serveerde thee en koekjes. Tim keek vol belangstelling toe.

'Zou je dat ook voor mijn moeder en zus kunnen doen?' vroeg hij.

Lilian was opgetogen.

'Gaan die niet liever naar hun eigen kapper voor zoiets belangrijks als een bruiloft?' vroeg juffrouw Mack.

'Zij gaan nooit naar een kapper,' zei Tim beslist. 'Dat is veel te duur. Hoeveel zou zo'n permanent kosten als je ervoor moest betalen?'

Juffrouw Mack perste haar lippen op elkaar. Mevrouw Ryan keek vaag. Lilians moeder vertelde het hem.

Hij was perplex. 'Dus je had thuis, in één avond, zoveel geld kunnen verdienen!' zei hij.

'Nee, dat is wat een salon ervoor zou rekenen – je weet wel, met overheadkosten en een mooie zaak en allerlei personeel. Dit is maar voor een keertje.' Lilian vond het niet prettig dat hij de dames het gevoel gaf dat ze al te vrijgevig voor hen was.

'En het is een cadeau van Lilian,' zei mevrouw Ryan.

'Wat boffen wij toch,' voegde juffrouw Mack eraan toe. 'De kapper komt naar ons toe.'

'En Lilian vindt het leuk om te doen – het is een tweede natuur voor haar,' zei Lilians moeder.

Tim ging aan tafel zitten met een rekenmachine. Als ze zeven permanenten per week zou doen... stel je voor! En hoeveel rekende een salon voor verven? Nee toch! Onmogelijk! Kon Lilian dat ook?

Ze hoefden alleen maar de zitkamer een beetje aan te passen, er een wasbak, een spiegel en een paar stoelen in te zetten en een stuk of vijf handdoeken te kopen.

'Misschien wil Lilian het plezier van het werken in de salon nog helemaal niet missen,' zei juffrouw Mack voorzichtig. Het was of ze haar best deed om Lilian nog wat eigen leven buiten de deur van nummer 5 te bezorgen.

'O, maar wie had het over weggaan bij de kapsalon?' riep Tim. 'Ze kan het er toch bij doen?'

De volgende dag permanentte Lilian het dunne haar van haar toekomstige schoonmoeder en gaf ze het muiskleurige haar van haar toekomstige schoonzus een dieprode hennatint.

Beide vrouwen zeiden dat ze verrukt waren over het resultaat en dat ze vaker zouden komen.

'Dan moeten jullie wel betalen, natuurlijk,' lachte Tim en ze lachten met hem mee.

'Maar Lilian vraagt natuurlijk minder dan een echte kapsalon, én we kunnen hier ook komen eten, dus dan hebben we toch winst,' zei zijn zuster opgewekt.

Lilian keek hen vol genegenheid aan. Ze konden zo genieten van een voordeeltje, als ze ergens iets uit wisten te slepen. Zelf was ze nooit zo geweest. Je spaarde ergens voor, natuurlijk, maar dat was om het ergens aan uit te geven. Tim en zijn familie spaarden alleen om het sparen zelf. Nou ja, zij werden er blij van en kon je niet beter deze gewoonte hebben dan bijvoorbeeld zwaar drinken of gokken?

Lilian waste de handdoeken uit en haalde haar jurk en Tims overhemd tevoorschijn om ze te strijken. Hij had gezegd dat het zonde was om iets nieuws te kopen, terwijl die grijze jurk haar zo prachtig stond.

Samen namen ze de plannen en het eten voor de volgende dag door. De kipschotel met rijst, gevolgd door chocolade mousse en een heel kleine bruidstaart. Mevrouw Ryan van nummer 14 zou een fototoestel meebrengen, net als de getuige, die als verkoper bij hetzelfde bedrijf werkte als Tim.

De telefoon ging. Het was juffrouw Mack. Het speet haar dat ze zo laat nog belde, maar ze wilde graag nog even met Lilian over een huwelijkscadeau praten, dus zou Lilian een kwartiertje naar nummer 3 willen komen? Lilian zei dat ze eraan kwam.

'Probeer haar zover te krijgen dat ze ons geld geeft of een bon,' raadde Tim haar aan.

Juffrouw Mack bewoog zich handig door haar huis, voorzichtig tastte ze rond met haar handen om niets om te gooien en ze was in haar blindheid gracieuzer dan veel ziende mensen. Ze maakte een fles port open en schonk hun allebei een glaasje in.

'Op je vrijgezellenavond, Lilian Harris,' zei ze met een spottend lachje.

'Dank u wel, juffrouw Mack.' Lilian nam een slokje.

'Trouw niet met hem, Lilian,' smeekte juffrouw Mack.

'Ik hou van hem,' zei Lilian eenvoudigweg.

'Nee, je houdt niet van hem. Je houdt van het feit dat hij je niet laat kiezen tussen hem en je ouders!'

'Echt, we kunnen het heel goed met elkaar vinden en ja, natuurlijk is het fijn dat hij ook goed met mijn ouders kan opschieten, maar daar gaat het niet om.'

'Natuurlijk gaat het daar wel om, Lilian, een dak boven zijn hoofd, een erfenis als zij er niet meer zijn, een vrouw die niet alleen uit werken gaat, maar nu ook nog thuis gaat werken. Geen bruiloft, geen huwelijksreis, geen leven, Lilian. Doe het niet, alsjeblieft.'

Nu was Lilian gekwetst.

'Het is wél een echte bruiloft, juffrouw Mack. We hebben heerlijk eten en wijn en we willen niet op huwelijksreis – we willen hier blijven en het huis opknappen. En het zou trouwens best verstandig zijn om vanuit huis te werken en wat extra geld te verdienen.'

Er klonken tranen in haar stem. Maar juffrouw Mack gaf niet mee.

'Extra geld verdienen, waarvoor, Lilian? Je hebt niet eens nieuwe schoenen of een nieuwe tas gekocht voor je trouwdag. Je staat op het punt om iets verschrikkelijks te doen: trouwen met een gierige man. En ik ben de enige die het tegen je durft te zeggen.'

'Gierig zijn is niet zo heel erg,' zei Lilian langzaam.

'Dat is het wel, Lilian – geloof me.'

'Hoe weet u dat?'

'Ik ben zelf bijna met een gierige man getrouwd. Zes weken voor de bruiloft ben ik van gedachten veranderd, toen hij zei dat hij alleen bonnen van de doe-het-zelfzaak wilde als cadeau.'

Lilian giechelde.

'Tim heeft vast ook gezegd dat hij bonnen wil.'

'Dat is zo,' gaf Lilian toe. 'Dat wil nog niet zeggen dat hij een seriemoordenaar is, juffrouw Mack.'

'Het wil zeggen dat hij een vrek is en dat jij een hekel aan hem zult krijgen.'

'Hebt u een hekel gekregen aan de man van wie u afscheid hebt genomen?'

'Ik werd bang dat ik een hekel aan hem zou krijgen. Snap je, een gul mens kan niet samenleven met een gierigaard, dat wordt niets.'

'Dat is flauwekul,' zei Lilian vol overtuiging. 'Dat is net zoiets als een horoscoop: Tweelingen passen goed bij een Weegschaal, maar niet bij een Stier, dat werk. Het slaat nergens op. Net als wat ze jaren geleden zeiden, dat je niet moest trouwen met iemand van een andere godsdienst, of een ander ras, of zelfs uit een andere klasse – dat is verleden tijd.'

'Je kunt niet met een man trouwen die niet gul is; die heeft een ziel zonder vreugde.'

'Het is totaal onschuldig, juffrouw Mack, echt. Hij is net als een kind dat het leuk vindt om de blaadjes van een madeliefje te blazen, zo blij is hij met een voordeeltje.'

'Nee, kind, het is iets anders.'

'Misschien was het in uw geval anders, maar wat Tim betreft, hij weet niet eens dat hij het doet, je kunt het hem niet uitleggen of hem veranderen.'

Juffrouw Mack knikte somber. 'Dat bedoel ik: ze kunnen niet veranderen,' zei ze rustig.

'Begreep uw verloofde wat u bedoelde, toen u weigerde met hem te trouwen?'

'In de verste verte niet. Hij vond me hysterisch en gestoord.'

'En is het al lang geleden?'

'Ja, tientallen jaren geleden. Lang voordat ik blind werd. Maar ik heb er nooit spijt van gehad, Lilian.'

'Is hij met iemand anders getrouwd?'

'Ja, al vrij snel daarna. En ja, ze zijn bij elkaar gebleven en ik geloof dat ze gelukkig zijn. Misschien was zij ook een gierig mens. Ik hoorde van iemand dat ze vroeger oude kranten meenam uit de trein of het park, zodat ze er zelf geen hoefde te kopen. En ze hing altijd rond bij de supermarkt, voor het geval mensen hun winkelwagen niet hadden teruggebracht, zodat zij hun muntje eruit kon halen.'

'Dat is toch geen misdaad, juffrouw Mack?'

'Het is geen manier van leven.' De oudere vrouw was heel beslist.

'Sommige mensen leven met iemand die snurkt of tussen zijn tanden peutert. Ze trouwen met iemand die op een andere partij stemt, die geen kinderen wil, die zijn voeten niet wast. Ze trouwen met iemand die in een geheim genootschap zit of in de drugshandel of in een pornonetwerk. Als je het zo bekijkt is het toch niet zo erg om met een man te trouwen die alleen maar een beetje zuinig is met geld?'

Er klonk hartstocht in Lilians stem. Juffrouw Mack zweeg.

'Toe maar, juffrouw Mack, u bent hierover begonnen, zeg maar wat u denkt.'

'Ik denk dat ik jou en Tim maar geld geef als huwelijkscadeau. Dat komt altijd van pas,' zei juffrouw Mack.

'Doe alstublieft niet zo koud en afwijzend tegen me. Ik word al niet zo erg verwend, dat hebt u zelf gezegd. Beledig me alstublieft niet met geld.'

'Néé, Lilian, dat is niet waar, dat is niet wat ik probeer te doen. Ik bewonder jou en je gulle aard, je bereidheid om met verschil te leven, te aanvaarden dat niet iedereen hetzelfde is. Als ik dat had gekund, zou ik een veel gelukkiger mens zijn geweest.'

'Dat zegt u alleen maar om aardig te doen, alsof ik een kind ben.'

'Nee, dat is niet waar. Als ik met die man was getrouwd, zou ik nu niet alleen zijn, afhankelijk van mijn buren. Hij zou bij me gebleven zijn toen ik mijn gezichtsvermogen kwijtraakte, misschien hadden we samen kinderen gekregen, een jongen en een meisje die dol waren op hun blinde moeder.'

'U bent zo sterk, zo onafhankelijk.'

'Ik doe maar alsof,' zei juffrouw Mack.

'Blijf alstublieft mijn vriendin, juffrouw Mack, ik heb u nodig.'

'En ik heb jou nodig, maar ik ben je vast kwijt, nu ik me zo met jouw zaken heb bemoeid.'

'Nee nee, ik heb u nodig, omdat er iets is wat ik niet wil. Ik wil geen klanten thuis helpen. 's Avonds ben ik veel te moe en ik wil ook niet onder Alberts duiven schieten, terwijl hij zo aardig voor me is geweest... Maar ik weet niet hoe ik dat voor elkaar moet krijgen. Ziet u, ik wil Tim niet van streek maken.'

'Dat snap ik,' zei juffrouw Mack. 'En ik zal je helpen. Graag zelfs.'

Ze bleven nog een tijdje zitten praten terwijl juffrouw Mack Lilians gouden haar streelde, dat voor haar alleen een vage vlek was. Ze legde Lilian uit dat hun straat een woonbestemming had en dat als bleek dat iemand die bestemming veranderde en er een commerciële onderneming begon, de buren bezwaar zouden maken. Er kon geen sprake zijn van een bedrijf aan huis.

En Lilian ging naar huis en liet Tim de bankbiljetten zien, hij borg ze zorgvuldig weg, voor hun toekomst en zei dat hij van haar hield. En dat ze morgen een heerlijke dag zouden hebben.

Lilian lag wakker en dacht lang na over juffrouw Mack en de man met wie ze niet was getrouwd.

Twee huizen verderop lag juffrouw Mack lang wakker en dacht na over het gulhartige meisje dat bereid was ongeneeslijke gierigheid te beschouwen als een onschuldig trekje, zoals snurken.

Normaal piekerde juffrouw Mack nooit over wat er de komende dertig of veertig jaar zou gebeuren, maar vanavond wenste ze dat ze jonger was. Ze wilde in de buurt blijven om te zien hoe deze lieve meid, Lilian, een succes van haar huwelijk maakte. Het gaf niet als ze daarmee bewees dat zijzelf jaren geleden de verkeerde keus had gemaakt.

Dat was een gedachte die juffrouw Mack zichzelf niet toestond.

Bloemen van Grace

Grace bleef heel rustig, terwijl iedereen zich druk maakte om oudjaarsavond. Dat kwam doordat ze zo goed georganiseerd was. Het hotel was al meer dan een jaar geleden gereserveerd; ze zouden op de middag van oudjaarsdag aankomen.

Het zou heerlijk zijn om uit Dublin weg te zijn, waar alle anderen in drukke, vreselijk lawaaiige gelegenheden zaten en zich zorgen maakten over een taxi naar huis.

Grace en haar vrienden zouden logeren in een heel goed hotel buiten de stad, dat een verwarmd zwembad had en een eigen bos aan een meer waar je een gezonde wandeling kon maken, en een legendarische kaart, zodat ze het millennium konden afsluiten met een onvergetelijke maaltijd.

Volgens haar vrienden was Grace een wondervrouw, zo sereen als ze bleef bij alles wat het leven haar aandeed: haar werk voor die moeilijke Lola in de boetiek bijvoorbeeld en haar huwelijk met die moeilijke Martin, die accountant was en het zo druk had dat hij haar nauwelijks zag staan.

De andere stellen hadden het vaak over haar. Was ze gelukkig, vroegen ze zich dan af, met een leven waarin ze zo weinig waardering kreeg, zowel binnenshuis als daarbuiten? Soms konden ze Martin wel vermoorden omdat hij zo onattent was, haar nooit een compliment gaf voor haar kookkunst of voor haar verschijning. Ze konden ook Lola wel vermoorden, die het heel vanzelfsprekend vond wat Grace allemaal deed.

En nu, terwijl iedereen zich suf piekerde over de vraag wat

ze met oudjaarsavond zouden doen, had Grace voor hen de perfecte plek gevonden.

Vier stellen, twintigers en dertigers, allemaal nog zonder kinderen. Er waren wel tien feesten waar ze naartoe hadden kunnen gaan, maar dit klonk zoveel beter, twee nachten eruit, naar een heel chic hotel. Goed om over te vertellen; andere mensen benijdden hen. En Grace had het gemakkelijk voor hen gemaakt; ze had voor elkaar gekregen dat ze allemaal elke maand wat geld betaalden en nu, aan het eind van het jaar, was het hele feest zonder een centje pijn betaald. Ze hadden nu bijna het gevoel dat dit royale eindejaarsuitje gratis was!

'Ik ben blij dat we haar elke maand hebben betaald,' zei Anna tegen Charles. 'Nu zouden we niet zo makkelijk zo'n bedrag op tafel kunnen leggen.'

'Dat is maar tijdelijk,' zei Charles haastig. Hij dacht niet graag na over de gokverliezen die zich zorgwekkend opstapelden. Dit weekend was een geschenk uit de hemel; hij had geen idee hoe ze anders het nieuwe jaar in stijl hadden moeten inluiden.

'Die arme Grace... je weet wel, schat, ze is altijd aan het regelen en organiseren, omdat ze verder letterlijk niets in haar leven heeft,' zei Olive tegen Harry. Olive was, volkomen onterecht, erg tevreden en zelfs een beetje verwaand over haar eigen leven waarin zoveel mensen een rol speelden, dacht ze, zonder te beseffen dat er vooral vriendinnen van Harry een rol in speelden.

'O, ik weet het niet – knappe meid,' zei Harry peinzend. Grace was nooit ook maar enigszins op zijn geflirt ingegaan en hij had goede hoop dat het nieuwjaarsweekend daar verandering in zou brengen.

Sean en Judith maakten al zes weken ruzie over de vraag of ze dat weekend wel mee zouden gaan. Uiteindelijk kwamen ze steeds weer terug bij Grace. Zij zou zo verschrikkelijk teleurgesteld zijn als haar droom in duigen viel. Ze vonden dat ze haar niet in de steek konden laten, ook al hadden ze eigenlijk vooral tijd voor elkaar nodig. Het was idioot, deze loyaliteit tegenover Grace, terwijl ze eigenlijk moesten bespreken of ze na vier jaar huwelijk uit elkaar zouden gaan.

'Hoe kunnen we aan háár denken, terwijl onze hele toekomst op losse schroeven staat?' vroeg Sean.

'Goed, vertel jij het dan maar aan Grace,' zei Judith en ze wisten dat ze mee zouden gaan, net als de anderen.

Lola stond erop dat de boetiek openbleef tussen Kerst en Oudjaar. Het zou druk worden, zei ze, veel vrouwen die in paniek waren omdat ze niets hadden om aan te trekken voor het grote drinkfeest. Ze konden een hoop geld verdienen. Zelf kon Lola niet komen, maar ze hoopte dat Grace wel kon.

Martin merkte nauwelijks op dat ze niet thuis was. Er waren allerlei wedstrijden op de golfclub; hij kon altijd een broodje en een kop soep nemen.

Grace stond in de winkel, verkocht dure kleren aan rijke vrouwen en dacht terug aan haar goed georganiseerde, maar doodvermoeiende kerstdiner met haar moeder en Martins ouders en een hele rits tantes. Waarom deed ze het eigenlijk, vroeg ze zich wel eens af. Zij dachten blijkbaar dat het makkelijk was, dat de kalkoen zichzelf bedroop, zichzelf aansneed en zijn eigen bijgerechten meebracht. Had Martin het eten eigenlijk lekker gevonden? Moeilijk te zeggen – hij zei zo weinig tegenwoordig. Ze zagen elkaar zo weinig.

Heel anders dan Anna en Charlie, die gingen altijd naar de races of naar een pokerfeest. Altijd samen.

En zelfs Olive en Harry hadden het samen gezelliger dan zij, Harry sloeg vaak zijn arm om Olive heen, dat zou Martin in geen miljoen jaar doen. Iedereen wist dat Harry achter de vrouwen aanzat, natuurlijk, maar blijkbaar merkte Olive dat niet.

Zouden Judith en Sean een prettige Kerst hebben gehad? Ze had de indruk dat zij de laatste tijd een beetje gespannen waren, iets over Sean die een baan in de Golfstaten kon krijgen en Judith die niet weg wilde. Nou ja, het zou allemaal wel goed komen op oudjaarsavond.

Terwijl ze jurken terughing op hangers en de kassa vulde met creditcardbonnen voor Lola, dacht Grace aan vrijdag, aan de heerlijke oase die ze voor hen allemaal had gecreëerd. Ze zouden eerst gaan zwemmen of wandelen en daarna theedrinken met iets lichts erbij, en dan zouden ze zich terugtrekken op hun kamer met hemelbed om zich klaar te maken voor het feestelijke diner.

Bij de gedachte aan die hemelbedden vroeg Grace zich af of de andere stellen met elkaar zouden gaan vrijen om het hunne uit te proberen. In haar geval zat dat er niet in. Martin was vaak moe en ging waarschijnlijk net zo lief in een leunstoel zitten om de krant of een golftijdschrift te lezen. Maar het zou vast allemaal heerlijk worden, zei Grace tegen zichzelf, terwijl ze de inkomsten van die dag optelde en Lola belde, voordat ze de lichten uitdeed en naar huis ging.

'Je had gelijk, Lola – veel beter dan we hadden gehoopt,' zei ze, en ze gaf haar baas de cijfers door.

'Dank je wel, Grace, heel aardig van je.' Lola leek een beetje uit haar doen; eigenlijk klonk ze nogal down.

'En een heel gelukkig Nieuwjaar, Lola, en alles.'

'Ja, nou...'

Grace zei verder niets meer; ze had Lola al vaak over hun eigen fantastische plan voor Oudjaar verteld. Ze had er geen reactie op gekregen. Ze wensten elkaar het beste en Grace zette het inbraakalarm aan en ging naar huis.

Martin zat aan de eettafel met allerlei papieren voor zich uitgespreid.

'Je bent toch niet aan het werk?' vroeg ze meevoelend. Stel je voor: iedereen had twee weken vrij genomen en hij had kantoorwerk bij zich.

'Jij toch ook?' zei hij, terwijl hij zijn hand naar haar uitstrekte. Dat vond ze fijn.

'Maar je hoeft dit toch niet allemaal te doen?'

'Tja, je bent zo goed als je laatste klant je vindt,' lachte hij.

Grace hield zoveel van hem en ze wilde dat ze een betere, interessantere vrouw voor hem was. Maar ze zorgde tenminste dat zijn leven op rolletjes verliep en dat was natuurlijk ook wat hij wilde.

'O, er is een boodschap van dat hotel waar we morgen heen

gaan. Of we terug willen bellen; ik wilde het maar aan jou overlaten.'

Grace was blij. Ze wist waar het over ging. Ze had hun gevraagd om in elke kamer een nieuwjaarskaars en een half flesje champagne te zetten, daarvoor zat nog genoeg geld in de pot. Ze hadden waarschijnlijk gebeld om dat te bevestigen.

Ze was totaal niet voorbereid op wat ze te horen kreeg. Iedereen in het hotel had griep – de chef-kok kon letterlijk zijn bed niet uitkomen, de serveerster had al het even erg te pakken. De dokter had streng tegen de familie die het hotel runde gezegd dat het zeer onverantwoordelijk en onmogelijk zou zijn om open te blijven. Het speet hun heel, heel erg en al betaalden ze natuurlijk elke cent terug, ze konden zich niet genoeg verontschuldigen.

Grace hoorde het eind van het gesprek niet eens, met de telefoon in haar hand overdacht ze wat hun te wachten stond. Alles was bedorven voor haar. Het was allemaal haar eigen schuld. Waarom moest ze zonodig de perfecte organisator uithangen, degene die alles regelde? Ze had vanuit de keuken gebeld, zodat Martin niets zou horen over de verrassing die ze had geregeld.

Grace had geen idee hoe lang ze daar bij de telefoon had gezeten toen Martin binnenkwam. Hij zag meteen dat er iets heel, heel erg mis was. Zo erg dat hij haar een glas cognac inschonk.

'Ik zal de anderen wel bellen,' bood hij aan.

'Nee, ik heb ze uitgenodigd, ik zeg ze ook af,' zei ze grimmig.

'We kunnen vast wel ergens anders terecht,' zei hij weinig overtuigd.

'Ja hoor, Martin... een reservering voor acht man op oudjaarsavond, vierentwintig uur van tevoren. Geen probleem.'

'Wat doen we dan?' Hij keek haar aan. Grace, onverstoorbare Grace, die voor alles een oplossing wist. Maar vanavond niet.

'Kunnen we niet thuis eten?' begon hij.

'Ik heb de vriezer ontdooid.' Haar stem klonk vlak.

'Er zijn morgen vast wel restaurants open.'

‘Tuurlijk,’ zei ze op vreemde toon. ‘Ik ga iedereen nu maar bellen.’

Martin stond hulpeloos toe te kijken terwijl zij op lusteloze, verslagen toon met Anna praatte, en met Olive en Judith. Hij kon alleen maar raden wat ze zeiden aan de andere kant van de lijn. Het leek troostend. Ze stelde voor dat ze allemaal de volgende avond om acht uur naar dit huis kwamen.

‘We bedenken wel iets,’ zei ze met een grafstem, voor ze neerlegde.

Martin probeerde haar te troosten. ‘Het is erger voor die mensen met die ernstige griep,’ begon hij.

‘Veel erger,’ zei Grace. ‘Ik ga naar bed.’

‘Moeten we niet bedenken wat we gaan, nou ja... eh... doen?’ Anders vond Grace het altijd heerlijk om alles tot in de puntjes te regelen.

‘Zinloos,’ zei Grace. ‘Welterusten, Martin.’

Toen ze naar boven was, belde hij zelf de drie stellen.

‘Wat zullen we doen, Charlie?’

‘Tien tegen een dat ze binnen vijf minuten weer opstaat en lijstjes en schema’s gaat maken,’ zei Charlie, die zich afvroeg of ze hun geld terug zouden krijgen; dat zou goed uitkomen.

‘Wat zullen we doen, Harry?’

‘Ik neem aan dat we niet de dames thuis kunnen laten en met z’n drieën een kroegentocht gaan houden – er loopt heel wat veelbelovends rond op zo’n avond,’ zei Harry hoopvol.

‘Wat zullen we doen, Sean?’

‘Misschien moeten we gewoon allemaal in ons eigen huis blijven en met elkaar onze toekomst bespreken?’ vroeg Sean. Dat was wat hij zelf zo graag wilde doen. Dit kon het gedroomde excuus zijn.

Die avond werd in drie huizen het probleem besproken.

‘We hebben vast een aardig sommetje te goed; dat was geen goedkoop hotel,’ zei Charles.

‘Het is nu niet het moment om het terug te vragen,’ waarschuwde Anna. ‘Die arme Grace moet straks nog in therapie door dit hele gedoe.’

Ze wisten een zekere winnaar in de races na het weekend. Een paar duizend pond zou hen weer op het spoor zetten.

Olive en Harry zaten er ook over te praten. Olive dacht dat het misschien niet zo erg was – ze zouden nu niet ergens zijn waar vrouwen zo uit hun badpak in de bereidwillige handen van Harry zouden vallen. Maar dat zei ze niet. Ze zei dat Grace waarschijnlijk een zenuwinzinking had. Organiseren was het enige wat ze kon, per slot. Als ze dat niet meer had, wat bleef er dan over?

Judith en Sean zeiden tegen elkaar dat er, nu ze alle tijd van de wereld hadden om te praten, niets te zeggen viel. Dus ze hoefden geen koffers in te pakken en zich klaar te maken. Ze hoefden niet geforceerd vrolijk te doen tegenover de groep vrienden, om Grace niet in de steek te laten. Nu had het hotel haar in de steek gelaten.

'Het zal een eenzaam Nieuwjaar voor haar zijn,' zei Judith meelevend.

'Voor mij wordt het ook een eenzaam jaar, als ik weet dat je niet met mee meegaat naar de Golf,' zei Sean eenvoudig.

'En voor mij ook, als je niet gelooft dat ik mijn ouders en mijn baan niet kan achterlaten,' zei Judith.

Ze waren geen stap verder gekomen; er viel niets meer te zeggen.

De vrouwen belden Grace de volgende ochtend, wat konden ze doen, wat moesten ze meebrengen?

'Ik weet het niet, het maakt me niet uit... wat je wilt,' zei ze op zo'n andere toon dan ze van haar gewend waren dat ze ervan schrokken. Ze wisten niet waar ze moesten beginnen, normaal gesproken zou Grace het allemaal hebben georganiseerd. Zij wist waar dingen waren, zij zou de winkels hebben gebeld, maar volgens Martin was ze naar bed gegaan met een detectiveroman.

Martin haalde champagne, Harry kocht wijn, Sean ging sterkedrank kopen en Charles verkocht zijn postzegelverzameling om mixdrankjes en bier te kopen.

Anna kocht tassenvol aardappelen, dat was wel veel werk,

maar ze waren goedkoop. Ze maakte drie soorten. Olive ging pas tegen sluitingstijd naar de winkels en kocht kilo's worstjes en grote platte paddestoelen. Judith kocht ijs en drie saaie, verlept uitziende appeltaarten en goot daar een halve fles Calvados overheen.

Ze belden Grace en vroegen of ze bij haar en Martin zouden blijven logeren.

'Het maakt me echt niets uit of jullie blijven of niet,' zei Grace vriendelijk.

Ze legden hun dekbedden en hoofdkussens in de auto. Ze kenden het huis – er waren genoeg kussens om op te liggen. Toen ze aankwamen lag Grace nog in bed. Ze begroette hen vriendelijk, maar afstandelijk, alsof ze mensen waren die ze nauwelijks kende.

De vrouwen verzamelden het eten in de keuken. De mannen zetten de glazen en de drank klaar. Grace lag in haar bed en sloeg de pagina's van haar boek om. Voor het eerst van haar leven waren ze zich allemaal bewust van haar. Ze hoorde hoe ze fluisterden, terwijl ze zich afvroegen of zij nog naar beneden zou komen. Vooral Martin.

Met Kerstmis had Grace het Organisatiewonder twaalf mensen een diner voorgezet, en niemand die haar hielp, haar bedankte, haar waardeerde.

Nu, nog maar zes dagen later, lag ze in bed niets te doen en deden ze allemaal verschrikkelijk hun best om haar aandacht te krijgen. Zat er een moraal in dit verhaal? Een les die ze haar hele leven nooit had geleerd, tot vandaag?

'Wil je nog een kopje thee?' pleitte Martin. Nonchalante, afstandelijke, onverschillige Martin, voor wie ze zo hard haar best had gedaan.

'Zal ik het bad voor je laten vollopen?' smeekte Anna. Wilde, onconventionele Anna, die op elke racebaan en aan elke kaarttafel in Dublin te vinden was.

'Zal ik je krulset voor je in het stopcontact steken?' vroeg Olive. Zelfgenoegzame, neerbuigende Olive, zo zeker van haar Harry, zo vol zelfvertrouwen.

'Ik zou een jurk voor je kunnen strijken, als je wilt,' bood Judith aan. Judith, zo blij met haar onafhankelijkheid, haar goede baan, de vrijheid om altijd haar eigen keuzes te maken.

Grace nam alles aan, de thee, de voorverwarmde krulset, het geurige bad en het strijken van de jurk. Toen vroeg ze om de telefoon. Ze hoorden haar een nummer draaien en praten.

'Lola, ik ben nog vergeten te zeggen dat we hier vanavond met wat mensen bij elkaar zijn, mocht je tijd hebben om ook te komen... Nee, niks formeels. Ik heb geen idee hoe laat we eten, of zelfs wat we eten. Iets, in elk geval... Kom je? Mooi – tot straks dan.'

En Grace, die er niet meer zo zeker van was dat ze alleen dankzij haar organisatietalent overeind bleef als nuttig lid van de samenleving, als de vrouw van Martin en als de vriendin van iedereen, leunde achterover om te genieten van de laatste avond van het jaar. Het kon haar niet schelen dat ze geen bij elkaar passend bestek hadden kunnen vinden, de mooie servetten, de elektrische bordenwarmer of de zoutvaatjes. In plaats daarvan zat ze rustig te luisteren en te kijken en te glimlachen. Ze snapte niet precies hoe, maar veel dingen werden schijnbaar vanzelf opgelost, dingen die nooit opgelost zouden zijn als ze naar het hotel waren gegaan, zoals ze zo lang, lang geleden hadden gepland.

Sean zou het komende jaar nog niet naar de Golf gaan en daarna alleen als Judith er een baan had gevonden die haar beviel.

Harry zei tegen iedereen dat hij dol was op het voltallige vrouwendom, dat hij iedere vrouw prachtig vond, maar alleen van Olive hield.

Anna en Charles zeiden dat ze het fijn zouden vinden als Grace de helft van hun geld bewaarde wanneer de terugbetaling van het hotel binnen was; ze waren wel een klein beetje verslaafd aan gokken, gaven ze toe.

Lola kwam en ging op de vloer liedjes van Joan Baez zitten zingen. Ze zei dat niemand ter wereld zo hard werkte als Grace en dat zij, Lola graag wilde blijven logeren bij haar nieuwe vrienden, want er was toch niemand bij haar thuis in Chestnut Street. En Grace antwoordde dat dat prima was, maar sprong niet op om beddegoed te regelen. Uiteindelijk sliep Lola onder haar bontmantel op een bank.

En, het mooiste van alles, Martin zei dat ze geweldig was. Hij zei het zes keer. Vier keer waar anderen bij waren en twee keer alleen in haar oor.

Naast haar bed had Grace altijd een opschrijfboekje liggen, om ideeën in op te schrijven, dat hoorde bij goed georganiseerd zijn. Vanavond schreef ze één boodschap aan zichzelf:

'Bloemen naar het hotel sturen om te bedanken.'

Morgenochtend zou ze precies weten waarom ze hen moest bedanken, omdat ze bevrijd was van de tirannie van het goed georganiseerd zijn en zich nu gewoon bij het menselijk ras kon voegen.

De bouwvakkers

Nan op Chestnut Street nummer 14 hoorde over de bouwvakkers van meneer O'Brien, die mopperpot van nummer 28.

'Het wordt verschrikkelijk, mevrouw Ryan,' waarschuwde hij. 'Troep en herrie en allerlei ellende.'

Meneer O'Brien was een man die overal problemen zag, zei Nan Ryan tegen zichzelf. Zij zou zich niet op stang laten jagen. En in veel opzichten was het een prettig idee dat het huis naast het hare, dat nu al twee jaar leegstond, sinds de Whites waren verdwenen, binnenkort weer bewoond zou worden.

Ze vroeg zich af wie er zou komen wonen. Een gezin misschien. Wie weet kon ze dan op de kinderen passen. Ze zou hun verhaaltjes vertellen en op het huis passen tot de ouders terugkwamen.

Haar dochter Jo lachte bij het idee alleen al dat er een gezin in zo'n klein huisje zou komen wonen.

'Mam, je kunt er je kont niet keren,' zei ze op haar besliste, kortaangebonden manier. Als Jo iets zei deed ze dat heel zelfverzekerd. Ze wist dat ze gelijk had.

'Ik weet het niet,' waagde Nan haar tegen te spreken. 'Het heeft een fijne, veilige achtertuin.'

'Ja, twee meter lang en twee meter breed,' zei Jo lachend.

Nan antwoordde niet. Ze zei maar niet dat het huis waarin zij drie kinderen had opgevoed, precies even groot was.

Jo wist alles. Hoe je een zaak runde. Hoe je je stijlvol kleedde.

Hoe ze haar elegante huishouden draaiende hield. Hoe ze haar knappe echtgenoot, Jerry, op het rechte pad kon houden.

Jo had vast gelijk over het huis hiernaast. Te klein voor een gezin. Misschien kwam er een aardige vrouw van haar eigen leeftijd in. Iemand die een vriendin kon worden. Of een stel jonge mensen die allebei buiten de deur werkten. Nan kon pakjes voor hen aannemen, of de meteropnemer binnenlaten?

Bobby, Nans zoon, zei dat ze maar beter kon bidden dat het geen jong stel was. Die zouden elke avond een feest geven en haar gek maken. Ze zou doof worden, waarschuwde Bobby. Stokdoof. Een jong stel dat veel geld had uitgegeven om hun huis op te knappen, zou een verschrikking zijn. Ze zouden geen geld hebben. Ze zouden plezier willen maken. Ze zouden hun eigen bier brouwen en lawaaiige vrienden uitnodigen om dat te komen opdrinken.

En Pat, de jongste, was het somberst van allemaal.

'Mam zal al doof zijn voordat ze komen, wie het ook zijn. Doof van het bouwlawaai. Het belangrijkste is op te letten dat ze de schutting net zo hoog laten als hij nu is en in goede staat. Een goede schutting geeft een goede buur, zeggen ze.'

Pat werkte bij een beveiligingsbedrijf en had een uitgesproken mening over dit soort dingen. Jo en Bobby en Pat waren zo zeker van zichzelf. Hoe waren ze toch zo geworden? Van haar hadden ze het niet. Zij was altijd verlegen geweest. Timide zelfs.

Ze was niet gaan werken, omdat iedereen vond dat dat niet hoorde. Ze hadden Nan thuis nodig. Hun vader was ook rustig geweest. Rustig en lief. Heel lief. Lief voor Nan, een tijdje, en daarna lief voor veel andere dames.

Op een avond, lang geleden, op haar vijfendertigste verjaardag, kon Nan er niet langer tegen. Ze ging in de keuken zitten wachten tot hij thuiskwam. Dat was om vier uur 's morgens.

'Je moet kiezen,' zei ze tegen hem.

Hij gaf niet eens antwoord, ging gewoon naar boven en pakte twee koffers in. Ze zette nieuwe sloten op de deuren. Het was niet nodig geweest. Ze had hem nooit meer gezien. Hij ging weg zonder iets te zeggen. Nan hoorde van een advocaat dat het huis op haar naam was gezet. Dat was alles wat ze kreeg en meer vroeg ze niet, want ze wist dat dat tevergeefs zou zijn.

Ze was een praktische vrouw. Ze had een klein rijtjeshuis en geen inkomen. Ze had drie kinderen, de oudste was dertien, de jongste tien. Ze zorgde dat ze snel een baan kreeg.

Ze werkte in een supermarkt en nam ook nog extra uren aan als schoonmaakster van kantoren, om te zorgen dat de kinderen hun school konden afmaken en hun eigen brood konden gaan verdienen. Nan had bijna twintig jaar gewerkt, toen de artsen zeiden dat ze een zwak hart had en het veel rustiger aan moest gaan doen.

Ze vond het vreemd om te horen dat haar hart zwak was. Zij had gedacht dat het juist een heel sterk hart was, omdat het eroverheen was gekomen dat de echtgenoot van wie ze hield, bij haar weg was gegaan. Ze had nooit meer van een ander gehouden.

Daar was geen tijd voor geweest, met al dat harde werken om de kinderen te eten te geven. Om nog maar te zwijgen van extra lessen en betere kleren. Er waren in al die jaren geen gezinsvakanties geweest. Soms gingen Jo, Bobby en Pat met de trein naar hun vader. Ze zeiden nooit veel over die bezoekjes. En Nan vroeg er nooit naar.

Jo bracht haar vaak een jasje of een trui waar ze zelf genoeg van had. Of kerstcadeaus die ze niet wilde hebben. Bobby kwam elke week zijn wasgoed brengen, want hij woonde samen met Kay, dat feministische meisje, dat zei dat mannen voor hun eigen kleren moesten zorgen. Bobby bracht vaak een taart mee, of koekjes. Die at hij dan bij zijn moeder op, terwijl zij zijn overhemden streek. Pat kwam vaak langs om de sloten van de deuren en ramen te controleren of het inbraakalarm opnieuw in te stellen. En voornamelijk om haar moeder te waarschuwen voor al het kwaad in de wereld.

Nan Ryan had weinig te klagen. Ze zei nooit tegen haar kinderen dat ze zich vaak eenzaam voelde, sinds ze was gestopt met werken. Haar kinderen deden steeds zo somber over het werk dat gedaan zou worden in het huis naast haar dat ze maar niet vertelde hoe ze zich daarop verheugde. Dat ze niet kon wachten tot de bouwvakkers kwamen en elke dag naar ze uitkeek.

De bouwvakkers kwamen op een zonnige ochtend. Nan sloeg ze gade van achter haar gordijn. Drie mannen in een rood busje. DEREK DOYLE stond in grote witte letters op het busje.

De twee jongere mannen lieten zichzelf binnen op nummer 12. Nan hoorde ze roepen: 'Derek! Het slechte nieuws is dat we een week bezig zullen zijn om al die troep hier kwijt te raken. Het goede nieuws is dat er een stopcontact is dat het nog doet, voor een waterkoker.'

Een grote, lachende man kwam het busje uit.

'Nou, dan zitten we gebakken, de komende paar maanden. Vinden jullie dit geen mooie straat?'

Hij bekeek de huizen om hem heen en Nan voelde trots in zich opwellen. Zij had Chestnut Street altijd een prettige plek gevonden. Nan wilde dat haar kinderen erbij waren geweest, zodat ze konden zien hoe waarderend deze man de straat bekeek. En hij zat in de bouw, hij wist alles van straten en huizen.

Jo zei vroeger altijd dat het er benepen was. Bobby zei dat het er ouderwets was. Pat zei dat de straat één grote uitnodiging aan inbrekers was, met die lange, lage tuinmuren waarover ze makkelijk konden wegkomen. Maar deze man, die de straat nooit eerder had gezien, vond hem mooi.

Nan verstopte zich en keek toe.

Ze wilde niet al meteen naar buiten gaan en hen aanspreken.

Ze zag hoe meneer O'Brien, de mopperpot van nummer 28, kwam aanlopen en de mannen bekeek.

'Tijd dat er iets aan gedaan werd,' zei hij en hij gluurde door de deur, in de hoop dat ze hem binnenvroegen.

Derek Doyle was duidelijk tegen hem.

'We laten u maar niet binnen, meneer. Stel je voor dat er iets op uw hoofd valt.'

Nans kinderen hadden tegen haar gezegd dat ze zich er niet

mee moest bemoeien. Volgens Jo zouden de nieuwe eigenaren haar niet dankbaar zijn als ze de bouwvakkers van hun werk hield. Volgens Bobby had zijn vriendin Kay gezegd dat bouwvakkers altijd achter vrouwen aanzaten en die dan overhaalden om voor ze te koken. Pat zei dat een huis naast een bouwplaats vogelvrij was voor inbrekers en dat ze moest opletten en niet met de mannen naast haar moest gaan staan praten.

Maar de echte reden waarom Nan ze uit de weg bleef, was dat ze niet opdringerig wilde lijken. Ze zouden weken naast haar aan het werk zijn. Ze wilde niet dat ze haar aanzagen voor een nieuwsgierig oud mensje. Ze besloot dat ze zou wachten tot ze er een paar dagen waren, voordat ze zich ging voorstellen. Misschien kon ze een dagboekje bijhouden van hun vorderingen. De nieuwe eigenaren vonden het misschien wel leuk om terug te lezen hoe hun huis voor ze was opgeknapt.

Nan liep weg bij het voorraam en terug naar haar keuken. Ze streek al Bobby's overhemden. Zou Kay weten dat Bobby elke week zijn tas vol was naar zijn moeder bracht? Maar ze maakten een heel gelukkige indruk samen, dus waar maakte ze zich druk over?

Ze poetste het zilver dat Jo die ochtend was komen langsbrengen en gebruikte een tandenborstel voor de lastig bereikbare plekken, zoals de oortjes en pootjes van kleine kannetjes. Waarom deed Jo toch zo hard haar best om andere mensen te imponeren? Maar het had ook wel gewerkt, Jerry, die wel erg graag naar de vrouwen keek, was nog steeds bij haar.

Nan maakte een grote ovenschotel en deed een deel daarvan in foliebakjes voor in de vriezer. Pat werkte zo hard bij dat beveiligingsbedrijf. Ze maakte zich zoveel zorgen, ze had nauwelijks tijd om boodschappen te doen. Gelukkig kon zij haar af en toe een kant-en-klaarmaaltijd meegeven. Nan wilde dat Pat eens vrij nam, zich mooi aankleedde, uitging en mensen ontmoette, een man vond.

Maar wat wist zij van een man vinden of een man houden? De hare was twintig jaar geleden midden in de nacht vertrokken zonder een woord te zeggen.

Nan hield vaak haar mond over dingen. Zo vaak dat mensen geen mening meer van haar verwachtten.

Er klonk een harde klop op de deur en daar stond de bouwvakker.

'Meneer Doyle,' zei Nan met een glimlach. 'Welkom in Chestnut Street.'

Hij vond het leuk dat ze zijn naam kende en zo vriendelijk deed en hoopte dat hij haar niet stoorde. Maar hij had een probleem. Ze hadden instructie gekregen om alles wat ze tegenkwamen op nummer 12 weg te doen, maar toch moesten veel spullen nog een sentimentele waarde hebben. Kende zij, als buurvrouw, misschien een familielid, of vrienden van de mensen die daar vroeger gewoond hadden? Hij vond het jammer om zulke dingen gewoon weg te gooien.

'Ik ben Nan Ryan. Kom binnen,' zei ze. Ze zaten in de keuken, terwijl zij hem over de Whites vertelde. Het was een heel, heel rustig stel, ze praatten bijna nooit met iemand. Meneer White had ergens een baan waarvoor hij 's morgens om zes uur de deur uit moest. Tegen drieën kwam hij dan weer terug, met een tas boodschappen. Zijn vrouw verliet nooit alleen het huis. Ze hingen geen wasgoed buiten te drogen. Ze vroegen nooit iemand binnen. Ze knikten alleen maar in het voorbijgaan.

'En vond niemand hier in de straat hen een beetje vreemd?'

Derek Doyle was een goedhartige man, dacht Nan. Hij gaf om die mensen, hun vreemde leven en hun privépapieren die nog in het huis waren. Het was fijn om iemand te ontmoeten die niet mopperde of klaagde.

Die oude meneer O'Brien van nummer 28 zou gemopperd hebben dat het zelfzuchtig van de Whites was om zoveel problemen achter te laten.

Haar dochter Jo zou haar schouders hebben opgehaald en gezegd hebben dat de Whites niets voorstelden. Bobby zou gezegd hebben dat Mevrouw White volgens zijn vriendin Kay een 'kantoorweduwe' was.

Pat zou gezegd hebben dat de Whites net als zoveel mensen, in doodsangst leefden voor mogelijke insluipers.

‘Ik vond ze niet vreemd. Ik had het idee dat ze genoeg aan elkaar hadden,’ zei Nan Ryan. Ze dacht dat ze Derek bewonderend naar haar zag kijken.

Maar nu deed ze dom. Ze was een vrouw van tegen de zestig. Hij was een jongeman van in de veertig…

Nan zei tegen zichzelf dat ze niet zo raar moest doen.

Daarna kwam Derek Doyle elke dag even langs. Hij wachtte tot de andere mannen naar huis waren, voordat hij zachtjes op de deur klopte.

In het begin kwam hij met de smoes dat hij haar oude papieren uit het huis van de Whites bracht. Daarna kwam hij gewoon, als een oude vriend. Ze noemden elkaar Nan en Derek en hij werd inderdaad snel een vriend.

Ze hadden het niet vaak over hun familie en ze wist niet of hij een vrouw en kinderen had. Nan vertelde hem weinig over haar zoon en dochters. En niets over de echtgenoot die haar had verlaten.

Misschien had hij Jo, Bobby of Pat wel eens gezien als ze bij haar langskwamen. Maar misschien ook niet.

Voor zo’n grote man was hij erg voorzichtig. Hij droeg de plastic tassen van meneer en mevrouw White alsof het schatten waren. Samen gingen hij en Nan door de papieren heen. Er waren lijstjes en recepten en handige tips. Er waren reisbrochures en medische folders en gebruiksaanwijzingen voor ouderwetse, allang niet meer gebruikte apparaten.

Ze draaiden ze om en om, in de hoop iets te gaan begrijpen van een leven dat twee jaar geleden zo vreemd was geëindigd.

‘Er staat nergens iets over een testament,’ zei Derek.

‘Nee, en ook niets over wat hij de hele dag op zijn werk deed,’ antwoordde Nan.

‘Hadden ze maar een dagboek bijgehouden. Dat doen vrouwen alleen vaak,’ zei hij.

Nan bloosde een beetje. Ze had besloten een dagboek bij te houden van de verbouwing, maar tot nu toe ging dat alleen maar over Derek en zijn gezellige bezoekjes. Dat hij een vruchtencake in blik had meegebracht en daarvan voor hen allebei een plak afsneed, als hij 's avonds op de thee kwam.

Hoe ze de bus had genomen naar de viswinkel en verse zalm had gekocht om een broodje voor hem te maken.

Hoe haar dagen zo een soort doel kregen.

'Misschien was ze bang dat iemand het zou vinden.'

'Dan heeft ze het vast goed verstopt,' zei hij met een glimlach.

Een paar dagen later vonden de bouwvakkers het dagboek. Het lag achter een losse baksteen in de keuken. Derek droeg het naar binnen als een trofee.

'Wat staat erin?' Nan stond bijna te trillen.

Hij legde vijf schriften neer, vol kriebelige, dicht opeen geschreven regels.

'Je denkt toch niet dat ik ze zonder jou zou openslaan?' vroeg hij.

Ze maakte een plek op de tafel vrij. De scones konden wachten. Nu zouden ze misschien iets ontdekken over het vreemde, geheimzinnige leven van de Whites, die vijfentwintig jaar lang aan de andere kant van een bakstenen muur hadden gewoond.

Samen lazen ze over de lange dagen van een vrouw die verborgen had gezeten in Chestnut Street, die de deur niet uit durfde uit angst voor ontdekking. Dag en nacht was ze bang dat de wrede man die ze had verlaten haar zou vinden en haar weer kwaad zou doen, zoals hij zo vaak had gedaan tijdens hun huwelijk.

Telkens weer bezong ze de vriendelijkheid en goedheid van de man die ze Johnny noemde, die meneer White moest zijn geweest. Hoe hij alles had opgegeven om haar te redden en weg te halen uit al dat geweld.

Hoe haar familie dacht dat ze dood was, omdat ze nooit meer iets van haar hadden gehoord na die avond dat ze met Johnny was weggelopen.

'Stel je voor, al die zorgen en angst hier vlak naast!' Nans ogen stonden vol medelijden.

Ze aten de scones op, Nan maakte bonen met geroosterd

brood en ze dronken allebei een glas sherry en ondertussen lazen ze maar door.

Pas tegen elven ging Derek Doyle weg. Hij belde niemand en niemand belde hem op zijn mobiel.

Dat klonk niet als een man met een vrouw, dacht Nan bij zichzelf. En al wist ze dat het dwaas was, ze was er blij om.

Ze moesten nog twee schriften van het dagboek lezen.

De volgende dag kwam ze een paar keer, als ze het geluid van boren en hamers hoorde, in de verleiding om weer aan tafel te gaan zitten en verder te lezen. Maar dat leek op de een of andere manier niet eerlijk. Ze ging de deur uit en kocht lamskoteletjes voor hun avondeten. Allebei hadden ze het gevoel dat er iets treurigs en misschien iets ergs in de laatste hoofdstukken zou staan.

Jo belde.

'Misschien kom ik vanavond even langs, moeder. Jerry heeft een vergadering. Ik moet hem erheen rijden en later weer ophalen, dus ik dacht dat ik de tijd net zo goed bij jou kon stukslaan.'

Nan fronste. Niet echt aardig om zoiets te zeggen, als dochter.

'Ik ben er vanavond niet,' zei ze.

'O, werkelijk, moeder, uitgerekend vanavond.' Jo klonk ongeduldig, maar ze kon er niets aan veranderen.

Bobby belde om te zeggen dat hij zijn was zou langsbrengen. En kon die dan morgenvroeg klaar zijn? Weer voelde Nan een golf van woede. Ze zei dat dat niet mogelijk was.

'Wat moet ik dan?' kermde Bobby.

'Je bedenkt vast wel iets,' zei Nan.

Pat belde.

'Nee, Pat,' zei Nan.

'Wat bedoel je in hemelsnaam? Ik heb nog niet eens iets gezegd,' zei Pat beledigd.

'Nee, op wat je ook wilde voorstellen,' zei Nan.

'Nou, dat is ook aardig. Ik was van plan om je rookmelder te komen controleren, maar dan zal ik mezelf de moeite maar besparen.'

'Doe niet zo boos, Pat. Ik ben er vanavond niet, dat is alles.'

'Mam, jij gaat nóóit ergens heen,' protesteerde Pat.

Was dat waar, vroeg Nan zich af. Was zij net als die arme mevrouw White... die natuurlijk helemaal geen mevrouw White was. Ze heette heel anders, maar die lieve, goede Johnny White was in een pakhuis gaan werken – een baan die hij verschrikkelijk vond – om te zorgen dat zij veilig was.

De uren kropen voorbij tot het eindelijk tijd was om samen met Derek de draad van het verhaal weer op te pakken. Nan had haar mooiste jurk aangetrokken, met de kanten kraag.

'Wat zie je er mooi uit,' zei Derek.

Hij had een bos rozen voor haar meegebracht en ze bloosde terwijl ze die in een vaas schikte. Daarna lazen ze verder.

Toen ze bij het gedeelte kwamen waarin die lieve Johnny zich te ziek voelde om te gaan werken, maar niet naar een dokter wilde, begon Nan zich zorgen te maken.

'Dit bevalt me niet,' zei ze.

'Mij ook niet,' antwoordde Derek.

Ze lazen verder, hij bleek ongeneeslijke kanker te hebben en ze wisten dat zij niet alleen kon leven, zonder hem. Met tranen in haar ogen las Nan over de plannen voor de reis naar de meren en dat ze hun financiële gegevens en testament naar een notaris stuurden.

Ze wilden dat hun huis op Chestnut Street 12 verkocht werd en dat de opbrengst naar een organisatie ging die mishandelde vrouwen opving.

Het had even geduurd voor alles geregeld was nadat ze waren verdwenen, verdronken in de meren, zoals werd aangenomen. Ambtelijke molens draaien langzaam, dus daarom had het huis zo lang leeggestaan.

Nan en Derek zaten daar, terwijl het licht afnam. Ze dachten aan het stel en hun vreemde, treurige leven.

'Ze moeten erg veel van elkaar gehouden hebben,' zei Nan.

'Zo heb ik nooit liefgehad,' zei Derek.

'Ik ook niet,' zei Nan.

Bucket Maguire

Veel klanten noemden hem meneer Maguire. Dat waren de dames van de generatie die dacht dat als je een ambachtsman 'meneer' noemde, dat op de een of andere manier de dienstverlening rechtvaardigde. Die verhief boven een kwestie van water en sponsen en ramen lappen.

Bucket Maguire zelf zag er niet de noodzaak van in om zijn werk tegenover iemand te verheffen. Het was een prima, bevredigend vak, glazenwasser. Hij was het al vanaf zijn zestiende, vanaf de dag dat broeder Mackey had gezegd dat er geen schijn van kans was dat de jonge Maguire op een kantoor zou kunnen werken.

Zijn vader was teleurgesteld geweest, maar mensen werden wel vaker teleurgesteld en voor hij het wist had hij zijn fiets, zijn schuifladder en zijn emmer aan het stuur.

Waarschijnlijk wist niemand meer dat hij ooit Brian Joseph Maguire was gedoopt. Iedereen noemde hem Bucket, vanwege die emmer aan zijn stuur. Nou ja, iedereen behalve zijn zoon Eddie, die hem Var noemde. Var was bedoeld als een soort afkorting van 'vader'. Het was een grapje geweest toen Eddie vier jaar was, maar hij zei het nog steeds wanneer hij thuiskwam, wat niet vaak gebeurde.

Hoe had Buckets vrouw hem genoemd? Dat kon niemand in Chestnut Street zich herinneren. Het was ook al zo lang geleden dat Helena was weggegaan. En ze was er ook eigenlijk niet zo heel lang geweest. Eddie was nog maar een baby, eigenlijk.

Helena had tegen alle buren gezegd dat het het enige was wat ze kon doen, in deze omstandigheden. De omstandigheden waren dat ze een nieuwe man had leren kennen, die dol op haar was. De nieuwe man was in alle opzichten meer waard dan Bucket Maguire en bovendien was hij bereid Eddie aan te nemen als zijn eigen zoon. Meer kon je niet verlangen.

Eddie zou naar een goede school gaan en het voorbeeld krijgen van een man met een echte baan. En, zei Helena, al kon niemand op aarde ook maar iets tegen Bucket inbrengen, een goed voorbeeld voor zijn zoon kon hij nooit zijn.

De buren in Chestnut Street hoorden Helena in die tijd nogal zuur aan. Ze zeiden niet veel, maar lieten wel doorschemeren dat ze het tegenover Bucket Maguire, die door weer en wind ging om bij mensen ramen te lappen en zijn vrouw en zoon een bestaan te bieden, niet erg dankbaar vonden om hem te verlaten omdat hij geen goed voorbeeld was.

Er was weinig begrip in de straat voor Helena, toen ze haar zoon meenam naar een buitenwijk; niemand kwam afscheid nemen om haar het beste te wensen. Velen kwamen nadat ze met de kleine Eddie was vertrokken. Ze bedoelden het goed, maar Bucket dacht bij zichzelf dat niemand ooit de juiste dingen zei.

Of ze zeiden dat ze wel genoeg zou krijgen van die gladjanus en dan terug zou komen, wat niet echt waarschijnlijk was, of anders zeiden ze dat hij beter af was zonder haar, wat helemaal niet waar was. Sommigen zeiden dat hij wel weer een andere vrouw zou vinden, een betere vrouw dan Helena, wat natuurlijk niet mogelijk was. En dan waren er nog degenen die zeiden dat het steeds moeilijker werd om een zoon op te voeden in de wereld van tegenwoordig en dat het misschien maar goed ook was dat hij Eddie niet hoefde op te voeden, want de jongen zou best een lastpost kunnen worden.

Bucket bedankte ze allemaal vriendelijk en zei dat hij dacht dat dit wel het beste zou zijn en Eddie zou immers vaak naar hem toe komen.

Zo vaak was dat niet in het begin, want Eddie moest eerst

wennen aan zijn nieuwe plek – dat was nu eenmaal zo, dat snapte iedereen, zei Bucket ter verdediging van Helena.

En later, toen Eddie naar school ging, had hij zoveel huiswerk en zoveel andere dingen te doen dat het logisch was dat de jongen maar heel af en toe kwam.

Hij kwam altijd rond zijn verjaardag en rond Buckets verjaardag en rond Pasen en Halloween en rond Kerstmis en andere dagen. Dus dat was meer dan zes keer per jaar.

De buren zagen hoe Eddie mistroostig een steen door Buckets tuin schopte als hij op bezoek was, een rusteloos kind dat zich geen van hen kon herinneren en dat helemaal niet dankbaar leek voor het onthaal dat Bucket hem altijd gaf.

'Ach, je kunt niet van zo'n jongen verwachten dat hij keurige manieren heeft en de hele tijd dank je wel zegt, als een papegaai,' zei Bucket altijd.

Als Eddies nieuwe vader inderdaad een goed voorbeeld voor de jongen was, waar bleek dat dan uit, vroegen mensen zich af. Helena zette het kind altijd af en zwaaide gedag voordat die arme Bucket bij de auto kon zijn om met haar te praten.

Bucket ging vaak naar juffrouw Mack in de bibliotheek – voordat zij blind werd – om geschikte boeken en spelletjes te lenen voor als Eddie op bezoek kwam, maar hij moest toegeven dat de jongen zich niet goed kon concentreren.

'Ik ben bang dat hij dat van mij heeft geërfd – ik was nooit zo'n boekenwurm,' zei Bucket treurig.

Juffrouw Mack kon wel huilen als hij zoiets zei en het ergerde haar dat Helena die paar bezoekjes nooit van tevoren bij Bucket aankondigde. Dat betekende dat Bucket week in week uit boeken en spelletjes moest komen halen, voor het geval dat.

Kevin Walsh, de taxichauffeur van Chestnut Street 2, had de jonge Eddie in zijn nieuwe leventje wel gereden, niet dat de jongen hem ooit herkende. De stiefvader had een hoop geld en nam vaak een taxi.

'Volgens mij is Bucket beter af zonder die jongen, het wordt echte een brutale aap,' zei Kevin tegen iedereen die het horen wilde. Bucket was niet iemand die het wilde horen.

'Het joch heeft een moeilijke start gehad, met een gebroken gezin enzo,' zei Bucket vaak vergevingsgezind. 'Het is toch normaal dat hij een beetje de weg kwijt is?'

En toen juffrouw Ranger van nummer 10 er toevallig achter kwam dat de jonge Eddie Maguire geschorst was van school omdat hij herrie had geschopt, vertelde ze dat niet aan Bucket. Ze wist van tevoren wat ze te horen zou krijgen: 'Ach, dat is allemaal een misverstand. Sommige leraren doen heel moeilijk; ze hebben de pik op die arme Eddie.' Beter maar niets zeggen.

Op een keer vond Bucket tijdens het werk een jong katje dat op een dak zat te mauwen. Voorzichtig redde hij het en droeg het trots in zijn jasje naar de voordeur. De man zuchtte geërgerd.

'Verdorie, ik dacht dat ik ze allemaal had – dit rotbeest is blijkbaar ontsnapt.'

De man vond dat hij nuttig werk had gedaan door de zeven katjes die tevoorschijn waren gekomen, te verdrinken voordat de kinderen uit school kwamen en een scène konden schoppen. De moeder van de katjes, een slimme poes die blijkbaar had begrepen wat haar baas van plan was, had ze ergens verstopt, tot ze een week of vijf oud waren en was toen triomfantelijk met haar kroost het huis weer binnen gestapt.

'Gaat u het verdrinken?' vroeg Bucket ongelovig. Hij voelde het hartje kloppen onder het bolletje grijs bont in zijn hand.

'Geef maar hier, het is zo gebeurd,' zei de man.

Bucket schudde zijn hoofd. 'Ik neem het wel mee naar huis, om voor te zorgen,' mompelde hij.

'Ach, praat toch geen onzin, man, het is gewoon ongedierte, er zijn er tientallen van die leeftijd.'

'Dit zijn er geen tientallen, eentje maar en daar zal ik voor zorgen.'

'O nee. Dan komt dat ellendige beest weer naar ons terug gekropen, dat doen ze altijd.'

'Niet bij mij vandaan, ik woon kilometers ver weg, in Chestnut Street.'

De man keek Bucket verwonderd aan. 'Komt u dat hele eind op de fiets alleen maar om ramen te lappen?'

'Jazeker, ik bof maar dat ik gezond en sterk ben,' zei Bucket stralend omdat hem zoveel geluk ten deel viel.

'Ja, nou, en wat doen we met dat beest?'

Bucket hief het katje omhoog en bekeek het.

'Kunt u haar ergens in een kamer apart zetten en haar een schoteltje melk geven, met een beetje brood erin misschien, dan kom ik haar ophalen zodra ik klaar ben met de huizen in deze straat, tegen vieren, en dan neem ik haar van u over.'

'Ik weet het niet.' De man twijfelde.

'Ach toe – uw kinderen zijn dan nog niet thuis, ze krijgen haar niet te zien en ik wil haar graag hebben,' pleitte Bucket voor het kleine leventje.

'En hoe zit het dan met de mensen bij u thuis?' vroeg de man.

'Er is niemand bij mij thuis, alleen ik,' zei Bucket en pas toen liet hij het grappige katje los, dat grijs was met een witte buik, mager, alert en nog angstig van zijn grote klim om te ontsnappen aan de dood in een emmer water.

'Daar ga je, Ruby, deze aardige meneer zal je een hapje te eten geven tot ik je kom ophalen,' zei Bucket.

'Ruby?' vroeg de man.

'Dat heb ik altijd een mooie naam gevonden. Als we een dochter hadden gekregen, zou ze Ruby hebben geheten.'

'Geen kinderen? Misschien maar goed ook.'

'O, ik heb wel een zoon, een geweldige jongen. Eddie heet hij.'

'Dus u hebt wél iemand huis?'

'Nee, Eddie woont bij zijn moeder. Dat was beter. Wat had ik hem kunnen bieden?'

De opgewekte kijk die Bucket op alles had, leek de man te ergeren.

'Goed dan, ik geef dit mannetje hier een kommetje van iets en u bent om vier uur terug.'

'Wilt u haar ook een doos geven met wat zand erin?' verzocht Bucket.

'Anders nog iets? Kaviaar? Een zonnebank?'

'Ik wilde alleen maar dat ze een soort wc krijgt, het is zo vervelend voor u en uw gezin, als ze het op de vloer doet.'

'Ik zie u om vier uur, geen minuut later,' zei de chagrijnige man.

Bucket was precies op tijd terug, met een blikje eten voor jonge katjes en een splinternieuwe kattenbak. Hij zette de kat in de mand voorop zijn fiets, waar hij anders zijn sponsen, zemen en knijpfles vloeibaar schoonmaakmiddel in vervoerde. Hij had er een kartonnen doos in vastgemaakt en daar zette hij Ruby voorzichtig in en haalde zachtjes haar kopje door het gat dat hij boven in de doos had gemaakt.

'Zo kan ze zien waar ze heen gaat en heeft ze frisse lucht tijdens de rit naar huis,' verklaarde Bucket.

'U bent een fatsoenlijke kerel,' zei de chagrijnige man onverwacht.

Ruby wende snel aan nummer 11, ze deed geen enkele poging om haar moeder te gaan zoeken, of haar dode broertjes en zusjes of om terug te gaan naar het ongastvrije huis van de chagrijnige man. Juffrouw Mack van nummer 3, vertelde Bucket een keer dat ze wel eens had gelezen dat katten hun vroegere leven snel vergeten en bijna zestig procent van hun tijd slapen.

'God wat moet dat heerlijk zijn,' zei Bucket goedkeurend en hij bekeek Ruby met andere ogen. Ruby was dikker geworden en had meer glans gekregen toen Eddie weer eens op bezoek kwam.

Tegenwoordig bracht hij een vriend mee als hij zijn vader kwam opzoeken. Nou ja, zei Helena, je kon van een grote jongen van twaalf niet verwachten dat hij alleen maar naar hem ging zitten koekeloeren. Een jongen van die leeftijd had nou eenmaal een kameraad nodig, om niet helemaal gek te worden. Zijn kameraad heette Nest Nolan. De eerste keer dat hij de jongen ontmoette had hij gezegd: 'Dat is een grappige naam, Nest.'

'Voor iemand die Bucket heet, is dat een verdomd grappige opmerking,' had Nest gezegd.

Dus had Bucket geen grapjes meer gemaakt. De jongen leek hem geen goede vriend voor Eddie, hij was grof, ongemanierd, er was niets warms aan hem. Hij had geprobeerd dat tegen Helena te zeggen, maar zij haalde haar schouders op. Kinderen kiezen hun eigen vrienden, had ze gezegd. Daar kon je toch niks aan veranderen.

Eddie en Nest keken onbewogen naar de grijs met witte poes.

'Vlooienbaal,' zei Nest alsof hij er alles van wist.

'Jezus, Var, waar heb je dat nou vandaan?' vroeg Eddie klaaglijk.

'Ik dacht dat je een poes juist leuk zou vinden, Eddie. Dit is Ruby. Zij en ik kunnen het prima vinden samen,' zei Bucket teleurgesteld. 'Soms is het net of ze tegen je praat. Ik dacht erover om haar een paar kunstjes te leren. Ze is dol op me, weet je.'

'Ze lopen mee met iedereen die ze te eten geeft,' sneerde Nest. 'Ze hebben geen greintje fatsoen. Niet zoals een hond.'

'O, maar ik kan hier geen hond hebben, Nest,' legde Bucket uit. 'Ik moet elke dag weg voor mijn zaak. Ik kan een hond niet uitlaten of meenemen, dat zou niet eerlijk zijn.'

'En wat hebt u dan wel voor zaak?' vroeg Nest, al wist hij dat best.

Iedereen wist wat voor zaak Bucket had – het stond op zijn fiets: KWALITEIT IN GLAZEN WASSEN. Maar Nest vond het leuk om ernaar te vragen, zodat hij en Eddie eens goed konden lachen als Bucket het vertelde.

'En hebt u nog kwaliteit in glazen wassen te doen vanmiddag?' informeerde Nest.

'Nee, niet nu Eddie er is,' verklaarde Bucket. Hij zou de afspraken die hij had gemaakt, afzeggen.

'Worden de mensen dan niet kwaad op u?' ging Nest door.

'Nou, ze zullen wel teleurgesteld zijn, maar zo vaak zie ik Eddie niet.'

'U kunt best gaan ramen lappen; wij zijn er nog wel als u terugkomt,' zei Nest.

Dat wilde Bucket niet.

'Ach ga toch, Var,' zei Eddie. 'We gaan heus niet twee uur lang naar jou zitten koekeloeren.'

'Ik heb een spel,' begon Bucket.

'Dat is voor baby's,' zei Eddie.

'Luister, meneer Bucket, waarom gaat u niet gewoon uw klanten helpen – dan blijven wij wel gezellig hier bij de kat.'

'Nee, nee, ik had me erop verheugd dat Eddie... dat jullie tweeën kwamen.' Hij keek gretig van de een naar de ander. Er viel een stilte.

Uiteindelijk zei Eddie iets. 'We blijven niet, als jij hier bent, Var. Dan gaan we gewoon buiten een beetje rondhangen, snap je.'

'Niet persoonlijk bedoeld, meneer Bucket,' zei Nest met een vals lachje.

'Nee, nee, natuurlijk niet persoonlijk bedoeld,' verzekerde Eddie.

Gedwee fietste Bucket weg. Hij kon niet anders. En het was niet Eddies schuld. Hij had alleen maar een slechtgemanierde vriend getroffen, dat was alles. Hij ging ramen wassen en kocht voor de jongens een grote bak luxe ijs. Zo een met brokken butterscotch chocola en noten erin. Dat zouden ze vast lekker vinden.

Toen hij Chestnut Street in sloeg, zag hij een menigte mensen rond het hek van nummer 11 staan. Buckets hart sloeg een slag over van schrik: misschien was er wel een ongeluk gebeurd. Waarom zouden die mensen daar anders staan? Hij kwakte zijn fiets tegen het hek en holde erheen om te zien wat er aan de hand was. Met hun hand voor hun mond van afschuw en verbazing stonden de mensen te kijken naar Ruby die over de straat wankelde. Er was iets aan haar pootjes vastgemaakt dat een raar klikkend geluid maakte en ze was duidelijk erg van streek, want ze huilde als een baby. Ze blies en spuugde als iemand haar probeerde op te tillen, maar ze herkende Bucket toen hij eraan kwam en probeerde naar hem toe te komen. Hij tilde haar op en zag dat haar pootjes vastzaten in gedraaide, puntige schelpen als slakkenhuisjes, zoals je wel op het strand vindt. Ze waren erin vastgeplakt met kaarsvet, dat nog een beetje warm was. Het vet moest heet geweest zijn toen de pootjes in de schelpen werden geduwd. Hij voelde zich misselijk worden. Het was rood kaarsvet, zoals de kaars die bij hem in de zitkamer op tafel stond voor een feestelijke gelegenheid.

'Stil maar, Ruby, we doen je je schoentjes wel uit, hoor,' zei hij sussend tegen het doodsbange diertje in zijn armen.

Hij trok aan een schelp, maar die liet niet los.

'Ik heb net een stanleymes gehaald,' zei Kevin Walsh, de norse taxichauffeur van nummer 2.

'Ik heb wat kattenchocolaatjes gehaald, om haar te kalmeren,' zei Dolly, het schoolmeisje van nummer 18, dat zelf een poes had.

'Ik wilde de politie al bellen,' zei de mopperige meneer O'Brien van nummer 28, de eigenaar van een raskat die Rupert heette, 'maar de anderen zeiden dat ik maar beter kon wachten tot jij terugkwam.'

Samen maakten Bucket en Kevin Walsh de schelpen van de zachte pootjes los. Er zat nog wel wat was tussen haar teentjes, maar Ruby kon weer lopen. Ze wandelde triomfantelijk langs iedereen om te laten zien dat ze weer beter was en klauwde zich toen weer vast aan de borst van Bucket en liet zich niet meer door hem op de grond zetten. Hij zei tegen de mensen dat haar arme kleine pootjes wel pijn zouden doen en bedankte iedereen omdat ze zo hadden meegeleefd.

'Ik kan me niet voorstellen wat voor gemeen persoon dit zou doen,' zei hij met tranen in zijn ogen.

'Je zoon en zijn vriend hebben het gedaan, Bucket,' zei Kevin Walsh zonder omwegen.

'Nee Kevin, dat zouden ze nooit doen – Eddie houdt van dieren.'

'Ze riepen dat ik moest komen kijken, kon je lachen, zeiden ze,' hield Kevin vol.

Bucket was geshockeerd. 'Nee, ik kan het niet geloven.'

'Waar zijn ze dan nu? Ze laten zich niet zien, omdat het

helemaal niet zo grappig bleek te zijn.' Kevins mond was een harde, onverzoenlijke streep.

Bucket keek een beetje angstig om naar zijn huis. 'Het moet een vergissing zijn,' begon hij.

'Het is geen vergissing,' zei Kevin.

Mensen begonnen weg te lopen van nummer 11, het drama was voorbij, nu begon het gênante deel, het deel waarin die arme Bucket zou beseffen wat een schurk zijn zoon was. 'Het is maar een kind,' zei Bucket tegen de rug van de mensen die niet wilden horen hoe hij, ook nu weer, de jongen verdedigde van wie hij hield, maar die zij altijd een lastpost hadden gevonden.

Het was Eddies schuld niet. De jongen was beïnvloedbaar en mensen kregen snel een hekel aan hem. Eddie en Nest snapten niets van al die drukte. Had Bucket zelf niet gezegd, vandaag nog, dat hij de kat kunstjes wilde leren? Nou, zij hadden alleen maar geprobeerd om die stomme kat te leren tapdansen en nou viel iedereen over hen heen. Allebei deden ze gekwetst, van streek, alsof ze weg wilden gaan, om nooit meer terug te komen. Bucket smeekte hun om te beseffen dat ze een vergissing hadden gemaakt.

'Ik denk dat jullie niet snappen hoe voorzichtig je moet omgaan met zo'n onschuldig dier,' zei hij zenuwachtig.

'Nou, zo onschuldig klonk hij anders niet, zoals hij krijste toen we het hete kaarsvet op zijn poten deden. Het was dertig kilometer verderop nog te horen,' zei Nest met een vals lachje.

Bucket keek zijn zoon aan, in de hoop op een teken, hoe klein ook, dat de jongen afstand nam van Nest. Hij zag geen enkel teken. Hij wist dat wat hij nu zou zeggen, op de een of andere manier belangrijk was.

'Ik denk dat die arme Ruby niet snapte dat het een grapje was,' zei hij uiteindelijk. Hij keek van de ene jongen naar de andere en probeerde te achterhalen wat hij zag. Hij dacht dat hij spot en medelijden zag.

Die avond belde Helena hem op. 'Gaat het wel goed met je?' vroeg ze scherp.

'Ja, ik geloof het wel. Hoezo?' Hij voelde bijna hoe ze haar schouders ophaalde.

'Geen idee. Iets wat Eddie zei. Ik geloof dat ze dachten dat jij dement werd of zoiets.'

Hij zweeg even. Hij zou nu aan haar kunnen vertellen wat haar zoon en zijn vriend hadden uitgehaald, of hij kon het laten passeren. Hij liet het passeren en hij wist dat het met Eddie nooit meer hetzelfde zou zijn.

Twee jaar later werd Eddie van school gestuurd. Nest ook. Maar ze konden ergens anders terecht, bij een veel strengere school.

Helena zei dat ze teleurgesteld was, maar ja, het leven was nu eenmaal een en al teleurstellingen, nietwaar?

Bucket wist het niet; soms wel, maar meestal was het leven best goed.

'Net iets voor jou, om dat te zeggen,' zei Helena.

'Kan hij nog steeds naar mij toe komen, als hij op die nieuwe school zit?' vroeg Bucket.

'Nou, vraag het hem zelf maar, je ziet hem vaak genoeg,' snauwde Helena.

Bucket zweeg even. Hij had Eddie al drie maanden niet gezien.

'Wanneer zie ik hem dan, zegt hij?'

'Elke zaterdag, de afgelopen zes weken, of ben je zo versuft dat je het niet eens merkt als je eigen zoon er is?'

'Hij komt nooit hier, Helena,' zei hij verslagen.

'Shit,' zei Helena.

'Var?'

'Ben jij dat, Eddie?'

'Tenzij je er ergens nog een heel stel andere kinderen op na houdt.' Eddie kwam de achterdeur van nummer 11 binnen.

Ruby sprong vlug van de stoel waarin ze had liggen slapen en holde naar boven.

'Nee, alleen jij maar, Eddie.'

'Nou dan heb je ook niet veel gepresteerd in je leven,' zei Eddie.

'Voor mij is het genoeg. Ik had graag gehad dat het anders was gelopen en dat ik je altijd bij me had gehad, maar ik vind het altijd fijn om je te zien. Ik wou dat ik je beter had kunnen helpen.'

'Jij bent oké, Var – heel wat beter dan híj.'

Bucket wist dat 'híj' Helena's tweede man was. 'Ik dacht dat die zo aardig was?'

'O ja, als alles goed gaat wel. Maar als het niet goed gaat, haalt hij zijn neus voor me op.'

'Tja, iedereen is anders.'

'Waarom ben jij niet wat harder geweest, Var, sterker, snap je?'

'Dat weet ik niet, Eddie, zo was ik gewoon niet.'

'Het is de enige manier om vooruit te komen, je leeft maar één keer.'

'Dat weet ik nu ook. Vroeger wist ik het niet.'

'Zou je dan anders zijn geworden, denk je?'

'Nee, waarschijnlijk niet. Nee, ik denk dat ik net zo was geworden. Ik wil het nou eenmaal graag makkelijk hebben, mensen niet tegen de haren in strijken. Ik wilde je moeder niet van streek maken toen ze een beter leven wilde.'

'Maar ze is met je getrouwd, dus ze moet toch íéts in je hebben gezien.'

'Iets wel ja, maar ik denk dat ze vastigheid wilde, ik had een eigen bedrijf, een eigen huis. In die tijd was het heel wat als je een eigen bedrijf had.'

'Maar het is geen bedrijf, Var, het is alleen maar jijzelf, een fiets, een ladder en een emmer,' zei Eddie.

'En een goede naam en een lijst tevreden klanten, zo lang als mijn twee armen achter elkaar,' zei Bucket trots.

'Ik vind het niet fijn op die nieuwe school, Var.'

'Je zit er nog maar net op, jongen.'

'Nee, al zes maanden. Nest vindt het er wel fijn en Harry en Foxy en al mijn andere vrienden ook, maar ik niet.'

'Wat doen we daaraan, Eddie?' Bucket was echt stomverbaasd. Hij had geen idee welke raad hij de jongen kon geven.

'Mag ik niet bij jou komen wonen, zodat ik naar die school hier verderop kan?'

'Ach, Eddie, daar word je niet toegelaten. Het is een school voor rijkeluiszoontjes. Je vader kan misschien zorgen dat jij daar op komt, maar ik niet. En trouwens, Eddie, het schoolgeld kost er een fortuin.'

'Dat zou ik terugbetalen, Var, als ik eenmaal succes had.'

'Nee, kerel, het kan gewoon niet. Ik heb alleen maar dit huis en met het beetje geld dat ik overhoud, betaal ik een levensverzekering voor jou, als je twintig bent, en de rekeningen van het verpleeghuis waar je oma woont.'

'Ik wil geen geld als ik óúd ben, twintig, ik wil het nu, Var!'

'Als ik kon, zou ik het meteen aan je geven, maar het gaat niet.' Bucket was bijna in tranen, omdat hij niet kon geven wat zijn zoon hem vroeg.

'Ik had het kunnen weten.' De jongen zakte achterover in de stoel.

Bucket besloot dat hij hem alle wijsheid zou geven die hij bezat. 'Misschien helpt het als je net doet of je het wel fijn vindt op school, Eddie. Dat doe ik ook vaak als ik een grote klus heb, met heel hoge ramen en heel veel. Dan zeg ik tegen mezelf dat dit precies de klus is waar ik zin in had. Ik denk er niet aan dat ik vanaf de vierde verdieping omlaag kan vallen, ik denk aan het geld dat ik ermee verdien. En ik zeg tegen mezelf wat een mooi huis dit is, echt een herenhuis eigenlijk en weet je, dan ga ik me meteen al beter voelen. Misschien helpt het wel als je dat ook op je nieuwe school probeert. Echt waar, dat kan best.'

'Het is te laat, Var. Ze hebben me eruit gegooid. Vandaag.'

'Maar waaróm, Eddie, waarom? Je zit er net zes maanden…'

'Een vergissing, Var. Iets met drugs.'

'Maar jij hebt toch niks met drugs te maken, Eddie? Ik bedoel, je bent pas vijftien.'

'Natuurlijk niet. Kan ik bij jou komen wonen?'

'Dat moeten we aan je moeder vragen.'

'Die vindt het best, Var.'

En Helena vond het inderdaad best. Al heel snel. Bucket vertelde het aan iedereen in Chestnut Street. De omstandigheden waren veranderd, zijn zoon woonde nu elke dag bij hem.

'Laat hem maar goed op zijn kat passen,' zei de oude meneer O'Brien van nummer 28.

'Laten we overal maar goed op passen,' zei Kevin Walsh van nummer 2, die als taxichauffeur wel wist wat er in de wereld te koop was.

School was afgelopen. Voorbij. Het oude liedje, verklaarde Eddie – als je eenmaal een slechte naam had enzo.

'Maar er zijn zoveel beroepen waar je uit kunt kiezen, Eddie. Zoveel mogelijkheden.'

'Er ís geen school die mij wil hebben, Var. Snap je dat nou nog niet?'

'Maar hoe moet je dan je brood verdienen?'

'Jij bent zelf ook op je vijftiende van school gegaan en je hebt altijd je brood verdiend,' zei Eddie.

Bucket keek hem aan. 'Ja, maar dat was niet bepaald een chique baan,' begon hij. 'Daarom nam je moeder je mee naar hém, naar een accountant, iemand die gerespecteerd wordt.'

'Hij heeft nu geen enkel respect voor mij, Var.'

'Het komt allemaal door die jongen, Nest. Je ben toch niet meer met hem bevriend, hè Eddie?'

'Nee, niet met Nest en ook niet met Foxy en Harry.'

'Dus dan kun je met een schone lei beginnen.'

'Dat heb ik nodig, Var, een schone lei, wat geld, een fatsoenlijke baan, een thuisbasis hier bij jou.'

Jaren had Bucket ervan gedroomd om deze woorden te horen. Hij kon nauwelijks geloven dat het nu zover was. 'Weet je het zeker, Eddie?'

'O ja, echt. Ik weet nu pas dat dit is wat ik altijd al wilde doen, wilde zijn.'

'Ik koop morgen een nieuwe fiets,' zei Bucket en zijn ogen straalden. 'En dan laten we onze namen erop schilderen: MAGUIRE EN ZOON, KWALITEIT IN GLAZEN WASSEN, we worden rijk, jongen, dat worden we!'

Eddie keek hem verbijsterd aan. 'Nee, ik bedoel niet dat ik in de glazenwasserij ga,' zei hij. 'Ik vroeg alleen of ik hier bij jou kon komen wonen en je zei ja, dat is alles.'

Weer wist Bucket dat dit zo'n moment was, dat alles kon veranderen.

'Prima, jongen. Ik dacht alleen dat je een opstapje wilde, dat is alles.'

'Het zou niet echt een ópstapje zijn, Var, eerlijk gezegd,' zei Eddie.

'Oké, Eddie.'

'Het zal best gaan samen, Var, als je niet te veel toestanden maakt,' zei Eddie.

'Natuurlijk,' zei Bucket.

Bucket Maguire wist wel dat zijn buren niet dol van enthousiasme waren omdat Eddie terug was, maar hij had geen idee hoeveel medelijden de bewoners van Chestnut Street met hem hadden en wat een hekel ze aan zijn zoon hadden. Het had geen zin om er iets over te zeggen tegen hem. Hij had altijd wel een excuus voor Eddie; de jongen had pech gehad, mensen moesten hem altijd hebben, hij had een slechte naam gekregen, alleen maar omdat hij ooit verkeerde vrienden had gehad.

Bucket deed veel moeite om duidelijk te maken dat Eddie nu niets meer met die mensen te maken had. Maar niemand leek hem helemaal te geloven. Ze stelden vage vragen, zoals wat Eddie de hele dag deed? En hoe verdiende hij precies zijn geld? En hoe laat kwam hij 's avonds thuis? En als hij niet thuiskwam? Waar kon een jongen van vijftienenhalf, zestien dan de hele nacht zijn?

Bucket wist dat je dat soort vragen niet stelde als je je zoon bij je wilde houden. Alles was nu heel anders dan toen hij een jongen was.

Bucket werkte maar en werkte maar. Hij zou graag een assistent willen hebben, een jongeman die geen hoogtevrees had. Maar hij kon onmogelijk iemand anders in de zaak opnemen. Er zou een dag komen dat Eddie met hem wilde werken. Bucket zag al voor zich hoe zijn zoon dan op een nieuwe fiets naast hem zou fietsen. Het was gewoon een kwestie van afwachten, tot de tijd rijp was.

Toen, plotseling, ging Eddie weg uit nummer 11.

Geen verklaring, alleen een briefje: 'Ben ervandoor en als iemand naar me vraagt, heb je geen idee waar ik ben. Dat is het beste, Eddie.'

Weken gingen voorbij en Bucket maakte zich zorgen. Hij vond het verschrikkelijk om tegen iemand te moeten zeggen dat hij geen idee had waar zijn achttien jaar oude zoon was.

Totaal onverwacht kwam op een avond Nest aan de deur. Achter hem stonden twee jongemannen.

Bucket vroeg hem niet binnen. Ruby stak haar kopje om de hoek van de deur om te kijken wie er stond en alsof ze zich maar al te goed kon herinneren wie dat was, trok ze zich heel snel weer terug.

'Goeie god, is dat dezelfde kat waar toen die hele toestand om was? Die moet wel stokoud zijn,' zei Nest.

'Ruby is zes. Kan ik iets voor je doen?' zei Bucket kort.

'Jazeker. Het gaat om uw zoon of uw kleinzoon – ik heb nooit helemaal begrepen wat hij van u was.' Ness toonde een onschuldig en vals lachje.

'Zoon. Maar hij is hier niet en ik vrees dat ik niet weet waar hij is.' Zelfs tegen deze schoft was Bucket nog beleefd.

'O, ik weet dat hij niet hier is – die durft zijn gezicht voorlopig niet in Dublin te laten zien.'

Nest keek alsof hij er meer van wist en zijn blik was dreigend. Bucket voelde zich niet op zijn gemak. Maar beter de boel een beetje lijmen, dacht hij bij zichzelf. 'Ik weet dat jullie ruzie hebben gehad, toen, op school, maar kun je dat niet beter achter je laten?'

Nest lachte weer. 'Nee, meneer Bucket, we laten niets achter ons. Er is nog heel wat af te handelen en dus, als u een belangrijke boodschap aan hem wilt overbrengen...'

'Ik zeg het maar eerlijk, ik weet niet waar hij is of zelfs wanneer hij terugkomt.'

'Ik geloof vast dat dat zo is, meneer Bucket, maar op een dag neemt hij wel contact op en wilt u dan tegen hem zeggen dat hij weet waar hij ons kan vinden? Alleen dat. Wij zitten nog op dezelfde plek. Hij is degene die de benen heeft genomen.'

En nu keek hij wel heel dreigend, alsof hij Eddie iets aan wilde doen.

Heel snel en nerveus zei Bucket: 'Als hij contact met me opneemt, zal ik het tegen hem zeggen, Nest. Natuurlijk doe ik dat. Ik wilde alleen niet dat je dacht dat hij hier elke dag in en uit loopt of zo...'

'Het is menéér Nest voor u. Ik ben altijd zo beleefd geweest om u menéér Bucket te noemen. Die beleefdheid verwacht ik ook van u.'

'Het spijt me, meneer Nest,' zei Bucket, met gebogen hoofd.

De andere jongens giechelden. Ze liepen weg, als cowboys over het gras in het midden van Chestnut Street.

Ineens was het heel koud.

Daarna kon Bucket niet goed meer slapen. Als hij wel sliep, werd hij midden in de nacht wakker met het lachende gezicht van Nest op een paar centimeter van zijn eigen gezicht en dan duurde het een hele tijd voor hij besefte dat het een droom was, of Ruby die 's nachts op zijn bed lag te spinnen en over hem waakte. In die tijd begon hij zelf plannen te maken.

Op een avond belde Helena, heel laat.

'Is er iets mis?' vroeg Bucket in paniek.

'Mis? Wat zou er in hemelsnaam mis kunnen zijn?' Ze sprak onduidelijk.

'Omdat het al middernacht is, Helena.'

'O ja? En maakt dat iets uit?'

'Nee, niet als alles in orde met je is.'

'Met mij gaat het prima.'

'En met je man, Hugh, de accountant?'

'Daar gaat het ook goed mee, waar hij ook mag zijn.'

'Is hij niet thuis vanavond?' vroeg Bucket.

'Bijna geen enkele avond. Bucket, zijn de kranten al bij je geweest?'

'Waarover?'

'Over Eddie, idioot, waarover anders?'

'De kranten, willen die iets over Eddie weten?'

'Het hele land is naar hem op zoek: ze weten niet waar hij zich verborgen houdt. Bucket, laat hem niet binnen als hij komt.'

'Maar ik moet hem wel binnenlaten, hij is mijn zoon. En waarom zoeken ze hem dan?'

'O, jezus, Bucket, je bent nog stommer dan ik dacht, het staat allemaal elke dag zwart op wit.'

'Maar hij heeft niks gedáán. Toch?'

'Doe de deur niet voor hem open, Bucket. Bel de politie; anders vermoorden ze jou ook.'

'Wie zou Eddie en mij nou willen vermoorden, Helena? Doe niet zo raar.'

'De mensen die hij bestolen heeft. Nest, Harry en Foxy en hun maatjes. Onze sufferd van een zoon moest zonodig vriendjes worden met de grootste drugshandelaren in Dublin en probeerde ze ook nog te bedotten. Ze kunnen hem niet laten leven. Ze zitten achter hem aan om hem te vermoorden en de politie probeert ze voor te zijn. Het beste wat we voor hem kunnen doen is hem aangeven.'

'Dan zou hij een hele tijd de gevangenis in moeten. O, we kunnen toch vast wel meer voor hem doen, Helena?'

'Misschien kunnen we armpjedrukken met die types; ze zijn gewapend, Bucket, ze hebben afgezaagde dubbelloopsgeweren. Ja, we kunnen ons laten vermoorden. Fantastisch.'

'Misschien kunnen we hem helpen ontsnappen,' zei Bucket.

'Welterusten, Bucket,' zei Helena en ze hing op.

Ruby verstijfde in de stoel naast hem, haar haren stonden recht overeind. Er was iemand in huis. Bucket greep naar zijn keel. Was meneer Nest teruggekomen met een bende, om Eddie op te wachten? Toen kwam er iemand uit het donker tevoorschijn. Het was Eddie.

‘Meende je dat, Var? Dat je me wilt helpen ontsnappen?’

‘Natuurlijk meen ik dat. Ga zitten. Ik zet even een kop thee voor ons, voor het geval ze het huis in de gaten houden, ze moeten geen vreemde activiteit hierbinnen zien op dit uur.’

‘Het is te laat voor thee, vader. Ze houden inderdaad het huis in de gaten.’

Met genoegen merkte Bucket op dat zijn zoon hem voor de eerste keer ‘vader’ had genoemd, in plaats van ‘Var’.

‘Hebben ze je gezien, Eddie?’

‘Nee, ik ben via de achterkant gekomen, door de tuinen, vanaf het huis van Kevin Walsh aan het eind van de straat. Zij zitten aan de andere kant, in de tuin van nummer 22.’

‘Ja, Mitzi en Philip zijn met vakantie. Daar is nu dus niemand.’ Bucket wist alles van zijn buren, van hun plannen, hun verwachtingen en dromen.

‘Het is voorbij. Weet je dat?’ Het leek of Eddie het laatste restje hoop uit Bucket probeerde te slaan.

‘Drink je thee op, Eddie. Neem veel suiker, daar krijg je energie van.’

‘Energie waarvoor? Om een kogel door mijn kop te krijgen, als ik die deur uit kom?’

‘Waarom zouden ze wachten tot je naar buiten komt – als ze weten dat je hier bent, kunnen ze je ook binnen te pakken nemen.’

‘Nee, blijkbaar niet. Nest zei dat hij respect voor jou heeft. Hij praat allemaal van de *Godfather*-onzin over respect; hij zei dat jij altijd fatsoenlijk tegen hem bent geweest in de jaren dat hij hier kwam en dat hij in jouw huis niemand zal neerschieten.’

‘En Nest is de leider?’

‘Ja.’

‘Stel je voor,’ zei Bucket.

‘Ik weet het,’ zei Eddie.

Het was een echt vader-zoongesprek. Eindelijk. Op het laatst.

Ze praatten over van alles, over Hugh, de accountant; over Helena, die nooit ergens gelukkig zou zijn. Over het feit dat Eddie geen geld had, want hij had alles vergokt en wat hij van

Nest had gestolen, was opgegaan aan zijn schulden in het casino. Hoe anders zou alles zijn als hij dat geld weer had.

'Dat krijg je ook weer,' zei Bucket.

Bij het licht van de straatlantaarn dat binnenviel, zag hij het bekende geïrriteerde trekje op het gezicht van zijn zoon.

'Ga slapen, Eddie,' smeekte Bucket. 'We beginnen niet voor halfacht morgenochtend.' Hij stond op om naar boven te gaan.

'Laat me niet alleen, vader,' zei Eddie.

'Ik ga alleen wat kussens en een deken halen. Natuurlijk laat ik je niet alleen,' zei Bucket Maguire.

En de hele nacht zat hij toe te kijken hoe zijn zoon woelend en zachtjes kreunend lag te slapen, op de bank van nummer 11.

Het was een grauwe, bewolkte ochtend en Chestnut Street werd wakker, net zoals anders. Lilian zou de deur van nummer 5 uitgaan om de kapsalon in de hoofdstraat te openen, Kevin Walsh was misschien geboekt voor een vroege taxirit naar het vliegveld, de Kenny's van nummer 4 zouden naar een mis ergens gaan, Dolly van nummer 18 zou terugkomen van haar krantenwijk.

Het was tijd dat Bucket Maguire op zijn fiets stapte, zijn schuifladder en zijn mand met sponsen, zemen en vloeibare zeep eraan vastmaakte en met zijn wankele voertuig in de richting van de hoofdstraat slingerde. Alleen zou het deze ochtend niet Bucket zijn die op de fiets wegreed, maar Eddie.

Met een lange regenjas aan en Buckets oude hoed op, die zijn gezicht verborg; niemand zou het verschil zien.

Eenmaal op de hoofdstraat zou hij de fiets aan een hek vastmaken, de hoed en jas in de mand stoppen en een bus naar het stadscentrum nemen.

Bucket had elke week geld opgenomen van zijn spaarrekening. Dat was onderdeel van zijn plan geweest. Dus hij had genoeg om aan zijn zoon te geven.

Hij dacht dat hij tranen in de ogen van de jongen zag, maar wist het niet zeker.

'Je moet niet omkijken en dag zeggen – dan gaat het mis,' zei hij tegen Eddie. 'Zwaai niet naar mij, maar knik en zwaai wel naar iedereen die je verder tegenkomt. Ik ken ze allemaal, snap je, na al die jaren dat ik hier al woon.'

En van achter het gordijn van zijn huis keek hij trots toe hoe zijn zoon op de bedrijfsfiets langs de mensen reed die hem wilden vermoorden, en langs de buren die hem allemaal groetten, in de veronderstelling dat het de glazenwasser was die zijn respectabele bedrijf ging uitoefenen.

De oudere man

Berna haatte het om alleen al zijn naam te horen; ze vreesde en wantrouwde alles aan deze man... deze Chester die met haar enige dochter zou gaan trouwen. Maar ze zou aardig tegen hem moeten zijn, ze had Helen nog nooit zo vastbesloten meegemaakt.

'Als je je neus optrekt, moeder, als je uit de hoogte tegen hem gaat doen, accepteer ik dat gewoon niet,' had Helen geroepen, blozend en opgewonden, en ze had er jonger uitgezien dan haar drieëntwintig jaar.

'Ik heb geen flauw idee wat je bedoelt. Waarom zou ik uit de hoogte doen?' had ze gezegd.

Maar Helen liet zich niet afwimpelen.

'Hij is al eens getrouwd geweest en hij is bijna veertig. Ik weet heus wel wat je denkt.'

'Heb ik soms iets gezegd, Helen?'

'Dat hoeft niet, moeder, je trekt het gezicht dat vader altijd je "frikkengezicht" noemde.'

'Je vader zag vaak een "frikkengezicht", als dat helemaal niet zo bedoeld was,' glimlachte ze, maar haar hart was zwaar.

Ze wist dat Jack ook gegruwd zou hebben bij de gedachte aan deze Chester met zijn veel te zelfverzekerde air en zijn Amerikaanse accent, die morgen hierheen zou vliegen om de plannen voor de bruiloft te bespreken.

Jack zou korte metten met hem hebben gemaakt. Wat zou Jack eigenlijk gedaan hebben? Hij zou een eind met Helen zijn gaan wandelen, misschien had hij haar mee uit eten genomen naar een chic restaurant, hij zou gelachen hebben en haar hebben geplaagd tot ze eroverheen was.

Jack was gestorven toen Helen vijftien was. Acht jaar geleden. Iedereen zei dat dat een slecht moment was om je vader te verliezen. Niet veel mensen hadden gezegd dat het voor Berna op haar vijfendertigste ook niet zo'n best moment was om haar man te verliezen. Berna had ook altijd erg goed kunnen doen alsof ze zich wel redde.

Iedereen zag hoe snel ze haar rijbewijs haalde, hoe ze een baan vond, de boel draaiende hield. Als ze al hete tranen huilde van eenzaamheid en zelfmedelijden, dan zag niemand dat. Berna wist dat mensen niet geïnteresseerd waren in andermans problemen, dus hield ze de hare voor zich. Zelfs het verdriet vanwege de oudere man met wie haar enige kind zou gaan trouwen. Ze had het niet met haar zusters, haar vriendinnen of haar collega's gehad over deze nieuwe dreun die het leven haar had gegeven.

Ze wist alleen dat ze de schijn van vriendschap moest ophouden, want dit huwelijk ging in elk geval door. Ze was het aan Helen en Jack verplicht om geen breuk in hun gezin te veroorzaken omdat Helen dit onmogelijke huwelijk wilde doorzetten.

Hij was nooit eerder in Ierland geweest, Chester die overal was geweest. Helen had hem leren kennen in New York en was na zes maanden naar huis gevlogen om haar moeder het opwindende nieuws te vertellen. Nu kwam Chester zelf. Hij zou naar Shannon vliegen en daar een auto huren. Hij wilde wat door het land rijden, zei hij, de sfeer opsnuiven. Hij zou 's middags bij hun huis in Chestnut Street aankomen.

Hij had heel acceptabel geklonken aan de telefoon, prettig, beleefd, geen nep-Iers accent, maar dat hoorde waarschijnlijk bij zijn stijl. Hij zat in de reclame, dus hij wist hoe je mensen moest manipuleren.

Maar goed, dit was geen moment voor negatieve gedachten. Niet nu, nu hij elk moment voor de deur kon staan.

Ze hoorde hoe Helen snel een eind maakte aan een van haar vele opgewonden telefoongesprekken en naar de deur holde. Zijn auto die buiten stond geparkeerd, was bescheiden, hij leek wel wat op die van Berna zelf, maar toen bedacht ze dat hij die in Ierland had gehuurd. Thuis in de States had hij waarschijnlijk een grote, flitsende wagen.

Ze liep naar de trap en moest haar hoofd afwenden toen ze de passie zag waarmee ze elkaar zoenden, vasthielden en dan weer achteroverleunden om elkaar verrukt aan te kijken. Wat wist Helen van zo'n verlangen? Hier in huis had ze dat niet geleerd.

Hij had donker, krullend haar en donkere, donkere ogen. Hij lachte breed en zijn hele gezicht lachte mee. Met uitgestrekte handen kwam hij naar haar toe.

'Ik ben veel te oud om iets anders dan Berna tegen je te zeggen,' zei hij.

Slim – zelf toegeven dat hij oud was. Ze wist dat Helen naar haar keek en Berna dwong zich om even breed te lachen als hij.

'Je bent heel welkom in ons huis.'

Ze gingen de zitkamer binnen, een kleine kamer vol herinneringen, overal foto's van Jack en Helen.

De kamer zag er vast armoedig en haveloos uit, vergeleken bij zijn grote appartement – had Helen niet gezegd dat hij een splitlevelappartement had in Manhattan?

Maar blijkbaar vond hij het een mooie kamer. Hij loofde precies de goede dingen, de mooie oude spiegel die nog uit het huis van haar eigen oma kwam, het eerste schilderij dat Helen had gemaakt, dat was ingelijst en op een ereplaats hing; het uitzicht op de kleine, maar liefdevol onderhouden tuin. Hij vond het allemaal mooi, zonder te overdrijven, schijnbaar oprecht. Schijnbaar. Dat woord moest ze onthouden. Hij was niet gekomen waar hij nu was zonder te kunnen doen alsof.

Het was makkelijk om met hem te praten, dat kon ze niet ontkennen. Hij zat niet de hele tijd Helen te knuffelen, hij stelde vragen en vertelde uit zichzelf over zijn eigen leven. Hij wilde dat Berna en Helen beslisten over de stijl van de bruiloft, zei hij. Het moest hun dag worden, hun keus.

Af en toe was het bijna onwerkelijk. Berna had het gevoel dat ze meespeelde in een toneelstuk of in een film, dat ze met een vreemde zat te praten over een vreemde, ver verwijderde gebeurtenis, in plaats van over de bruiloft van haar eigen dochter. Een paar keer merkte ze dat ze met haar hand over haar voorhoofd wreef, alsof ze zich niet goed voelde. Hij leek het te merken.

'Helen, schat,' zei hij plotseling. 'Het is maar een idee, maar eerlijk gezegd denk ik dat Berna en ik dit beter zonder jou kunnen doen.'

Helen keek hem ongelovig aan.

'Nee, echt,' ging hij verder. 'We doen allebei zo ons best om jou blij te maken, het lijkt wel een tenniswedstrijd, elk woord dat we zeggen is bedoeld om te scoren en we proberen niet steeds naar jou te kijken, om te zien wat je ervan vindt.'

Berna moest lachen. Hij had het goed gezien.

'Waar moet ik dan naartoe?' Helen was net een klein kind.

'Je hebt wel honderd vriendinnen van je eigen leeftijd – ga ze vertellen over je oudere man,' zei hij met een lach.

'Ben je nog steeds mijn oudere man, als ik terugkom? Je laat het je toch niet door haar uit je hoofd praten, hè?'

'Ik ben er dan nog.'

Kameraadschappelijk zaten ze bij het haardvuur. Chester vertelde over zijn eerste vrouw, die overleden was, hoe gelukkig ze drie jaar lang waren geweest en hoe ze steeds onbereikbaarder voor hem was geworden, steeds kouder. Dat hij had gedacht dat hij nooit meer van iemand zou houden, tot hij Helen had leren kennen.

'Ik kan haar geen jeugd geven en al dat "alles voor het eerst samen doen", maar ik kan wel voor haar zorgen. Ik denk dat ze dat fijn vindt. Dat zou jij ook fijn gevonden hebben, hè?'

Hoe wist hij dat? Hoe kon iemand dat hebben geweten?

Chester keek om zich heen naar de foto's, Jack die zwaaide vanaf een jacht... er was heel wat van hun spaargeld in dat leuke tijdverdrijf gaan zitten. Jack in driedelig pak; hij liet zich altijd maatpakken aanmeten – Berna was degene die de kledingrekken afzocht naar koopjes voor zichzelf. Jack die stond te praten te midden van filmsterren; hij had het heerlijk gevonden om met beroemdheden om te gaan.

De ogen van de Amerikaan gleden langzaam van de ene foto naar de andere, alsof hij daarin de jaren van eenzaamheid en verwaarlozing kon lezen. Zijn stem klonk zacht.

'Ik zal er altijd voor haar zijn. Ik weet dat ze een soort vaderfiguur zoekt... maar dat vind ik niet erg. Ik zal er zijn.' Hij klonk heel betrouwbaar.

'Meer dan haar eigen vader vroeger,' hoorde Berna zichzelf tot haar eigen verrassing zeggen.

Daarin ging Chester niet mee, hij was niet van plan om een leven aan zorgvuldig gekoesterde herinneringen kapot te maken.

'Hij was de man van wie jullie allebei hielden, toch?'

Ze stak haar hand uit en gaf een klopje op de hand van de man die haar schoonzoon zou worden. Het kon haar niet schelen dat hij in de reclame werkte en dat hij veel te oud was voor haar dochter. Ze wist met een enorme opluchting dat zij niet langer de doorslag hoefde te geven. Deze wijze man die Helen mee naar huis had gebracht, zou van nu af aan de beslissingen nemen.

Hij kon beginnen met de plannen voor de bruiloft.

'Waar wil jij het graag vieren?' vroeg ze.

Hij was zo verstandig om niet te zeggen, waar zíj maar wilde.

'Ik wil het graag met twintig of dertig mensen vieren, hier in dit huis. In jouw huis,' zei hij.

En ze wist dat Helen en zij het voor het eerst van hun leven volmondig ergens over eens zouden zijn en er samen met hart en ziel voor zouden gaan.

Philip en de bloemschikclub

Philip had altijd geweten hoe je je doel bereikt. Op school leek hij niet bijzonder intelligent, maar hij haalde op zijn eindexamen hogere cijfers dan wie ook. Anderen waren daar verbaasd over, maar Philip niet: hij had altijd geweten dat je maar één kans krijgt om te bewijzen dat je goed opgeleid bent. Hij had alle vroegere examenopgaven zorgvuldig bestudeerd en uitgedokterd hoe je die het beste kon maken. Zo ging het ook met de keuze van een bedrijf voor zijn eerste baan – hij nam een vrij lage positie aan bij een prestigieus bedrijf. Dat zou uiteindelijk beter op zijn cv staan. Hij hield niet van golf en had een uitgesproken hekel aan bridge, maar hij leerde het allebei, want dat hoorde bij je sociale vaardigheden.

Philip besefte dat veel mensen je op je uiterlijk beoordeelden. Dus zorgde hij dat zijn eigen uiterlijk onberispelijk was. Hij deed veel onderzoek om te weten te komen wat de juiste soort kleren was en hoe hij zijn haar zo moest laten knippen dat het er goed en modern uitzag, maar niet te artistiekerig. Hij leerde zijn pakken af te deppen, hij leerde Duits met behulp van cassettebandjes en ging geregeld naar een symfonieconcert of een opera en uiteindelijk ging hij die ook werkelijk mooi vinden in plaats van te doen alsof, zoals hij zo lang had gedaan.

Het was tijdens zo'n operabezoek dat hij Annabel leerde kennen. Met discreet doorvragen ontdekte hij dat ze zeer geschikt was als kennis, als afspraakje, als vriendin en wie weet meer.

Hij zag in Annabel een jonge vrouw met een welgestelde achtergrond, een invloedrijke vader en een heel bevredigende baan als lerares op een meisjesschool.

Annabel zag in Philip een degelijke, hardwerkende en eerlijke jongeman, zo anders dan haar vorige, totaal ongeschikte vriendje, dat het een opluchting zou zijn om hem aan pappie voor te stellen.

Hun bruiloft, een maand of twaalf later, was dan ook royaal en elegant, maar niet overdadig. Volgens Philip was het veel verstandiger om het geld dat ze hadden, te gebruiken voor een huis en niet voor luxe vertoon. Voor hun huwelijksreis gingen ze niet naar een exotisch oord, waar ze zouden verkeren met gewone toeristen. Ze gingen naar een elegant hotel, waar de rijken en de machtigen kwamen.

Philip had al een indrukwekkende carrière achter de rug en hij was nog maar begin dertig. Elke stap in zijn loopbaan had hij zorgvuldig en pas na veel wikken en wegen gezet. Voor de baan waaraan hij net was begonnen, de meest veeleisende tot nu toe, moest hij tijd vrijmaken om Japans te leren. Tijdens zijn sollicitatiegesprek had Philip gezegd dat iemand in een dergelijke functie de gelegenheid zou moeten krijgen om een intensieve cursus te volgen in een taal die van onschatbare waarde zou zijn voor de firma. Het was de reden waarom hij de baan kreeg. Dus nu begon hij elke dag met twee uur totale onderdompeling in een vreemde taal. Het betekende dat hij om zes uur 's morgens de deur uit moest, want je moest natuurlijk daarna wel een volle werkdag maken.

Die dag dijde ook aan de andere kant uit, hij ging naar vergaderingen en naar clubs voor informele gesprekjes, zoals ze werden genoemd, maar Philip wist dat daar alle macht bij elkaar kwam. Soms kwam hij pas om negen uur 's avonds thuis. En dat waren dan de avonden dat er niets officieels op het programma stond, zoals een diner, of naar de opera met buitenlandse relaties.

Er waren ook reizen naar het buitenland, en dan had je nog de autotelefoon, dus het uurtje rijden met muziek op de autostereo, als een vorm van ontspanning tussen werk en thuis in de groene voorstad, werd voortdurend onderbroken door telefoontjes.

Eerst vroeg Annabel het vriendelijk, daarna smeekte ze. Later begon ze te mokken en uiteindelijk vloog ze met hem mee op zakenreis naar Amerika, zodat ze tijd kregen om te praten.

Het was geen leven, legde ze uit, en ze probeerde rustig te klinken. Het was geen huwelijk, zei ze, en ze vocht tegen het overweldigende gevoel tekortgedaan te zijn. Ze had haar baan opgegeven en was naar een afgelegen slaapstad voor de rijken verhuisd, omdat dat goed zou zijn voor zijn carrière en hun leven samen. Afgezien van de officiële etentjes die ze zelden gaven – Philips contacten hadden het altijd te druk om helemaal naar de wildernis te komen, zoals zij het noemden – was er voor haar geen enkele reden om daar te zijn. Ze was alleen en verongelijkt en ging zich steeds grotere zorgen maken over de lichamelijke en geestelijke gezondheid van haar man.

'Je stevent recht op een inzinking af,' zei ze op gedempte toon, uit angst dat iemand in de eerste klas het zou horen.

Philip zei dat het niet bepaald opbouwend was om over een inzinking te beginnen, net nu hij op het punt stond een belangrijke deal te sluiten. Niet wat je van een echtgenote verwacht, niet bepaald een steun. En al helemaal niet waarschijnlijk.

Annabel verliet hem zes maanden voordat de inzinking zich inderdaad aandiende.

Ze waren bedroefd, maar redelijk vriendschappelijk uit elkaar gegaan. Het lukte Philip om vier uur in zijn agenda vrij te maken, zodat ze de platen, de foto's en de meubelen konden verdelen. Ze verkochten het huis met de grote tuin vol bomen die stevige schommels hadden kunnen dragen, de tuin met de vijver die voor kleintjes een magische wereld had kunnen zijn. Ze zeiden tegen elkaar dat het maar goed was dat ze geen kinderen hadden. Zo was de scheiding zuiverder en minder beladen. Annabel had hem nadenkend aangekeken en zich afgevraagd of hij ooit van haar gehouden had. Philip had nadenkend teruggekeken en zich afgevraagd of het al te onbeleefd was om een eind aan het gesprek te maken en naar kantoor terug te gaan. Hij wilde Annabel niet kwetsen; haar enige fout was dat ze niet begreep wat het zakenleven inhield. Hij troostte zich met de gedachte dat ze gelukkiger zou zijn als ze weer in de stad woonde, misschien in een zonnig tuinappartement, en weer een baan als lerares aannam, misschien weer trouwde. Ze was een knappe vrouw van nog maar drieëndertig, er lagen veel kansen voor haar in het verschiet en een aardige alimentatieregeling die iedereen redelijk vond.

Toen ze hoorde dat Philip was opgenomen, voelde Annabel geen triomf omdat ze gelijk gekregen had. Ze vroeg aan zijn artsen of een bezoekje van haar goed of slecht voor hem zou zijn. Ze zeiden dat het geen kwaad kon.

Philip ergerde zich aan zijn inzinking, maar hij verzekerde Annabel dat die zijn weg omhoog op de ladder niet zou belemmeren. Mensen waren tegenwoordig veel beter geïnformeerd, zei hij. Ze zagen nu in dat een psychische ineenstorting net zoiets was als een stop die doorsloeg. Het was een stroomonderbreking – je zette de schakelaar om en ging dan gewoon weer verder.

Annabel zei dat ze dacht dat een doorslaande stop kwam doordat er te veel apparaten tegelijk werkten. Het was een soort waarschuwing om niet zoveel in één keer aan te zetten. Zou het bij Philip ook niet zoiets kunnen zijn? Hij zei dat haar houding niet opbouwend was, hij bedankte haar voor haar bezoek en vroeg haar de groeten te doen aan haar vader en hem te feliciteren met zijn nieuwe bestuursfuncties.

Annabel zuchtte toen ze het ziekenhuis verliet. Ze keek om naar haar ex-echtgenoot; zou iemand iets kunnen bedenken wat zijn overactieve hersens kon afremmen?

Philip ging er prat op dat hij een realist was. Hij zou nooit zo ver gekomen zijn, zei hij tegen zijn artsen, als hij niet in staat was geweest te luisteren naar mensen die deskundig waren op hun terrein. Als zij er pertinent van overtuigd waren dat hij zijn geest alleen kon herstellen door zich verre van werk te houden, zou hij gehoorzamen. Drie maanden lang zou hij wegblijven uit de zakenwereld die zo zijn aandacht en zijn belangstelling had. Hij zou hun voorschriften getrouw opvolgen. Hij zou geen financiële rapporten lezen, geen collega's ontmoeten, geen bedrijfsstrategie beoordelen. En dan zou hij, even methodisch als hij Japans had leren spreken, zichzelf als een sportman weer in conditie hebben gebracht en klaar zijn om terug te keren.

Hij probeerde naar concerten te gaan, maar hij kon zijn hoofd niet bij de muziek houden.

Hij probeerde thuis naar muziek te luisteren, maar werd kwaad om de platen die bij de verdeling naar Annabel waren gegaan. Hij speelde alleen golf op een baan waar hij zijn vroegere collega's niet zou tegenkomen. Hij kocht een hond en beulde het beest en zichzelf af met lange wandelingen. En uiteindelijk, om de in zijn ogen nog steeds pijnlijk lege dag te vullen, stemde hij erin toe om naar een cursus bloemschikken te gaan. Zijn arts had gezegd dat er iets zeer bevredigends zat in het opbouwen van vormen en het materiaal van bloemblaadjes en groen. Philip betwijfelde dat sterk, maar dacht dat hij tenminste een middag onder de pannen zou zijn in deze eindeloze weken voordat hij weer fit genoeg werd geacht om terug te keren in de echte wereld.

De dames in het klasje waren blij dat ze een heer in hun midden kregen. Maud en Ethel maakten guitige opmerkingen om hem te verwelkomen en waarschuwden de anderen. Ze konden niet op hun lauweren rusten en, hihi, ook niet op het andere groen, nu er een heer bij was. Mannen hadden de beangstigende gewoonte om prijzen te winnen als ze meededen aan een bloemententoonstelling. Philip vond het niet nodig Ethel en Maud te vertellen dat hij niet lang genoeg bij ze zou zijn om aan bloemententoonstellingen mee te doen. Een belangrijke stelregel om vooruit te komen was voor hem altijd geweest: laat de gevestigde orde denken dat je voor altijd blijft. Maud en Ethel waren de gevestigde orde. Hij lachte schaapachtig en zij tsjilpten goedkeurend terug.

Philip begreep dat het bloemstuk voor vandaag een driehoek moest worden, iets wat hij niet kende, ook al had hij op een banket vaak genoeg achter een bloemstuk gezeten. En dat je daarvoor in het midden een hoge bloem moest zetten en dan aan elke kant een gemiddelde en dan moest alles binnen dat raamwerk worden opgebouwd.

De hele middag was hij druk bezig, hij kneedde kippengaas en zette dat stevig vast op de bodem van schalen. Daarna moest hij naar de 'oasetafel', waar hij leerde iets wat eruitzag als een krankzinnige droge spons te doordrenken met water, nadat hij het eerst in de juiste vorm had gesneden. Hij hoorde de lof zingen van een schaal op een voet, die er in zijn ogen uitzag als een taartschotel. Hij onderzocht de voors en tegens van een bloemensteker, een soort kruising tussen een egel en een nagelborsteltje. Maud was hier dol op en vond dat ze veel beter werkten dan oase en kippengaas. Ethel had haar bedenkingen. Philip tastte af hoe de macht verdeeld lag en besloot om zich aan de kant van Ethel te scharen, maar ook Maud instemmend toe te fluisteren. Toen het tijd was om op te ruimen, was hij geheel verdiept en zat hij in zichzelf te mompelen: 'Ontwerp, schaal, evenwicht en harmonie,' wat de vier belangrijkste principes waren van het bloemschikken.

'Jij redt het wel, als je dat in je hoofd houdt,' glunderde Maud.

'En zeker als je niets doet zonder fatsoenlijke snoeischaar,' voegde Ethel eraan toe.

'Goed geslepen, natuurlijk,' waarschuwde Maud.

'Sterk genoeg om zowel draad als bloemen te knippen,' herinnerde Ethel hem.

De week daarna had Philip drie boeken over bloemschikken gekocht en was hij naar twee tentoonstellingen geweest. Maar dat hield hij allemaal voor zich. Laat de concurrentie nooit zien hoe grondig je onderzoek hebt gedaan, was altijd al zijn motto geweest. Hij bekeek de concurrentie: tweeëntwintig aardige vrouwen die enthousiast deden over de zachte herfstkleuren van de demonstratie in geel en oranje die ze vandaag voorgeschoteld kregen. Zachtjes streelden ze de kamperfoelie en verrukt keken ze naar de chrysanten en gele lelies. Ze zuchtten van bewondering over de elegante manier waarop de bloemen in een oude koperen olielamp waren geschikt, met de warme tinten van ligusterblad en bonte klimop als achtergrond. Philip had de afgelopen week zoveel over het onderwerp gelezen dat hij de koperen lamp als vaas een beetje afgezaagd vond en wist dat je met iets originelers moest komen om indruk op een jury te maken. Maar dat hield hij voor zich en hij vroeg Ethel en Maud kameraadschappelijk of ze nog meer inspirerende ideeën hadden. Toen Ethel het had over een oud kistje of koperen doosje dat je zou kunnen gebruiken, voelde Philip een golf van opwinding in zich opkomen. Dat moesten ze doen, ja, om punten te scoren. Een kistje waar de herfstbloemen overheen tuimelden was precies wat ze nodig hadden voor de rozet, de trofee of wat het ook was, die ze allemaal zo graag wilden winnen.

In de loop der weken bracht Philip al zijn mogelijkheden in stelling. Hij wist bijzonderheden over de volgende tentoonstellingen, vergaarde kennis over alle juryleden die de wedstrijden zouden kunnen jureren, over hun voorkeuren en hun zwakke plekken. Hij was een meester in het vermommen. Hij wist precies hoe je oase of de stekers zo stevig onder in de schaal kon vastmaken dat er nooit iets kon losraken. Hij zag hoeveel beter zijn bloemstukken uitkwamen met licht erachter, hoe goed het werkte om wat chloor of bleekwater toe te voegen, de zeldzame keren dat er water in zicht was. Hij wist dat je in het midden van het bloemstuk altijd de grotere bloemen en bladeren moest gebruiken en kleinere naarmate je dichter bij de uiteinden kwam. Hij kreeg steeds minder geduld met mensen die niet hun eigen groen en bloemen konden kweken, zelfs al woonden ze op een bovenverdieping met een klein balkon. Hij stond niet afwijzend tegenover het maken van bloemstukken met gedroogde bloemen of zelfs zijden bloemen.

'Dat is natuurlijk niet het echte werk, maar kan ook heel opwekkend zijn als je thuiskomt van vakantie,' vond Philip.

De dokter zei dat zijn spanningsniveau niet merkbaar verlaagd was. Philip protesteerde fel; hij had alle voorschriften naar de letter opgevolgd, zei hij.

'Hebt u dat prettige, ontspannende bloemschikken al geprobeerd?' vroeg de dokter.

'O ja, daar ga ik elke week naartoe.' Philip had haast om weg te komen. Hij had een speciaal bloemstuk voor Halloween in zijn hoofd, met pompoen, katjes en berberis.

'Doet u ook echt mee?' vroeg de arts.

'Jazeker.' Philip weidde niet uit. Het lukte hem om niet op zijn horloge te kijken en toonde in plaats daarvan een lachje dat volgens hem op ontspannenheid duidde. De arts zag er een grimas van pijn in en er volgden nog meer vragen en antwoorden voordat Philip naar het tuincentrum kon ontsnappen om de benodigde spullen te kopen.

Philip won met afstand de kerstbeker van de club. Hij mocht de kerstboeketten in de kerk verzorgen, wat een enorme eer was en bracht zijn eigen schalen mee, in plaats van de karafachtige vazen met hun smalle halzen die in de loop der jaren door vrijwilligers en mensen van de zending waren meegebracht. Altaarboeketten en hoge bloemstukken met een waterval van winterjasmijn, kerstrozen waarin hulsttakjes vol rode bessen waren verwerkt. Het was een triomf.

Nou ja, het was een triomf voor Philip. Niet voor de dames die jarenlang de kerstboeketten hadden verzorgd.

Op de grote Nieuwjaars Winterbloemenwedstrijd stak Philip met kop en schouders boven iedereen uit, met zijn enigszins oosters getinte bloemstuk, dat bestond uit roze gekleurde elzenkatjes. Hij werd zowel door vakbladen als door landelijke kranten geïnterviewd over zijn bekroonde werkstuk en vertelde uitgebreid hoe een goedgevormde tak wekenlang meeging, hoe belangrijk het was er een te kiezen met groepjes zwarte kegeltjes en hoe je de beste takken kon drogen om in de winter te gebruiken. Aan een verslaggever van de lokale televisiezender vertelde hij dat hij de uiteinden van de takken goed plat had geslagen en ze een nacht in warm water had geweekt. Geen moment noemde hij de club waar hij bij hoorde; hij bedankte Maud noch Ethel voor hun lessen, complimenteerde de nummer twee en drie niet met hun prestatie.

Philip had in de zakenwereld altijd begrepen dat je vooruitkwam door alle lof dankbaar in ontvangst te nemen en mensen een interessant inkijkje te gunnen in de manier waarop je je succes had behaald. Het werd niet verstandig geacht om zo'n Oscartoespraak te houden waarin je jan en alleman bedankte. Het leidde de aandacht af van het eigen succes, het wees op gebrek aan zelfvertrouwen, het doofde het licht van de schijnwerpers. Niemand wilde iets horen over degenen die niet hadden gewonnen.

Hij glimlachte terwijl hij de zilveren beker op een tafel zette in het kleine, elegante huis in Chestnut Street waar hij nu woonde. Hij zou er een lage, witte creatie naast zetten, later in het jaar. Als er lathyrus en kleine rozenknopjes waren, anjers en een achtergrond van heel lichte varens. Maar nee, dat was niet realistisch. In de lente zou hij weer aan het werk zijn. Nog één week en dan kon hij daar weer over na gaan denken.

In die week zou hij zijn werkkamer opnieuw inrichten en zorgen dat hij alles had klaarliggen wat hij nodig had en afscheid nemen van de oase, het kippengaas, de bloemenstekers en de verzameling nuttige hulpmiddelen, de varens, de klimoprekjes en de katjes.

Toch had die dokter wel gelijk gehad. Het wás nuttig geweest – deze periode van bloemschikken. En nu had hij dat niet meer nodig. Die nogal chagrijnige Ethel en Maud, die hem nauwelijks hadden gefeliciteerd, de kleurloze dames die elke week in hetzelfde klasje zaten en in het begin zo open en vriendelijk waren geweest.

Philip was blij dat hij het voorschrift van de dokter had opgevolgd, al had hij dat in het begin nogal dwaas gevonden. Hij wist nu alles over bloemen en had laten zien dat hij daarin de top kon bereiken... dat moest wel betekenen dat hij zijn leven weer in de hand had en klaar was voor alles wat de zakenwereld hem de volgende week zou toewerpen.

Recht op omgang

Het is allemaal eeuwen geleden begonnen. Vlak voor mijn verjaardag. Op 7 mei zou ik negen worden en er hing een verschrikkelijke sfeer in huis. Ik kon maar niet bedenken wat ik verkeerd had gedaan, maar het moest iets heel ergs zijn geweest – pap sloeg met de deuren, alle soorten deuren, wc-deuren, autodeuren, de deur van het schuurtje.

Hij rukte de schuurdeur bijna uit zijn scharnieren. Ik ging naar buiten om te kijken of hij niet gewond was en hij schreeuwde tegen me.

'In jezusnaam, kun je me in de schuur dan tenminste met rust laten? Je hebt het huis al tot verboden terrein verklaard, laat mij dan tenminste het schuurtje hebben.'

En toen zag hij mij.

'Het spijt me, Dekko,' zei hij. 'Ik dacht dat het je moeder was.' Maar dat kon niet kloppen. Hij zou nooit zo tegen mam hebben geschreeuwd. Hij aanbad mam, ze was zijn zonnetje, zei hij altijd.

Dat had hij altijd gezegd. Ze was het enige meisje voor hem, vanaf het moment dat hij haar in het concertgebouw voor het eerst had gezien.

Elke keer als we langs het concertgebouw kwamen zei hij dat er eigenlijk een speciale vlag aan zou moeten hangen, of een bordje waarop stond dat dit de plek was waar hij en mam elkaar hadden ontmoet.

En mam lachte dan en zei dat niets haar aandacht die avond

had kunnen afleiden van Liam O'Flionns prachtige doedelzakspel, alleen de lach van de man die pap bleek te zijn. En dat hij ook háár zonnetje was.

Wat was alles toen fijn en veilig.

En dan was er mijn verjaardag zelf, er kwamen negen jongens uit mijn klas en we gingen naar de bioscoop en naar McDonald's.

En het was echt een vreselijke dag, want mijn vriend Harry zat in de bioscoop de hele tijd over meiden te kletsen en opmerkingen te maken over meisjes die langsliepen, en mam werd chagrijnig en pap zei dat het heel natuurlijk was dat jongens naar meisjes keken, en mam zei dat het niet natuurlijk was voor een negenjarige om in het openbaar te schreeuwen over meiden met tieten.

En pap zei dat zij altijd zo'n spelbreker was en dat ze alleen maar probeerde om Dekko's laatste verjaardag te verpesten.

Toen werd ik heel bang, want ik dacht dat ik misschien een ziekte had en doodging. Of dat ze me weg zouden sturen.

'Nou, het wordt in elk geval de laatste waar jíj bij bent,' zei mam.

'Ik heb recht op omgang. En bij god, ik krijg omgang,' zei pap.

En toen zagen ze dat ik naar ze keek en vertrokken hun gezicht in een akelig, onoprecht lachje.

Twee dagen na de verjaardag kwamen pap en mam allebei vroeg thuis van hun werk.

Dit was ongebruikelijk voor een maandag; meestal ging mam na het werk naar de sportschool en pap naar een vergadering.

Ze hadden geregeld dat ik bij Harry kon gaan eten, zeiden ze tegen me, want ze hadden een hoop te doen.

'Kan ik niet met jullie meedoen?' vroeg ik, en ze raakten allebei min of meer van streek.

Ik zeg altijd het verkeerde.

Dus probeerde ik het uit te leggen.

'We doen bijna nooit meer iets samen, als gezin,' zei ik. 'Het is eeuwen geleden dat we naar de Wicklow Gap zijn gegaan om te picknicken en een plekje vonden waar je niet één huis zag, alleen heuvels en schapen. En we maken nooit meer samen een puzzel en koken nooit meer iets buitenlands. Weten jullie nog dat we dat Indonesische ding maakten en toen alle pindakaas hadden opgegeten, zodat we niks meer hadden om in de saus te doen?'

Hierdoor raakten ze blijkbaar nog meer van streek.

Dus hield ik mijn mond maar.

'Vertel het hem nu maar,' zei mam.

'Ik zou hem niks hoeven vertellen, als jij niet zo onredelijk was geweest,' zei pap.

'Als ik de komende twintig jaar zou doen of ik niets zag.' Mam klonk koud.

'Als je naar een verklaring had willen luisteren.' Pap klonk nog kouder.

Ik keek van de een naar de ander.

'Me wat vertellen?' vroeg ik.

Er viel een lange stilte.

'Wat zou je me gaan vertellen?' vroeg ik weer.

'Je papa en ik houden heel veel van je, Dekko,' zei mijn moeder, en de moed zonk me in de schoenen. Ik hoorde een 'maar' aankomen.

Ik kon niet zien waarvandaan.

Was het om Harry en zijn geklets over meiden en tieten?

Was het om die keer dat ik de vriezer uit het stopcontact had gehaald om in de keuken te kunnen gamen, zodat alles weggegooid moest worden?

Was het dat ik ze niet had verteld over de extra rekenlessen op school, voor het geval ik daaraan mee moest doen? Ik wist het gewoon niet.

'Jij bent het allerbelangrijkst in ons leven,' zei pap en zijn stem haperde.

Dus dacht ik, o Heer, ik heb vast een vreselijke ziekte – waarom zouden ze anders zo over hun toeren zijn? Misschien was het niet om iets wat ik had gedaan.

'Ga ik dood?' vroeg ik. En ze begonnen allebei te huilen.

Dat had ik nooit eerder meegemaakt. Het was verschrikkelijk. Verschrikkelijk. Ik wist niet wat ik moest zeggen.

'Ik vind het niet erg, echt niet,' zei ik. 'Denken jullie dat het pijn doet?'

En toen was er een hele toestand om me duidelijk te maken dat ik heus niet doodging en dat ik de liefste jongen van de wereld was en hún Dekko en dat dit helemaal niet mijn schuld was.

'Wat niet?' vroeg ik. Wat het ook was, ik zou er achter komen.

Ze gingen scheiden, mam en pap. Ik kon het niet geloven.

Ons huis verkopen en in een ander huis wonen.

Nou ja, in twee andere huizen dan. Mam zou in Chestnut Street gaan wonen, in een veel kleiner huis, maar wel met een eigen kamer voor mij – die heette al 'Dekko's kamer' en ik mocht helpen hem in te richten.

En pap zou ergens in een flat gaan wonen – dat moest nog geregeld worden.

'En komt er in die flat ook een Dekko-kamer?' vroeg ik.

Dat had ik niet moeten vragen. Het was hebberig, dat weet ik nu. Ik probeerde alleen maar te begrijpen wat er gebeurde.

'Dat zou best eens kunnen,' zei pap.

'Niet dat hij er zal slapen,' voegde mam daaraan toe.

'Behalve in de afgesproken weekenden,' zei pap met opeengeklemde tanden.

'Die nooit afgesproken zullen worden, geen overnachtingen, nooit,' zei mam.

'Dat zien we nog wel als het zover is,' antwoordde pap.

Ik was heel opgelucht dat ze niet meer huilden en blij dat ik niet doodging of zoiets ergs, maar maakte me wel erge zorgen over de manier waarop ze met elkaar praatten, alsof ze elkaar haatten.

En eerlijk gezegd snapte ik er niets van dat ze ineens het huis gingen verkopen. Ik bedoel, ze waren dol op ons huis. Ze hadden het er altijd over hoe de buurt erop vooruit was gegaan en dat ze op een goudmijn zaten.

'Kunnen jullie het huis niet in tweeën delen, zodat ik van het ene deel naar het andere kan gaan?' stelde ik voor.

Maar dat ging blijkbaar niet.

Ik vroeg me af waarom niet, maar ze werden allebei knorrig en prikkelbaar en zeiden dat het gewoon niet ging, en dat was dat.

En wilde ik nu dan naar Harry gaan, zodat zij konden beginnen?

'Beginnen met wat?' vroeg ik.

Het bleek dat er over een week een verhuizer kwam die paps spullen naar een opslag zou brengen, en ze moesten samen bepalen wat hij zou meenemen en wat hij zou achterlaten.

'Ik kan jullie wel helpen om alles te verdelen,' bood ik aan. En dat kon ik ook. Ik had niet bepaald zin om naar Harry te gaan, na al deze toestanden.

En ik zou wel weten welke spullen wie van hen moest nemen.

Hierover raakten ze ook van streek, maar tot mijn verbazing mocht ik blijven. Ze begonnen met de bandjes en de cd's.

We maakten drie stapels, een voor mam, een voor pap en een voor hen samen.

Ze twijfelden over *The Brendan Voyage*. Pap dacht dat die van hem was, mam dacht dat hij van haar was.

Dus zei ik dat ik er boven een kopie van zou maken, zodat ze er allebei een konden krijgen.

'Ik geloof dat dat tegen de wet is,' zei pap. 'Weet je, misschien willen de musici dat niet hebben.'

'Die willen alleen maar dat jullie allebei blij zijn,' zei ik en ze begonnen weer heftig hun neus te snuiten.

Daarna kwamen de meubels en de boeken en ik bleef erbij en gaf goede raad.

En ik geloof dat ik echt een goede hulp was, want dat zeiden ze. Ze schreven alles op en het was zó onwerkelijk allemaal.

Toen gingen we eten, in de keuken.

Het was heel lekker.

Een grote vleespastei die mam in de vriezer had bewaard voor noodgevallen.

'En tjonge, vandaag is wel een noodgeval,' zei ze en we lachten allemaal.

Pap zei dat hij een fles wijn zou opentrekken.

Mam zei dat ze nou niet bepaald iets te vieren hadden.

Pap zei dat ze eindelijk beschaafd deden, dus we dronken wijn – ze gaven mij zelfs een heel glas – en we zaten heel gewoon te praten.

En af en toe staken ze allebei hun hand uit en raakten mij aan. Een klopje op mijn arm of een aai over mijn gezicht. Het was heel vreemd. Maar niet eng.

En die nacht, toen ze dachten dat ik sliep, kwam pap naar beneden en ging op de bank slapen.

Ik zei niets. Ik had duidelijk al genoeg gedaan om ze te irriteren en wilde het niet nog erger maken. En daarna ging alles heel snel. Op een dag kwam ik uit school en was pap weg.

Hij had een briefje achtergelaten met het nummer van zijn mobiele telefoon en zijn adres. Het was in een groot flatgebouw, niet ver van Chestnut Street.

En hij schreef dat hij van me hield en dat ik hem dag en nacht mocht bellen, dus dat deed ik, alleen maar om het uit te proberen, en ik kreeg het antwoordapparaat.

Dus sprak ik in: 'Met Dekko, pap, en wat ik ook heb gedaan, het spijt me. Maar met mij gaat het goed en als ik voor Kerstmis een mobiele telefoon krijg, kun jij mij bellen, dag en nacht.'

Misschien klonk dat wel alsof ik om een mobiele telefoon vroeg, bedacht ik. Maar nu was het te laat.

En mam was doodmoe. Ze moest hard werken op kantoor en zei tegen me dat het daar niet op prijs werd gesteld als mensen hun privéleven mee naar het werk namen, dus had ze niets verteld over paps vertrek en alle problemen.

Ze zei dat we over twee weken gingen verhuizen, zodat we met Kerstmis op onze nieuwe plek zaten.

'Wat gaan we doen met Kerstmis?' vroeg ik haar.

'Wat zou je graag willen doen, Dekko?' vroeg zij.

Ze zag er heel moe en bleek uit. Dus wilde ik het haar niet nog moeilijker maken en ik zei dat ik alles best vond en ook al betekende dat niets, het maakte haar blij.

En elke zaterdag om elf uur kwam pap me halen en gingen we iets leuks doen.

Hij keek altijd in de krant en vroeg andere mensen waar het leuk was om heen te gaan met een jongen van negen en we hadden altijd een fijne middag. En ik was altijd precies om zes uur terug bij mam.

Hij nam me nooit mee naar zijn flat, dus ik wist niet of daar een kamer was met DEKKO op de deur.

Ik wilde hem graag mijn nieuwe kamer laten zien, maar hij zei dat we mam niet lastig moesten vallen om zoiets onbelangrijks.

Voor mij was het behoorlijk belangrijk, mijn kamer aan mijn vader laten zien. Maar ik had al genoeg gedaan, dus ik hield mijn mond.

Vlak voor Kerstmis, toen pap me thuisbracht, stond mam in de deuropening.

'Laten we het over Kerstmis hebben,' zei ze op harde toon.

'Ik kan de hele dag, de hele avond,' zei pap.

'Jaja, behalve als de lellebel wil dat je spelletjes met haar tienervrienden doet.'

'Dekko gaat voor,' zei pap.

'Ja hoor.'

'Ze zeiden recht op omgang,' zei hij.

'Ze zeiden ook feestdagen in overleg,' zei mam.

Ik kon er niet meer tegen.

'Wat heb ik gedaan?' vroeg ik.

'Jij hebt niets gedaan,' zeiden ze in koor.

'Maar waarom gebeurt dit dan allemaal?'

Daar hadden ze geen antwoord op. Het was heel koud voor de deur.

'Kom binnen,' zei mam.

'Mam, vind je het erg als ik pap mijn kamer laat zien?'

'Nee, Dekko, natuurlijk niet, laat jij je vader je kamer maar zien.' Pap bekeek alles vol bewondering. Toen gingen we naar beneden.

'Wil je iets drinken, pap?' stelde ik voor.

'Bier of sherry?' vroeg mam.

'Een glaasje sherry zou lekker zijn,' zei pap. En weer leek het allemaal zo gewoon.

'Mag ik jullie vragen wat er is gebeurd?' vroeg ik. 'Ik ben oud genoeg om te aanvaarden dat jullie uit elkaar zijn en gaan scheiden – willen jullie me niet vertellen waaróm?'

Blijkbaar niet.

'Nog niet zo lang geleden zeiden jullie tegen me dat jullie van elkaar hielden en dat jullie elkaars zonnetje waren. Jullie zongen altijd dat liedje: "You Are My Sunshine". En nu niet meer. En het moet wel mijn schuld zijn. Ik dacht, misschien komt alles weer goed als ik wegga.'

'Waarom denk je dat nou, Dekko?' vroeg mijn vader.

'Omdat jij tegen me hebt gezegd dat ik het resultaat was van jullie liefde voor elkaar – dat is waarom ik op aarde ben gekomen. Dus als jullie niet meer van elkaar houden, moet er iets mis zijn met mij. Toch?'

Na een hele tijd gaf mam antwoord.

'Je hebt gelijk, Dekko, ik was inderdaad je papa's zonnetje, maar ik was niet zijn enige zonnetje, zoals in de volgende regel in dat liedje. Dat was het probleem, snap je.'

'Maar maakte hij je niet blij, als de hemel grijs was?' vroeg ik. Ik kende het liedje goed – dat waren de volgende regels: *You make me happy, when skies are grey*.

'Jawel.'

'En je mama ís ook mijn zonnetje. Ik heb alleen iets gekregen met iemand anders, die alleen maar een sterretje was, lang niet zo helder en warm en onmisbaar. Dat was het probleem, snap je,' zei pap.

'Is dat de lellebel?' vroeg ik.

En ze lachten allebei.

Een echte lach.

'Ze heeft een naam, hoor,' zei pap.

Mam zei: 'Over Kerstmis?'

'Ja?' Pap klonk hoopvol.

'Kom wanneer je wilt, blijf zolang je wilt, neem Dekko mee,

laat hem een uurtje gezellig met de lellebel praten, als je wilt. Het belangrijkste is dat Dekko nooit van zijn leven denkt dat hij iets anders was dan het resultaat van onze liefde voor elkaar. Want dat is hij.'

Pap hief zijn glas naar mam, te aangedaan om iets te zeggen.

Harry zegt dat ik nergens op moet rekenen.

Ze komen niet meer bij elkaar; dat doen mensen niet, als ze het huis eenmaal hebben verkocht.

Harry is heel pienter – hij weet dit soort dingen.

Maar het is niet belangrijk. Ik weet dat het niet mijn schuld was. En hoe 'recht op omgang' ook mag uitpakken, het zal best goed gaan.

Als we in Clifden aankomen

Elk jaar gingen ze een week met vakantie.

Niet naar het buitenland, want Harry Kelly hield niet van vreemd eten en Nessa Kelly had vliegangst.

Er waren meer dan genoeg mogelijkheden in Ierland, als je om je heen keek. Een keer waren ze naar Lisdoonvarna geweest en een andere keer naar Youghal. Ze hadden altijd aardige bed-and-breakfastadressen gevonden en elke keer het kaartje bewaard, voor het geval zou nog een keer terug zouden gaan. Maar dat deden ze nooit.

In vierentwintig jaar zomervakantie gingen ze niet één keer naar een plek terug, ook al hadden ze op het moment zelf gezegd dat ze het er heerlijk vonden.

Dit jaar had hun speurwerk geleid tot Clifden. Ze zouden er vanuit Chestnut Street heen rijden, op een dinsdagochtend vroeg, zodat ze ruim de tijd hadden. Ze zouden boterhammen meenemen en een thermosfles koffie, want je wist maar nooit. Op de vrijdag voor hun vertrek begonnen ze al met koffers pakken. Je kon maar beter tijdig inpakken, zei Nessa, want wie weet wat je allemaal vergat. Harry had graag een lijst bij de hand als hij inpakte. Het was verstandiger om alles op te schrijven wat mee moest en dan af te vinken als het de koffer in ging, zei hij; anders dacht je misschien dat iets al was ingepakt, terwijl dat niet zo was.

Nessa bracht hun vijf zilveren munten naar de bank, stuk voor stuk in een katoenen lapje gewikkeld en dan samen veilig weggestopt achter de rits van een geel etui.

De rest van het jaar lagen die onder in een kast. Waarom zou je ze uitstallen op een plank of iets dergelijks? Dat trok alleen maar inbrekers. Harry controleerde alle raamsluitingen en testte het alarmsysteem een paar keer. Voorkomen is beter dan genezen, zei hij altijd. Hadden ze maar een betrouwbare buur die hun tuintje zou kunnen begieten, maar helaas woonde naast hen op nummer 26 een losbandig, onverzorgd meisje met rood haar en een vriend die 's nachts bleef slapen. Háár hoefde je echt niet te vragen om iets voor je te doen.

Ze knikten altijd beleefd naar haar – je kon dit soort mensen beter te vriend houden en geen ruzie maken. Zij riep altijd 'Hoe gaat-ie, Nessa? Harry?' wat nogal vrijpostig was, want ze kon nog niet half zo oud zijn als zij.

De avond voordat de Kelly's naar Clifden gingen, hadden ze alles klaar voor vertrek. Boterhammen in de koelkast, twee eieren om te koken en precies genoeg brood om te roosteren voor het ontbijt. Het huis zou schoon en netjes zijn als ze over een week terugkwamen. Dan zou Harry nog vijf hele dagen hebben om bij te komen, voor hij weer naar zijn werk ging. Het was een lange, lange reis – dat wisten ze. Ze zouden doodop zijn.

Er werd gebeld. Geschrokken keken ze elkaar aan. Acht uur 's avonds! Niemand belde op dit uur nog aan.

'Wie is daar?' vroeg Harry angstig.

'Melly,' zei de stem. 'Mag ik alsjeblieft binnenkomen, Harry?'

Ze kenden niemand die Melly heette.

'Van hiernaast,' zei de stem. 'Het is dringend!'

Ze lieten haar binnen. Haar rode haar was een woeste bos, ze droeg een afschuwelijk paars topje dat haar middel bloot liet en een spijkerbroek met lappen erop. Haar gezicht was heel bleek.

'Ik wil nu niet alleen zijn. Kan ik alsjeblieft een uurtje hier blijven? Jullie zullen geen last van me hebben. Alsjeblieft, Nessa? Harry?'

Ze keek van de een naar de ander.

'Voel je je niet goed?' vroeg Nessa. 'Moet je naar een dokter? Het ziekenhuis?'

'Ik ben bang. Mike, mijn vriend, heeft slecht spul gerookt, god weet wat hij mij misschien aandoet. Ik wil niet dat hij me thuis vindt.'

'Zou hij je niet hier komen zoeken?' Harry voelde er niets voor om dit soort problemen in huis te halen.

'Nee, dit is wel de laatste plek waar hij me zou verwachten,' zei ze.

'Nou...' twijfelden ze.

'O, toe nou, Harry, Nessa, jullie kunnen een oogje op me houden, ik ga er heus niet met het zilver vandoor, hoor. Het is maar voor een uurtje of twee, of zoiets.'

'Ik weet het niet,' zei Harry.

'Harry, jij bent een fatsoenlijke kerel. Hoe zou je het vinden als ik doodgeslagen was, terwijl jullie me hadden kunnen redden?'

Ze merkten dat ze knikten.

'We moeten wel op tijd naar bed, want morgen gaan we naar het westen en als we in Clifden aankomen, zullen we vast erg moe zijn.'

'Ik haal mijn tas even,' zei Melly en ze ging snel terug naar huis om een enorme, limegroene tas te halen.

'Ik heb alles hier bij me,' zei ze ter verklaring, toen ze terugkwam.

'Maar, eh... Melly, we zeiden toch dat we morgen naar Clifden gaan!'

'Ik ga met jullie mee!' zei Melly dolblij. 'Geen haar op zijn hoofd die eraan denkt om me in Clifden te gaan zoeken: dat is perfect.' Ze lachte van de een naar de ander.

Ze sliep op de bank terwijl de vloer bezaaid was met haar spullen. 's Nachts hoorden ze hem schreeuwen en naar haar zoeken.

'Denk je dat we iets moeten doen?' fluisterde Harry in bed tegen Nessa.

'We doen al iets – we rijden haar naar de andere kant van het land,' zei Nessa en ze probeerde de luide stem van de man uit haar hoofd te bannen.

De volgende ochtend gebruikte Melly al het warme water om te douchen en de mooie nieuwe handdoeken die ze alvast hadden opgehangen voor hun terugkeer. Maar ze maakte ook ontbijt voor hen klaar en omdat er maar twee eieren waren, zei ze, had ze een omelet gemaakt en die in drieën gedeeld.

Harry en Nessa keken elkaar ontzet aan. Al hun plannen waren in de war geschopt door dit belachelijke meisje dat ze nauwelijks kenden. Ze hadden nu al in hun auto moeten zitten en voorbij Lucan moeten zijn. Maar ze waren nog thuis, bezig een manier te verzinnen om Melly in de auto te krijgen.

'Misschien kijkt hij uit het raam, dus we kunnen beter geen risico nemen,' waarschuwde Melly.

'Jullie kunnen een kleedje over me heen houden en dan kruip ik heel langzaam achterin.'

En dan was er nog de limegroene tas, die zou hij zeker herkennen. Dus moest Harry die in een zwarte plastic zak verstoppen.

'Als we in Clifden aankomen, zijn we rijp voor een psychiatrische inrichting,' zei Nessa in Harry's oor.

'Als we er ooit aankomen,' fluisterde Harry terug. 'Ze heeft het over dingen doen onderweg.' Dat was iets wat Harry en Nessa nooit deden, onderweg ergens uitstappen. Ze zetten gewoon hun blik op oneindig en reden in één ruk daar naartoe, waar daar ook was. Het zag er niet naar uit dat het dit keer ook zo zou gaan.

Toen ze eindelijk op weg waren en Melly onder het kleedje vandaan kwam, was het al bijna tijd om hun audiocassette op te zetten en te luisteren naar een boek dat goed was voor hun ontwikkeling. Dit jaar zouden ze, als ze in Clifden aankwamen, de drieënhalf uur durende versie van *Vanity Fair* van Thackeray hebben beluisterd. Maar ze hadden buiten Melly gerekend. Die vond er niets aan. Wat ze wel mooi vind, waren het landschap en de plaatsjes die ze passeerden. Ze babbelde onophoudelijk over de woonwijken, de verkeersborden, de enorme ommuurde landgoederen, de fabrieken en het verkeer, zodat Harry en Nessa de draad van het verhaal over Becky Sharp volledig kwijtraakten en het moesten afzetten.

'Dat is beter,' zei Melly. 'Nu kunnen we tenminste kletsen.'

Ze belde met haar mobiele telefoon naar vrienden in Mullingar en zei dat die vast de lunch moesten klaarmaken en dat ze twee vrienden meebracht, Harry en Nessa.

Ze protesteerden heftig. Als ze in Clifden aankwamen zou het heel laat zijn. En ze hadden boterhammen bij zich.

Melly wilde er niet van horen. En in Mullingar hadden de twee hippies die in een kraakpand woonden, een heerlijke ovenschotel van linzen en tomaat klaargemaakt met veel knapperig brood. De hippies voelden zich volkomen op hun gemak met Harry en Nessa en vroegen of ze wat honing wilden meenemen voor Shay in Athlone, want die had last van zijn keel.

'Maar we stoppen denk ik niet in Athlone,' begon die arme Harry.

'Normaal gesproken niet nee,' stemden ze allemaal in. 'Maar voor Shays zere keel doen jullie het wel, hè?'

Shay ontving ze heel hartelijk en maakte thee met geroosterde scones. Hij zei dat Harry en Nessa engelen zonder vleugels waren – iets anders kon je het niet noemen – omdat ze Melly van dat monster hadden gered.

'Als ze niet twee engelen zonder vleugels zoals jullie had ontmoet, zou hij haar tot moes hebben geslagen. Hij zal van haar huis en dat van jullie ook wel een puinhoop hebben gemaakt, als jullie terugkomen,' zei Shay opgewekt.

Nessa en Harry keken elkaar aan. Hun blik sprak boekdelen. Zouden ze naar huis gaan? Nu, meteen? Te laat. Melly zat al met haar mobiele telefoon naar Athenry te bellen. En voor ze het wisten zwaaiden ze Shay gedag en zaten ze weer in de auto, op weg naar het westen.

Ze werden verwacht in die pub in Athenry, snap je – er zou kip in een korstje voor ze klaarstaan en er was die avond een geweldig optreden.

‘Als we in Clifden aankomen, hebben ze onze kamer al aan anderen gegeven,’ jammerde Harry.

‘Onzin, Harry, we kunnen ze toch even bellen,’ zei Melly.

Nessa pakte het opschrijfboekje met ‘Nummers voor noodgevallen en Contactgegevens voor de reis’ en zocht het nummer van hun bed and breakfast op.

‘Wil jij ze bellen, Melly?’ vroeg Nessa. ‘Jij weet blijkbaar meer van onze plannen af dan wij.’

Melly zag daar niets kwaads in.

‘Hallo daar, er komt een stel dat Nessa en Harry heet, bij jullie logeren... ja, meneer en mevrouw Kelly, dat zijn ze. Ik wou alleen maar zeggen dat we steeds worden opgehouden onderweg, je weet hoe dat gaat.’

De stem aan de andere kant wist blijkbaar hoe het ging en klonk meelevend.

‘O, geen idee wanneer, kunnen jullie misschien ergens de sleutel neerleggen en een briefje – we zijn nog niet eens in Galway, en trouwens we gaan eerst naar Athenry. Dank je wel, ja, bedankt voor je begrip – we zien je dan wel als we er zijn. O, en is het goed als ik in een stoel slaap of zoiets, voor één nacht, tot ik zelf iets heb geregeld?’

Dat was blijkbaar ook goed.

‘Wie ik ben? Ik ben Melly. Ik ben hun beste vriendin en buurvrouw en zij hebben me min of meer gered. Nee, helemaal geen pietluttig stel, hartstikke ontspannen, ik denk dat je andere mensen voor ogen hebt. Nee, echt tof. We gaan naar een concert in Athenry, misschien nog iets drinken in Galway voor de gezelligheid en dan stappen we nog even uit in Maam Cross om naar de geiten en schapen te kijken en de Atlantische Oceaan op te snuiven, we zijn zeker niet voor tweeën vannacht bij jullie, maar ach, ze hebben een hele week om daaroverheen te komen.’

Ze leunde van de achterbank naar voren, tussen hen in. ‘Nou, dat is geregeld,’ zei ze trots.

Nessa en Harry lachten tegen elkaar, idioot gevleid omdat ze ‘hartstikke ontspannen en echt tof’ waren genoemd.

Melly vond hen werkelijk geen pietluttig stel.

En als ze in Clifden aankwamen, zouden ze misschien geen pietluttig stel meer zijn.

De vrouwen die recht maakten wat krom was

Wendy en Rita waren beste vriendinnen op school en ze hadden het er vaak over dat ze later samen een bedrijf zouden beginnen. Misschien een detectivebureau. Of een restaurant. Of een wellnesscentrum.

De dingen gaan niet altijd zoals je op je vijftiende denkt, dus het liep anders.

Wendy ging kunstgeschiedenis studeren in Londen. Dat was even geweldig als ze had gehoopt en beter nog: het eerste en het tweede jaar won ze de prijs voor beste student van haar jaar. Halverwege haar studie leerde ze Mac kennen, een knappe donkere docent politieke wetenschappen, en ze viel als een blok voor hem. Hij werd ook verliefd op haar. Dus nu werkte Wendy niet meer zo hard – ze had zoveel te doen voor Mac, niet alleen koken en schoonmaken en typen en dat soort gewone dingen, maar ze regelde ook dat hij colleges kon geven buiten de universiteit.

Ze besteedde zoveel uren aan het samenstellen van het volmaakte cv voor hem dat er weinig tijd overbleef voor haar eigen studie. Maar wat gaf dat. Mac hield van haar; hij was zo dankbaar voor alles wat ze voor hem deed.

Misschien hield hij toch niet zóveel van haar. In elk geval niet genoeg om ook maar een beetje enthousiast te zijn toen Wendy in verwachting raakte. Wendy had gedacht dat het eenvoudig was. Ze konden gaan samenwonen, zij zou voor hem blijven zorgen, en voor de baby als die er eenmaal was. Ze zou doorgaan met haar studie kunstgeschiedenis en daarna kon ze een echte baan krijgen en geld binnenbrengen.

Het was allesbehalve eenvoudig gebleken.

Mac was er nog niet aan toe om zich al te settelen; dat wist Wendy toch wel. Het werd een trimester vol tranen en Mac gebruikte zijn nieuwe cv om een baan te bemachtigen, ver weg. Het speet hem, had hij gezegd, maar het er was nooit sprake van geweest dat ze samen kinderen zouden krijgen. Wendy moest het maar alleen oplossen.

Niet alleen won Wendy dat jaar geen prijs bij de examens, ze nam er niet eens aan deel.

Hij leek sprekend op Wendy met zijn sproeten en zijn rode krullen, dus ze hoefde niet aan de knappe, donkere Mac te denken wanneer ze naar haar zoon keek.

Ze had nog steeds contact met Rita. Eigenlijk was het vaak makkelijker om met Rita te praten, per telefoon of brief of e-mail, dan met mensen om haar heen.

Rita was niet in de buurt geweest om haar voor Mac te waarschuwen, zoals zoveel anderen hadden gedaan. Rita's eigen carrière was ook niet om over naar huis te schrijven. Zij was zo van de schoolbanken, met haar lange donkere haar en enorme bruine ogen, gaan werken in een stad op honderdvijftig kilometer van haar huis, bij een boetiek die Madame Frances heette. Ze had gedacht dat ze daarmee onafhankelijk werd en op eigen benen zou leren staan. In werkelijkheid leverde het haar vooral veel eenzaamheid en lege avonden op. En omdat ze alleen was, dacht ze veel na over het werk en kwam ze met heel goede ideeën voor de kledingwinkel waar ze werkte.

Die lag in een levendig marktstadje en veel van hun klanten waren stevige vrouwen van middelbare leeftijd, die elke keer weer de winkel moesten verlaten zonder iets gekocht te hebben, omdat er niets in hun maat was. Rita had tegen Frances, de eigenaresse, geopperd dat ze, als ze grotere maten inkochten, heel wat meer konden verdienen.

'Maar ze moeten wel elegant zijn,' kermde Frances, die zelf maatje zesendertig had en dat altijd zou houden.

'We kunnen elegante grotere maten inkopen,' had Rita gepleit.

En het had gewerkt. Fantastisch. Ze waren naar een nieuw en beter gelegen pand verhuisd, madame Frances was geïnterviewd door plaatselijke tv-verslaggevers en journalisten van moderubrieken. Nooit gaf ze Rita de eer die haar toekwam.

Rita bleef haar best doen om telkens weer met nieuwe ideeën te komen.

Ze hadden vaak iemand nodig om in de winkel kleding te vermaken. Madame Frances dacht er niet over om extra personeel aan te nemen, dus ging Rita naar een cursus. Ze leerde een rits verzetten, een tailleband wijder te maken, een zoom uit te leggen.

Madame Frances hoefde Rita niet extra te betalen voor deze vaardigheid, dus waren de aanpassingen inbegrepen bij de prijs van het kledingstuk.

Het aantal klanten groeide weer.

En weer werd Rita geen dankbaarheid betoond.

'Waarom blijf je daar?' mailde Wendy haar.

'Omdat ik de klanten die hier komen, graag mag. Ik ken ze goed. En omdat ik de winkel heb opgebouwd, ik wil hem niet zomaar aan haar geven.'

'Maar je hebt hem al aan haar gegeven,' antwoordde Wendy.

'Als we het daarover gaan hebben: waarom ben jij dan niet naar de rechter gestapt om alimentatie van Mac te eisen?' reageerde Rita krachtig.

'Ik wilde hem niet laten denken dat hij gewonnen had, dat ik uiteindelijk zou gaan ruziemaken over geld,' schreef Wendy verdedigend.

'Maar hij hééft gewonnen; hij zet de ene stap na de andere in zijn carrière, terwijl jij blijft stilstaan, omdat je gratis zijn zoon opvoedt.'

Daarna spraken ze elkaar voor één keer direct, aan de telefoon. Meestal hielden ze het bij mailen; dat was veel goedkoper. Maar ze hadden blijkbaar allebei behoefte om te praten.

'Wat zou ik die madame Frances graag voor je vermoorden, Rita,' zei Wendy ineens tegen haar vriendin.

'En ik zou voor jou Mac willen vermoorden, Wendy, reken maar,' zei Rita op haar beurt.

Even bleef het stil.

'Ik geloof dat er een film is die daarover gaat,' zei Wendy.

Rita kende hem ook. '*Strangers on a Train*.'

'Het liep niet goed af, geloof ik,' zei Wendy.

'Dat is meestal zo met moord,' ze Rita. 'Misschien kunnen we ze alleen verwonden. Heel erg.'

'Ik kan niet tegen bloed,' zei Wendy.

Ze besloten bij elkaar te komen om de zaak te bespreken. In welke zit-slaapkamer zouden ze afspreken?

'Stel je voor, vroeger dachten we dat we directeur van een groot bedrijf zouden worden,' zei Rita met een lach, terwijl ze ermee instemde om naar Wendy in Londen te komen; de baby zou in zijn eigen omgeving minder uit zijn doen raken.

'We kunnen nog steeds best iets opzetten, hoor. "Recht wat krom is", of zoiets. Een bedrijf van engelen der wrake. Helemaal iets voor ons!'

'Ik zal in de bus vast nadenken over verwondingen waar niet te veel bloed aan te pas komt,' beloofde Rita.

Het was of ze weer op school zaten, zo vanzelfsprekend zaten roodharige Wendy en donkerharige Rita met elkaar te praten.

Rita benijdde Wendy om de levendige kleine Joe, die lachte en kraaide en helemaal niet huilde. Wendy benijdde Rita om haar handigheid: ze had de elegante rok die ze droeg, zelf gemaakt van een restje stof, en wist al pratend de gordijnen om te zomen en een mooie rand om de kussenhoezen te maken. Tegen de tijd dat de bodem van de tweede fles wijn in zicht kwam, hadden ze het plan uitgedacht. Ze zouden geen lichamelijke wonden toebrengen. Er kwam geen bloed bij kijken, maar wel flink wat genoegdoening.

Ze besloten dat ze een maand nodig hadden om alles te regelen, dus zouden ze elkaar over dertig dagen weer zien en dan bespreken hoe ze de kromme zaken hadden rechtgezet. Er zou wat huiswerk voor nodig zijn. Dus ieder zou de ander van de nodige achtergrondinformatie voorzien. De door en door slechte Mac en de door en door slechte Frances zouden niet langer onbestraft door het leven koersen. Niet nu 'Recht wat Krom is' zich ermee bemoeide.

Het was voor Wendy niet moeilijk geweest Macs agenda los te krijgen bij de administratie van de universiteit. Ze hoefde alleen maar te doen of ze een conferentie organiseerde en te vragen wanneer hij in de gelegenheid zou zijn om daarbij te zijn. De komende drie weken kon hij niet, want zijn faculteit organiseerde een serie colleges over politiek, met een paar zeer bekende mensen erbij. Maar daarna misschien...?

Wendy toonde grote belangstelling voor die serie colleges. Wie zouden er komen? Alleen studenten politicologie, of een breder publiek? Zou er ook pers aanwezig zijn? Ze kreeg alle informatie die ze nodig had en typte die uit voor Rita.

Ondertussen, in Boutique Madame Frances, was Rita begonnen aan haar eigen onderzoek en voorbereidingen. Ze legde op een paar opvallende plekken wat brochures van een modevakbeurs in Londen neer. Uiteindelijk kwam Frances in de verleiding. Ze vond dat ze het aan de boetiek verplicht was om erheen te gaan.

'Mag ik niet gaan, Frances? Misschien krijg ik dan wat meer flair, je zegt altijd dat ik te weinig flair heb, toch?' Rita wist dat ze dit gerust kon vragen, want er zou geen sprake van zijn.

'Absoluut niet, Rita, maar ik denk dat ik er drie dagen heen ga – jij redt het toch wel drie dagen alleen hier, hè?'

'Ik kan het niet alleen, Frances. Stel dat ik ook aanpassingen moet doen? Wie let er dan op de winkel? Je moet echt iemand zoeken die voor je kan invallen.'

Frances beet op haar lip, ze voelde er niets voor om een

vreemde binnen te halen, iemand die zou zien hoeveel ze verschuldigd was aan Rita, dat deze winkel eigenlijk Rita's creatie was.

Dus precies zoals Rita had verwacht, besloot Frances om het binnen de familie te houden. Ze zou haar zus, Ronnie Ranger, vragen om voor drie dagen uit Dublin over te komen. Ronnie zou wel weten hoe ze die jonge Rita in het gareel moest houden en ervoor zorgen dat ze niet al te dik met de klanten werd.

Frances reserveerde een hotelkamer in Londen.

'Ga je ook afspraken met de pers maken?' vroeg Rita onschuldig.

'Daar had ik nog niet aan gedacht. Hoezo?'

'Kan geen kwaad om te vertellen over je succesverhaal hier,' zei Rita met grote, oprechte ogen.

'Nou, misschien doe ik dat wel,' zei Frances en ze ging achter de computer zitten om een glanzend verhaal over zichzelf te schrijven, dat ze aan de pers zou sturen.

Met een grimmige glimlach las Rita het later en ze stuurde het met haar eigen aantekeningen en de gegevens over de modevakbeurs naar Wendy.

Mac was blij met alle aandacht die zijn serie colleges kreeg en vooral met de publiciteit over hemzelf.

Hij werd beschreven als de knappe, jonge, revolutionaire docent. Dat was niet slecht voor hem. Het was het soort publiciteit dat Wendy vroeger altijd voor hem los wist te krijgen.

Wendy.

Het was jammer dat het zo gelopen was. Maar hoe had ze kunnen denken dat hij een gezinnetje zou stichten? Hij miste haar af en toe. Niemand anders had hem zoveel publiciteit weten te bezorgen, zoveel aandacht in de media en zo'n duizelingwekkend cv. Maar kijk nu eens naar al die drukte rond deze serie colleges; het was bijna of Wendy terug was.

Wat de meeste belangstelling wekte, was dat Mac de colleges had opengesteld voor alle jonge mensen, niet alleen voor de officiële studenten. Als we willen dat jongeren belangstelling krijgen voor politiek, had hij gezegd, moet die niet voorbehouden blijven aan een klein groepje bevoorrechten die het geluk hebben dat ze op de universiteit zitten.

Mac wist niet meer dat hij dat had gezegd, maar het had in elk geval opgeleverd dat het college zondag live op tv kwam, dus hij was erg blij dat hij het blijkbaar gezegd had. Nu hoefde hij er alleen nog maar filosofisch en revolutionair tegelijk uit te zien. Hij zou een nieuw zwartleren jasje kopen.

Frances was teleurgesteld over de reacties die ze kreeg van de modetijdschriften. Sommige bladen gaven helemaal geen antwoord, andere zeiden dat zo'n vakbeurs alleen voor inkopers niet interessant was voor hun lezers. Er belde één vrouw die zei dat ze Frances' persbericht had gekregen en heel graag een exclusief verhaal over haar wilde maken. De boetiek uit een marktstadje die de toon zette en aan de concurrentie in Londen liet ziet hoe het moest! Een verhaal over een persoonlijke triomf.

Frances bloosde van genoegen. Dit was wat ze wilde. Ze wilde het interview in Londen doen, ver van Rita en haar gretige, springerige manier van doen. Maar de journaliste wilde naar de boetiek komen.

'Misschien kunnen we elkaar eerst in Londen ontmoeten, als ik daar toch ben,' smeekte Frances.

De journaliste zei dat dat best was en stelde een erg chique bar voor. Het was een knappe jonge vrouw met rode krullen en sproeten in een smaragdgroen pakje waarvan Frances wist dat het een fortuin kostte; ze hadden er ook een in de boetiek en tot nu toe had niemand het zich kunnen veroorloven.

De journaliste leek al veel te weten over Boutique Madame Frances en over het feit dat ze die in haar eentje runde.

'Met een naaister, natuurlijk,' had Frances uitgelegd.

'Een wat?'

'Je weet wel, iemand die kleding aanpast, klusjes doet, koffiezet.'

Ze wilde niet te hoog opgeven van Rita's rol, maar kon ook niet doen alsof ze in haar eentje werkte.

'Niet belangrijk voor de winkel zelf dus.'

'O nee, dat soort mensen zijn er te over,' had Frances gezegd met een sprankelend lachje. Even dacht ze dat ze het gezicht van de journaliste zag verharden, maar dat had ze zich vast verbeeld.

Die zondagmorgen vond Mac dat hij er behoorlijk goed uitzag in zijn nieuwe jasje, in elk geval kostte het hem geen enkele moeite om de blik vast te houden van ieder meisje bij de brunch die de universiteit voor de gasten gaf. Eén meisje viel hem vooral op, een slimme tante met lang pikzwart haar, een kort rokje en hooggehakte laarzen, echt een stuk, maar meer dan alleen een knap gezichtje.

Ze had elke letter gelezen die hij ooit had geschreven. Ze zei dat ze zijn carrière had gevolgd en gewoon niet kon geloven dat ze hem nu eindelijk leerde kennen.

'Mag ik naast u op het podium zitten, als het debat wordt opgenomen?' smeekte ze.

'Ja hoor, maar dan moet je wel een bijdrage aan de discussie leveren.' Mac wilde het haar niet al te makkelijk maken.

'Ik kan wel een bijdrage leveren... Ik wil graag zeggen dat alleen u in staat bent jongeren enthousiast te maken voor politiek. Jarenlang zijn ze zo onverschillig geweest. U zou zelf een politieke partij moeten oprichten.'

'Ach ja,' zei Mac.

'Misschien wilt u dat niet – misschien bent u een gezinsman met een kind, kinderen van uzelf en wilt u uw tijd niet...?'

Hij wou dat hij haar naam nog wist.

'Nee, ik heb geen gezin, ik ben ongebonden,' zei hij. Verbeeldde hij het zich, of gleed er een schaduw van woede over haar gezicht? Dat had hij zich vast verbeeld.

Wendy had het smaragdgroene pakje laten stomen en het onberispelijk terugbezorgd bij Boutique Madame Frances. Toen belde ze een landelijke krant en zei dat ze een erg goed verhaal voor ze had. Een geweldig onderwerp, verzekerde ze, een echt warm verhaal over hoe de underdog uiteindelijk overwon. De krant was dol op dat soort onderwerpen en zei dat ze zeer geïnteresseerd waren.

Rita was met veel mensen goede maatjes geworden, onder anderen met de mannen van de televisieploeg. Ze had hun verteld dat zij naast de grote Mac op het podium zou zitten.

'Ga je ook iets zeggen?' vroegen ze.

'Als er iets gebeurt waar ik op kan reageren, dan doe ik dat,' zei Rita met een boosaardig lachje.

Wendy vroeg aan madame Frances of ze een paar van haar beste klanten in de boetiek wilde uitnodigen voor de fotosessie. Waarom gaf ze haar niet een lijst van een stuk of tien klanten, dan zou Wendy wel een keus maken. Ze koos de klanten die Rita had aangegeven.

Rita was erin geslaagd om een groot aantal velletjes met vragen te verspreiden voor het begin van het college en het debat. Ze hadden allemaal te maken met 'verantwoordelijkheid'. Met het feit dat we allemaal verantwoordelijkheid moeten nemen voor onze eigen daden, net zoals de overheid zich verantwoordelijk moest voelen voor het collectief. Ze zei tegen mensen dat men haar had gevraagd ze door te geven. Ze verschilden wel van elkaar, maar gingen allemaal over hetzelfde thema. Mensen lazen ze aandachtig door; het leken goede onderwerpen. Deze vragen zouden gesteld worden.

Wendy stelde voor dat madame Frances haar dames uitnodigde op zondagochtend en hun dan koffie en koekjes zou aanbieden voor de gezelligheid. Frances bedacht bij zichzelf dat die vreselijke Rita er op zondag niet zou zijn om te familiair te doen en zei dat dat een uitstekend idee was. Frances vertelde niets aan Rita over de hele gebeurtenis – ze zou het later wel horen.

Rita had die zondag andere zaken aan haar hoofd. Ze moest zorgen dat ze goed in beeld was voor iedereen als de herrie losbarstte. En die zou losbarsten.

Mac ging er steeds zelfverzekerder en arroganter uitzien; hij had er geen idee van dat de hele zaal zat te discussiëren over 'persoonlijke verantwoordelijkheid'.

Wendy en de fotograaf van een landelijke krant stonden in de startblokken. De goed geklede, goed gekapte dames knabbelden aan hun koekje en depten hun mond om zich voor te bereiden op de foto's die genomen zouden worden. Ze putten zich uit in lovende bewoordingen over Boutique Madame Frances en over dat aardige meisje, Rita, dat zo goed voor hen zorgde. Vreemd dat zij er niet was, vandaag. Zij was het middelpunt van deze hele zaak.

De televisie-uitzending begon en tot Macs verbijstering stelde niemand de vragen die hij had verwacht. In plaats daarvan lag de nadruk op persoonlijke verantwoordelijkheid en al kon hij die wel afwentelen op verschillende bekende politici van wie iedereen wist dat ze daarin tekortgeschoten waren, toch had hij het ongemakkelijke gevoel dat het debat af en toe tegen hem persoonlijk gericht was. Hij was waarschijnlijk paranoïde. Niemand hier wist iets van Wendy en het kind waarvan zij zo onverantwoordelijk zwanger was geraakt.

Madame Frances was woest. Al deze vrouwen, opgehitst door die vreselijke journaliste en fotograaf, praatten maar door over Rita en hoe goed zij wist wat hun stond en hoe geweldig ze altijd hun kledingstukken vermaakte, zonder extra kosten.

'Waarom hebt u het nooit over haar gehad?' vroeg de vreselijke journaliste, en de fotograaf bleef maar foto's maken van een tierende, rood aangelopen Frances.

Het artikel zou gaan heten: 'Op zoek naar Rita... de geheimzinnige vrouw die niets wist van haar grote dag'.

Het zou een groot verhaal worden, zeiden ze telkens weer

tegen Frances. Over de Assepoester op wie de klanten zo dol waren, de Assepoester die de eigenares niet kon vinden, hoe vaak ze ook belde.

De televisieploeg was opgetogen. Normaal gesproken was het publiek nooit zo actief. Die vent in het zwartleren jasje werd zo ongeveer van het podium gejoeld omdat hij niet wilde zeggen of hij vond dat er in zijn eigen leven terreinen waren waar persoonlijke verantwoordelijkheid niet gold.

En toen, als toppunt van de feestvreugde, sprong het knappe meisje het podium op en zei tegen hem dat hij zijn handen thuis moest houden.

'Ik heb je niet aangeraakt,' schreeuwde Mac in zijn leren jasje. 'Maar al had ik dat wel gedaan, dan was het je eigen schuld, met je korte rokje en je lange haar...'

De televisieploeg wist dat ze heel veel lof zouden krijgen en misschien wel een prijs zouden winnen, voor deze geweldige livereportage.

Wendy en Rita trakteerden zichzelf op een tamelijk chic etentje. Ze namen alles wat er gebeurd was door alsof het een filmscript was. Ze lachten veel en dronken elkaar eindeloos toe. De ober was een aardige oude man.

'De dames zijn blijkbaar heel blij. Dat is fijn om te zien,' zei hij.

'We hebben samen een bedrijf,' legde Wendy uit.

'Het heet "Recht wat krom is", voegde Rita eraan toe.

'Klinkt alsof er veel behoefte is aan zoiets,' zei de bejaarde ober en hij bracht ze een glaasje port van het huis omdat ze zo opgewekt waren, heel anders dan de rest van de gasten.

Wat ze hadden gezien

Niet iedereen in Chestnut Street had een auto en dat was maar goed ook. De straat bestond uit dertig kleine huizen in een halve cirkel en er was maar ruimte voor achttien auto's. Natuurlijk namen sommige mensen veel ruimte in, zoals Kevin Walsh van nummer 2, met zijn grote taxi. Dat gaf niet echt, want Bucket Maguire van nummer 11 ging al jarenlang overal op zijn fiets heen.

Mitzi en Philip woonden op nummer 22 en zij hadden twee zoons die allebei in New York werkten. Eén keer per jaar, in juli, kwamen de jongens, Sean en Brian, met hun gezinnen over om de oudjes op te zoeken – al waren Mitzi en Philip in feite niet echt oud, aangezien ze op hun twintigste getrouwd waren. Ze waren pas in de veertig, ouders van twee volwassen zoons en grootouders van vier Amerikaantjes. Natuurlijk vonden Sean en Brian ze wel erg oud.

Elk jaar op 4 juli organiseerde Mitzi een uitgebreide picknick voor de kinderen onder de kastanjebomen tegenover hun huis, ter ere van de Amerikaanse Onafhankelijkheidsdag.

Sean en Brian en hun Amerikaanse vrouwen vonden het heerlijk om die week vakantie te hebben, dacht Mitzi. En zij wilde dat ze ervan genoten. Dus maakte ze veel werk van de voorbereidingen voor die zes nachten dat ze er zouden zijn.

Zelf nam ze ook een week vrij van de winkel waar ze werkte. In die week was ze druk bezig met maaltijden koken en invriezen, het huis van onder tot boven schoonmaken. Het had geen zin om tegen haar te zeggen dat het voor de jongens en hun gezinnen misschien comfortabeler was om in een hotel te gaan – wat ze makkelijk konden betalen.

Dit was hun thuis en dus zouden ze hier logeren. Philip vond het ook fijn als ze kwamen, al deed hij er minder opgewonden over.

Hij vroeg ze altijd op vrijdagavond mee naar de pub om iets te drinken met een paar van zijn collega's. Dan pronkte hij graag met zijn twee sterke zoons en schepte op over hun succes in Amerika. Hij vond het fijn om Sean en Brian te laten zien dat hij nog steeds vrienden had en dat ze veel met hem ophadden bij de fabriek.

Op een keer kwamen ze wat te vroeg aan bij de pub en zagen ze hun vader apart zitten, met zijn gezicht heel dicht bij dat van een jonge vrouw. Zij was veel, veel jonger dan hun moeder. Ze had een kort rood rokje aan en haar middel was bloot, ze had lange donkere krullen en een brutaal gezichtje. Bij haar vergeleken zagen hun eigen vrouwen er middelbaar uit.

Ze waren diep geschokt. Hun eigen vader! Die buiten de pot pieste met een vrouw die half zo oud was als hij, terwijl hun arme moeder geen idee had.

Ze waren woedend, maar wisten niet hoe ze dit hun vader voor de voeten konden werpen en bleven vanuit een donkere hoek toekijken, terwijl het meisje hun vader een kus op zijn wang gaf en weg trippelde. De rest van de avond deden ze kortaf tegen zijn vrienden, maar blijkbaar viel hem dat niet op.

Die avond zei hun moeder dat ze haar zoons er moe vond uitzien.

'Heel lief van jullie om toch met je vader op stap te gaan. Hij vindt het zo heerlijk om tegenover zijn vrienden met jullie te pronken,' zei ze vertederd. 'Hij heeft verder niet zoveel in zijn leven om naar uit te kijken, weet je.'

Verslagen keken ze haar aan. Hoe konden ze haar vertellen dat hun vader meer dan genoeg had om naar uit te kijken en om op terug te kijken ook, als hun ogen ze niet bedrogen hadden?

Die week praatten ze er samen lang en vaak over. Ze wilden dat ze het nooit gezien hadden. Dat ze niet op de hoogte waren van hun vaders scharreltje. Het gaf alles wat hij zei een andere klank.

Als hun vader zei dat hij heel graag zou willen reizen, nu hij er nog fit voor was, wisselden Sean en Brian een sombere blik. Natuurlijk wilde hij dat.

Ze werden misselijk als ze Mitzi hoorden zeggen dat zij een echte huismus was; ze was in Spanje geweest en in Italië en in Amerika, en dat was het. Als zíj de loterij won, zou ze een mooie grote serre achter nummer 22 laten bouwen. Een kamer van glas met een mooie houten vloer en bankjes bij het raam. Ze zag het al helemaal voor zich.

Hun vader schudde ongelovig zijn hoofd over zoveel onzin en Brian en Sean voelden zich terneergeslagen. Ze waren dit jaar net van plan geweest om hun ouders een geheel betaalde vakantie naar Amerika aan te bieden, met een bezoek aan een van de nationale parken en een rondreis door Arizona of New Mexico.

Maar wat had dat nog voor zin, na wat ze gezien hadden?

Als pa wilde reizen, was het met juffertje Bloot Middenrif en moeder zei dat ze helemaal niet op reis wilde.

'Zullen we ze anders het geld voor de serre geven?' vroeg Brian.

'Wat gebeurt er dan als ze het huis moeten verkopen, als pa ervandoor gaat met dat sletje uit de pub?' vroeg Sean. 'Het is voor moeder allemaal nog erger als ze dan ook nog haar serre kwijtraakt.'

Het kostte hun steeds meer moeite om aardig tegen hun vader te doen. Wat hij over het gezinsleven zei, klonk hol, als hij een toost uitbracht op zijn geweldige vrouw en zoons, klonk dat vals. En zijn plannen voor de toekomst klonken zo onwaarschijnlijk en onoprecht. Net als dat hij zei dat hij zijn kleinkinderen ooit, op een dag, zou leren vissen. Het was belachelijk om dat te beloven. Als het aan hem lag, zou hij hier dan niet meer zijn. Hij en zijn juffertje Korte Rok zouden ergens anders zijn, ver weg van zoiets bejaards als je kleinzoon leren vissen.

Voor ze vertrokken probeerden Sean en Brian het onderwerp voorzichtig bij hun moeder ter sprake te brengen, door te zeggen dat ze zo hard werkte.

'Al werkte ik vierentwintig uur per dag, dan nog kon ik jullie vader niet terugbetalen voor hoe geweldig hij voor mij is geweest,' zei ze hoofdschuddend van ontzag over zijn goedheid. 'En zo kan ik af en toe iets extra's doen, hem trakteren op een avond naar de film of een etentje bij de Chinees, of misschien een mooi nieuw overhemd.'

Haar zoons waren woedend, maar ze konden het niet over hun hart verkrijgen iets te zeggen over de jonge vrouw die ze hadden gezien.

Het was bijna tijd om terug te gaan naar Amerika; zouden ze er met hun vader over praten of niet? Sean vond dat ze het wel moesten doen, maar Brian was bang dat het alles alleen maar erger zou maken. En stel dat ze erover wilden beginnen? Geen van beiden wist wat ze dan moesten zeggen.

Op de laatste avond was hun vader er niet. Hij zou pas na negen uur thuiskomen, hij werkte over op de fabriek.

'Wat doet hij met al dat geld?' vroeg Brian.

'O, ik heb geen idee. Hij spaart ergens voor – daarom neemt hij alle overuren aan die hij kan krijgen.' Haar moeder keek vertederd, toegeeflijk tegenover mannen en hun bezigheden.

Sean kon er niet meer tegen. 'Je weet hoe mensen zijn, ma. Hij zit vast een biertje te drinken met de mannen – en trouwens ook met de meisjes. Het zit er vol mee daar.'

'Ik geloof niet dat er zoveel meisjes zijn in de pub van je vader, alleen die Rona. Ken je haar, het nichtje van Liam Kenny van nummer 4?'

'Ik geloof niet dat ik haar ken,' zei Brian koel.

'Nou, Rona vergeet je niet zo snel. Rokje tot op haar onderbroek, haar in alle kleuren van de regenboog.'

Dat was ze, ja.

'Wat heeft zij in pa's pub te zoeken?'

'Ze werkt daar. Haar vader, de broer van Liam, is de eigenaar en soms helpt Rona een handje, maar eigenlijk is ze vertegenwoordigster voor serres. Ik heb daar een paar keer met haar over gepraat, toen we nog dachten dat we er een zouden nemen.' Hun moeder zuchtte en ging toen het eten klaarmaken. Hun vader zou moe zijn als hij thuiskwam, moe na een erg lange dag.

Die avond ging Sean naar zijn vader toe in hun tuintje.

'Tjonge, wat is die week snel voorbijgegaan, zoon,' zei Philip.

'Ik kom niet zomaar een praatje maken, pa. Ik wil het met je over Rona Kenny hebben.'

'Ze is toch niet hier geweest, hè? Ze heeft beloofd dat ze dat niet zou doen.'

'Nee, ze is niet geweest, maar...'

'Ik heb haar nog zo gezegd dat je moeder morgen naar het vliegveld zou gaan en dat ze dan kon komen en ik haar binnen zou laten.'

'Waarom vertel je me dit, pa?' Sean keek erg verdrietig.

Het was al erg genoeg dat zijn vader zijn eigen vrouw ontrouw was, maar er ook nog over opscheppen tegen zijn zoons, dat was walgelijk.

'Waarom waren jij en ma niet gelukkig genoeg samen?'

'Dat weet ik niet.' Zijn vader ging op de tuinstoel zitten. 'Dat zal ik nooit weten, zoon, maar wat gebeurd is, is gebeurd. Jullie twee zouden het nooit te weten komen, we hadden afgesproken dat het tussen ons zou blijven en dat we het zouden vergeten. Vreemd dat je moeder het jullie nu toch heeft verteld.'

'Moeder heeft ons niets verteld.'

'Hoe weet je het dan?' Hij was verbijsterd.

'Wat weet ik?'

'Dat je moeder en ik vroeger... nou ja problemen hebben gehad.'

'Niet alleen vroeger, volgens mij,' zei Sean. Hij had nog nooit zoiets treurigs gezien als het gezicht van zijn vader.

'O, Sean, jongen. Ik geloof je niet – het kan niet waar zijn. Ze zou hem nooit meer ontmoeten, ze voelt niets meer voor hem.'

‘Waar heb je het over?’ Nu was Sean volkomen in de war.

‘Ze heeft het me beloofd en het ging zo goed tussen ons. Nee, het kan niet waar zijn dat ze weer iets met hem heeft.’

‘Moeder die iets heeft met een man?’ De wereld stond op zijn kop voor Sean.

‘Dat is wat er aan de hand is. Ze werd verliefd, snap je, omdat ik te saai voor haar was. Hij wilde dat ze met hem wegliep, maar ze heeft hem opgegeven omdat ze het gezin bij elkaar wilde houden.’ Hij klonk vol bewondering. Zonder wrok. Dit was echt heel edelmoedig.

‘Wanneer speelde dat allemaal, pa?’

‘Jaren geleden. Jij en Brian waren nog broekies. Ik kan niet geloven dat ze weer opnieuw met hem is begonnen.’

‘Pa, heb jij dan niet iets met Rona Kenny?’

‘Natuurlijk wel. Ik regel de serre met haar. Morgen komt ze hierheen om alles op te meten… Nu hoor ik van jou dat je ma weer iets met hém heeft, dan kan die nieuwe kamer haar niets schelen.’

‘Nee, pa,’ zei Sean heel teder. ‘Ik had het helemaal mis. Op de dag dat we naar de pub kwamen, zag ik jou daar met Rona zitten fluisteren en ik dacht, ik dacht… Ik dacht het verkeerde, snap je.’

‘Alsof die kleine meid zou vallen op een oud mannetje zoals ik.’

‘Dat gebeurt vaak genoeg, pa. Het spijt me.’

‘Je bedoelt dat je moeder níét weer iets met hem heeft?’ De opluchting in de stem en op het gezicht van zijn vader was bijna ondraaglijk.

Ze hoorden roepen vanuit het huis.

Nummer 22 was vol licht en gastvrijheid, met een tafel voor tien.

En de volgende keer dat ze hierheen kwamen, zou er een serre zijn.

Hij sloeg zijn arm om de schouders van zijn vader terwijl ze samen naar binnen gingen en hij zag hoe Brian hem verrast aankeek. Sean schudde heel licht met zijn hoofd.

Hij keek toe hoe zijn moeder blozend en verhit met de oven in de weer was, terwijl vochtige pieken haar tegen haar gezicht kleefden. Zijn eigen moeder had een verhouding gehad met een andere man. Had hem in het geheim ontmoet, overspelig, hartstochtelijk.

Het was niet te bevatten.

Waarschijnlijk zou hij het niet aan Brian vertellen. Alleen dat ze zich vergist hadden over wat ze hadden gezien.

De vogelloterij

Hij was een pauw. Dat wist ze zodra ze hem voor het eerst zag. Hij keek naar zijn eigen spiegelbeeld, niet naar het kunstwerk achter het glas in de lijst. Hij aaide zacht en met genoegen over de revers van zijn peperdure jasje. Ze wist precies waar ze aan begon.

'Ik ben Ella,' zei ze eenvoudig. 'Wat is dát een mooi jasje. Is het van wol?'

Het compliment deed hem plezier, maar verbaasde hem niet. Hij praatte even over het jasje, met onverholen enthousiasme. Hij had het drie weken geleden in Italië gekocht – maar hij was te welgemanierd om er te lang over door te gaan.

'Ik ben Harry,' zei hij. 'En zouden we het niet over jouw kleren moeten hebben?'

'Vanavond niet,' zei Ella. 'Vanavond kom ik rechtstreeks uit kantoor.'

Zijn lach had het houtvuurtje kunnen ontsteken dat lag opgestapeld in de haard van de kunstgalerie. Puur als decoratie.

'Dat moet dan een erg elegant kantoor zijn,' zei Harry, en Ella was verloren.

Naderhand zei ze altijd tegen zichzelf dat ze bij haar volle verstand had besloten het te doen. Ze had zich met wijdopen ogen in de situatie begeven waar ze haar vrienden haar halve leven voor had proberen te behoeden. Ze was verliefd geworden op een man die telkens opnieuw haar hart zou breken; ze zou de sympathie, de steun en uiteindelijk het gezelschap van haar vrienden kwijtraken. Ella, die bekendstond om haar zelfbeheersing en haar kalme, praktische oordeel, was gevallen voor een charmante pauw. Zelfs de domste onder hen zou niet hebben gedacht dat ze een schijn van kans maakte met Harry.

Ella vond dat niet erg. Ze kende de risico's en vergat ze onmiddellijk. Ze deed alles wat de damesbladen in de tijd van haar moeder altijd adviseerden: ze bood hem een luisterend oor, ze liet hem over zichzelf praten, ze ontdekte zijn interesses en deed alsof dat ook de hare waren. Ze drong niet aan op een ontmoeting met zijn familie in Chestnut Street; ze drong haar familie niet aan hem op.

Eigenlijk was het allemaal zo'n succes dat Ella zich begon af te vragen of die ouderwetse ideeën over hoe je een man behaagt niet veel beter waren dan al dat moderne advies over jezelf zijn en gelijkwaardig vanaf het allereerste begin. In elk geval was ze al snel Harry's vaste begeleidster: bij elk openbaar evenement was zij aan zijn zijde en aan het eind van de avond in zijn bed.

Het was hard werken natuurlijk; maar Ella zei tegen zichzelf dat je nu eenmaal geen pauw bij je kon houden zonder flinke inspanning. Iedereen kon een mus aantrekken, dacht ze, en ze keek zonder veel plezier naar de mannen met wie haar vriendinnen omgingen. Sommigen waren net oude kraaicn. Alleen Ella had de pauw, de prachtige Harry, naar wie iedereen keek; en ze vond het niet erg als hij naar andere vrouwen keek en tegen ze lachte. Zij dachten dat hij naar hen lachte; maar hem ging het alleen om het lachen zelf. Hij wist dat dat mensen een prettig gevoel gaf. Hij deed het veel. Soms glimlachte hij zelfs in zijn slaap, terwijl Ella naar hem zat te kijken en zag hoe de spieren van zijn gezicht vertrokken tot een innemende, warme, halve grijns.

Ze bleef vaak wakker 's nachts, terwijl ze het verhaal van een opera leerde. *La Traviata*, over Alfredo en Violetta en een hele reeks misverstanden. *Rigoletto,* over de hofnar en *Norma* over de heidense hogepriesteres in een Romeo en Julia-verhaal met Galliërs.

Ella werkte voor een uitgeverij. Ze vertelde Harry erover: vreselijk saaie mensen, afschuwelijk vervelende schrijvers, heel vermoeiend allemaal en zonde van zijn tijd. Maar Harry's werk, dat was iets anders: hij zat in de wijnimport – dat was nog eens een carrière. Ella liet het klinken als een magische wereld. Er was veel studie voor nodig geweest, heel wat meer dan over de opera zelfs: druivensoorten, *Appellation Contrôlée,* deze wijngaard, die importeur, deze kelder, dat familiebedrijf... Harry liet zich haar belangstelling graag aanleunen. Ze had gelijk – het was een fascinerend bedrijf. Zijn eerdere vriendinnen hadden dat lang niet zo goed begrepen.

Hij stelde haar voor aan zijn collega's; haar bewondering voor de zaak was zo zichtbaar dat hij alleen maar eer met haar zou inleggen.

De baas en zijn vrouw waren een cynisch, vermoeid stel dat alles had gezien, alles had gedaan.

'Jij maakt veel meer kans om hem vast te pinnen dan die anderen,' zei de vrouw van de baas terwijl ze na het diner fanatiek haar neus stond te poederen in het toilet.

'O, hemel nee, daar is geen sprake van,' protesteerde Ella.

'Zeg dat soort dingen maar tegen Mooie Jongen,' zei de oudere vrouw.

Ella had medelijden met haar. Zij had in de vogelloterij een slechtgehumeurde, mottige, kale reiger getrokken, niet een prachtige veelkleurige pauw.

Ze ging terug naar de tafel, waar Harry zat, met zijn kin op zijn hand, in die houding die ervoor zorgde dat wildvreemden ophielden met praten en bewonderend naar hem keken. Het licht viel op zijn blonde haar, zodat het glansde. Ella's hart zwol bij de gedachte dat zij deze geweldige man had gestrikt.

Ze vond het een prettige gedachte dat zij 'meer kans maakte om hem vast te pinnen' dan haar voorgangsters – en dat waren er heel wat. Sommigen lieten nog wel eens van zich horen.

'Een oude vriendin van me wil iets met me gaan drinken bij een wijnbar,' zei hij van tijd tot tijd.

'O, dat moet je doen!' drong Ella aan. Zo zou zij tijd krijgen voor een nieuwe opera die eraan kwam. *Fidelio*. Deze was van Beethoven en ging over Leonora, die doet alsof ze Fidelio is. Weer drie uur verkleedpartijen en misverstanden.

Of voor huishoudelijk werk. Ze was niet officieel bij hem ingetrokken, maar het scheelde weinig. Hij had er een hekel aan om haar te zien schoonmaken, maar wilde er ook niemand anders voor inhuren. Ze deed telkens een klein deel, haastig en stiekem, als hij de deur uit was. Ze wilde dat Harry dacht dat verse perziken bij het ontbijt, schone handdoeken in de badkamer en grote vazen met kleurige bloemen in schoon water, min of meer vanzelf verschenen als Ella er was.

En omdat pauwen over het algemeen niet al te diep nadenken over de wereld, was dat precies wat hij dacht. Soms sloeg hij zijn arm om haar heen en zei dat alles zoveel móóier was, als zij er was.

Elke maandagochtend nam ze zeven overhemden van hem mee naar een heel goed adresje vlak bij haar werk. Nee, schat, echt, verzekerde ze hem, ik moet er toch heen voor mijn eigen spullen. Het viel hem nooit op dat alles wat Ella droeg, nat gewassen moest worden. Hij vond het een wonder dat zijn kledingkast altijd vol glanzend gestreken overhemden hing; hij vond het heerlijk om er een uit te kiezen en daar dan verschillende dassen voor te houden.

'Vroeger was het zo'n rommeltje,' zei hij met een verbaasde frons en hij schudde niet-begrijpend zijn hoofd. Ella schudde dan ook haar hoofd, alsof ze niet kon geloven dat de dingen niet altijd zo gladjes waren verlopen.

Ze klaagde nooit over hem op haar werk en vroeg ook nooit advies, dus haar vrienden spraken hun bezorgdheid over haar alleen tegen elkaar uit en nooit tegen haarzelf.

Er werd pas openlijk over gepraat toen ze weigerde naar de boekenbeurs te gaan. Om persoonlijke redenen. Er bestond geen geldige reden, persoonlijk of universeel, om de boekenbeurs te mogen missen. Ella's vrienden namen haar apart.

'Toe nou, waar is hij mee bezig, welke mammoettaak heeft hij op zich genomen, dat jij er moet zijn om zijn hand vast te houden?' Clare was lang genoeg met haar bevriend om zo'n toon te kunnen aanslaan. Maar ook maar net.

'Je zit er helemaal naast. Harry heeft me niet gevraagd om niet te gaan; hij weet niet eens dat die beurs er ís.'

Geschokt keken ze elkaar aan. Hoe kon hij een relatie hebben met iemand uit de uitgeverijwereld en niets afweten van boekenbeurzen?

'Het kost je je baan, Ella. De jongens boven zullen het nooit accepteren. Wat je ze ook op de mouw speldt.'

'Ik ga ze niets op de mouw spelden, ik zeg gewoon dat het me niet uitkomt.'

'Je bent niet alleen knettergek, maar je laat ons ook in de steek. Dan zeggen ze weer dat vrouwen het werk niet aankunnen, dat je ongesteld moet worden, of opvliegers hebt, of zwanger bent. Hemel, dat ben je toch niet, hè?' vroeg Clare vol afschuw.

'Nee, natuurlijk niet.' Ella's stem klonk te kalm, te normaal voor de rampspoed die ze over hen allemaal afriep.

Clare wuifde de anderen plechtig weg. 'Tijd om een glas Tequila voor Noodgevallen te nemen,' zei ze. De Tequila voor Noodgevallen was een fles die min of meer als grap achter in een bureaula verstopt lag voor een gelegenheid als deze.

'Nee echt, het is nog te vroeg, ik moet er niet aan denken,' protesteerde Ella.

'Je bent wél zwanger,' zei Clare. Ella keek haar vriendin aan, vol genegenheid, maar bijna afstandelijk tegelijk. Clare was getrouwd met een uil, een wijze oude uil die haar altijd toegeeflijk over zijn bril heen aankeek. In geen miljoen jaar zou zij begrijpen wat ervoor nodig was om een man als Harry vast te houden.

'Ik kan het je niet vertellen – je zou je alleen maar verplicht voelen om het me uit mijn hoofd te praten,' zei Ella.

Clare keek opgelucht. In elk geval zag ze weer een glimp van een lachje op Ella's gezicht; dat hadden ze al heel lang niet meer gezien, alleen maar een grimmige, geconcentreerde blik.

'Het gaat om zijn ouders. Ze komen hierheen vanwege *Fidelio*; hij heeft kaartjes voor ons allemaal.'

'Ella, *Fidelio* komt nog wel een keer – het is niet bepaald een nieuw, experimenteel werk dat misschien geruisloos ten onder gaat.'

'Nee, maar het is...'

'Zelfs zijn ouders komen nog wel eens terug. Ze zijn de Komeet van Halley niet, die maar eens in de vierenzeventig jaar overkomt. Je kúnt de beurs niet missen. Hoe moet het dan met je auteurs? Die kun je niet in de steek laten.'

'Iemand anders kan best hun boeken presenteren. Kom nou, we zeggen altijd tegen elkaar dat we niet moeten denken dat we onvervangbaar zijn.'

Clare keek haar wanhopig aan. Beseffen dat je vervangbaar bent, was één ding; maar je auteurs laten zitten was iets heel anders. Die verwachtten gewoon dat je op de beurs zou zijn, om hun boeken aan te bevelen bij de vertegenwoordigers, die ze vervolgens aan de boekwinkels moesten gaan verkopen. Nog afgezien van wat de jongens boven zouden zeggen.

'De jongens boven kunnen de pot op,' zei Ella; en Clare dronk toen zelf maar het grootste deel van de noodtequila op uit een koffiemok.

Terug in haar eigen kantoor wachtte Ella het stille verwijt van Kathy, haar assistente.

'Ik wou dat je van gedachten veranderde,' zei Kathy uiteindelijk.

'Nee, dat wil je helemaal niet,' antwoordde Ella opgewekt en bondig. 'Dit is je grote kans. Net als een invalster die hoopt dat het aftandse wijf niet op kan. Opeens wordt er een ster geboren.'

'Zo is het helemaal niet,' zei Kathy zuur. 'Om te beginnen ben je geen aftands wijf, hoe idioot je je nu ook gedraagt. Je bent maar drie jaar ouder dan ik, als ik me goed herinner. En trouwens, dit gaat niet om een ster worden, het gaat om al jouw werk dat ik moet overnemen, naast mijn eigen werk.'

'Je kunt het best,' moedigde Ella haar aan.

'Het is niet eerlijk, Ella, ook al had je een goede reden. En wat moet ik beginnen met die gek uit Australië?'

'O god,' zei Ella. 'Ik ben de Kangoeroe vergeten.'

'Nou, hij is jou niet vergeten.' Kathy klonk triomfantelijk. 'Hij heeft om vijf uur een afspraak met je.'

'Niet vanávond. Ik heb geen tijd voor hem vanavond!'

Kathy verloor haar geduld. 'Ik vind dat je maar eens eerlijk tegenover iedereen moet zijn. Dien je ontslag in, ga thuis verder je bruiloft zitten plannen en laat ons gewoon boeken proberen te verkopen.'

Toen Ella nog heel jong was, had haar vader haar altijd op het hart gedrukt dat het een grote deugd was als je in staat was vanuit het gezichtspunt van de ander te kijken. Vroeger kon ze dat ook; eigenlijk was het haar grote kracht. Ze kon zich voorstellen hoe het was om schrijver te zijn, of boekverkoper, een concurrerende uitgever of een beginneling op kantoor. Misschien was ze de laatste tijd wel erg met haar gedachten ergens anders geweest. Ze had wel vanuit een ander gezichtspunt gekeken, maar alleen vanuit dat van Harry. Ze had geprobeerd hem voor te zijn, een probleem op te lossen, voor het zich voordeed, de frons glad te strijken voor die zijn voorhoofd begon te rimpelen. Ze keek Kathy recht aan.

'Je hebt helemaal gelijk,' zei ze. En voor het eerst sinds ze Harry kende, pakte ze de telefoon om tegen hem te zeggen dat hun afspraak niet kon doorgaan.

Harry was stomverbaasd. 'Met wie heb je dan een afspraak?' vroeg hij vol ongeloof.

'Met die Australiër, een schrijver. Ik ga niet naar de beurs, begrijp je, dus ik moet met hem praten over zijn boek en over de plannen die we daarmee hebben.'

'Maar het is een schrijver,' zei Harry. 'Ik bedoel, jij bent zijn uitgever, hij mag verdorie blij zijn dat je in zijn boek bent geïnteresseerd!'

'Dat is hij ook.' Ella versaagde niet.

Harry klonk gekrenkt. 'Ik had andere plannen gemaakt, als ik het geweten had. Nou heb ik niks te doen.'

'Ga dan mee. Jij en ik hadden toch pas om zes uur afgesproken. Kom naar de bar naast mijn kantoor, daar zitten we straks, achterin.'

Hij sputterde nog wat. Maar hij zei dat hij zou komen.

Ella zocht haar aantekeningen over het boek van de Kangoeroe op. Het was een absurde debuutroman – heel anders dan andere boeken. Het was eigenzinnig, opvallend. Ze vond het wel jammer dat ze niet op de beurs zou zijn om uit te leggen hoe met het boek omgegaan moest worden. Maar ze was vastbesloten. Ze had niet al die tijd haar best gedaan haar mooie, trotse pauw te temmen, hem te laten wennen aan een huiselijk leventje en te zorgen dat hij het prettig vond dat zij voor altijd in zijn leven was, om dat nu allemaal weg te gooien. Er zouden nog wel meer Kangoeroes komen, nog meer absurde debuutromans, er was elk halfjaar een boekenbeurs; maar ze zou misschien nooit meer zo'n kans krijgen om Harry te strikken.

Ze had de man die ze de Kangoeroe noemde, nooit ontmoet. Zijn manuscript was heel keurig geweest en ze had zich hem voorgesteld als een pietje precies – als een pinguïn misschien. Aan de telefoon had hij haar verzekerd dat hij hopeloos chaotisch was, maar dat hij toevallig verliefd was op zijn tekstverwerker. Hij zei dat die zijn geest had opgeruimd. Nu wilde hij dat hij een apparaat kon vinden dat zijn huis opruimde.

'Wat dacht je van een vrouw?' had ze gevraagd.

'O, zo één heb ik er al,' had hij gezegd.

Of misschien had hij gezegd dat hij er al zo één had gehád – dat wist ze niet meer. Het maakte ook niet uit; ze hoefde hem alleen maar uit te leggen dat zij zelf niet op de beurs aanwezig zou zijn, maar dat Kathy alles zou doen wat nodig was om te zorgen dat het boek op waarde werd geschat, voor het met al die andere boeken aan zijn reis begon.

Ze keek om zich heen in de bar. Niemand die in de verste verte op een pinguïn leek.

Bij de bar stond een grote, ruige man met lang haar en een lange, slobberige jas een glas wijn te drinken.

'Ik zoek een middelbare trut die Ella heet,' zei hij tegen de barman.

'Eén middelbare trut, tot je dienst,' zei ze met een lach.

'Goeie hemel, je ziet er heel anders uit dan ik dacht.'

'Jij ook.' Ze wilde het kort houden, het zo snel mogelijk achter de rug hebben, misschien zelfs al voordat Harry binnenkwam. Het leek een redelijk type. Een groter verschil met een pinguïn was niet denkbaar. Ze gingen samen zitten.

'Is het raar als ik een fles wijn bestel?' vroeg hij. 'Ik ben een beetje verlegen tegenover uitgevers, ik wil niet de plank misslaan.'

'Je bent helemaal niet verlegen tegenover uitgevers. Je noemt ze "middelbare trut".'

'O, maar ik had het mis. Gaat een fles te ver?'

'Nee, maar ik ben de uitgever, ik bestel hem wel. Trouwens, er komt straks ook een vriend van me.'

'Bestel jij de tweede dan maar.' Hij had een leuke lach, kort, plotseling en onverwacht, maar heel aanstekelijk. Ze merkte dat ze teruglachte.

Ze praatten even over het boek. Hij zei dat het net een droom was, dat hij zomaar vanuit de bush in zo'n chique bar in Londen terecht was gekomen, waar de oude betuttelende trut die hij had verwacht, een geweldig stuk bleek te zijn.

'Je bent net een lori, met dat prachtige blauw en oranje,' zei hij.

'Een lori?'

'Heb je nooit een regenbooglori gezien?' Dat vond hij verbazingwekkend. Hij vertelde haar over de rosellaparkieten en de vijgpapegaaien en de lawaaiige pitta's.

'Volgens mij verzin je dat allemaal,' lachte ze.

Op de een of andere manier hadden ze het nog steeds niet echt over het boek gehad toen Harry erbij kwam.

Harry, in zijn zachte trui die precies de kleur van zijn ogen had. Maar dan ook precíés. Dat had heel wat gezoek gekost en geaarzel en heen en weer geloop om bij daglicht te kijken.

Harry zei dat de bar werkelijk uniek was; ongelooflijk, hoe ze zo'n sjofele plek hadden weten te vinden.

'Ik vond het juist een chique bar,' zei Greg. Ze dacht nu niet meer aan hem als de Kangoeroe.

'Tja,' zei Harry. Dat betekende niets. Het had kunnen betekenen: 'Als je niet beter weet, is dit best een chique bar'; of het kon betekenen: 'Als je helemaal uit Australië komt, lijkt dit misschien wel een chique bar. Of misschien betekende het: 'Tja, nou ja, het maakt niet uit, het belangrijkste is dat we hier gezellig samen iets zitten te drinken'.

Ella besefte dat Harry zichzelf zelden nader verklaarde. Mooie mensen hoefden dat niet. Een pauw hoefde zich niet nader te verklaren of verhalen te vertellen. Een pauw hoefde niets te doen, alleen maar pauw zijn: alle anderen deden dingen om hem heen.

Ze besefte aan welke vogel Greg haar deed denken: een emoe, een grote, flodderige emoe.

'Vertel eens, hoe zijn emoes?' vroeg ze; en hij vertelde haar dat dat grote beesten waren die niet konden vliegen en er altijd uitzagen alsof ze nodig door de autowasstraat moesten – of eigenlijk alsof ze een autowasstraat wáren. Ze waren onschuldig en in alles geïnteresseerd, zei hij. Je hoefde maar met een zakdoek uit het raam te wapperen en dan kwam er al een heel stel door het struikgewas aangehobbeld om te kijken wat er aan de hand was.

Ella vond dat vertederend en grappig. Ze gooide haar hoofd achterover en lachte. Zij zaten tegenover haar, Greg en Harry en keken allebei met bewondering naar haar. Maar Ella besefte dat Harry langs haar heen keek. Achter haar hing een oude spiegel. Daar kon hij zichzelf goed in zien.

'Vertel eens over die boekenbeurs,' vroeg Greg.

'Die is volgende week,' zei zij. 'Ik zal er ook zijn, om je hand vast te houden.'

Madame Magic

Als je de toekomst voorspelt voor het goede doel, moet je ook je huiswerk doen, net als iedereen.

Melly, die op nummer 26 woonde, was heel geliefd in de straat, wat verrassend was. Ze was tenslotte een echte hippie met een lange bloemetjesrok, lang haar en lange kralenkettingen.

Ze had ook een heel lieve lach, waardoor zelfs haar buurman, die mopperige meneer O'Brien, haar graag mocht. Ze was vriendelijk voor haar medemensen en daardoor kon ze de goedkeuring wegdragen van de streng religieuze meneer en mevrouw Kenny van nummer 4, die anders waarschijnlijk bezwaar hadden gemaakt tegen de hippiecultuur.

De buren aan de andere kant, de saaie Nessa en Harry, waren minder saai geworden sinds ze haar kenden. Melly was altijd bereid een kat of een hond te eten te geven als mensen weg waren en ze had zelfs wel eens iemands kanaries in hun kooi mee uit wandelen genomen, voor het geval het binnen te donker voor ze was.

Melly had de ladder vastgehouden voor Bucket Maguire, de glazenwasser van nummer 11, toen het leek alsof hij door de wind omver geblazen zou worden. Ze ging geregeld juffrouw Mack voorlezen, de blinde vrouw op nummer 3. Zo leuk, dat juffrouw Mack dol was op de verhalen over het hof van koning Arthur.

Dus toen de buren op het stuk gras in het midden van de straat dat Chestnut Street zijn hoefijzervorm gaf, een fancy fair wilden organiseren, vroegen ze Melly of zij voor waarzegster wilde spelen. Ze wisten dat ze ja zou zeggen, want het was om geld op te halen voor een weeshuis in Kosovo en zij was altijd zo goedhartig en ze zou er ook heel echt uitzien, met een sjaal met kleine muntjes eraan om haar hoofd. Melly zou voor iedereen iets goeds in het verschiet zien liggen en zo zou er geld opgehaald worden voor kinderen die niet veel in het verschiet hadden.

Maar ze hadden geen rekening gehouden met het Glastonbury Festival.

Daar ging Melly al haar hele leven elk jaar naartoe. Het speet haar verschrikkelijk. Ze zou iets proberen te geven voor de kinderen in Kosovo, maar niet haar tijd.

Dat festival was het hoogtepunt van haar jaar.

'Weet je misschien iemand anders, Melly?' smeekte Nan Ryan van nummer 14. 'Weet je, we kennen verder geen artistieke mensen.'

Melly vond het fijn om artistiek genoemd te worden. Ze wist wel een vrouw die aan handlezen deed, maar die nam het allemaal erg serieus. Ze zou beledigd zijn als ze haar vroegen om het voor de grap te doen.

Het zou niet zo makkelijk zijn als mensen dachten.

En ze moest ook nog haar huis zien te verhuren voor die week dat ze in Glastonbury zat. Wat had ze veel aan haar hoofd.

Toen kwam het: het telefoontje van Agnes!

Agnes had in een commune in New Mexico gewoond. Maar daar was alles helemaal misgelopen, zoals alles wat Agnes probeerde altijd helemaal misliep. Dat was wel erg hard gezegd, maar toch was het zo dat zij altijd toevallig het middelpunt van de problemen was.

Dit keer was ze op zoek naar een bed, een plek om het een paar weken uit te zingen, tot ze alles weer op een rijtje had. Agnes zei dat ze helaas niet echt geld had ofzo, want een commune bleek veel duurder te zijn dan ze je voorspiegelden, maar natuurlijk zou ze iets gaan doen, tuintjes wieden, brood bakken, op kinderen passen, of op honden. Wat dan ook.

'Kun je de toekomst voorspellen?' vroeg Melly. En Agnes zei dat ze het zou proberen.

Agnes kwam een week voor de fancy fair.

Tevreden nestelde ze zich op nummer 26.

'Baksteen en specie,' zei ze, terwijl ze de muren liefkozend streelde. 'Wat geweldig is dat toch, Melly. Dat mag je nooit onderschatten.'

'Waar is "eigendom is diefstal" gebleven?' merkte Melly op.

Die leus was altijd verkeerd begrepen, vond Agnes. Ze zei dat ze Chestnut Street enig vond en wilde alles weten over de andere bewoners.

Niet dat ze naar buiten wilde gaan om kennis met ze te maken. Ze had een onverklaarde blauwe plek op haar gezicht. Ze zou wachten tot ze er wat presentabeler uitzag.

Melly aarzelde even voordat ze Agnes vertelde over de gewone, doorsneemensen die in de dertig huizen van het hoefijzer woonden.

Het was allemaal zo anders dan het alternatieve leventje dat Agnes en Melly vroeger hadden geleid. Agnes zou zo'n gezapige plek vast belachelijk maken.

Maar nee, ze bleek vol belangstelling en stelde veel vragen over het leven van de mensen.

Melly vertelde over mevrouw Ryan op nummer 14; zij was verliefd geworden op de bouwvakker die het huis naast het hare was komen verbouwen en nu waren ze met elkaar getrouwd. Agnes hoorde over Kevin, die voor zijn vrouw Phyllis zorgde; over Lilian, de kapster van nummer 5, die voor haar vader en moeder zorgde en getrouwd was met een erg zuinige man; over Liam en Brigid Kenny, die hun hele huis behangen hadden met heilige plaatjes en op alle mogelijke plekken beelden hadden staan van iedere heilige die ze kenden; over Mitzi en Philip op nummer 22, die hun nieuwe serre aanbaden alsof het een heilig altaar was; over Dolly op nummer 18, die echt een leuke meid was, maar zo'n ongewone moeder had.

Agnes knikte en voelde met iedereen mee. Ze was veel makkelijker in de omgang geworden, besloot Melly, rustiger in elk geval en duidelijk minder geëxalteerd en gek.

Ze zei dat ze het prima zou redden op linzensoep, ze zou zelf brood bakken en Melly hoefde geen eten voor haar achter te laten, maar als er een boek was over de sterren of tekens van de dierenriem of zoiets, zou dat geweldig zijn.

Melly kon nu met een gerust hart naar Glastonbury gaan, in de wetenschap dat er goed voor haar huis werd gezorgd. Er zou een waarzegster op de fancy fair zijn. Agnes zou zichzelf Madame Magic noemen en om drie uur 's middags verschijnen.

'Je maakt ze toch niet bang, hè?' zei Melly, vlak voor ze vertrok.

'Ga nou maar, Melly,' smeekte Agnes en ze las dat mensen die geboren waren onder het teken Weegschaal geacht werden evenwichtig en verstandig te zijn.

Glastonbury was heerlijk, zoals altijd. Zulke prachtige muziek, zulke fantastische mensen.

Een paar keer vroeg Melly zich af of ze misschien ietsje te oud werd voor het festival?

Het kwam doordat iedereen op de een of andere manier jonger leek, of gewoon doordat de regen natter was dan anders, de velden modderiger, de wachtrijen voor snelle happen of langzame toiletten langer.

Een paar keer wenste Melly half en half dat ze in die suffe ouwe Chestnut Street was en naar de fancy fair ging.

Toen begon ze zich zorgen te maken over Agnes.

Zou ze iets totaal idioots hebben gedaan, net als vroeger?

Het leek nog heel lang voordat ze terug zou zijn en kon horen hoe het allemaal gegaan was.

Ze zag dat haar huis er nog stond op nummer 26. Dat was alvast iets.

Melly liet zichzelf binnen. Het rook heerlijk naar curry en er lag een briefje op tafel.

'Welkom thuis, Melly. Ik zorg voor het eten. Die aardige meneer O'Brien van nummer 28 heeft me een mand vol groente gegeven – wat een lieverd is dat. Dolly komt straks ook. Ik leer haar brood bakken. Ik zit nu aan de overkant spirituele verhalen voor te lezen aan juffrouw Mack. Zeven uur terug. O, trouwens, ik heb besloten om de mensen hier te vertellen dat wij elkaar hiervoor niet kenden – dat leek me verstandiger. Liefs, Agnes.'

De moed zakte Melly in de schoenen.

Waarom was het verstandiger om mensen niet te laten weten dat zij en Agnes bevriend waren?

Hoezo vond ze meneer O'Brien een lieverd? Hij was een nachtmerrie.

Dolly die brood kwam leren bakken? In dit huis?

Was Agnes nu helemaal gek geworden?

Ze moest rustig blijven en erachter komen hoe de situatie lag.

Ze moest niet driftig worden.

Hoe krankzinnig en verward Agnes ook zou zijn, Melly zou kalm blijven.

Agnes kwam terug met koekjes. 'Juffrouw Mack stond erop dat jij er ook wat kreeg – snap je, zij denkt dat wij elkaar niet kennen en ze wil dat ik een goede indruk op je maak.'

'En waarom denkt ze dan dat je in mijn huis woont, als we elkaar niet kennen?' Elk woord schoot als een kogel uit Melly's mond.

'Ze denkt dat we elkaar via een advertentie hebben leren kennen. Dat denkt iedereen.'

'Waarom denken ze dat?' Melly bleef kalm, maar haar stem klonk mechanisch, als een robot, een Dalek.

'Nou, omdat dat met Madame Magic echt goed ging. Eerlijk Melly, het was niet te geloven, ze kwamen telkens terug om meer te horen. En snap je, ik wilde ze niet vertellen dat ik een beetje vals speelde... dat jij me al hun geheimen had verteld.'

'Maar ik heb je hun geheimen niet verteld. Ik ken hun geheimen helemaal niet,' zei die arme Melly vol afschuw.

'Jawel, Melly. Jij hebt me alles verteld over Kevin en Phyllis en over de moeder van Dolly en dat de Kenny's godsdienstfanaten zijn...'

Melly's gezicht was rood van woede. 'Ik heb je die dingen in vertrouwen verteld, als vriendin. Het was niet de bedoeling dat je ze zou gaan rondtoeteren.'

'Maar ik heb ze niet rondgetoeterd. Ik was veel discreter dan jij – gevoeliger.'

'O ja?'

'Ja. Ze vonden het prachtig, Melly, echt, en ik wed dat ik veel goed werk heb verricht door ze op dingen te wijzen, weet je, waar ze op gewezen moesten worden.'

'Agnes! Jij wijst mensen op dingen?'

'Nou, ik kan je dit vertellen: de moeder van Dolly past nu toch wat beter op, sinds ik haar heb verteld dat ik een groot, duister figuur naar haar huis toe zag komen. Kwam drie keer terug.'

'Ik geloof mijn oren niet,' zei Melly.

'En die vrouw, Mitzi, van nummer 22, die zal van nu af aan niet meer haar serre aanbidden. Ik heb tegen haar gezegd dat vlees en bloed belangrijker zijn dan status en dat ze elke week een e-mail moet sturen naar haar zoons. Ze was dol op me.'

'Vast!'

'Nee, echt, Melly. En meneer O'Brien denkt dat zijn kat Rupert vindt dat hij te veel roddelt, dus hij zal wat meer zijn mond houden. En dan Lilian! Weet je nog dat je vertelde over al die mensen die over haar heen liepen? Ik denk niet dat ze dat nog zullen doen.'

'Heb je tegen haar gezegd dat ze van de vloer af moest komen en niet langer een deurmat moest zijn?'

'Nee, ik heb alle anderen in dat huis verteld dat zij er wel eens vandoor zou kunnen gaan als ze niet fatsoenlijk werd gewaardeerd. Ik zei dat ik een figuur met lang rood haar stilletjes in het donker weg zag gaan uit het huis. Ze dachten allemaal dat het Lilian was en toen zongen ze een toontje lager, geloof mij maar.'

Melly zat stomverbaasd te luisteren.

'En heb je nog geld verdiend voor Kosovo, Agnes?' vroeg ze uiteindelijk.

'Een heleboel. Ik was verreweg de populairste attractie zondag. Sommige mensen kwamen wel drie keer langs. En trouwens, sindsdien heb ik hier ook mensen geholpen voor een gewoon honorarium. Ik hoop dat je dat niet erg vindt.'

Dat was het.

Nu kon ze niet meer kalm blijven doen.

'Nee, Agnes, nee. Dit keer moet iemand je tegenhouden, voordat alles weer misgaat. Ik wil niet dat je in mijn huis gaat doen of je de toekomst kent en daarmee allerlei fatsoenlijke mensen geld uit de zak klopt. Als de politie komt, en die komt zeker, zal ik je niet steunen door te zeggen dat wij elkaar kennen via een advertentie. Je kunt mensen niet op die manier bedriegen.'

Agnes bleef rustig. 'Ik doe niet alsof. Ik ben heel geïnteresseerd in ze en ik wil ze helpen.'

'Door hun geld aan te nemen en ze dan leugens te verkopen.'

'Het zijn geen leugens. Ik verkoop ze alleen maar de waarheid. Ze vinden het heerlijk – ze blijven terugkomen om meer te horen. Ik ben hier goed in en ik ben nog nooit eerder ergens goed in geweest.'

Voordat iemand nog iets kon zeggen, werd er op de deur geklopt.

Het was Dolly met haar moeder.

'Ik vertelde aan mam dat ik brood leerde bakken en ze vroeg zich af of ze mocht komen toekijken?' vroeg Dolly.

'Nou, dat moeten we aan Melly vragen – dit is haar huis per slot,' zei Agnes diplomatiek.

'Kunnen jullie met elkaar opschieten, nu je elkaar kent?' vroeg Dolly belangstellend.

'Eh, ja hoor,' zeiden ze allebei tegelijk.

'Blijf gerust,' stemde Melly in.

'Ze is fantastisch,' fluisterde Dolly's moeder tegen Melly. 'Ze heeft zulke belangrijke dingen tegen me gezegd! Het lot heeft haar hierheen geleid, Melly, dat moet wel.'

'Ja, ja.'

'Jij vindt haar toch ook aardig, Melly? Het zou geweldig zijn als er zo'n wijs persoon hier in de straat kwam wonen.'

'Wonen?' Melly hapte naar adem.

'Nou ja, verblijven, werken, wat dan ook.'

'O, ja natuurlijk.'

En terwijl ze allemaal met deeg aan het slaan waren, een

vreemd troostend geluid, zat Melly in haar stoel en dacht na. Het zou fijn zijn om de helft van de huur te krijgen, natuurlijk, en het gezelschap.

En Agnes leek echt veel normaler dan vroeger.

Maar ze moest verstandig zijn.

Uiteindelijk zou het mislopen, dat was altijd zo met Agnes.

Aan de andere kant, ze werden allebei ouder, misschien zelfs volwassen.

En Chestnut Street had wel een kalmerend effect.

Melly voelde hoe haar schouders zich ontspanden.

Het was veel leuker thuiskomen van Glastonbury in een huis waar brood werd gebakken en een lekkere curry klaarstond, gemaakt van de groenten van meneer O'Brien, dan het vorig jaar was geweest om in een leeg huis terug te komen.

Madame Magic zou zomaar eens haar naam kunnen waarmaken.

Niets zeggen

Nuala mocht de verloofde van haar dochter niet. Tom had het altijd over het snelle leven en wilde daar heel graag bij horen. Maar, zeiden Nuala's vriendinnen, wat ze ook zei… ze moest niets zeggen.

Het was moeilijk om niets te zeggen. Heel moeilijk. Maar toen ze jong was, had een vriendin van haar moeder gezegd dat dat bijna altijd de verstandigste weg was.

Nuala had het allerbeste gewild voor Katie, haar enige kind. Katie, die tien was geweest toen haar vader hun huis in Chestnut Street had verlaten.

'Waarom houdt hij niet meer van ons?' had Katie telkens weer aan haar moeder gevraagd.

Tandenknarsend had Nuala telkens weer geantwoord dat pappie natuurlijk nog heel veel van hen allebei hield; het was gewoon beter voor hem om weg te gaan.

Daarna waren er de wekelijkse bezoekjes, waarop Michael met zijn dochter naar de dierentuin ging, naar de ijsbaan of een kindervoorstelling. In de loop van de tien jaar na de scheiding stelde hij drie verschillende 'speciale vriendinnen' aan Katie voor.

Alle drie vrouwen die op dat moment belangrijk waren in zijn leven.

In het begin babbelde Katie thuis honderduit over pappies nieuwe vriendin.

Nuala was bang dat haar tanden zouden slijten, zo hard klemde ze ze steeds op elkaar.

Rond haar zestiende was Katie opgehouden met praten over deze vrouwen; misschien omdat ze iets in de beleefde en zogenaamd belangstellende glimlach van haar moeder niet vertrouwde.

'Hoe was het met pap?'

'O, best,' schokschouderde Katie dan.

Geen nadere informatie, geen bijzonderheden en wat minder belangstelling.

Het duurde niet lang voor Katie andere dingen te doen kreeg op zaterdag. Betere dingen.

Uitgaan met haar eigen vriendinnen, bijvoorbeeld.

Dus waren er verontschuldigende telefoontjes of sms'jes naar haar vader.

Altijd met een of ander vaag excuus, of zelfs gewoon: 'Sorry pap, geen tijd morgen', waardoor hij besefte dat ze niet langer zin had in de uitjes met hem.

Hij kwam bij Nuala langs op haar werk.

Nuala was verpleegkundige in een ziekenhuis vlak bij haar huis. Ze kon geen bezoek gebruiken als ze dienst had.

'Vijf minuutjes,' smeekte hij.

'Ik neem wel even pauze,' zei ze met tegenzin.

Ze nam hem mee naar het eind van de gang, waar wat stoelen stonden.

'Het is je dus eindelijk toch gelukt om haar tegen mij op te zetten,' zei hij bitter.

'Nee, Michael, ik heb niets tegen haar gezegd,' antwoordde Nuala rustig.

'Waarom wil ze dan niet meer met me afspreken? Ontken het maar niet, Nuala, ik weet hoe jij tekeergaat.'

'Ik ga helemaal niet tekeer. Vroeger wel, dat geef ik toe, toen je pas weg was, maar nu...'

'Nu wat?'

'Nu kan het me niet meer schelen wat je doet, eerlijk gezegd. Vroeger wel, maar nu wens ik je alleen maar het beste toe en ik denk eigenlijk bijna nooit aan je.'

Ze zei het rustig en blijkbaar geloofde hij haar.

'Waarom gaat ze dan liever met haar vriendinnen op stap dan met haar vader?' Hij was oprecht verbijsterd.

'Omdat ze zeventien is,' zei Nuala.

'En dat vind jij goed?' Het bezorgde-ouder-gezicht dat hij trok, ergerde Nuala mateloos, maar ze slaagde erin dat niet te laten merken.

'Ik ben blij dat ze vriendinnen heeft, ja.'

'Ik vroeg Katie of ze dan op een andere dag in de week wilde komen, maar ze zei dat ze te veel huiswerk had,' zei hij diep verongelijkt.

'Ja, ze zit doordeweeks veel te leren, daarom vindt ze het zo fijn om in het weekend vrij te hebben.' Nuala klonk toegeeflijk.

'Heb jij een nieuwe partner, Nuala?' vroeg hij opeens.

'Waarom vraag je dat?'

'Omdat je anders doet. Je bent niet meer zo'n moederkloek.'

'O, dat is mooi. Het spijt me, Michael, ik moet terug naar de afdeling.'

'Wat moet ik nu?' vroeg hij.

Ook het verdwaalde-jongetjes-gezicht herkende ze.

'Hemel, ik heb geen idee,' antwoordde ze en ze liep de gang in.

'Ik heb vandaag je vader gesproken,' zei Nuala die avond.

'O ja?' Katie keek niet eens op van het tijdschrift dat ze zat te lezen.

'Hij denkt dat ik je verhinder om naar hem toe te gaan.'

'Echt iets voor hem,' zei Katie.

Nuala zei niets.

'Nu ga je je er zeker mee bemoeien en zeggen dat ik wel naar hem toe moet gaan.'

'Nee hoor. Je bent zeventien – jij bepaalt zelf wat je doet of naar wie je toe gaat,' zei Nuala opgewekt.

Opeens stond Katie op en omhelsde haar.

'Je bent de liefste moeder van de wereld. Blijf lekker zitten, dan kook ik.'

Nuala glimlachte in zichzelf. Degene die haar had aangeraden om niets te zeggen, had helemaal gelijk gehad.

Katie studeerde hard en werd aangenomen op een lerarenopleiding. Ze had een leven vol vrienden en studeren en stage lopen.

Naar haar vader ging ze nog maar één keer in de maand en steeds korter. Ze woonde nog steeds bij Nuala.

Op de avond van haar afstuderen leerde ze Tom kennen en daarmee veranderde alles.

Tom was heel charmant, dat moest Nuala toegeven.

Hij was ook knap en goed gezelschap.

Maar al die dingen golden ooit ook voor haar eigen man Michael.

Katie was dol op hem. Ze kende hem nog maar net, toen ze al over verhuizen naar een eigen woning begon. Ze zei niets over Toms eventuele aanwezigheid daar. Maar het was zo klaar als een klontje: Katie was verliefd en deze man was haar uitverkorene.

Nuala had altijd geweten dat Katie ooit het huis uit zou gaan, maar ze wilde niet dat het met Tom was.

Ze wist zelf niet precies waarom ze hem niet mocht, hem niet helemaal vertrouwde. Hij was idolaat van Katie. Hij flirtte niet met andere meisjes en ze waren nu al maanden samen, zonder één keer ruzie te hebben gehad. Hij zou best een trouwe echtgenoot of partner kunnen zijn. Waarom vond ze hem dan niet goed genoeg voor haar dochter?

Pas op de avond dat Katie en Tom haar kwamen vertellen dat ze verloofd waren, begreep Nuala waarom ze hem niet de juiste man voor Katie vond. Hij was een man die bezeten was van geld en succes en het snelle leven. Dat was voor haar enige dochter een gevaarlijk pad om te bewandelen.

Katie zou zich haar hele leven zorgen maken en nachten liggen piekeren: Was die investering wel verstandig? Zou dat project mislopen?

Nuala had in de loop der jaren vaak genoeg gezien hoe zulke mensen ziek werden van de zorgen over geld dat gevaar liep, eindeloos piekerden over te hoge schulden en een tweede huis kochten.

Dat was het beste wat je kon doen, zei men; vastgoed zou nooit zijn waarde verliezen. Veel collega's van haar in het ziekenhuis hadden een erg duur huis gekocht en moesten een enorme hypotheek afbetalen. Het zou het meer dan waard zijn, uiteindelijk, zeiden ze; zo hadden ze iets om aan de kinderen na te laten.

Soms probeerden ze Nuala ook over te halen om een groter huis te kopen, in een betere buurt. Het was tegenwoordig zo makkelijk om een lening van de bank te krijgen; ze sprongen bijna over de balie om je zover te krijgen dat je hun geld aannam.

Nuala had het altijd geweigerd. Ze zette wel elke week wat geld opzij, maar dan op een veilige spaarrekening.

Ze had weinig geduld om te luisteren naar Toms plannen, die allemaal inhielden dat er geld moest worden geleend om zijn eigen adviesbureau op te zetten. Er waren tegenwoordig zoveel mensen die advies nodig hadden, volgens hem en het zou een doorslaand succes worden. Katie zou haar baan als lerares opzeggen en hem op kantoor helpen; dat leverde belastingvoordeel op. Ze gingen een aanbetaling doen op een echt heel mooi huis – een koopje, de kans van hun leven.

Ze wilden het haar heel graag laten zien. Het lag wel wat ver weg, maar ach, afstand deed er tegenwoordig niets meer toe als je een snelle auto had. En ze hadden een snelle auto.

Het enige was, het enige kleine probleempje was dat ze hulp nodig hadden voor de aanbetaling op het huis. Al het geld dat ze van de bank hadden geleend, zat in het adviesbureau, legde Tom treurig uit. Hij kon zijn eigen ouders echt niet om nog meer hulp vragen. Ze hadden al zoveel gegeven.

Hij hield zijn hoofd een tikje schuin.

Nuala had spaargeld.

Elke week zette ze wat geld op haar rekening bij het spaarfonds. Met de jaren was het een aardig sommetje geworden. Het was een appeltje voor de dorst. Nuala keek naar de hoop en het verlangen op het gezicht van haar dochter.

Blijkbaar was de dorst gekomen.

'Ik kan jullie wel helpen met die aanbetaling,' hoorde ze zichzelf zeggen.

Tom sprong de kamer door.

'Het is alleen maar een lening, mam,' zei Katie met stralende ogen.

'Het is een prachtig huis, Nuala, je zult het enig vinden en het is maar een uur rijden hiervandaan,' beloofde Tom.

Het was inderdaad een prachtig huis; het had drie badkamers, als je de doucheruimte beneden meetelde. Het had een patio met een barbecue, een keuken die niet zou misstaan in een sterrenrestaurant, een oprit met een draairondje voor het huis, parkeerruimte voor minstens vijf auto's.

Het lag in een erg chique buurt en een uur en drie kwartier rijden van Nuala's huis, wat voor auto je ook had.

Nuala wilde heel wat dingen zeggen.

Dat ze krom zouden moeten liggen voor de hypotheek, bijvoorbeeld.

Dat het te ver weg was voor haar of voor hen om vaak langs te komen.

Dat een jong stel zo'n huis niet nodig had.

Dat de huizenprijzen konden dalen. Wat dan? Dan zouden ze moeten blijven betalen voor een huis dat nooit meer het geld zou opbrengen dat zij ervoor hadden neergeteld.

Nuala zei dat allemaal niet.

Ze zag hoe ze het huis streelden, alsof het een grote gezinspoes was, ze zag de hoop en de toekomst in hun ogen.

'Het is prachtig,' zei ze en ze drukten haar dicht tegen zich aan.

Dus trokken ze erin en het was te kort dag om eerst de bruiloft te plannen, want ze hadden het zo druk en ze waren zo moe, ze moesten het adviesbureau opzetten, mogelijke klanten in de watten leggen, naar premières en galerieopeningen gaan en netwerken met de juiste mensen.

Nuala vroeg zich af wanneer ze een datum zouden vaststellen, maar ze zei niets. Af en toe ging ze in het grote nieuwe huis lunchen en haar eigen huis stond altijd voor hen open.

Soms kwam Katie langs in Chestnut Street.

Dan aten ze een grote kom soep – heerlijk, net als vroeger, vond Katie dat. Zij en Tom leefden tegenwoordig blijkbaar op sushi en borrelhapjes.

Katie klonk vermoeid, ze miste het lesgeven, maar de zaak was nu vrijwel opgebouwd en er kwamen heel grote klanten binnen.

Ze begon over een grote housewarmingparty in kerstsfeer die ze wilden geven, twee weken voor het echt Kerstmis was. Ze zouden al vroeg uitnodigingen versturen, er zouden vast heel veel mensen willen komen.

Het thema zou zwart met limegroen zijn, alle kaarsen en het tafellinnen en de versieringen in de kerstboom zouden in die kleuren zijn.

'Wat moet ik in hemelsnaam aan naar dat feest?' vroeg Nuala.

'O, mam, jij komt niet. Je zou het verschrikkelijk vinden, al die afschuwelijke brallende mensen, en Tom en ik zullen de hele tijd van de een naar de ander fladderen, zodat we ons niet... nee, het is echt verstandiger om niet te komen.'

Nuala zei niets.

Ze zei niet dat al haar spaargeld in dat huis zat en ze er dus op z'n minst bij had kunnen zijn als het werd ingewijd.

Ze zei niet dat ze teleurgesteld, beledigd of van streek was.

Ze hield zich vast aan haar motto dat het beter was om niets te zeggen.

Haar stilzwijgen verontrustte Katie.

'Ik bedoel, je wilt toch niet echt komen, hè mam? Je kunt immers beter een keer komen als we gewoon kunnen praten?' Katies gezicht stond bezorgd.

Bij niets zeggen hoorde ook niet de martelaar uithangen, dus Nuala trok haar blije gezicht.

'Nee lieverd, het is eigenlijk wel een opluchting. Ik kom veel liever een keertje rustig en gezellig bij jullie eten,' zei ze.

'O mam, ik wist wel dat je dat zou zeggen, alleen pap doet echt heel vervelend over alles.'

'Pap?'

'Ja, iemand heeft hem over het feest verteld en toen was hij beledigd omdat hij niet was uitgenodigd. Dus moesten we hem wel een uitnodiging sturen, ik heb nog tegen hem gezegd, net als tegen jou, hoe het zou zijn, maar hij laat zich niet tegenhouden, hij komt gewoon en hij zal zo uit de toon vallen.'

Michael belde Nuala op haar werk.

'Eén kopje koffie, onderweg naar huis?' smeekte hij.

'Eén kopje,' stemde ze toe.

'Wanneer gaan die twee trouwen?' vroeg hij toen ze ging zitten. Zijn gezicht stond gespannen en boos.

'Katie en Tom? O, als ze zich een grote bruiloft kunnen veroorloven, denk ik.'

'Staat het huis op haar naam?'

'Dat zal Katie je vast wel vertellen als je het haar vraagt.'

'Ik zie haar nooit – ze is tegenwoordig onmogelijk te bereiken. En dan is er nog dat feest. Jij gaat er niet heen, begreep ik.'

'Het is niet echt iets voor mij.'

'Wat is wel iets voor jou? Dat heb ik nooit geweten.' Zijn gezicht was rood en boos, zoals altijd wanneer hij ruzie zocht.

Maar tegenwoordig deed ze niet meer haar best om de boel te sussen.

'Je hebt nooit geprobeerd om daarachter te komen,' zei ze mild, zonder hem te beschuldigen. Alsof het gewoon een feit was.

'Vertel het me dan nu.'

'Ik geloof dat ik gewoon een rustig leventje wil en ik wil dat ons enige kind gelukkig wordt en de juiste keuzes maakt.'

'Dus je hebt ze geld geleend om die witte kolos van een huis te kopen?' spotte hij.

'Dat is wat ze willen.' Nog steeds bleef ze kalm, ze liet zich niet opjutten.

'We willen allemaal wel dingen die we niet kunnen of moeten krijgen. Dat huis is een tijdbom. De markt begint te wankelen, huizen brengen minder op.'

'Heb je me gevraagd voor een kop koffie of om de economie met me door te nemen, Michael?'

'En die man van haar, zijn vooruitzichten zijn helemaal niet goed, er komt een recessie aan en dan raakt hij alles kwijt. Ik wil alleen maar weten of Katie veilig is, of dat ze net zo diep inzit als hij.'

'Nou, vraag dat dan alsjeblieft aan haar, Michael, niet aan mij. Ik weet nergens van.'

'Weet je zeker dat je niet ergens een partner hebt? Ik heb je nooit eerder zo... ik weet het niet... zo zelfverzekerd gezien, zo overtuigd van je gelijk.'

'Ik ga nu,' zei Nuala.

Op weg naar huis dacht ze hierover na. Niets zeggen was in elk geval tegenover Michael de juiste aanpak geweest. In de slechte oude tijd had ze tegen hem geschreeuwd en hem gesmeekt om te veranderen; nu deed ze kalm en vaag en zei heel weinig. Het werkte verbazend goed. Hij zou met haar mee naar huis zijn gegaan, als ze hem ook maar enigszins had aangemoedigd.

Daar voelde ze helemaal niets voor nu.

Maar was het goed om niets te zeggen tegen Tom en Katie? Dat was de vraag.

Thuis stond er een boodschap op het antwoordapparaat.

Toms ouders zouden onverwacht langskomen en ze hadden niets in de vriezer, niets wat ze hun konden voorzetten. Ze konden niet weg van kantoor. Zou mam alsjeblieft zo'n heerlijke maaltijd van haarzelf met een taxi kunnen sturen?

Dat zou zo heerlijk zijn.

Nuala haalde een runderstoofschotel uit haar vriezer en wat pittige rode kool. Ze deed twaalf kleine aardappelen in een zakje en belde het taxibedrijf dat Tom en Katie altijd gebruikten.

Er viel een ongemakkelijke stilte.

'Ik ben bang dat ze geen rekening meer bij ons hebben,' zei de stem.

'Daar hebben ze niets van gezegd.' Nuala was stomverbaasd. 'Ik ben Katies moeder. Ik weet dat ze goede klant zijn bij jullie, kunt u het nog een keer nakijken?'

'Ik heb het nagekeken, ze zijn geblokkeerd.'

'Wat betekent dat?'

'Alleen maar dat ze geen rekening bij ons hebben,' zei de stem meelevend.

'Omdat ze de rekening niet hebben betaald?'

'Ik heb geen idee,' zei de stem.

Nuala vond een plaatselijke taxichauffeur en betaalde die een klein fortuin om het eten naar de andere kant van de stad te brengen.

'Dit moet wel een belangrijke maaltje zijn,' zei hij terwijl hij het eten achter in de auto zette.

'Ik geloof dat het van levensbelang is,' stemde Nuala in.

Bij het haardvuur zat ze na te denken.

Was dit etentje een poging om Toms ouders over te halen meer te investeren?

Had Michael gelijk, dat de huizenprijzen onderuitgingen?

Speelde Tom te hoog spel?

Was het tijd om iets te zeggen, en zo ja, wat?

Het lukte Nuala om pas de volgende dag tegen lunchtijd haar dochter te bellen.

Zodra ze Katies stem hoorde, wist ze het.

'Ik wilde alleen maar weten of de stoofschotel lekker was?' vroeg Nuala opgewekt.

'Hij was geweldig, mam, zoals altijd,' zei Katie met doffe stem. 'En het spijt me zo dat je je eigen taxi moest sturen. Er klopte iets niet bij ons vaste taxibedrijf. Nou ja, we wilden toch al een ander nemen.'

'Hoe ging het etentje? Was het gezellig met Toms ouders?'

'Niet echt, mam. Ze zijn niet zoals jij, ze zijn meer zoals pap. Moeilijk en met allerlei meningen over wat anderen moeten doen of hadden moeten doen.'

'O, en wat was dan hun grootste probleem?' vroeg Nuala.

'Ze willen dat we het feest afzeggen, mam. We zijn er al maanden mee bezig. Zij zeggen dat het belachelijk is en dat iedereen weet dat wij blut zijn. Iedereen is blut, mam, maar je moet gewoon een show geven, zodat ze vertrouwen in je krijgen. Dat snappen de ouders van Tom niet. Zij zeggen dat we er nu mee moeten stoppen. Stel je voor wat een vernedering dat zou zijn. Dat gaan we echt niet doen.'

'En liep het goed af?'

'Niet echt, ze zijn niet zoals jij, mam.'

Twee weken na het feest, dat niet zo'n enorm succes was geworden als ze hadden gehoopt, zagen Tom en Katie de werkelijkheid onder ogen.

Nuala luisterde terwijl ze het verhaal vertelden.

Ze zouden het huis verkopen, zo snel mogelijk.

Ze konden gemakkelijk van hun kantoorruimte af, want de eigenaar wilde toch naar het buitenland vertrekken.

Katie kon een baan als lerares krijgen. Tom zou iets gaan zoeken. Wat dan ook.

Wat een Kerstmis zou het worden.

'En waar gaan jullie dan wonen?' vroeg Nuala.

Ze zouden ergens iets huren. Een kamer misschien. Ze zaten vast aan die hoge hypotheek. Zelfs als ze het huis verkochten, zouden ze nog een schuld overhouden. Geen ruimte dus om weer chic te gaan wonen.

Nuala haalde diep adem.

Jaren van niets zeggen hadden resultaat gehad, maar nu was het tijd om iets te zeggen.

'Ik zou het heerlijk vinden als jullie hier kwamen,' zei ze. 'Uiteindelijk zouden we het huis kunnen opsplitsen, je weet wel, een woning boven en een beneden. Maar voor nu, willen jullie hier Kerstmis komen vieren?'

Het was even stil.

Tom schudde zijn hoofd.

'Dat kan ik niet, Nuala, ik sta al bij je in het krijt voor die aanbetaling en ik weet niet wat voor werk ik kan krijgen en als wat...'

Ze wachtte even.

'Het ziekenhuis heeft mensen nodig die de bedden kunnen duwen,' zei ze. 'Het is misschien niet wat je zoekt...'

Ze zagen er allebei bang en verloren uit. Ze hoopte dat ze

hem niet beledigd had, waardoor ze aan de kant van de vijand zou komen te staan, waar zijn ouders al stonden en Katies vader ook.

Toen zag ze de hoop in hun ogen. 'O, mam, dat zou geweldig zijn,' zei Katie.

Tegelijkertijd kwam Tom naar haar toe, met tranen in zijn ogen. Weg waren de charmante maniertjes, er was alleen nog maar dankbaarheid en liefde.

'Je bent altijd zo wijs geweest, Nuala, vanaf het begin – ik heb het ook tegen Katie gezegd. Jouw moeder bezit alle wijsheid in de wereld, zei ik. Morgen ga ik naar het ziekenhuis om te zien of ik die baan kan krijgen en we zouden ons vereerd en trots voelen als we hier mogen wonen. We boffen maar.'

Sinds Michaels vertrek had ze vaak tegen Kerstmis opgezien. Nu keek ze ernaar uit. Ze zou voortaan weer niets zeggen – mensen zagen dat blijkbaar aan voor wijsheid.

Wat heerlijk.

Vol goede wil

De eerste keer dat ik haar ontmoette, zou ze op vakantie gaan naar drie verschillende plekken en met drie verschillende mensen, allemaal op hetzelfde tijdstip. Ze had tegen geen van hen nee kunnen zeggen. Niet tegen Eve, die net de bons had gekregen, drie dagen voor haar bruiloft, en die echt iemand nodig had om mee op vakantie te gaan; niet tegen haar zusje, dat te jong werd gevonden om alleen naar het buitenland te reizen; en niet tegen die groep collega's die nog een persoon nodig hadden om de groepskorting te krijgen.

Dat jaar ging ze nergens heen, ze bleef thuis in Chestnut Street. De collega's gingen zonder haar en betaalden ieder knarsetandend twee pond extra, haar zusje zat mokkend in een Ierse badplaats en zei dat de hele wereld voor haar openlag, als ze er maar heen had gekund; en Eve zei tegen iedereen die het horen wilde dat de wereld vol mensen was die je lieten zitten als je ze nodig had.

Ik geloof dat Ruth zelden iets in haar leven heeft gedaan zonder de bedoeling om iemand een plezier te doen, maar het leven is nu eenmaal onrechtvaardig en uiteindelijk deed ze maar heel weinig mensen een plezier en kreeg ze er zelf alleen maar narigheid van. Nu ligt ze in het ziekenhuis en ook dat komt doordat ze iemand een plezier wilde doen, maar er is veel gebeurd voordat ze vorige week werd opgenomen.

Ruth deed heel, heel eigenaardig over haar baan als ambtenaar; ze zei altijd dat je automatisch ontslag kreeg, als je nadacht. Nadenken was het enige wat je fout kon doen. Als zij zag hoe het werk voor iedereen makkelijker kon worden gemaakt, durfde ze dat niet te zeggen, uit angst voor de afkeuring van senior medewerkers, die zeiden dat de jongere generatie ambtenaren te erg voor woorden was. Als zij zag hoe het sneller kon, waren ze allemaal bang dat er iemand ontslagen zou worden; als ze onrecht zag, een oneerlijke promotie, of iemand die gepasseerd werd, kon ze maar beter haar mond houden – je kreeg alleen de naam van lastpost en werd misschien zelf wel naar een verschrikkelijke plek overgeplaatst.

Ruth kon niet eeuwig haar mond blijven houden en in een poging om een veel oudere man te helpen de promotie te krijgen die hij verdiende, deed ze wat ze kon, en meer. Ze ging naar zijn huis en overtuigde hem en zijn vrouw ervan dat hij schandelijk behandeld werd, ze zei het tegen haar eigen directe chef, ze dreigde ermee naar de pers te gaan en ze smeekte mensen om een petitie te tekenen. Met negen dappere handtekeningen op haar vel papier werd ze naar het kantoor van de hoogste baas geroepen en daar kreeg ze te horen dat de man een hopeloze alcoholist was, erger nog, omdat hij een stille drinker was, hadden ze de keus gehad: hem laten zitten waar hij weinig kwaad kon, of hem eruit werken. Nu had zij iedereen het hoofd op hol gebracht met haar gepraat over macht en corruptie en vriendjespolitiek. Met tegenzin luisterde ze naar de bewijsvoering. Het was te laat; de man zag het nu als een principekwestie en nam ontslag; twee jaar later overleed hij.

'Hij was bijna zestig,' zeiden we allemaal tevergeefs tegen haar. 'Hij moest toch een keer doodgaan van al die drank; zijn lever was kapot.'

Soms was haar impulsiviteit minder dramatisch en ontregelend, maar even misplaatst. Ze ging naar het hoofd van de school waar ik lesgaf en zei dat ik op zaterdagochtend vrij wilde hebben en dat ik er moe uitzag en of het rooster misschien voor mij aangepast zou kunnen worden? Het heeft maanden geduurd voor ik dat rechtgezet had. Ze bleef het exvriendje van iemand, die we allemaal kenden, opbellen om te zeggen dat volgens haar het meisje het klooster in zou gaan, omdat het uit was. Hoeveel verwarring en gêne dit allemaal veroorzaakte is met geen pen te beschrijven, maar zelf kwam Ruth altijd als de grootste verliezer uit de strijd. Ze boekte een geheel verzorgde vakantie voor haar ouders en huilde een week lang, toen bleek dat die er niet voor voelden om binnen twee dagen op reis te gaan, en ze was haar aanbetaling bij het reisbureau kwijt, zodat haar ouders zich ook ellendig voelden.

Ze nam de functie van penningmeester op zich bij een vereniging, kwam altijd te laat op vergaderingen, raakte voortdurend het ledenregister kwijt en zei dan: 'Nou, ik weet dat je toch wel betaald hebt,' en vulde de tekorten aan met haar eigen geld. Ze ontnamen haar de kas en gaven haar publiciteit en ze bezwoer dat ze posters zou ophangen in pubs en winkels, maar raakte al op het eerste adres in gesprek met iemand die een probleem had, waarna de rest van het propagandamateriaal nooit een muur te zien kreeg.

Toch kon ze je heel goed geruststellen. 'Natuurlijk moet je met die jurk teruggaan naar de stomerij, ik zal wel met je meegaan. Je moet gewoon voet bij stuk houden, uiteindelijk is dat voor iedereen het beste.' Maar dan wilde of kon ze toch niet komen en stond je daar in je eentje een figuur te slaan: ja, ja, natuurlijk, chemicaliën kunnen ook niet alles, nee, zeker niet, het spijt me.

Zij was degene die aanbood een feest te organiseren voor een teruggekeerde emigrant, maar die zat allang weer in zijn nieuwe land voordat zij zelfs maar aan hem dacht, en toch bedoelde ze het allemaal goed, diep in haar grote, gulle hart.

Het heeft geen zin om te zeggen dat ik haar aardig vind, iedereen vindt haar aardig. Je kunt iemand die zo vol goede wil zit als zij, niet níét aardig vinden. Ze zei nooit veel over zichzelf, wat nog een stomme reden is waarom je mensen aardig vindt. Ze zei alleen maar dat haar baan niet te geloven was, zo erg, maar ze kon er veel lezen en overwoog zelfs om onder werktijd een schriftelijke cursus te gaan volgen. Je dacht er niet aan om te zeggen dat ze iets beters moest gaan doen, want ze leek prima op haar plaats.

Ook over haar mannen zeurde ze niet, ze deed alleen maar uitbundig. 'Ja, het is Geoff, weet je nog – ik heb je verteld dat ik hem in Killarney heb ontmoet. Hij heeft afgrijselijke vrienden, die elkaar bij hun achternaam noemen, maar er zijn ergere dingen, neem ik aan. Ze squashen vaak. Ik ben heel erg gek op hem en hij kan het prima met mijn familie vinden... maar je weet het nooit, hè?' En inderdaad, want zes maanden later was het 'Michael, een man van die wandeltocht, waar ik je over heb verteld, nou ja, hij is niet wat je noemt een verantwoordelijk type, maar hij is zo lief en goed en hij is dol op dieren en hij denkt erover om een soort hondenziekenhuis op te richten hier in de buurt, als hij een dierenarts kan vinden die er parttime voor niets wil werken. Ken jij toevallig een dierenarts?'

Ik was echt heel verrast toen ze twee van ons om een lening vroeg. Ze kon niet zeggen waar het voor was, maar ze zou ons terugbetalen. Wie ooit heeft gezegd dat je nooit geld moet uitlenen, tenzij je het je kunt veroorloven om het niet terug te krijgen, had gelijk, want we kregen een heel klein deel terug en daarna zagen we Ruth nooit meer. Ze schaamde zich te erg om ergens heen te gaan waar wij ook konden zijn en al zouden we niet omkomen, het bedrag was hoog genoeg om ons te laten denken: waar kan ze het in hemelsnaam voor nodig hebben gehad? En: waarom kan ze het niet terugbetalen? Maar ja, zoals dat nu eenmaal gaat, je kunt niet zomaar iemand opbellen om dat te vragen. Dan denkt die natuurlijk dat je dat geld terug wilt. Dus we hebben het haar nooit gevraagd en waren een beetje boos en een heel klein beetje bezorgd. Eerlijk gezegd meer boos dan bezorgd, geloof ik.

Ze trouwde met de laatste man die je voor haar zou hebben bedacht. O, goed, dat doet iedereen, maar het huwelijk van Ruth sloeg echt alles. Hij was twintig jaar ouder dan zij, gescheiden (of uit elkaar of iets wat vaag genoeg klonk om geheimzinnig te zijn), schatrijk en behoorlijk bekend op zijn terrein. Ze trouwden in Londen en gaven na afloop een grote cocktailparty waar ik nauwelijks iemand herkende, en Ruth al helemaal niet, die vreselijk haar best deed om indruk te maken en mensen de meest ongelooflijke dingen vertelde: 'Ja, ik werkte vroeger bij de overheid, heel interessant, heel uitdagend, maar natuurlijk krijg ik nu zo'n druk sociaal leven dat ik niet meer kan werken.' Ze gaf me stilletjes en heimelijk de veertig pond terug in een envelop en zei dat het haar verschrikkelijk speet en dat ze er eigenlijk na twee jaar rente over zou moeten betalen, maar of ik Mary wilde bedanken en haar haar twintig pond wilde geven en ze hoopte dat we niet waren omgekomen van de honger.

'Dennis kent heel veel mensen, weet je,' zei ze met haar gebruikelijke impulsiviteit. 'Je moet echt vaak bij ons komen eten, dan ontmoet je allerlei mensen. Sommigen zijn ook single,' voegde ze er duister aan toe met een afkeurende hint naar mijn ongetrouwde, manloze staat. 'Je weet maar nooit.'

En inderdaad, je wist het nooit, want voor één keer hield Ruth zich aan haar belofte. Ik werd overspoeld met uitnodigingen om de meest begerenswaardige mannen van Dublin te ontmoeten, tot het een grapje werd onder ons en ik al bij de eerste kennismaking zei: 'Wil je meteen met me trouwen, dan hebben we dat maar achter de rug.' Wat ik zelf wel grappig vond en zij meestal een beetje ongemakkelijk en Ruth om te gillen. Dennis vond het maar niets. En ik vond Dennis maar niets, dus stonden we quitte.

Ruth bleef even ongeorganiseerd, ze nodigde altijd de verkeerde mensen uit voor het eten en zei dan dat het toetje fabelachtig zou zijn, en dan bleek het ongaar of aangebrand. Dennis' misnoegen werd groter en groter en zelf ging ik trouwens op een gegeven moment met vakantie en toen vergaten ze me, of misschien schrapten ze me van 'de lijst'. Ik hoorde dat Ruth nog steeds wanhopig haar best deed om hem te plezieren en haar ouders te plezieren, die hij niet mocht, en om al haar oude vrienden te plezieren, die het toch wel zouden hebben begrepen. Ze sloeg een paar klassieke flaters in die jaren, zoals die keer dat ze tegen een vrouw die al zeven jaar zonder succes probeerde zwanger te raken, zei: 'Hou toch eens op met dat zelfzuchtige leventje, sticht een gezin en krijg gewoon snel achter elkaar drie kinderen.' Ze gaf ook een surpriseparty voor Dennis op zijn verjaardag, op een avond dat hij een directievergadering had en pas tegen middernacht verscheen, toen de gasten dronken waren en het eten op was. Ze vervreemdde haar jongere zus voorgoed van zich door tegen haar te zeggen dat ze 'echt vond dat zij moest weten' dat haar verloofde een kind bij iemand anders had. We zullen nooit weten of dat waar was en het kan ons ook niet schelen, Maar haar zus en verloofde kon het wel schelen, zoveel zelfs dat ze hun verloving verbraken en Ruth' zus naar Amerika ging, waarna niemand meer veel van haar heeft vernomen.

Dennis raakte steeds geïrriteerder en Ruth werd steeds zenuwachtiger. Hij had een zoon uit een eerder huwelijk, een aardig, verlegen, nerveus joch van een jaar of zeventien toen, geloof ik. Ruth schreef hem brieven van tien velletjes waarin ze zei dat ze nooit zou proberen de plaats van zijn moeder in te nemen, maar dat ze wel graag vrienden met hem wilde worden. Hij werkte op een boerderij, wat zijn vader idioot vond en wat Ruth enig vond. Ze reed honderdvijftig kilometer om hem op te gaan zoeken en ze hadden een gesprek dat duizelingwekkend geweest moet zijn, Ruth kennende en de verlegen jongen niet kennende. Hij begreep waarschijnlijk niets van deze vreemde, enthousiaste vrouw met haar woordenvloed en zal haar wel gezien hebben als een van de vele vriendinnen van zijn vader, alleen slimmer dan de rest, want zij had een trouwring weten te bemachtigen.

Hij weigerde te komen logeren, maar Ruth had een kamer voor hem ingericht en er posters van paarden en het boerenland voor gekocht en ze bleef hem kaarten sturen – wilde hij een rood of een blauw kleed op de vloer? En dit was niet fijn voor de zoon, want het waren kaarten zonder envelop en zijn werkgever vroeg hem telkens of hij nou wegging of niet – kon hij een besluit nemen?

Ik wilde zeggen dat er een paar jaar lang niets gebeurde, maar dat is natuurlijk onzin, er moet elk uur van elke dag wel iets gebeurd zijn. Ik wist alleen niet wat. Mensen zeiden dat Ruth en Dennis goed bij elkaar pasten en een erg saai leven leidden. Hem zag je altijd met zijn foto in de krant staan, terwijl hij iets ondertekende, maar Ruth was nergens te bekennen. Haar stiefzoon Andy kwam nooit in zijn kamer wonen, al bleef die 'Andy's kamer' heten. De ouders van Ruth kwamen steeds minder vaak op bezoek. Ruth probeerde vrijwilliger te worden bij een telefonische hulpdienst, maar kreeg te horen dat ze erg dankbaar waren voor haar aanbod, maar dat ze niet uit het juiste hout was gesneden. Ook daarop schijnt ze filosofisch en begrijpend te hebben gereageerd, ze snapte wel dat ze daar evenwichtige, betrouwbare mensen nodig hadden. Ze klaagde nooit – bleef maar beloften doen en plannen maken en zich met mensen bemoeien.

De Mary die haar tijden geleden dat geld had geleend, ging een keer met haar lunchen en bij die gelegenheid bleef Ruth maar beloven dat ze haar invloed zou gebruiken om te zorgen dat Mary's man promotie kreeg. Mary kon er een week niet van slapen, tot ze durfde te geloven dat Ruth het vergeten was.

Een tijdje geleden kwam ik haar tegen; ze zei dat ze iemand kende die dik bevriend was met een bekroonde schrijver en dat ze hem zou vragen om me bij zijn vriend te introduceren, en tot op de dag van vandaag ben ik bang dat ze dat ook gedaan heeft.

Ze stuurde iemand een fles wijn met de post, die brak; ze kocht rozenboompjes voor een nicht zonder tuin; ze stuurde mij een keer geld voor een vrouw over wie ik haar had verteld, en ik moest tegen haar zeggen dat die vrouw geen liefdadigheid wilde en dat ik het geld anoniem zou moeten geven via de juiste organisatie, en dat maakte haar verdrietig, want ze had vriendinnen willen worden met die vrouw.

Kennelijk heeft ze maar één ruzie gehad met Dennis, of maar één waarover ze wil praten: hij kreeg een keer een horloge cadeau en zei dat hij niet wist wat hij ermee aan moest, want hij had al een horloge. Stralend van geluk herinnerde ze hem eraan zij hem dat horloge voor zijn verjaardag had gegeven, kort voor ze trouwden, maar hij lachte en zei dat dat maar een prul was geweest en hij het had omgeruild voor een horloge dat er een beetje op leek, maar wél werkte. De prul waarvoor Ruth zoveel had betaald, was de reden waarom ze al die jaren geleden geld van ons had geleend.

Verdrietig besefte ze dat het allemaal een beetje vaag was wat ze deed; ze was eigenlijk nergens echt goed in. Misschien was dit de enige keer dat ze zich wat zelfmedelijden toestond. Ze zei tegen me dat ze misschien niet veel gedaan had voor Dennis, maar dat ze het zou goedmaken en dat ze daarom de vorige week naar Andy toe was gereden; en hij had gevraagd of ze hem in godsnaam met rust wilde laten, hij had niets tegen haar persoonlijk, maar hij was boven de eenentwintig en hij vond haar 'diep-in-zijn-hart-verlangt-je-vader-wel-naar-je'-gepraat amateurpsychologie en professionele bemoeizucht. En hij zei tegen haar wat ze zelf altijd tegen anderen zei: 'Neem toch zelf kinderen en laat mij erbuiten.'

En in de auto waren haar ogen een beetje wazig van de tranen en ze week uit voor een hond, zodat ze een fietser aanreed, en die had twee gebroken ribben en zij had alleen maar blauwe plekken en een gebroken pols. Wat de reden was waarom ze in het ziekenhuis terecht was gekomen.

Nog steeds deed ze haar best mensen een plezier te doen. Ze vroeg me om de bloemen in een tandenglas te zetten, zodat we de zuster niet hoefden lastig te vallen, en dat deed ik, en het bleek een of ander steriel ding te zijn dat de zuster nodig had en dat gaf irritatie. En ze vertelde dat ze een restaurant had gevraagd om elke avond een maaltijd langs te brengen bij Dennis zolang zij in het ziekenhuis lag, maar dat bedierf allemaal, omdat hij steeds uit eten ging. En ze vond het niet nodig om de dokter te vertellen over de vreselijke hoofdpijnen die ze had, want, echt, de man had het al druk genoeg met haar pols en trouwens, hoofdpijn was maar hoofdpijn, toch? En alsjeblieft, waarom lieten ze haar niet op bezoek gaan bij die arme fietser, zodat ze tegen hem kon zeggen dat het allemaal haar schuld was en dat ze alles zou betalen wat nodig was om te zorgen dat hij beter werd? En had ik het adres van die-en-die, want haar man was net gestorven en ze wilde tegen haar zeggen dat ze een erg aardige weduwnaar kende, een vriend van Dennis, die vreselijk graag wilde hertrouwen...

Een heldere blik

Het was heel makkelijk om Will te vervelen. Hij verveelde zich snel en had wat je noemt een kort lontje voor onderwerpen die hem niet interesseerden. Nostalgie, bijvoorbeeld, en familie en de problemen van andere mensen. Dus herinnerde Gina zichzelf hier een paar keer per dag aan. Ze hoefde hem niet te vertellen hoe vroeger in Chestnut Street de herfstbladeren vielen en een gouden tapijt vormden dat ritselde en zuchtte als je eroverheen liep. Will zou alleen maar zijn schouders ophalen. Gouden bladeren – wat had je eraan? Maar zij hield zoveel van hem dat het niet uitmaakte hoe hij over bladeren dacht.

'Je bent daar weggegaan,' zei hij vaak. En Gina hield zoveel van hem dat ze tegen hem aan kroop en met hem instemde. En natuurlijk, ze was vijf jaar geleden weggegaan om met hem in Londen te gaan wonen. Ze had afscheid genomen van de aardige, fatsoenlijke maar introverte Matthew, de plaatselijke dierenarts, die haar bewonderde, maar zich nooit uitsprak. Hij had teleurgesteld geleken over Gina's vertrek, maar had niet geprobeerd haar over te halen om te blijven.

Ze was weggegaan van haar leven als onderwijzeres, die rustig in het huis van haar ouders woonde, in de kelder die zij de 'zelfstandige woning' noemden. In werkelijkheid liepen haar ouders zes tot acht keer per dag dwars door haar 'zelfstandige woning' heen op weg naar de tuin. Eén keer had ze voorgesteld om een deur op de trap te plaatsen, om wat privacy te krijgen. 'Waar heb je in hemelsnaam privacy voor nodig?' had haar moeder gevraagd. En Gina had het hart niet om haar dat te vertellen.

Het was niet moeilijk voor Gina geweest om in Londen een baan als onderwijzeres te vinden en kinderen waren altijd geweldig, waar ze ook woonden. Ze vond het jammer dat ze hun familie niet kende, zoals in Dublin, maar dat had ze er wel voor over.

Will betrok haar nauw bij zijn leven als redacteur bij een televisietalkshow. Het was zijn taak om opwindende nieuwe mensen als gasten in het programma te krijgen. Het was heel hectisch allemaal, hij had te maken met agenten en managers en pr-mensen. Gina nam veel boodschappen aan per telefoon en e-mail, als ze niet op school was of schoolwerk nakeek. Hij wilde dat ze meer kon doen. Hij had er vooral een hekel aan dat ze eens per maand naar huis ging.

'Het is belachelijk, Gee – zo gaan ze er alleen maar op rekenen dat je komt,' smeekte hij. 'Ik zit toch ook niet de hele tijd op mijn moeders lip?'

De moeder van Will was achtenveertig en een echte glamourvrouw, Gina's moeder was drieënzeventig en werd erg vergeetachtig. Gina's vader was een broze achtenzeventigjarige die slecht ter been was. Dat was een groot verschil.

Will wist niet hoe zij zich op haar bezoekjes verheugden, dingen achter de klok op de schoorsteenmantel bewaarden om aan haar te laten zien, een lijstje maakten met problemen, zodat zij die kon oplossen in de uren dat ze bij hen was.

Haar broers kwamen niet naar Chestnut Street, of hoogstens een of twee keer per jaar.

David was financieel adviseur in Edinburgh, getrouwd met de mooie en rijke Laura, ze hadden een chic huis in Morningside, waar ze veel gasten ontvingen. Een te druk leven voor reisjes naar Dublin.

James had een internetbedrijf in Londen. Hij woonde samen met Kate die net een terriër was en hem aanmoedigde om vijftien uur per dag te werken. Dus bleef er heel weinig tijd over om naar zijn ouderlijk huis te gaan en al helemaal geen tijd om zijn zus te ontmoeten. Gina had zich eenzaam gevoeld toen ze daar vijf jaar geleden was komen wonen en had tevergeefs gehoopt dat ze haar bij hen thuis zouden uitnodigen.

Will had het te druk om met al die dingen rekening te houden; hij stond op dit moment onder hoge druk. Er was een heel vaag gerucht geweest dat de talkshow waarvoor hij werkte, het volgende seizoen geschrapt zou worden – de kijkcijfers waren niet hoog genoeg. Will was van plan het zinkende schip te verlaten voor het zover was en zelfs ruim voordat het bekend werd. Hij had zijn hoop gevestigd op een talkshow in Hollywood en kende zelfs de man die hem daarvoor zou kunnen aannemen. Zijn ogen straalden van opwinding als hij erover praatte.

En Gina knikte en was het met hem eens dat dit een enorme kans voor hem zou zijn en dat Will die kans verdiende, maar haar hart was loodzwaar. Tegelijkertijd vroeg ze zich af wat liefde eigenlijk voor hem betekende. Hij dacht dat zij alles zou laten vallen om met hem mee te gaan. Het was simpel: ze hielden van elkaar. En Gina had al bijna alles laten vallen om naar Londen te komen. Dus wat was het probleem? Zou hij niet kunnen begrijpen dat zij vanuit Californië onmogelijk een oogje op haar ouders kon houden en dus niet met hem mee kon gaan? Het was geen gebrek aan moed; het was dankbaarheid. Zij waren pas op latere leeftijd getrouwd en hadden goed voor hun drie kinderen gezorgd. Ze mochten nu niet aan hun lot overgelaten worden, nu ze zelf iemand nodig hadden.

Gina zuchtte diep terwijl ze in High Street uit de bus stapte. Ze zou een paar boodschappen doen voor ze naar huis ging. Vader hield van krentenbollen, die ze voor hem zou roosteren. Moeder was dol op lange vingers. Ze hadden die dingen best zelf kunnen kopen, of aan mevrouw Cloud kunnen vragen om dat te doen, maar ze hadden zich zo lang allerlei dingen ontzegd dat ze niet meer gewend waren om zichzelf eens te trakteren.

Bij de supermarkt kwam ze Matthew Kane tegen. Hij lachte altijd tegen haar.

'Wat was het fijnste dat je deze week is overkomen?' vroeg hij onverwacht.

'Even denken. Het lastigste, meest asociale meisje dat ik ooit in de klas heb gehad, vertelde dat ze mee ging doen aan een poëziewedstrijd. Daar werd ik echt vrolijk van. En bij jou?'

'Een prachtige, vrolijke rode kater met een grote knobbel die volgens het laboratoriumverslag goedaardig was, wat ik mocht vertellen aan de kinderen die zijn baasjes zijn.'

'Dus het is alles bij elkaar geen slechte week geweest,' zei Gina opgewekt.

Ze hadden het nooit over hun privéleven, dus vertelde ze hem niet dat het eigenlijk een week vol zorgen was geweest. Moeder had aan de telefoon afweziger geklonken dan ooit. Vader alsof hij het allemaal minder goed aankon. Mevrouw Cloud was er steeds niet wanneer Gina belde.

Will was in alle staten omdat zijn Amerikaanse contact in de stad was en Gina móést op tijd terug zijn om in hun appartement een cottage pie te bakken. Amerikanen waren gek op zelfgebakken cottage pie. En ze moest zich ook nog extra optutten voor die avond.

Het zou erg fijn geweest zijn om dat allemaal aan iemand te kunnen vertellen. Maar dat was niet Matthew Kane en dit was niet het juiste moment.

Ze liet zichzelf binnen op Chestnut Street nummer 30 en rook de lucht van zure melk en bedorven voedsel. Haar hart sloeg een slag over, tot ze hun stemmen hoorde, die haar begroetten. Het bleek dat ze mevrouw Cloud ontslagen hadden, omdat die veel te duur was en ze zichzelf prima konden redden.

De keukentafel lag vol half opengemaakte, half opgegeten voedingsmiddelen, de deur van de koelkast stond open, er was geen was gedaan en de gootsteen stond vol afwas. Vol ongeloof keek Gina rond.

Een golf van zelfmedelijden overspoelde haar. Ze was een vrouw van negenentwintig, ze was een redelijk goede dochter en zus geweest, ze had vanaf haar vierentwintigste van één man gehouden, die ze trouw was gebleven en goed verzorgd had, ze gaf de hele dag zo goed ze kon les aan kinderen. Waarom werd ze gestraft alsof ze een misdadiger was? Het was heel erg oneerlijk.

De golf van zelfmedelijden spoelde een minuut of twee heen en weer en toen was hij verdwenen en ging ze aan het werk. Ze roosterde de krentenbollen en stelde toen voor dat ze naar de zitkamer gingen terwijl zij een beetje zou opruimen. Hier legden ze zich bij neer, alsof zij alleen maar een beetje overbezorgd deed.

Twee uur lang maakte ze schoon in de keuken en deed al het rottende voedsel in zwarte vuilniszakken met een desinfecterend middel. Ze vulde de wasmachine, krabde de aangebrande etensresten van het fornuis. Ze maakte roereieren met geroosterd brood voor ze klaar en riep ze voor het avondeten.

'Wat lekker is dit,' zei haar moeder.

'Fijn om 's avonds iets warms te eten,' zei haar vader waarderend.

Moeder babbelde eindeloos over mensen die later vanavond zouden langskomen. De 'meisjes' noemde ze hen. Ze noemde namen op die Gina nooit eerder had gehoord. En daarna ging ze haar mooie stola pakken, want ze wilde ze er goed uitzien voor hen.

'Wie zijn dat, vader?' vroeg Gina angstig, toen ze de keuken uit was.

'Het zijn de meisjes met wie ze vijftig jaar geleden op de bank werkte; ze denkt dat ze daar nu is, snap je. Af en toe weet ze niet wie ik ben,' zei hij en hij was net een bloedhond, met zijn verdrietige gezicht.

Ze gingen naar bed en Gina bleef alleen in de keuken zitten. Ze maakte een lijstje van etenswaren die ze zou kopen en voor mevrouw Cloud zou opslaan; en een lijstje van argumenten waarmee ze mevrouw Cloud kon bewegen haar ontslag te negeren en hier weer het fort te komen bewaken. Ze zou David en James moeten overhalen om een actievere rol te spelen. Ze hadden hun vader en moeder toch niet uit hun hart gebannen? De mooie, elegante Laura in Schotland zou het wel goedvinden dat David kwam helpen. Toch? De felle, hardwerkende Kate in Londen zou James wel hierheen laten komen om te helpen met besluiten nemen. Toch?

Haar moeder kwam de keuken binnen.

'Zullen we ons eens lekker te buiten gaan?' vroeg ze meisjesachtig.

'Ja hoor, moeder.'

Gina haalde melk en koekjes voor hen tweeën tevoorschijn. Ze zaten gezellig samen te eten.

'Ik hoop dat ik later ga trouwen,' zei haar moeder.

'We hopen allemaal dat we ooit zullen trouwen,' stemde Gina in, wetend dat haar moeders geest dertig jaar gelukkig huwelijksleven had uitgewist.

'Je weet hoe ik daarover denk,' zei haar moeder vertrouwelijk. 'Je kunt nog zoveel pleziertjes en verliefdheden hebben, maar als het erop aankomt, weet je het. Dan zie je helder dat het niet goed voor je is, als een groot, helder licht.'

'En, heb jij het licht gezien?' vroeg Gina

'Dat geloof ik wel, ja.' Haar moeder praatte alsof ze het tegen iemand van haar eigen leeftijd had, niet tegen haar dochter. Het had een meisjesachtige vertrouwelijkheid.

'Ik hield eerst van de assistent-manager, maar jullie hadden gelijk, jullie allemaal, mijn vriendinnen, hij hield niet echt van mij.'

'Hield hij van een ander?' vroeg Gina zacht.

'Nee, dat geloof ik niet.' Haar moeder klonk heel nuchter. 'Ik besefte gewoon ineens dat ik geen deel van zijn leven uitmaakte.'

'Dus wat ga je nu doen? Nu je dat weet?' fluisterde Gina.

'Ik ga niets overhaasten, dat is zeker.'

'Nee, nee,' stemde Gina in.

'Het is heel slap om te denken dat je alleen bestaat als je slaafs achter een man aanloopt.'

'Dat ben ik helemaal met je eens.' Zo'n gesprek met haar moeder had Gina nooit eerder in haar leven gehad.

'Dus van nu af aan beschouw ik mezelf als vrij. Ik ga het eind van deze relatie zien als een bevrijding en als ik andere mensen tegenkom die ik leuk vind, ben ik vrij om naar ze te kijken.'

'En is er iemand die je leuk vindt... denk je?'

'Ik ken een aardige man, ik geloof niet dat jij hem kent. Hij heet George, heel rustig, dringt zich niet op, zoals de assistent-manager, maar hij is heel interessant om mee te praten. Nu ik alles helderder zie, heb ik tijd om echt met hem te praten, begrijp je.'

Gina glimlachte met tranen in haar ogen, terwijl op het drieënzeventig jaar oude gezicht van haar moeder een koket lachje verscheen. Ze glimlachte vooral omdat haar vader George heette.

De volgende ochtend was Gina al vroeg op. Ze smeekte mevrouw Cloud om het fort te bewaken.

'Dan kom ik terug, om alles te regelen,' zei ze. Daarna ging ze naar de supermarkt om te kopen wat haar ouders nodig hadden. Ze kocht ook een erg dure cottage pie. Het was er een met lamsvlees en abrikozen; hij kon in veertig minuten in de oven worden opgewarmd. Matthew Kane was er ook. 'Woon je hier soms?' vroegen ze tegelijkertijd en daar moesten ze allebei om lachen. Ze bekeken elkaars winkelwagentje.

'Dat is wel erg veel rijstepap,' zei ze verbaasd.

'Vier heel zwakke kleine puppy's die ineens voor mijn deur stonden. Ze kunnen nu nog niets anders eten,' legde hij uit.

'Aha. Veel succes,' zei ze.

'Erg chique cottage pie,' stelde hij vast terwijl hij in haar wagentje keek.

'Ik ga een Amerikaanse patser en zijn verslaafde vriendinnetje wijsmaken dat ik hem zelf heb gebakken.'

'Aha. Veel succes,' zei Matthew.

Op de een of andere manier kwam ze terug in Londen en zette rozen op de eettafel. Ze was gedoucht en wel toen Will met ze aankwam, na veel cocktails in een hippe nieuwe club.

'Het was daar zo geweldig, dat we gewoon niet weg konden komen,' zei Bret.

Brets vriendinnetje, Amy, leek ofwel dronken, ofwel stoned en bewoog zich erg ongecoördineerd.

'Waar is de badkamer,' zei ze bij wijze van begroeting.

Gina wilde hem haar net wijzen, toen Bret tussenbeide kwam.

'Hier niet, liefje, niet nodig. Dit is familie,' zei hij.

Gina liet hen alleen en ging naar de keuken. Ze keek achterom en zag hoe Bret en Amy in de zitkamer over de salontafel gebogen zaten. Daar lagen twee streepjes wit poeder. Mensen gebruikten drugs in hun huis. Meteen stond Will naast haar.

'Alsjeblieft, Gee, ga nou niet moeilijk doen, niet nu, ik smeek het je.'

'Wie doet er hier moeilijk?' vroeg ze.

Hij lachte tegen haar, de lach die altijd werkte.

Ze droeg de ovenschotel naar binnen.

'Voilà, heerlijke zelfgemaakte pie met lamsvlees en abrikozen.'

'Je verwacht toch niet serieus dat ik dat gebak ga opeten, alleen maar omdat jij het hebt klaargemaakt?' vroeg Amy.

'Nee, dat verwachtte ik ook niet,' zei Gina vriendelijk.

Ze keken haar allemaal verbaasd aan.

'Ik kan aan jouw prachtige, slanke figuurtje wel zien dat je waarschijnlijk nooit van je leven gebak hebt gegeten.' Gina keek bewonderend naar haar. 'De anderen vinden het misschien wel lekker. Will bijvoorbeeld, die kan eten wat hij wil en komt nooit een grammetje aan – dat geldt vast ook voor jou, hè Bret?'

Will keek haar verrukt aan. Voor het eerst in vijf jaar besefte Gina dat het eigenlijk heel makkelijk was om mensen als Will gelukkig te maken. Je hoefde ze alleen maar leugens te vertellen en ze voortdurend te vleien en te doen alsof ze het enige in je leven zijn wat telt.

Amy had geen groot aandeel in het gesprek van die avond maar Gina wel. Ze praatte maar door over hoeveel talent Will had, hoe goed hij met mensen kon omgaan, hoe geliefd hij was bij het programma, dat beroemdheden altijd naar hem vroegen als ze weer in de talkshow optraden. Zou dat talent ook de Atlantische Oceaan oversteken, vroeg Bret zich af.

'Als Will dat wil, dan doet het dat,' zei ze zelfverzekerd.

Bret was onder de indruk. Will kwam triomfantelijk de keuken binnen.

'Het ging echt fantastisch, hij ziet me wel zitten,' zei hij.

'Waarom zou hij niet?' antwoordde ze vriendelijk.

'Ik heb morgenochtend een afspraak met hem; stel je voor – op zaterdag!' Will kraaide van blijdschap.

'Mooi. Ik moet terug naar huis; bel je me om te vertellen hoe het gegaan is?'

'Alweer?' vroeg hij geërgerd.

'Ja, maar jij hebt je afspraak. Misschien gaan jullie daarna wel naar een club of zoiets.'

Er zou veel te doen zijn dit weekend, haar broers bellen, contact leggen met tehuizen, dagopvangcentra bekijken. Misschien zou ze een architect vragen om langs te komen en te kijken hoe het huis in Chestnut Street verbouwd kon worden en misschien ging ze bij haar oude school langs om te informeren of ze een vacature hadden. En ze moest bij puppy's op bezoek, arme kleine puppy's die alleen rijstepap aten. Ze zou aan de keukentafel zitten en beslissingen nemen. Belangrijke beslissingen. En omdat ze alles nu helder zag, had geen van die beslissingen ook maar iets te maken met verhuizen naar Californië.

Eerlijke ruil

Ivy wou dat mensen nog brieven schreven, zoals vroeger. Het was altijd zo heerlijk geweest om enveloppen door de brievenbus te horen vallen. Tegenwoordig kwamen er alleen maar rekeningen en aanbiedingen en mensen die beweerden dat je een cruise gewonnen had, wat uiteindelijk helemaal niet waar bleek te zijn.

Een tijdje schreef Ivy zelf brieven naar neven en nichten. Ze schreef naar mensen met wie ze vroeger gewerkt had in de bloemenwinkel. Maar het was altijd hetzelfde. Ze krabbelden een verontschuldiging op een kerstkaart; het speet ze zo, ze hadden natuurlijk willen terugschrijven, maar ja, wat een druk leven en wat jammer dat Ivy geen sms of e-mail gebruikte.

Ivy dacht dat ze eerder naar de maan zou vliegen dan dat ze iets dergelijks zou leren.

Dus zuchtte ze en zei dat het leven er niet op vooruit was gegaan. Ze was niet eenzaam; ze had kansen genoeg gehad in haar tijd, maar had zich daar nooit echt mee beziggehouden. Op de een of andere manier maakte ze altijd een puinhoop van een relatie. Ze wilde alleen graag contact onderhouden met mensen, om te weten wat er gebeurde in hun leven.

Ze zou anderen graag willen vertellen dat ze een prijs had gewonnen in een taartenbakwedstrijd, of dat haar hondje nu helemaal alleen naar de kiosk kon gaan om de krant voor haar te halen. Of misschien iets over de reis naar de Schotse Hooglanden die ze had gemaakt, of over de cursus kunstgeschiedenis in het plaatselijke museum. Ze had kunnen schrijven over het boekenclubje dat elke week bij haar thuis werd gehouden; ze dronken dan een glas wijn met iets hartigs erbij en soms hadden ze zelfs het boek gelezen!

Niets wereldschokkends, maar het was voor mensen fijn om te weten dat een vrouw van bijna zestig nog steeds een leuk leven had. Ze nam tegenwoordig zelfs deel aan prijsvragen waarvoor je een slagzin moest schrijven en daar bleek Ivy behoorlijk goed in te zijn. Ze had al een kofferset gewonnen, een tuinschuurtje en een jaar lang gratis ontbijtgranen. En vandaag had ze gehoord dat ze een eerste prijs had gewonnen, ook weer in zo'n prijsvraag.

Vanmiddag zou ze te horen krijgen wat de prijs was. Hij was uitgeloofd door een winkel in het winkelcentrum. Ivy hoopte dat het een cadeaubon zou zijn. Dan zou ze wat nieuwe kookspullen kopen en een erg dure keukenmachine... Ze kleedde zich mooi aan voor de prijsuitreiking, voor het geval er een fotograaf van de plaatselijke krant bij was.

Iedereen behalve Ivy sloeg steil achterover toen bleek hoe groot de prijs was. Het was het nieuwste op het gebied van laptopcomputers en ook nog een mobiele telefoon die blijkbaar zo slim was dat hij e-mails kon ontvangen en versturen – wat dat ook mochten zijn.

Ivy, die heel beleefd was opgevoed, bedankte iedereen en zei dat het een prachtig cadeau was en dat ze er heel zuinig op zou zijn.

'Misschien kun je hem ruilen,' zei een vriendin behulpzaam. Maar Ivy was bang dat dat heel onbeleefd zou overkomen, alsof ze er niet blij mee was.

'Misschien kun je hem later verloten?' stelde een andere vriendin voor.

'Stel je voor dat ze dat te weten komen?' Ivy had zo'n vriendelijke aard dat ze dit risico niet wilde nemen.

Dus nam ze het pakket mee naar huis en bekeek het sombertjes. Ivy was niet technisch aangelegd.

Ze kon de video niet instellen. Het kostte haar grote moeite om geld uit het gat in de muur los te krijgen. Ze had geen antwoordapparaat. Ze zou met die laptop niets kunnen beginnen.

Dat was jammer, want als ze het wel zou kunnen, zou ze contact kunnen leggen met haar favoriete neef, die in Zuid-Amerika woonde; ze zou contact kunnen onderhouden met die aardige vrouwen met wie ze ooit had gewerkt en die nu halve machines waren geworden en niet konden communiceren zonder technologische snufjes.

Maar ze was niet dom, zei Ivy tegen zichzelf. Stel dat ze de computer wel leerde gebruiken? Maar na twintig minuten met de gebruiksaanwijzing begreep ze dat dit een andere planeet was.

En als ze eens les nam?

Iedereen zei dat computercursussen altijd hollen of stilstaan waren. Ofwel ze gingen veel te snel, of juist zo langzaam dat je in slaap viel. Wat je nodig had was een-op-eenles. Maar dat was duur en het geld groeide Ivy niet op de rug.

Wist ze maar een manier.

De volgende week bekeek ze in de plaatselijke supermarkt het mededelingenbord van de buurt. Mensen boden zich aan om op baby's te passen, tuinafval op te halen, een shiatsu-massage te geven, of kranten rond te brengen. Niemand die goedkope een-op-eenlessen aanbood om je wegwijs op de computer te maken.

Andere mensen zochten een strijkhulp, een thuiskapster of iemand die een onverwacht nestje prachtige katjes wilde. Het zag er niet veelbelovend uit.

Toen kreeg Ivy een idee.

En al heel snel hing haar advertentie op het bord.

Ik heb een stuk of vijf lessen nodig om te leren met mijn computer om te gaan, op internet te komen en te sms'en. In ruil daarvoor bied ik vijf kooklessen aan.

Benieuwd wachtte ze af. En er kwamen drie reacties. Twee mensen waren volkomen ongeschikt. Eentje zei dat met een computer werken doodsimpel was: je stak hem in het stopcontact en hop, aan de slag.

De tweede zei dat ze alleen interesse had voor koken met gist, en als dat niet was wat ze aanbood, dan zou zij haar computervaardigheden niet delen.

De derde reactie was van een twaalfjarige jongen die Sandy heette.

Hij zei dat hij pasgeleden bij zijn opa was komen wonen in Chestnut Street en dat ze geen van beiden konden koken. Kon zij naar hun huis komen en hun vijf eenvoudige maaltijden leren klaarmaken, dan zou hij vijf keer naar haar huis komen en zorgen dat ze op het net en op het web kwam en wat ze maar wilde.

Dat was verreweg het beste aanbod.

Telefonisch spraken ze af hoe het zou gaan: ze zouden in elk huis een proefles doen en daarna verder zien. Ze besloot om eerst naar zijn huis te gaan.

Sandy had stekeltjeshaar en veel sproeten. Hij ontving haar hartelijk en verontschuldigend.

'Het is een beetje een rommel hier,' zei hij terwijl hij vaag naar een buitengewoon rommelige keuken wuifde. 'We zijn niet echt gewend om huis te houden enzo, als u begrijpt wat ik bedoel.'

Ivy was veel te beleefd om te vragen waarom hij nu bij zijn opa woonde. Ze zou het wel horen, of niet. Zo simpel was het.

'Ja, ik snap wat je bedoelt. Denk je dat we eerst een beetje moeten opruimen, zodat we wat ruimte krijgen?'

'Telt dat dan als een van de vijf lessen?' vroeg Sandy bezorgd.

'Nee, niet echt. Misschien kun jij de eerste keer mij helpen om mijn elektronica op orde te krijgen,' stelde Ivy voor.

Dat leek een goede ruil.

Opgewekt begonnen ze schoon te maken. Ze schrobden braadpannen, wasten en droogden borden af en maakten een lijst van voorraden die ze nodig zouden hebben voor de volgende keer. Ivy schreef op wat voor soort eten Sandy en zijn opa wilden koken; ze zei dat ze hem een gerecht met vis, een met kip, een met vlees en een vegetarisch gerecht zou leren, plus een aantal voorgerechten en toetjes.

'Doet je opa ook aan de lessen mee?' vroeg Ivy.

'Nee, ik denk dat hij het wel aan mij zal overlaten,' zei Sandy. Ivy was er altijd erg goed in geweest om de dingen te laten voor wat ze waren, dus zei ze verder niets meer en ze spraken af voor de volgende dag bij haar thuis.

Sandy kwam op tijd met drie vellen vol aantekeningen en zei tegen haar dat het belangrijkste was dat je niet bang was voor al die techniek. Het kostte even wat tijd, maar dan wist je het voor altijd en eeuwig. Ze genoot ervan dat hij blijkbaar een 'altijd en eeuwig' voor haar in het verschiet zag liggen.

Sandy had een schroevendraaier meegebracht en hij veranderde wat aansluitingen voor haar, om het simpeler te maken; hij vond een goed, stevig kussen voor haar stoel en liet haar zien hoe ze het beste licht had. Toen hij wegging, kon ze websites opzoeken en een paar gelukkige uren doorbrengen met het opzoeken van dingen die haar interesseerden, zoals een vakantie op een kanaalboot, of hoe je mensen kon vinden met wie je op school had gezeten, hoe je de vogels in je tuin herkende...

Over twee dagen zou hij haar leren contact met mensen te leggen via e-mail en ondertussen moest zij mensen opbellen en om hun e-mailadres vragen.

Ivy bleef laat op om een redelijk gemakkelijk gerecht te bedenken dat ze deze jongen en zijn opa kon leren. Ze koos voor kabeljauw in aluminiumfolie, met groenten en kruiden. Ze bracht ook heel eenvoudige aantekeningen mee, die hij zou begrijpen, met duidelijke instructies.

Ivy had niet begrepen wat het betekende toen hij het had over 'uw computer upbooten', dus waarom zou Sandy instructies als 'kook gaar', of 'halveer' begrijpen?

Sandy was een snelle leerling.

'Jij bent zo slim,' zei Ivy verlangend. 'Jouw jonge geest lijkt wel een spons – je neemt alles in je op...'

'Uw geest is anders ook niet mis,' zei hij. 'Hij is een beetje dieper dan de mijne, eigenlijk.' En hij zette al haar vrienden en bekenden in een lijst die 'Contacten' heette op haar computer en ineens lieten ze allemaal geregeld iets van zich horen. Soms maar drie of vier regels, maar ze wist nu meer over hun leven dan ooit.

En ze leerde hem hoe hij een basis rundvleesschotel maakte, kip met citroen en olijven, een stoofschotel van groenten, plus een Marokkaanse salade van geraspte worteltjes, sinaasappelsap, rozijnen en pijnboompitten.

Verschillende keren vertelde hij dat zijn opa het eten tot nu toe erg lekker had gevonden. En dat hij er de laatste les zelf bij zou zijn.

Dat beviel Ivy niet zo. Ze genoot van haar gesprekken met Sandy. Hoe zou hij zijn, die arme oude man die sieraden repareerde? Hij moest veel te oud zijn om nog te werken. Hoe konden zijn oude ogen het smeedwerk trouwens nog zien?

Ze moest eraan denken om luid en duidelijk tegen hem te spreken. Sandy had gezegd dat hij heel aardig was, maar dat hij niet veel begreep van de wereld om hem heen.

Toen ze kwam, zat er een prettig uitziende man van middelbare leeftijd in de keuken. Vast een oom of zoiets. Sandy deed altijd nogal vaag over familie.

'Ik ben Ivy. Sandy en ik hebben een ruilsysteem,' begon ze.

Hij stond op om haar een hand te geven, lang, knap, met een erg aantrekkelijke glimlach.

'Alsof ik dat niet weet. We hebben van ons leven nog nooit zo lekker gegeten!'

'O, eet u hier dan ook?' Sandy was blijkbaar nog vager geweest dan ze dacht.

'Ik ben Mike, zijn opa.'

Ze keek hem stomverbaasd aan. Was deze jongeman die arme, onnozele opa? Blijkbaar las hij haar gedachten.

'Jou heeft hij ook niet zo goed beschreven, Ivy,' zei Mike. 'Ik had gedacht dat je nauwelijks ons huis zou halen. En kijk nou eens!' Hij keek haar vol bewondering aan.

Dat was al heel lang niet meer gebeurd.

Dit keer zou ze er geen puinhoop van maken.

De bloembak

Gwendoline zat vaak voor het raam. Ze wist wel dat dat een beetje oudedamesachtig was voor een vrouw van zevenendertig, maar, nou ja, je moest toch weten wie er allemaal kwamen en gingen in de straat?

Ze zat een beetje schuin achter het gordijn, maar kon toch goed zien wat er buiten gebeurde.

Ze had een busje gezien dat de spullen van die arme juffrouw Hardy had meegenomen. Een echte kluizenaar was die vrouw geweest; niemand wist dat ze dood was, tot die Pakistaanse man van de winkel op de hoek naar haar had gevraagd. En toen was ze gevonden. Geen familie blijkbaar, niemand op haar begrafenis, had Gwendoline gehoord. En daarna hadden de eigenaars van het huis natuurlijk de boel laten leegruimen en ontsmetten en nu was het weer klaar om verhuurd te worden.

Dat interesseerde Gwendoline, want de eerste verdieping van het huis aan de overkant lag recht tegenover haar raam. Niet dat er ooit iets te zien was geweest, behalve een stel gordijnen dat altijd met een grote veiligheidsspeld dicht had gezeten. Misschien hadden de nieuwe mensen wel iets wat minder deprimerend was om op uit te kijken. Een aardige zonwering misschien. Mooie, gedrapeerde gordijnen?

De straat ging er de laatste tijd wel wat op vooruit en als types zoals die arme mevrouw Hardy eenmaal weg waren, zou het best een redelijke plek zijn om te wonen.

Gwendoline kwam elke avond rond halfzeven thuis van haar

werk. Vanaf de ondergrondse liep ze langs een markt, waar ze vaak profiteerde van de goedkope aanbiedingen aan het eind van de dag. Vanavond had ze een stukje schelvis voor de halve prijs gekocht en wat verlepte boontjes voor een fractie van wat anderen daar eerder op de dag voor hadden betaald. Ze had voor tien pence een bos bloemen kunnen meenemen als ze had gewild, maar dat vond ze onzin, dus die liet ze staan. Tevreden omdat ze zo weinig had hoeven uitgeven aan haar avondeten, kwam ze thuis. Ze werkte op de financiële afdeling van een groot bedrijf. Door alle beslagleggingen en andere juridische narigheid wist ze maar al te goed hoe mensen in de problemen kwamen door schulden te maken. Dat zou Gwendoline nooit doen.

Ze ging haar huis binnen en keek om zich heen.

Het zou fijn zijn geweest als ze een hond had die haar begroette, maar je kon een hond niet de hele dag in huis opgesloten laten zitten. Een kat zou ook leuk zijn geweest, ze had wel eens overwogen om er een te nemen. Maar iemand op haar werk had gewaarschuwd dat die je meubilair aan flarden scheurden. En een echtgenoot zou natuurlijk ook fijn geweest zijn, maar daar was het niet van gekomen en Gwendoline vertikte het om de offers te brengen die haar vriendinnen hadden gebracht om zichzelf mevrouw te mogen noemen.

En ze was heus niet eenzaam, hoor. Natuurlijk niet.

Ze had haar televisie en haar boeken en vanuit haar raam op de eerste verdieping kon ze alles zien wat zich buiten op straat afspeelde.

Ze zag het busje stoppen voor het huis aan de overkant. Een vrouw stapte uit. Ze leek ongeveer even oud als Gwendoline, misschien iets jonger. Ze had lang, donker, krullend haar, droeg een spijkerbroek en een wijde rode trui en ze had vier veel jongere mensen bij zich.

Alsof ze bezig waren de spulletjes uit te pakken voor een zomerpicknick droegen ze haar dozen en kratten naar boven. Lachend renden ze op en neer en toen ze klaar waren, gingen ze met z'n allen om de hoek fish-and-chips halen.

Gwendoline zag ze rond de tafel zitten die ze eerder naar boven hadden gedragen. Ze kon ze uitstekend zien, want de nieuwe bewoonster had geen gordijnen of zonweringen opgehangen. Helemaal niets. Je kon zo de hele kamer in kijken. Bijzonder.

Toen de fish-and-chips op waren, gingen de jonge mensen weg. Vanaf de straat riepen ze naar haar.

'Geniet ervan, Carla. Veel geluk, Carla.' En weg waren ze.

Ze heette Carla.

Wie waren die mensen, die haar hierheen hadden verhuisd en fish-and-chips met haar hadden gegeten? Nichten, neven, vrienden, collega's?

Om de een of andere reden kon Gwendoline het niet laten om in het open raam aan de overkant te kijken. Carla waste de borden af en zette een kop thee voor zichzelf. Daarna ging ze iets aan de tafel doen, het leek wel of ze iets timmerde. Na een minuut of twintig had ze een bloembak in elkaar gezet en zette die op een vensterbank. Zorgvuldig vulde ze hem met aarde en compost uit twee grote zakken. En tenslotte pootte ze er zes plantjes in, die ze een voor een liefdevol uit hun doorzichtige zakje haalde. Ze begoot de bak met een gietertje en bleef er daarna heel tevreden naar staan kijken.

Gwendoline at haar afgeprijsde schelvis en haar verlepte groente en voor één keer kreeg ze niet dat warme gevoel van tevredenheid over zich, vanwege het geld dat ze had bespaard. Ze voelde zich een beetje kleurloos vergeleken bij de vrouw aan de overkant, de vrouw die op haar eerste avond in haar nieuwe huis haar verhuizers op fish-and-chips had getrakteerd en een bloembak had beplant.

Gwendoline streek haar bloes en sjaal voor de volgende ochtend en probeerde zich op haar boek te concentreren, maar betrapte zich erop dat ze telkens weer naar de overkant keek. Carla had een boekenkast gevuld. Stel je voor dat je zoveel pockets bezat, terwijl je die gratis bij de bibliotheek kon lenen.

Gwendoline keek toe hoe de vrouw aan de overkant haar boekenplanken bewonderde en toen televisie ging zitten kijken. Gwendoline zag haar gezicht bij het licht van het scherm. Carla moest lachen om wat ze zag. Gwendoline zapte alle kanalen langs. Niets wat ook maar in de verste verte grappig was. Misschien keek die vrouw naar een video.

Het was bijna irritant hoe goed ze het allemaal voor elkaar leek te hebben.

De volgende ochtend stond Gwendoline weer van achter haar gordijn te kijken.

Carla was al op en stond sinaasappelsap te persen. Daarna bekeek ze de inhoud van haar bloembak en plukte er een minuscuul onkruidje uit dat 's nachts kennelijk was opgekomen en besproeide de planten licht.

Ze trok haar jas aan en Gwendoline deed hetzelfde. Nu zou ze zien welke kant de vrouw uit ging naar haar werk. Maar Carla ging bij de winkel op de hoek naar binnen.

'Hallo, ik ben Carla. Ik ben om de hoek komen wonen en ik word een goede klant,' zei ze.

'Mooi, mooi, ik heet Javed.'

'Is het meneer Javed, of is Javed uw voornaam?' vroeg ze.

Gwendoline was stomverbaasd. Zij woonde hier al zeven jaar en ze wist nog niet eens hoe de man heette.

'Het is mijn voornaam. Mijn achternaam is Patel,' zei hij.

'Nou, dit lijkt me een heel vriendelijke buurt. Ik ga het hier vast fijn vinden,' zei ze.

'Het is hier best vriendelijk, ja,' zei meneer Patel.

Dit was Gwendolines kans. Ze had kunnen zeggen: 'Welkom in de buurt. Ja, het is hier fijn. Ik heet Gwendoline. Heb je zin om vanavond een kop koffie te komen drinken?' Maar zulke dingen zei je niet. Niet tegen vreemden. Dus kocht ze alleen maar een krant en ging weg.

Op haar werk kreeg ze commentaar van een jonge collega.

'Je hebt zowaar een krant gekocht vandaag, Gwendoline!'

Gwendoline werd rood van ergernis. Ja, ze had gezegd dat het belachelijk was dat mensen een fortuin uitgaven aan kranten op weg naar hun werk en zich vervolgens afvroegen waar hun geld toch bleef. Maar dat was gewoon gezond verstand; het wilde niet zeggen dat zij een vrek was, een excentriekeling. Waar zou die Carla eigenlijk werken? Ze zag er een beetje losjes uit, je weet wel, een beetje slordig. Misschien deed ze iets kunstzinnigs.

De dag kroop voorbij. Gwendoline vond een tijdschrift dat iemand had achtergelaten. In de kantine las ze een artikel over het inrichten van een patio, wat nogal onzinnig was, want ze had geen patio. Ze zag wel hoe duur potplanten waren. Stel je voor, die vrouw aan de overkant had er zes in een bloembak op haar vensterbank gezet.

Iemand van kantoor nam afscheid, een man die Harold heette, en er werd geld ingezameld. Gwendoline zei naar waarheid dat ze hem niet kende.

'Dus je wilt je naam ook niet op de kaart zetten?' vroeg het meisje.

'Nee, dat lijkt me niet. Zoals ik al zei, ik ken de man niet,' antwoordde Gwendoline.

Waarschijnlijk verbeeldde ze het zich, maar ze dacht te zien hoe de anderen een blik wisselden en hun schouders ophaalden. Maar wat dan nog? Als ze elke keer dat iemand met een collectebus kwam rammelen een bijdrage gaf, zou ze snel blut zijn. En trouwens, ze had wel iets anders aan haar hoofd. Ze had vanavond een afspraak met haar broer Ken. Ze moesten een beslissing nemen over een verzorgingshuis voor moeder.

Ken had een idioot duur café voorgesteld als ontmoetingsplek, maar Gwendoline had daar snel een stokje voor gestoken. Hij mocht wel naar haar toe komen, had ze gezegd, en een fles wijn meebrengen. Dan zou ze voor hem koken.

Tot haar grote ergernis moest ze overwerken. En tot haar nog grotere ergernis was de markt al gesloten toen ze er koopjes wilde halen, dus moest ze naar de winkel van meneer Patel, waar ze veel te veel moest betalen.

Meneer Patel begon over haar buurvrouw. De nieuwe dame, die Carla heette. Een heel aardig, vriendelijk persoon. Blijkbaar was ze verpleegster en ze had de vinger van meneer Patel verbonden, nadat hij zich had gesneden. Ze was heel vrolijk en kocht stapels pakjes bloemenzaad.

Ongeduldig luisterde Gwendoline toe. Het interesseerde haar niets wat die vrouw had gekocht.

Ze belde verschillende keren naar Kens mobiele telefoon, maar kreeg steeds de voicemail, waarop ze insprak dat ze opgehouden was. Als mensen zonodig geld moesten uitgeven aan een mobiele telefoon, waarom lieten ze hem dan niet aanstaan?

Haar humeur was tot onder het nulpunt gedaald, toen ze zichzelf binnenliet. Op de vloer in de hal lag een briefje van Ken. 'Je bent zeker opgehouden. Ik heb mijn mobiele telefoon op mijn werk laten liggen. Ik blijf een beetje in de buurt rondhangen en kom rond halfacht terug.'

Ze keek om te zien wat er aan de overkant gebeurde en tot haar verbijstering zag ze door het open raam in de woning tegenover de hare haar broer, die een glas wijn zat te drinken met Carla.

Wat je een beetje rondhangen noemt!

Gewoon neergeploft bij de eerste de beste vrouw die hem een borrel wilde geven. Net iets voor hem.

Gwendoline was onredelijk geïrriteerd. Ze wist dat het onredelijk was. Waarom zou Ken niet ergens anders heen gaan? Beter dan een beetje op straat rondhangen. Het was alleen dat het allemaal te snel ging, te gemakkelijk, te gewoon, alsof ze studenten waren of iets dergelijks. Geen volwassenen met verantwoordelijkheden.

Om kwart voor acht belde Ken bij haar aan.

Ze zoemde hem binnen en begon hun eten klaar te maken.

Dure lamskarbonaadjes die ze bij Javed Patel had gekocht, diepvrieserwten, twee ijstoetjes, maar hij hield haar tegen. Hij had aan de overkant al een omelet met champignons gegeten. Carla was net aan het koken toen hij kwam, dus ze hadden samen gegeten. En o ja, hij had de fles wijn daar ook maar opengetrokken.

'Je wordt bedankt,' zei Gwendoline zuur.

'Nee, ik bedoel, zij gaf mij te eten, het leek me normaal,' zei Ken verontschuldigend.

'Ja hoor.' Gwendoline pakte de lamskarbonaadjes in aluminiumfolie en smeet ze in het vriesvakje van haar koelkast.

'Wil jij niet eten?' vroeg hij verbaasd.

'Dat heeft nu geen zin meer. Laten we het over moeder hebben.'

'Het is heel eenvoudig, vrees ik. Ze wil niet naar een tehuis, Gwenny.'

'Ik heb er een hekel aan als je me zo noemt. En je hebt gelijk: het is eenvoudig. Ze moet naar een tehuis. Het is niet meer veilig zo, in haar eentje.'

'Maar ze gaat niet. Ze is vastbesloten.'

'Dus nu stel jij voor dat jij en ik elk ogenblik naar haar huis gaan, alles achter haar opruimen en schoonmaken en boodschappen doen en haar halen en brengen...'

'Nee, dat stel ik niet voor. Ik stel voor dat Millie en ik bij haar gaan wonen,' zei Ken.

'Dat zal ze niet accepteren. Millie en jij zijn niet getrouwd.'

'Ik denk dat ze dat minder erg vindt dan een tehuis, wat het enige alternatief is.'

'Het is niet het enige alternatief. Ik ben er ook nog. Je denkt zeker dat ze je dan haar huis zal nalaten.'

Ken schudde zijn hoofd. 'Nee, dat denk ik niet en dat wil ik ook niet, maar we zullen wel een huurder moeten nemen om de kosten te helpen dekken.'

'Welke kosten? Jij en Millie betalen dan toch geen huur?'

'We moeten het huis laten verbouwen. Op- en afritten voor moeder, een slaapkamer beneden, een aangepaste badkamer waarin ze zich kan redden. En we zullen extra zorg moeten inhuren. Millie en ik zijn overdag naar ons werk.'

'En wat had je voor mij in gedachten? Zeker dat ik mijn weekenden opoffer.'

'Nee, Gwenny... Gwendoline bedoel ik... Dat verwacht ik niet; en moeder ook niet.'

'O jawel, wacht maar tot ze me erover belt.'

'Belt ze je dan wel eens?' vroeg Ken.

'Nee, maar dat is alleen omdat ze bang is dat ik over het tehuis begin.'

Ken zweeg.

'Waarom ben je dan hier, Ken, als alles al in kannen en kruiken is?'

'Omdat ik niet met veranderingen aan moeders huis wil beginnen zonder het jou te laten weten.'

'Of jouw huis, zoals we het binnenkort wel zullen noemen.' Gwendolines mond was een harde, dunne streep.

'Moeder gaat morgen haar testament maken; ze laat haar huis in Chestnut Street na aan ons beiden, ieder voor de helft, op mijn verzoek. Het was nog behoorlijk lastig om haar over te halen om dat te doen, maar ik wilde geen andere regeling. Ze zei dat jij koud, hard, onverzoenlijk en kleingeestig bent. Ik zei dat je alleen maar eenzaam bent en uiteindelijk stemde ze toe.'

'Heeft ze dat allemaal over me gezegd?'

'Alleen maar omdat ze bang wordt als je dreigt met een bejaardenhuis. Zo ziet zij het: als een bedreiging.'

'Maar het is geen bedreiging! Het is voor haar eigen bestwil,' zei Gwendoline.

'Dit zou wel eens nog beter voor haar kunnen zijn.'

Ken stond op om weg te gaan. Er viel niets meer te zeggen. Gwendoline bood hem geen thee, koffie of wijn aan. Ze stond bij haar raam naar de overkant te kijken. Carla stond de bloembak water te geven. Werkelijk, die vrouw was bezeten. Ken keek naar zijn zus.

'Ze is aardig. Dat zou een goede vriendin voor je zijn, Gwennie.'

'Ik hoef geen vriendin. Hoe durf je te zeggen dat ik eenzaam ben. Dat ben ik absoluut niet.'

'Nee,' zei hij en hij vertrok.

Gwendoline zag hoe hij opkeek naar haar raam, maar ze liet niet merken dat ze hem opmerkte. Ze zag dat hij naar Carla zwaaide en de vrouw zwaaide terug met haar gietertje.

De avond ging traag voorbij, maar Gwendoline stond zichzelf niet toe om te piekeren over wat haar moeder had gezegd. Het was waar, zij en haar moeder konden niet goed met elkaar opschieten, maar dat gold voor de meeste moeders en dochters. Moeders waren altijd meer gesteld op hun zoons. Dat wist iedereen.

Ze had geen honger. Dat eten zou op een andere avond van pas komen.

Tegen bedtijd was ze nog klaarwakker. Mensen zeiden vaak dat het goed was om een frisse neus te halen. Ze zou een ommetje gaan maken.

Aan het eind van de straat zag ze tot haar verbazing Carla met een papieren zak en een troffel waarmee ze in een grote, verwaarloosd uitziende bloempot stond te graven.

'Wat doe jij in hemelsnaam?' vroeg Gwendoline voor ze zich kon bedwingen.

Carla keek op en er verscheen een brede lach op haar gezicht. 'O, hallo. Jij woont tegenover me. Ik heb je zien gaan en komen.'

'Maar dat is jouw bloempot niet.'

'Nee, ik weet het, is het niet vreselijk? Hij smeekt gewoon of iemand voor hem wil zorgen, dat arme ding.' Ze gaf de pot een liefkozend klopje.

'Waarom stop je er dingen in?' vroeg Gwendoline wantrouwig.

'Waarom niet? Ik doe altijd zaadjes in potten of bloembakken van anderen. Dat is een hobby van me. Je hebt geen idee hoeveel er ook echt gaan bloeien. Sommige gaan natuurlijk dood, maar een behoorlijk percentage komt op. Het is net tovenarij, als je ziet hoe de hele straat begint te bloeien.'

'Misschien willen mensen niet dat je bloemen in hun eigendom zaait,' zei Gwendoline. Ze hoorde zelf hoe belachelijk dit klonk.

'De meeste mensen zijn blij als ze de bloemen zien, verrast maar blij,' zei Carla. Toen stak ze haar hand uit en pakte Gwendoline bij haar arm.

'Ik ben klaar hier. Heb je zin om een kop koffie bij me te komen drinken, Gwendoline?'

'Hoe weet je dat ik zo heet?'

'Dat heeft je broer me verteld. Hij was ongerust omdat je niet thuis was toen hij aanbelde. Hij zag ertegen op om je het slechte nieuws te vertellen.'

‘Heeft hij met jou over mij gepraat? Dat geloof ik niet.’

‘Ga met me mee, dat kunnen we over alles praten. Oude mensen zijn soms zo moeilijk. Daar hoef je mij niets over te vertellen, ik werk elke dag met ze. Je moeder heeft geen hekel aan je, ze is alleen maar bang, daarom haalt ze zo uit.’

Hij had met haar over hun privé-aangelegenheden gepraat.

Gwendoline had de keus; ze kon meegaan naar het huis met de bloembak om met deze vrouw te praten, die het duidelijk aardig bedoelde. Of ze kon teruggaan naar eigen huis.

‘Dank je wel, dat is heel aardig aangeboden, maar van koffie kan ik niet slapen,’ zei ze en ze liep weg.

Met in haar oren het geluid van haar eigen voeten die de straat afliepen, vroeg Gwendoline zich af: als er rond elk huis bloemen bloeiden, als die pakjes zaad echt werkten, zouden de huizen dan meer waard worden? Zou de straat er uiteindelijk op vooruitgaan?

Finns toekomst

Het probleem was Finns toekomst.

Finn was pas zeven, dus hij had natuurlijk nog heel wat toekomst voor zich. Ik had het kind maar een paar keer gezien, want het leek me beter om me erbuiten te houden. Maar ik praatte vaak over Finn – tjonge, wat praatte ik vaak over hem en zijn toekomst –, Dan was er vol van.

Dan en Molly waren uit elkaar gegaan toen Finn drie was. O, ik weet eigenlijk niet eens waarom. Iets met een man op Molly's werk; ze was receptioniste bij een recreatiepark. Iets over Dan die te vaak op reis was voor zijn werk; hij was vertegenwoordiger. Iets met Molly die dichter bij haar familie wilde wonen en niet bij Dans familie.

Het kwam erop neer dat ze gewoon niet meer verliefd waren. Dat was alles. Maar het was niet meer zoals toen we allemaal jong en single waren en je het gewoon met iemand uitmaakte. Nu was er ook Finn om aan te denken en zijn toekomst. En anders dan gewone gescheiden stellen lukte het Dan en Molly niet om tot een bevredigende regeling te komen over de jongen van wie ze allebei hielden, ook al hielden ze niet meer van elkaar.

Dan wilde geen zaterdagvader worden, die eens in de week met zijn zoon naar de dierentuin of een hamburgertent ging en dan schutterig probeerde een gesprek gaande te houden. Molly wilde niet dat haar enige kind in een vreemd huis ging slapen met de hemel mocht weten wie nog meer erbij en zonder fatsoenlijke verwarming en misschien in een bed dat niet gelucht was.

Ze overwogen om Finn bij zijn grootouders van een van beide kanten te brengen, zodat Dan zijn zoon daar kon opzoeken. Maar dat werkte ook niet. De ouders van Molly vonden Dan waardeloos – hoe minder contact hun geliefde Finn met hem had, hoe beter. Dans ouders vonden Molly een slet – als Dan ook maar een beetje lef had, ging hij naar de rechter om de volledige zorg te eisen. Dus daar begonnen ze maar niet aan.

En toen leerde ik Dan kennen en voegde daarmee een nieuw element aan het probleem toe. Ik had een eigen huis in Chestnut Street. Niet in een heel gewild deel van de stad dus, maar het was een huis met drie slaapkamertjes en een tuin. En ik was verpleegkundige in het plaatselijke ziekenhuis, dus je kon me niet zien als een losbandige, onverantwoordelijke leeghoofd die Finn zou negeren of hem van ondervoeding zou laten omkomen.

Dit beviel Molly helemaal niet. Nog koppiger dan daarvoor hield ze vast aan haar weigering om Finn bij Dan te laten slapen.

'We moeten aan zijn toekomst denken,' zei ze vaak. 'Hij mag niet in verwarring opgroeien, omdat hij niet weet waar hij woont, waar hij thuishoort.'

En dan zei Dan weer dat hij juist aan Finns toekomst dacht – hij wilde niet dat de jongen zich door hem in de steek gelaten voelde, want hij had hem niet in de steek gelaten.

Dus begrijp je nu waarom ik me er zo ver mogelijk buiten hield? Soms fantaseerde ik dat Molly werk vond als exotische danseres op een cruiseschip en Finn drie maanden lang bij ons liet en als ze dan terugkwam zou hij zeggen dat hij zo gelukkig was in ons huis dat hij er wilde blijven.

En ik richtte een van de slaapkamers voor hem in. Zette er een bureautje neer om zijn huiswerk aan te maken en kocht een woordenboek voor hem en een encyclopedie en een atlas. Ik maakte zelfs gordijnen en een sprei van leuke, knaloranje stof, omdat ik had gehoord dat hij dol was op felle kleuren.

Molly hield voet bij stuk; ze wilde niet dat Finn in een ander leven werd gezogen, zijn vader was in de weekenden van harte welkom bij haar thuis als hij hem wilde opzoeken. En ze voegde eraan toe dat elke rechtbank in het land zou zeggen dat dat heel ruimhartig van haar was.

En die arme Dan kwam elke keer weer somber en van streek thuis na zo'n bezoek. Blijkbaar vroeg Finn hem aan het eind daarvan telkens weer waarom hij weg moest. 'Dít is je huis, pappie. Ga niet weg,' zei hij en dan stamelde en hakkelde Dan weer dat het dat vroeger wel was geweest, maar dat hij nu een ander huis had. Molly haalde alleen maar haar schouders op, alsof zij er ook niets aan kon doen.

Dus Dan en ik gingen trouwen en mijn familie, die al meteen dol op hem was, vroeg zich af of de kleine Finn ook bij de plechtigheid zou zijn. Maar blijkbaar niet.

Molly zei dat Finn alleen maar onzeker over zijn toekomst zou worden als hij zoiets moest meemaken.

En toen, op zijn zevende, ging Finn naar een andere school en die lag toevallig niet ver van waar wij woonden. Dus probeerde Dan het weer. Mocht hij de jongen niet een paar dagen per week van school halen en mee naar ons huis nemen? Dan zou hij hem melk geven, of wat Molly ook maar wilde. Dat zien we nog wel, zei Molly alleen maar.

Vanochtend keek ik naar Dans treurige gezicht tegenover me aan de ontbijttafel, een mooie, ronde tafel met uitzicht op de tuin waarin Finn waarschijnlijk nooit zou spelen omdat dat te verwarrend was voor zijn toekomst. Ineens werd ik woedend op Molly. Hoe durfde ze dat kind al die liefde en warmte te ontzeggen die hem in dit huis wachtten? Hoe durfde ze Finns vader het gevoel te geven dat hij tekortschoot omdat hij geen goede vader kon zijn, terwijl hij dat zo graag wél wilde.

Ik zou nooit ofte nimmer olie op het vuur gooien door tegen Dan te zeggen dat zijn vrouw de meeste zelfzuchtige vrouw op aarde was. Dat zou niets opleveren. Dus glimlachte ik en zei tegen hem dat ik vandaag vrij had en boodschappen zou gaan doen en een steak-and-kidney pie voor hem zou maken. En zijn treurige gezicht klaarde op en hij zei dat hij een gelukkig man was.

Maar ik was nog steeds een rusteloze en boze vrouw. En toen

ik op weg ging naar de winkelstraat, besloot ik om langs de school van Finn te lopen. De kinderen speelden rond halfelf buiten, dus ik kon even een blik werpen op de jongen van wie de toekomst zo'n schaduw wierp op ons heden en ook op onze toekomst.

Ik zag hem meteen. Hij stond samen met een andere jongen te jongleren. Heel handig wisten ze de kegeltjes in de lucht te houden. Al snel had zich een kring om hen heen gevormd.

Dan was ook dol op jongleren. Had hij het ooit aan zijn zoon kunnen leren of had de jongen het zelf opgepikt? Dat zou ik waarschijnlijk nooit weten.

Er stonden nog wat mensen door het hek naar de kinderen te kijken. Je kon niet op het speelplein komen – daarvoor moest je door de school heen. Wat waren de tijden veranderd, bedacht ik. Kinderen moeten tegenwoordig beschermd worden tegen vreemden die door de spijlen van een hek om de speelplaats naar hen kijken. Toen besefte ik dat ik precies het soort persoon was dat het hek buiten moest houden. De tweede vrouw van de vader van een van de leerlingen. Daar kwamen moeilijkheden van. Goddank dat niemand me hier zag staan. Het zou er heel verdacht uitzien. Toen ving ik de blik op van een vrouw die heel strak naar me keek.

Het was Molly en ze had me herkend.

Ik besloot meteen iets te zeggen.

'Wat is je zoon een goede jongleur,' zei ik.

'Ja, dat is hij inderdaad. Míjn zoon. Als je dat maar onthoudt.' Ze was klein, blond en heel boos op mij.

Ik kon mezelf wel een schop geven omdat ik hierheen gekomen was en helemaal omdat ik betrapt was. 'Ja, natuurlijk is hij dat. En je bent vast erg trots op hem.'

'Ja, heel erg. En jij kunt trots zijn op jouw zoons als je die krijgt. In plaats van hierheen te komen om mijn zoon te bespioneren.' Molly's gezicht stond verbeten terwijl ze zo stond te snauwen, heel anders dan het lieve, popperige gezichtje dat ze had als ze lachte.

Ik weet niet waarom ik het zei. Ik zeg het nooit tegen iemand.

'Ik zal geen zoons krijgen, of dochters. Ik kan geen kinderen krijgen,' zei ik.

Dat had ik zelfs niet aan mijn ouders en mijn zussen verteld, die allemaal aan mijn hoofd bleven zeuren: of er nog nieuws was?

'Daar geloof ik niets van,' zei Molly.

'Nou, het is waar. Naar, maar waar,' zei ik schouderophalend.

'En wat vindt Dan daarvan?'

'Hij vindt het ook naar, maar hij wist het toen we trouwden en hij heeft al een zoon, van wie hij heel veel houdt.' Ik gebaarde met mijn hoofd naar de speelplaats.

'En van wie het leven niet op zijn kop wordt gezet en de toekomst niet wordt verpest, alleen omdat jij geen kinderen kunt krijgen,' zei Molly.

'Dat weet ik,' stemde ik in.

'Dus wat doe je hier?' Molly vertrouwde het nog steeds niet.

'Dat weet ik niet,' zei ik en misschien zag ze aan mijn gezicht dat ik de waarheid sprak. 'Ik weet het echt niet, Molly, wat ik hier doe. Het had iets te maken met het gezicht van Dan vanochtend.'

'Heeft hij je gestuurd? Ik heb hem gezegd dat hij hier niet moest komen rondhangen, maar ik had niet gedacht dat hij jou zou sturen.'

'Nee, nee, hij heeft geen idee dat ik hier ben.' Weer geloofde ze me, denk ik.

De schoolbel klonk en de kinderen gingen naar binnen. Molly en ik keken trots toe toen de andere jongens Finn op zijn schouders sloegen vanwege zijn jongleerkunsten. Hij had geen van ons beiden gezien.

'Nou,' zei ik, 'ik ga maar. Ik heb een dag vrij.'

'Ik ook,' zei Molly, zomaar uit zichzelf. 'Wat ga je nu doen?'

'Ik ga vlees kopen en dan ga ik een steak-and-kidney pie voor Dan maken.'

'Nou, dan heeft hij geluk met jou; ik kon niet koken. Nog steeds niet.'

'Ik ben er ook niet zo goed in,' gaf ik toe. 'Ik moet steeds weer het recept lezen. Maar hij heeft met jou meer geluk gehad – jij hebt een zoon voor hem gekregen.'

Ze bleef me even staan aankijken, alsof ze afwoog wat ze ging zeggen.

Toen zei ze het.

'Zullen we samen boodschappen doen?' stelde ze voor.

Ik aarzelde niet. Geen seconde. 'Dat zou enig zijn en misschien kun je me dan helpen uitrekenen wat ik moet kopen. Het recept is voor vier personen, dus ik neem aan dat ik van alles de helft moet nemen.' Ik wist dat ik begon te bazelen, maar dat gaf niet.

Ze had een enorme stap gezet. Ik was haar halverwege tegemoetgekomen.

Kon ik nog een stap zetten, of zou dat alles bederven?

Ach wat, ik zou het gewoon zeggen.

'Of misschien kunnen we het een recept voor vier laten blijven en dan kunnen jij en Finn komen eten. Als een soort sprong in het diepe, als je snapt wat ik bedoel.'

Even zei ze niets. Misschien was ik te ver gegaan? Dat doe ik vaak. Misschien had deze vrouw alleen maar medelijden met me omdat ik geen kinderen kon krijgen en had ze daarom voorgesteld om samen boodschappen te gaan doen. Het zo geliefde kind meenemen naar het huis van de vijand was iets anders. Misschien zou ze hierdoor bang worden voor Dan en mij. Aan de andere kant, misschien werd ze er juist minder bang van. Ze hoefde er nu niet over in te zitten dat Dan meer kinderen kreeg, waardoor hij zijn eerstgeborene zou vergeten. Ik zal waarschijnlijk nooit weten wat er in haar hoofd omging.

Toen zei ze: 'Alles wat we doen is een soort sprong in het diepe, hè? We willen heel graag vanavond steak-and-kidney pie bij jullie komen eten.'

En ik verbeeldde het me niet: op dat moment drong de zon door de herfstbladeren heen en toverde prachtige ochtendschaduwen op de speelplaats.

Eén avond in het jaar

Het is maar één avond in het jaar, maar we raken er gewoon niet over uitgepraat. Waar ga jij het vieren? Ga je naar een nieuwjaarsfeest? Je wordt zo onder druk gezet, het lijkt wel een wedstrijd. Mensen willen niet graag horen dat je niets gaat doen. Dan voelen ze zich schuldig, alsof ze je eigenlijk moeten uitnodigen voor wat ze zelf gaan doen.

Dat gevoel hadden ze in de lerarenkamer tegenover Cissy. 1997 was voor Cissy een afschuwelijk jaar geweest. In de zomervakantie was haar man Frank ervandoor gegaan met een hoerig meisje uit de vijfde. Het was het schandaal van de school, de kranten stonden er vol van en het had Cissy's hart gebroken. Algemeen werd vermoed, al werd dat nooit bevestigd, dat hij ook Cissy's spaargeld had meegenomen.

De andere leerkrachten wisten dat ze met Kerstmis in elk geval onder de pannen was. Ze ging naar haar zus – daar waren ook kinderen, dus dat zou haar afleiding bieden. Maar met Oud en Nieuw? Ze beten op hun lip; misschien moest iemand haar vragen. Het was de enige avond van het jaar waarop je niet alleen wilde zijn. Cissy zag het aankomen en vertelde dat ze vrienden op bezoek kreeg.

Vrienden?

Cissy had het nooit over vrienden. Maar ze voelden zich niet meer zo schuldig.

Dus de avond kwam en Cissy zat alleen in haar woning in Chestnut Street. Het was gewoon een avond als alle andere, zei ze telkens weer tegen zichzelf. Maar dat was het niet. Ze had vijf Oudejaarsavonden gevierd met Frank.

Op de eerste had hij haar zijn aanzoek gedaan en op de andere vier waren ze steeds naar hetzelfde lawaaiige restaurant gegaan waar ze tegen iedereen zeiden dat ze hun verlovingsdag vierden. En nu woonde hij in Engeland met zijn verboden liefje, Lola, die model wilde worden en Frank zou haar manager zijn.

Om tien uur kon Cissy er niet meer tegen. De onbarmhartige hoerastemming op televisie. De feestgeluiden van buiten. Het was alsof het allemaal de spot met haar dreef. Ze trok haar jas aan, sloeg haar zachte wollen sjaal om en ging naar buiten. Ze ging naar Gianni.

Martin had voor Oud en Nieuw een etentje gepland met Geoff. Hij zou een fazant braden die hij bij de slager had besteld. Geoff zou met Kerstmis bij zijn familie thuis zijn. Geoffs ouders dachten nog steeds dat hij zou trouwen en hun een bruiloft in de lente en een rijtje kleinkinderen zou bezorgen. Ze wisten niets van zijn gelukkige leven met Martin in de grote stad. Ze waren oud en vastgeroest, zei Geoff altijd; wat had het voor zin om ze iets uit te leggen wat ze toch nooit zouden begrijpen?

Dat was prima voor Kerstmis. Martin hielp met Kerstmis altijd bij een liefdadigheidsdiner en voor hij het wist zou Geoff er weer zijn, vol verhalen en plannen. Maar nu had Geoff hem gebeld. Zijn ouders gaven een groot feest met Oud en Nieuw en hij moest wel blijven. Eerst dacht Martin nog dat hij voor het feest werd uitgenodigd en toen duidelijk werd dat dat niet het geval was, probeerde hij uit alle macht zijn bitterheid en teleurstelling niet in zijn stem te laten doorklinken. Hij wenste Geoff veel plezier op het feest en waarschuwde hem om op te passen voor mogelijke bruiden.

Martin bestelde de fazant af en bleef thuis naar muziek luisteren. Op een gegeven moment werd hij zo rusteloos dat hij dacht dat zijn hoofd zou barsten. En rond tien uur ging hij de deur uit. Hij wist niet waarheen en het kon hem ook niet schelen. Hij kon geen minuut langer in het huis blijven dat hij voor

Geoff had ingericht. Bijna een uur liep hij door de stad, zonder acht te slaan op zijn omgeving. Hij kwam langs een snackbar die Gianni heette; die zag er niet vol uit. Hij moest toch iets eten, dus ging hij naar binnen.

Josie en haar zus Rosemary runden samen een biologische groentewinkel. Nou ja, Josie runde de winkel, Rosemary kleedde zich mooi aan en stond in de winkel mensen recepten te geven en te vertellen over de beroemdheden die alleen maar biologisch voedsel aten. Rosemary was slank en soepel en had veel bewonderaars. Als iemand een interview wilde maken over het winkeltje, wat vaak gebeurde, werd er foto's genomen van Rosemary voor de deur of naast de fruitpers. Tja, Josie paste niet echt in het plaatje. Stevige, degelijke Josie met haar vest, niet het beeld dat je voor ogen had als het om gezond leven ging. Ook al was zij degene die naar de markt ging en de leveranciers bezocht en ook al was zij degene die tien uur per dag werkte, terwijl Rosemary uit lunchen ging en met de juiste mensen praatte.

Ze woonden in hetzelfde huis. Rosemary had de twee bovenverdiepingen, Josie het souterrain. Vanavond was het hele huis nodig, want Rosemary gaf een feest. Haar vriend was beschikbaar omdat zijn kreng van een vrouw op wintersport was met de vreselijke kinderen, dus zouden hij en Rosemary Nieuwjaar groots vieren. Dit was verschillende keren aan Josie duidelijk gemaakt. Ze hadden het niet recht in haar gezicht gezegd, maar wel nadrukkelijk laten merken dat Josie niet welkom was op het feest.

Ze zouden het souterrain nodig hebben voor de cateraars en Josie zou zich toch niet prettig voelen tussen al die vreemden, of wel? Josie had zich nog nooit van haar leven zo gekwetst gevoeld. Ze zei tegen haar zus dat ze toch al van plan was bij vrienden te gaan logeren. Rosemary vroeg niet bij welke vrienden. Het kwam niet bij haar op dat Josie, die elk uur van de dag werkte, misschien wel geen vrienden had. Josie boekte een kamer met ontbijt aan de andere kant van Dublin. Ze betaalde vooruit, maar ze hield het niet vol in de strenge, koude kamer. Beneden raakten de gastvrouw en haar uitgebreide familie al aardig in de stemming. Josie trok haar jas aan en ging de deur uit. Er moest ergens een betere plek zijn om de laatste uren van het jaar door te brengen. Ze zag een vrolijk verlichte snackbar. Daar kon ze net zo goed naar binnen gaan.

Louis was moe. Thuis in New York zou dit een gewone dag zijn geweest – daar had hij zijn zaken kunnen afhandelen, kunnen vinden wat hij zocht. Maar het leek wel of dit idiote land gewoon twee weken dicht was gegaan. Hoe kon je zo een economie runnen? Hij was hier om een klus te klaren die op het eerste gezicht simpel genoeg leek, maar tot nu toe had elke complicatie die je maar kon bedenken, zich voorgedaan. Zijn opdrachtgever zou al dit uitstel nooit begrijpen. Misschien zou het leven hier over een dag of twee weer normaal worden. Hij hoopte het van harte. Hij had een gemeubileerd appartement gehuurd voor de duur van zijn verblijf in Dublin. Het was schoon en efficiënt ingericht, maar bezat geen enkele sfeer. Niet de beste manier om terug te keren in zijn geboortestad. Terugkomen als een soort huurmoordenaar, een spion, was ook niet echt geweldig.

Louis ging het keurige keukentje binnen. Er was niets te eten. Hij had geen zin om naar een groot, lawaaiig restaurant te gaan. Onderweg hierheen was hij langs een snackbar gekomen. Misschien kon hij daar iets te eten gaan halen. Het was maar een straat hiervandaan – Gianni, zo heette hij.

Gianni's vader wilde weten hoe het met de zaak ging. Gianni loog tegen hem, zoals altijd.

'Heel goed, papa, heel veel mensen,' zei hij.

'Ik geloof je niet, Gianni.'

'Waarom niet, papa?'

De oude man verplaatste zich alleen nog maar tussen zijn bed en zijn stoel en kwam nooit meer beneden.

'Als er heel veel mensen kwamen, zou je je schoenen wel hebben laten maken, mijn zoon.'

'We hebben klandizie genoeg, papa, we kunnen ervan leven.'

'Jij kunt niet vrij zijn, trouwen, een eigen leven leiden!'

'Ik wil niet trouwen en een eigen leven leiden, ik vind het fijn om hier met u te wonen.'

'Nou, ga dan maar naar beneden om al die klanten te bedienen.'

'Dat doe ik, papa.'

Gianni holde naar beneden, naar zijn zaak die eerst nog leeg was geweest, maar waar nu vier mensen een beetje verward rond stonden te kijken.

'Het spijt me heel erg, ik was boven bij mijn vader. Hij is al oud en hij maakt zich een beetje druk. Wie was er aan de beurt?'

Ze leken geen van allen haast te hebben, het waren beleefde mensen. Niet zoals die dronkelappen die vaak binnenkwamen, maar het was ook nog geen sluitingstijd.

'Nou, gaat u zitten, als u wilt, dan neem ik de bestellingen op.'

'Kun je ook hier eten?' vroeg de vrouw met de gebreide muts.

'Ja, dat kan, maar misschien is het niet erg feestelijk voor Oudejaarsavond?' Gianni keek zonder veel plezier zijn kleine, kleurloze zaak rond.

'Ik vind het prima om hier te eten,' zei de vrouw met de gebreide muts.

'Ik ook,' zei de goedgeklede jongeman met de mooie jas. Wat zou Gianni graag zo'n jas willen hebben en ook nieuwe schoenen. Op een dag, misschien.

'En ik zou ook wel graag willen gaan zitten. Te veel feestgedruis daarbuiten.' De vrouw met de donkere jas en de rode sjaal was aantrekkelijk. Niet iemand die op Oudejaarsavond alleen in een vettige snackbar zou moeten eten. Net zomin trouwens als de Amerikaanse zakenman. Die was veel te chic voor deze plek.

Eigenlijk had hij alleen een vergunning voor afhaalmaaltijden. Hij was geen echt restaurant, waar mensen gingen zitten.

Het tafeltje was bedoeld voor mensen die moesten wachten tot hun bestelling uit de frituur kwam.

Gianni wilde graag geld verdienen. Hij zette snel tomatensaus en azijn neer, legde papieren servetjes op de tafel en haalde toen vier borden achter uit de zaak.

Ze waren rond de tafel gaan zitten, alsof ze altijd al van plan waren geweest om hier te komen eten.

'Alstublieft,' waarschuwde Gianni. 'Alstublieft, als er andere mensen binnenkomen die ook willen gaan zitten, wilt u dan zeggen dat jullie mijn vrienden zijn? Er zijn mensen die hier misschien naar binnen willen en dan niet meer weggaan, als u begrijpt wat ik bedoel?'

Ze keken alsof ze het begrepen.

'Dan zegt u gewoon dat jullie vrienden van Gianni zijn? Oké?'

Dat leken ze ook te snappen.

Terwijl hij de vis ging frituren hoorde Gianni hoe zij zich aan elkaar voorstelden. Het was of ze het allemaal echt prettig vonden om drie vreemden te ontmoeten met wie ze aan een tafeltje met een plastic kleedje zouden gaan eten. Wat waren mensen toch eigenaardig.

Ze zaten niet oppervlakkig te babbelen, de mensen aan de tafel; ze kwamen meteen voor de dag met hun gevoelens over het jaar dat binnen twee uur voorbij zou zijn.

Martin zei dat hij eenzaam was omdat zijn vriend Geoff liever bij zijn ouders was gebleven dan gebraden fazant te komen eten met Martin. Hij had zich zo verheugd op deze avond, waarop ze plannen voor het komende jaar hadden zullen maken.

'Nou, hij is tenminste nog naar zijn ouders gegaan,' zei Cissy. 'Mijn man is weggelopen met een van mijn leerlingen. Dat is heel wat erger.'

Cissy hield ineens op met praten, alsof ze verbaasd stond over zichzelf. Normaal gesproken bevroor ze als iemand naar de situatie vroeg en nu gooide ze het er zomaar uit tegenover wildvreemden.

'Dat is inderdaad heel erg,' stemde Martin in. 'Geoff komt tenminste nog overmorgen terug. Zou je je man terugnemen als hij dat vroeg?'

'Ik weet het niet. Ik weet het echt niet. Ik zou graag willen denken van niet, maar je weet nooit wat je zult doen als het erop aankomt.'

Verwachtingsvol keken ze de andere twee aan, om te zien of die ook iets te onthullen hadden.

Josie had haar gebreide muts afgedaan.

Ze sprak heel ernstig.

'Mijn zus en ik hebben een groentewinkel en daar zijn we tot zeven uur vanavond bezig geweest met klanten die nog op het laatst van alles moesten kopen. Tenminste, ik was er bezig. Mijn zus zat bij de kapper. Ze geeft vanavond een groot feest in ons huis en mijn gezicht past daar niet – nou ja, ik pas er helemaal niet. Dus zei ik dat ik met vrienden uitging.' Ze keek heel verdrietig.

Louis, de man met het Amerikaanse accent, gaf haar een klopje op haar hand. 'En in zekere zin ben je ook uit met vrienden. We zitten allemaal met je te eten.'

Louis had niets over zijn eigen situatie verteld, maar dat viel de anderen kennelijk niet op.

De fish-and-chips werden op tafel gezet en Gianni vond het fijn om te zien dat ze allemaal opklaarden. Af en toe kwamen er klanten binnen. Soms keken die naar het tafeltje met etende mensen.

'Ik wist niet dat je het hogerop zocht, Gianni,' zei een van hen.

'Dat zijn mijn vrienden,' zei Gianni trots.

'Ciao, ciao,' zei Louis opgewekt, en de anderen zeiden het hem na. Gianni was zo blij dat hij hun ieder een plastic beker vermout bracht. Het smaakte naar een afschuwelijk hoest-drankje, maar ze werkten het allemaal naar binnen.

'Nu zou ik wel een goed glas wijn kunnen gebruiken,' zei Louis. 'Maar natuurlijk heb ik niets in het appartement dat ik heb gehuurd.'

Martin zei dat hij meer dan genoeg wijn in huis had, maar dat was een heel eind weg.

Josie zei dat ze ook nergens bij kon.

Eigenlijk hadden ze geen zin om de prettige intimiteit aan hun tafeltje te verbreken, maar nog een glas van die medicinale vermout konden ze niet aan.

Cissy zei: 'Ik woon hier om de hoek, in Chestnut Street, kom met mij mee naar huis.'

En zo is het allemaal begonnen.

Vanavond tien jaar geleden.

Met z'n allen liepen ze naar Cissy's huis.

Ze haalde de witte wijn en de kersttaart tevoorschijn en ze zaten als oude vrienden te praten. Ze probeerden oplossingen te bedenken voor elkaars problemen. Martin moest Geoff niet dwingen uit de kast te komen, als dat zijn ouders zoveel verdriet zou doen. Als je van iemand hield, wilde je dat hij gelukkig was. Cissy moest de scheiding in gang zetten en via de rechter eisen dat Frank het geld teruggaf dat hij had gestolen. Dit was niet het moment om de wijste te zijn en erboven te staan. Cissy had het geld nodig. Ze moest een lange, luxe reis gaan maken. Ze waren het erover eens dat Josie een zakenmanager moest inhuren om vast te leggen hoeveel de twee zusters ieder bijdroegen. Louis kwam genoeg los om te vertellen dat hij jaren geleden ruzie had gekregen met zijn familie en toen naar de VS was gegaan, waar alles wat hij aanpakte een succes werd. Hij werkte hard, hij verdiende geld, maar het was niet echt het leven dat hij had gewild. Ze stelden voor dat hij contact opnam met zijn Ierse familie. Louis zei dat hij dat pas zou doen als Pasen en Pinksteren op één dag vielen. Toen was het middernacht en ze hieven allemaal het glas en zeiden dat het zonde was om naar huis te gaan.

Het woord 'huis' werd met verschillende gradaties van hoon uitgesproken. Voor Martin was 'huis' een plek zonder Geoff; voor Josie was het een koude gastenkamer, voor Louis was het een sfeerloos huurappartement. En als zij allemaal weggingen, zou Cissy achterblijven in een huis dat zonder Frank niet langer een thuis was.

‘Waarom blijven jullie niet hier?’ vroeg Cissy.

Zij en Josie konden de slaapkamer delen, de mannen konden in de zitkamer slapen. Zou dat niet veel gezelliger zijn dan de plekken waar zij die avond waren weggegaan? Dat hoefde ze geen tweede keer te zeggen. De volgende ochtend bakte Cissy een omelet voor vier en de opgewekte stemming van de vorige avond was er nog steeds.

Er werden geen adressen uitgewisseld. Er werden geen plannen gemaakt, maar ze zeiden wel allemaal dat, mochten ze de volgende Oudejaarsavond toevallig hier in de buurt zijn, ze misschien weer voor Gianni’s vrienden konden spelen.

Hun nieuwe jaar was goed begonnen. Dat hadden ze nooit verwacht.

Een jaar ging voorbij en geen van allen hadden ze gedaan wat ze half en half hadden beloofd. Cissy was geen proces begonnen tegen haar overspelige echtgenoot. Martin hoopte nog steeds dat Geoff tegenover zijn ouders uit de kast zou komen en Martin mee zou nemen naar hun huis.

Josie had niets gedaan aan de oneerlijke werkverdeling tussen haar en Rosemary. Ze werkte nu elf uur per dag.

Louis had zijn opdracht in Dublin afgerond zonder contact op te nemen met zijn familie. Hij was teruggekeerd naar zijn stressvolle baan in New York.

Oudejaarsavond naderde en net als vorig jaar verzekerde Cissy haar familieleden en collega’s dat ze met vrienden Oud en Nieuw zou vieren; Josie zei tegen haar zus dat ze met vrienden uitging en net als de vorige keer toonde Rosemary geen enkele belangstelling. Dit jaar maakte het trouwens niet uit, want de vrouw van haar vriend ging niet op wintersport, dus er zou geen feest zijn. Martin wilde dat hij opgewekter had kunnen doen tegen Geoff die weer wegging, naar de zoveelste wanhopige poging van zijn ouders om hem aan de vrouw te krijgen. Hij wist dat hij wrokkig en chagrijnig klonk en dat Geoff van hem vervreemd raakte. Louis had het gevoel dat hij iets gemist had in het leven. Hij had tegen veel mensen in New

York gezegd dat hij met Oud en Nieuw naar Dublin ging, en voorzover hij kon zien, kon dat niemand iets schelen.

Louis was de eerste die bij Gianni naar binnen stapte. Hij had een paar flessen wijn meegebracht die hij hem aanreikte over de toonbank.

'Van de vrienden van Gianni,' zei hij.

'Komen de anderen ook?' vroeg Gianni.

'Ik hoop het wel, Gianni; anders moeten jij en ik die flessen soldaat maken.'

De deur ging open en Josie kwam binnen; een paar minuten later arriveerden Cissy en Martin. Was het alweer een jaar geleden dat ze elkaar voor het laatst hadden gezien? Het leek net een familiereünie. En deze keer hadden ze nachtkleding bij zich en schone kleren en de mannen hadden een extra deken meegebracht.

Het was nog leuker dan de vorige keer en dit keer hoorden ze dat Louis een soort spion was. In opdracht van grote bedrijven controleerde hij de achtergrond van mensen, om te kijken of hun cv wel klopte. Hij was goed in zijn werk, maar het ging hem steeds meer tegenstaan dat hij vaak enthousiaste jonge mensen die alleen maar vooruit wilden komen, moest ontmaskeren. Daarmee sloeg hij hun droom aan diggelen.

Josie vertelde dat Rosemary erger was dan ooit, nu haar vriend veel meer in het gareel werd gehouden dan vroeger.

Ze waren teleurgesteld dat de anderen hun leven niet hadden veranderd, zoals ze hadden gehoopt, maar over zichzelf wilden ze geen kwaad horen.

Dit jaar vonden ze dat ze elkaar goed genoeg kenden om namen en adressen uit te wisselen.

En zo ging het door, jaar na jaar. Ook in het jaar dat Gianni een zwarte band om zijn arm droeg, omdat zijn vader dat jaar was overleden. Ze hadden allemaal gehuild met Gianni, ook al hadden ze de oude man nooit ontmoet. Kon hij zijn leven maar overdoen, zei Gianni, dan zou hij zijn papa mee terug naar Italië hebben genomen, toen die nog de kracht had om daarvan te genieten.

Frank had geprobeerd terug te komen, maar Cissy had gezegd dat daar geen sprake van kon zijn. Cissy was nu adjunct-hoofd en ze ging af en toe uit met een nieuwe man. Ze was nog geen veertig, haar oudejaarsavondvrienden hadden haar moed gegeven, ze dacht niet meer dat haar leven voorbij was.

Josie had ertegen opgezien om de andere drie onder ogen te komen nadat ze al tien jaar had beloofd dat ze met Rosemary zou afrekenen. Dus nu had ze echt iets gedaan. Ze was ook weggegaan uit hun huis en had gezegd dat haar zuster het hele gebouw voor zichzelf mocht hebben, als zij dan de winkel alleen mocht runnen. Ze had een woninkje boven de winkel en een hardwerkende assistent. Ze was lid geworden van een bridgeclub en volgend jaar zou ze tien kilo afvallen.

Louis vertelde dat de toewijding van Gianni aan zijn vader hem zo had geraakt dat hij contact had gelegd met zijn familie. Ze waren allemaal vergeten waar de ruzie ook al weer om was gegaan en al wist hij het zelf wel, het leek hem beleefder het ook maar te vergeten.

Ze liepen met hun weekendtassen naar Cissy's huis en luidden vrolijk het nieuwe jaar in. Voor de tiende keer samen.

'Stel je voor, dat we elkaar maar één keer in het jaar zien,' zei Josie.

Ze zag er tegenwoordig anders uit, ze droeg geen kinderachtige gebreide mutsen meer en toonde veel meer zelfvertrouwen.

'Er staat nergens geschreven dat we elkaar niet vaker mogen zien,' zei Louis.

Louis zou toch veel vaker in Ierland zijn en dan zou hij graag het prettige gezelschap zoeken van iemand met wie hij al tien jaar bevriend was.